蜀山

2023 年度四川重点作家评论文集

四川省作家协会 编

作家出版社

目　录

论马识途小说风景话语的诗性智慧

张旻昉

摘要：风景的"发现"与"描绘"与作家的个人经验和审美意识息息相关。风景话语的使用不仅能使文本意境深远，也直接指向了作家的思想情感表达。马识途笔下的风景包括自然风景和人文风景，如河流山川、城市景观、农村风光以及色彩造型等，它们是小说必不可少的环境要素，同时也是一种具有丰富内涵的话语形式。这样的风景话语形式既可与读者外在的视觉感官产生联系，与之产生共鸣；同时也关联了作家自身内在的思想情感、主观意图和评价，传递出蕴含在隐喻及象征意味中的智慧阐释。对马识途笔下风景话语的审美解读也进一步开拓了文本的风景空间，延展了风景文本的意义内涵。

关键词：风景话语；马识途；革命叙事；诗性品格

风景话语在文学中的作用并非只是可有可无、为叙述锦上添花的闲笔，也绝非故事发生的背景色或审美主体的陪衬，而是"根植于民族集体无意识深处的具有遗传基因的影像"①，它体现了民族共同体的文化记忆与民族认同，以及作家潜在的意识形态。因此，风景话语不仅是作家叙事的有效手段之一，具有一定的陈述意义，同时还有其深远的修辞价值，是一种复杂的思维结构和情感表达形式。

---

① 丁帆：《在泥古和创新之间的风景描写》，《当代文坛》2012年第2期。

一、构成了小说的诗性品格

环境是小说人物活动的重要场所，对人物的一言一行产生着深刻影响，不管是有形的地域人情、山野风光，还是无形的历史文化、伦理道德，甚至是宗教迷信等，都会综合为一种集体无意识，汇集在人所生活的环境之中。这种无形的集体无意识虽然看不见也摸不着，却能让人感知到其在潜移默化之中产生的巨大作用。而由作家自觉地揭开人物塑造与环境之间的某种内在联系，从而起到的震撼灵魂、发人深省的作用不容小觑。马识途调动了自己所熟知的各种外界环境的优势，同时也结合自身的生活经历和过往历程，以他所战斗过的巴蜀地区等作为自己文学之笔主要展现的图景，构建起了自己的精神原乡。在《巴蜀女杰》《京华夜谭》《三战华园》等作品中描绘的落后、闭塞然而却十分秀丽壮阔的四川景色，在《雷神传奇》《接关系》等作品中描绘的重庆和他战斗过的大巴山风景，以及《清江壮歌》等作品所描绘的湖北恩施等地的场景风貌，共同构成了其小说的诗性品格。

在他的笔下，地方风景不仅是其个人主体身份的体现，也是对集体意识的再现，亦承载了作家对寻找民族出路的各种想象。外部的客观风景与置身于风景之中的主体人物一起，共同完成了隐喻这一过程，使人物的际遇情感、思想体验都与风景这一话语形式形成了紧密联系，并逐渐建构起了革命精神与民族认同中的重要一环。在这一意义上，革命风景已经打上了政治性的烙印，构成了其文艺作品中民族化特色的土壤。同时在民族话语的支持下，"地方"成为作家精神原乡的代表，是作家一直赖以生存的家园，"风景"亦被贴上了"革命"的标签，"风景中的人"所体现出的生活历练与其性格气质的养成亦都镌刻着"风景"的痕迹，以此表现出共同的心理素质与思考的原型，亦共同参与到民族国家共同体意识的建构中去。

他在《清江壮歌》《巴蜀女杰》等一系列小说中以革命风景为突出

的背景，无论是对民族历史生活的风景画卷还是风俗画卷的描绘，都体现了其在文艺创作中的中国特色。如在《巴蜀女杰》中，马识途通过主人公张萍的眼睛，看到了不一样的风景，在风景描绘中不仅吐露出自己浓郁的思乡之情，也反映出当时社会条件下许多颠沛流离的人们的思乡之情。"又到'巴山蜀水'了，她心里这么说……现在虽然已经是秋天，家乡的山水，还是那么绮丽动人。朝雾像轻纱缭绕在高峰的颈上，恰如缠着一条透明的纱巾，山顶的一片青松，倒像一头秀发。这山峰简直像一个亭亭玉立、顾盼自如的美人。这和秦岭那边看到的落叶萧萧、草枯地黄的景象完全不一样……那远方高耸入云的不是号称天下雄关的剑门山吗？车子将要爬进剑门，跨过涪江，进入千里沃野的川西平原，那锦江边上的古城——成都，她的故乡，她的第一个目的地就要到了。"①多年奋战在国统区的地下党人，虽然一头心系远方的亲人们，但因当时客观的社会历史原因，不得不在谨记自己身份的情况下，面对那些残暴凶狠的敌人，完成党交给自己的任务。坚守党的信念、忠诚无比的革命志士们，为了完成任务，哪怕违心也必须想方设法地用国民党喜欢并不被他们怀疑的形象与行为来包装自己，唯其如此，才能有效探听到敌人的种种信息。当她终于打入敌人内部，经过在训练班一年的辛苦学习，得到戴笠的首肯以后并有机会去军统电台时，同样通过风景的反差描写来突出主人公那种努力没有白费、兴奋惊喜异常却又明知前路将更为艰险的复杂情感，"她想逃开这令人生厌的拦着铁丝网、堵着高墙的地方，越过树林，跨过小河，到那有着牛羊自由游荡着的绿色原野里去。然后她终于没有到树林里去，也没有到河边去。只在操场边向北方遥望一会儿，咬一咬牙，就回到自己的宿舍去。她的良知告诉她比这更为艰难危险的战斗正等着她呢"②。文章最后更是通过再一次的环境景物描写将整个故事的发展推到了高潮。"她看到野外的青山和绿水，看到高朗的蓝天，看到水田里有白鹤

---

① 马识途：《马识途文集 3：巴蜀女杰》，成都：四川文艺出版社，2005 年 5 月，第 1—2 页。
② 同上书，第 181—182 页。

在飞翔，感到很自在……张萍抬着头，院子门口横枋上有三个大字'快活林'，真有意思，快活林。"简单几句话却让读者对张萍即将被特务杀害前的状态一览无遗，"快活林"也与在此即将展开的一场对共产党员的杀戮形成强烈的反讽效果。作者通过对"山水""蓝天""白鹤"等景物的描写烘托人物在就义前并非贪生怕死、畏艰怕难，而是带着一种近乎豪迈的心理去赴死，怀着一种必胜的信念去面对即将枪杀自己的特务们的，"飞翔""自在"等词语体现出主人公怀揣共产主义理想的高洁心理以及革命必将胜利的希望，同时她因为仍需隐瞒自己的真实身份而想唱不能唱，身戴镣铐的身不由己和自由飞翔的白鹤亦形成了对比。人物言行的心理动机，就是在自己也说不清的期盼中力图使自己的行为和结果与风景发生关联。在这里，属于革命信念、革命斗争的风景话语，在整幅风景画面中突出而又不违和，构建了冲突又充满张力的风景空间，又显示出革命话语的形象化、浪漫化及想象化的特色。同时崇高的主体意识，心灵化、情态化及审美化的大自然，使人物和周遭景物也达到了和谐统一。作者马识途的精神世界也正是在这样的张力与冲突中，最终找到了和谐有序的存在。

这是作者亲历的风景，是他再现的风景，也是他一直难以忘记的风景，更是在20世纪前期中国大地上时代的主旋律风景。那些景物如同"一颗火星突然在我的心间爆发，一束火苗在我的心中炽烈地燃烧起来，照亮了当年的革命历史画卷"①。作者对这一革命风景话语的反复强调，也正是对其作品诗性品格的一再呈现。

二、风景人化和人的风景化

自然风景的种种美学意义都是由人类社会实践所决定的，具有一定的社会属性，同时它也作为民族的生活环境，为人们提供着生活养

① 马识途：《马识途文集11：文论·游记》，成都：四川文艺出版社，2005年5月，第41页。

料和精神食粮，具有自然属性。自然美的内涵意义同时关联了社会属性和自然属性，两种属性一起共同构成了自然事物的美的形象，而自然美是这两种属性具体形象上对立统一的表现。例如枫叶的自然美，就离不开它的颜色、形状等方面的自然属性，这是构成枫叶自然美的客观因素。但枫叶之所以成为人的审美对象，从根本上说并非取决于它本身的这些自然属性，而是取决于其成为人的社会生活的一种暗示，以及其背后所象征的社会属性，即风景人化。枫叶的长成与人的劳动实践分不开，同时它除了用于观赏，还可以用于制糖，还有疗疾的功用。它的颜色也成了文艺作品中创作的对象，《山海经》中有载："黄帝杀蚩尤于黎山，弃其械，化为枫树"，这是说其来源，意指枫叶之所以是红色是因为黄帝杀了蚩尤之后，兵器上染了血，变成了枫树。在宋代诗人杨万里那里，"小枫一夜偷天酒，却情孤松掩醉客"，枫叶竟是因为偷喝了"天酒"才被染红的。

在马识途笔下，枫叶同样与革命及革命者产生了联系，是美好生活信念的指引和梦想，亦是革命斗争不停歇的代名词。在小说《回来了》中，随着革命工作的进一步深入，"我"也在成长并时刻保持警惕和警醒，在清理组织的过程中，"我"在山路上奔走，"一路上，我经过了多少竹篱茅舍，多少小桥流水，在幽静的山道上听到多少小鸟在歌唱，特别是看到一片两片枫林，那霜叶在太阳光下，红灿灿的，十分耀眼"[①]，这一切自然之景又让"我"开始陶醉并再次沉迷于自己的梦幻之中，憧憬出了革命胜利之后的愉快之境，然而现实很快地将"我"拉了出来，梦幻之境与现实中"我"被几个凶神恶煞的拦路检查兵再次对比，他们巧取豪夺，构筑出的仍是一个"人吃人的世界"，而这样一个世界让"我"幡然醒悟，风景固然是美丽的，然而斗争依然需要，并格外艰难。由此可见，自然属性固然是自然事物能够成其为美的客观因素，但是社会属性赋予其社会内容，二者协

---

① 马识途：《马识途文集 6：中短篇小说》，成都：四川文艺出版社，2005 年 5 月，第 330 页。

调统一在自然物象之中。在这一风景空间中，自然与人产生了联系，既相互影响，又彼此渗透。自然风景被人格化了，人也同样被风景化了。

车尔尼雪夫斯基说："人一般都是以所有者的眼光去看自然。他觉得大地上的美的东西，总是与人生的幸福和欢乐相连的。"①站在民族的角度，百姓们不仅会以所有者的眼睛去看自然，凭借作家的勾勒、意境的创建，还会用整个民族的眼睛来看凸显着民族色彩的自然风景美。这些自然风景美与一定民族的幸福和欢乐相连，与繁华和盛世相连，激发的是对国家和民族的深爱之情，唤醒的是拯救其于危难之中的爱国之心。马识途文艺作品中的山河原野、花草藤蔓、雾霭星芒甚至是晨昏朝夕、楼宇屋阁都形象地反映出一个民族真纯和善良的本质力量，或是黑暗即将过去、光明即将来临的美好希望。特定的自然环境孕育着与之相适应的民族，甚至在一定时期中还构成了革命斗争的条件并影响着革命者们相应的策略部署。即是说，一个民族与它所在的自然环境有着千丝万缕的联系，这些自然之物也早已历史地成为这个民族人民生活的一部分，成为他们的文化生活中不可替代的审美对象，譬如橄榄、仙人掌之于希腊、墨西哥人；长白山、孔雀、雅鲁藏布江之于我国朝鲜族、傣族等少数民族。说起长白山，人们脑海中不仅会映现出它独特的风景和自然风光，还会联想到它是一座英雄的山岭，甚至是革命的圣地。长白山的审美意义，与重庆歌乐山、马识途笔下的"五峰山""大巴山"的审美意义相似，因为这里都谱写了革命先烈们可歌可泣的光辉历史篇章。这些自然风物之所以能够成为这些民族共同的审美对象，固然因为这些自然事物的外部形态是美好的，但最根本的原因还在于这些民族的本质力量外化于这些自然事物之中，或者说赋予了这些自然事物以社会化的象征意义。

在《清江壮歌》中，马识途反复描写了故事发生的背景地，鄂西

---

① ［俄］车尔尼雪夫斯基：《生活与美学》，北京：人民文学出版社，1962年3月，第11页。

恩施。1941 年年初，蒋介石发出了全面反共的指令，对恩施地区的共产党和抗日进步分子实行了拉网式的搜捕，疯狂地镇压。而故事中的贺国威和柳一清等人，就是以当时并没有在敌人的压力下后退的中共鄂西特委的何功伟、刘蕙馨等人为创作原型来书写的。之后牺牲的刘蕙馨烈士是马识途的妻子，他们当时曾一起隐藏在这里做着革命工作。贺国威也曾暂时在这里寄住过，这里"小竹篱笆院子深深埋在竹林里，前临白浪滔滔的清江，后当青松翠柏的五峰山"①。在《风雨人生》中也有对恩施五峰山和清江的描述，可以视为补充："恩施这个城市依山傍水而立，隔江对面是五峰山，五座青峰依次排列，其中一座山峰上还立着一座宝塔，十分秀丽。那条绕城而过的清江，真是清得透明见底，游鱼可数。"②恩施五峰山之前原本是一座荒山，清朝时期一直是汉军的军马场；民国建立后，军马场废弃了，之后随着当地民众数量增加，五峰山逐渐被垦荒种茶，成了田园；抗日战争时期，中共鄂西特委设于五峰山红岩狮，当时的湖北省教育学院也设在五峰山大垭口；1949 年后，这里成了共产党干部的培训基地；2003 年，曾经的中共鄂西特委旧址复修，作为爱国主义教育基地对外开放；现在的五峰山上有连珠塔，包括烈士陵园等。由此可见，作品中关于五峰山的描写，不仅展现了它作为自然景观之美，还寄予了革命斗争过程中不少革命志士的希望和依托。这不仅是一座简单的自然的山脉，也是一座革命之山，是对于那一段历史的见证之山。五峰山与他们共生活共患难，成了当地民众以及曾经在这里从事过革命活动的人们的物质生活和精神生活的对象，因此以它为依托所构筑的情景带有鲜明的民族色彩。

"五峰山顶上的浓雾已经散了，太阳还没有升起来，那明亮的霞光映照着山顶上的青松翠柏，使五峰山在早晨清新的空气中，显得特别秀丽。一条薄薄的雾带在半山上横抹过去，假如那山顶上青得发黑

---

① 马识途：《清江壮歌》，北京：人民文学出版社，2008 年 5 月，第 44 页。

② 马识途：《马识途文集 9：风雨人生》，成都：四川文艺出版社，2005 年 5 月，第 242 页。

的松柏树林像五峰山的一头秀发的话，那么这条雾带就像一条透明的纱巾，缠在五峰山的颈上，把五峰山打扮得越发漂亮了。清江绕着五峰山脚下流了过去，但是山脚下的浓雾还没有退尽，只听到江水咆哮的声音，却看不见白浪滔滔的景象。江边城楼还只能见到模糊的轮廓，从那上面传来一声两声凄厉的号音，使人感觉冬天山城的雾越发变得滞重而寒冷了。然而那江边山村里的雄鸡，却是那样热烈地叫着，此起彼落，发愤要驱赶尽这一江浓雾，迎来冬天的朝阳。"① "寒冷而潮湿的雾向山谷里退去了，有几分血红颜色的太阳挂在东边天空里，温煦拂人。清江曲处的滚滚白浪已经看得十分清楚了，正在峡谷里奔腾叫啸，向江边的石崖撞去，爆发出愤怒的浪花，卷向前去，后面的浪又跟着闯上来了。在那白崖顶上屹立着一块巨大的红色石壁，那块石壁在太阳光下闪闪发亮，柳一清总把它认作一面永不收卷的红旗。"② 作者寥寥数笔勾勒出来的革命者生活和战斗的地方，五峰山与五峰山下的清江水一起构成了他们所思所感的情景，在他们的视野中，江水是"咆哮"的，白浪是"滔滔"和"滚滚"的，甚至是"叫啸"和"愤怒"的，就连雄鸡的鸣叫也是"热烈"的，红色的石壁也是"闪闪发亮"，是"一面永不收卷的红旗"，这一切都与他们内心的情感交融在一起，"心里像清江的怒涛翻滚起来了，一种莫名的力量在他的心中冲动……"③ 这也是《清江曲》，即《清江壮歌》这首歌谣的创作来源，此时的五峰山已经不再是单纯的山峰、海拔这些元素所指向的五峰山，它隐喻了在革命斗争视野下的战斗情景，拟人等修辞手法的使用，使它饱含审美情韵。在这个意义上提及的五峰山所展现出的自然美，是人化的自然，亦是人的风景化，具有社会意义的自然美。五峰山上的一草一木与作家、故事中的人物、读者一道构建了具有民族气息的审美情景，尤其是读者可以将自己置身其中，与故事中的人物一起去感知，去审视，

---

① 马识途：《清江壮歌》，北京：人民文学出版社，2008年5月，第29页。

② 同上书，第38页。

③ 同上书，第44页。

去领悟，去探索，去领略内里含义。

"风景之美不仅意味着自然本身的优越，也体现了当地民族文化、历史和精神……谈论中国的风景之美，同时也是谈论中国民族精神的美。"[①] 由此可见，自然风景之美的内涵实质，与构筑起它的环境和人民是分不开的，想要真正理解它，就必须先理解这个民族的性格特征及精神实质，反之亦然。

三、风景隐喻与民族历史记忆

中国小说中关于风景的记忆数不胜数，其中对故乡风景记忆的书写比比皆是。风景书写不仅展示了时代洪流中主体自我意识的觉醒，同时也忠诚地记录了民族觉醒与抗争这一艰难的历程。马识途创作中所展现出的山河百川、花鸟草木，充盈的都是中华民族的色彩，体现的都是中华民族的伟大精神，以此构建出的审美情景，给予我们美的享受。小说中的山川、河流、风烟、轻雾、雨雪、雷电、灯火、烈马等风景词汇，是对革命形势的隐喻性判断，而阳光、黎明、太阳、星空等风景词汇则隐含着革命成功的寓意。由此可见，在这一历史时期，风景叙事与中国近现代社会的时代氛围、民族国家的前途命运、广大民众的精神状态和生存状况息息相关。马识途以隐喻的修辞手法，将自然风景与"革命斗争""信念理想"等意识形态联系在一起，读者可以看到隐藏在小说诗意化的革命风景背后的历史记忆，在自然风景波诡云谲的阻隔之后，真正感受到特定历史的血雨腥风。

马识途在写作中主要采取两种方式将风景隐喻与民族历史记忆联系在一起。第一种方式是运用风景的差异性原则，来揭露侵略者的行为，唤醒广大民众对民族共同体的认同，期待他们的觉醒并同仇敌忾。如在《巴蜀女杰》中，作者将张萍曾居住过的家与被日本列强侵袭过

---

① 东山魁夷:《中国风景之美》,《世界美术》1979 年第 1 期。

的成都街景相对比，同时又与重庆郊区达官贵人等居住的公馆相对比。以此暗示表面看似轻松平静、一切静好的环境中的暗流涌动、城市破败，以及百姓与官商生活的巨大差别，构建起了一种由自然美所带来的情感张力。

"太阳已经落进西山，一片灰蒙蒙的夜雾升起来，缠绕在一堆一堆的竹林上，那黄昏里的田野，多么恬静，那路边青翠的竹林盘和映照在竹林里的农舍又是多么舒适。"[①]就是在这样的一个安宁之处，"她的爸爸就住在那个竹篱农舍里，周围有青葱的竹林，在前院有小晒坝、牛栏和爬在篱笆上的豆荚，还有牵牛花开着红色的、紫色的、白色的小喇叭花"[②]。这里所描写的就是张萍的家乡四川成都，它是"恬静"的，"舒适"的，是被开满了各色的牵牛花所围绕的农舍之景，如果不是因为战争，这样的景可能还会一直舒适恬静下去，而在这样的田园之景的另一端，是破败不堪的公园，是民不聊生的街头巷尾，"少城公园早已不是原来那个老样子了，由于日本飞机的疯狂轰炸，变得更为破败了。池塘和穿过公园的金河绿压压的，完全变成臭水塘和臭水沟了"[③]，公园尚且如此，那之前的核心区域热闹的春熙路就更见惨败之相了，"她随意走到过去最繁华的春熙路一带看看。但是除开看到商店不断在改写货物牌价表，升斗小民在排队买平价米，满街的流氓特务像野狗一样在乱窜，流浪儿童在伸手乞讨，这样一些所谓大后方的标准风景线以后，实在没有什么可以看的"[④]。就是这样"大后方的标准风景线"，隐藏着多少悲愤，隐忍着多少屈辱，与它形成鲜明对比的，是另一头的陪都重庆公馆里外的繁华盛世、歌舞升平，"这一带林荫道两旁的公馆真多，在小山的里面，小溪的旁边，葱茏的树林后，不时出现小巧玲珑的红楼绿窗的别墅。这都是一些达官贵人或者发了国难财

---

① ④ 马识途：《马识途文集 3：巴蜀女杰》，成都：四川文艺出版社，2005 年 5 月，第 105 页。

② 同上书，第 102 页。

③ 同上书，第 104 页。

的巨商的金屋藏娇之所，在那里面大概都有明眸皓齿、巧笑倩兮的玲珑小妇人，在准备迎接主人和客人，开始灯红酒绿的舞会"①。不得不说，繁华盛世是这样的一场假象，歌舞升平的背后是满含的眼泪，作者在这些风景所形成的对比中挖掘出了内里深意，风景不再是简简单单的风景，楼亭屋阁也不再是简简单单的建筑，它们承载的是历史变迁、革命战争，它们记录的是百姓的悲苦，敌人的残暴，革命者们的意志精神以及民族历史记忆。

外在美景繁华与内里满目疮痍形成的对比，同样出现在《风雨人生》中对扬州风光的描绘中。作者用瘦西湖的美景风光对比了扬州城里的破败古迹，又用扬州城外的田园风光对比了庭院深处的颓败不堪。"瘦西湖真是瘦得可爱，有的地方是一湖汪洋，有的地方是一塘清波，有的地方则只是一条小溪，蜿蜒曲折。只听到摇桨声和人语声，却不见人，要待山回水转，才看到咿呀小船擦肩而过。举眼四望，到处青山绿水，垂杨拂人"②，这里的瘦西湖迄今都是扬州的美景之一，但同时其中也包括古往今来的多少历史故事，例如隋炀帝在扬州的风流韵事以及他最后的悲惨下场，引来了后世许多诗人的凭吊。瘦西湖的"可爱"与扬州城里的古迹，也形成了鲜明的对比，"扬州城里更有许多吸引人凭吊的古迹。虽然大半都已经破败，但还是看得出昔日作为中国第一繁华大城市的遗韵。看那寻常巷陌中已经倾塌的水磨花砖的门楼和那长满绿苔的有镂空女儿墙的高墙，那里面尽是褪了漆的楼台亭阁的雕梁画栋。当年那日掷千金的盐商们已不知何往"③，此处的繁华盛世对应的是历史上曾盛极一时的扬州绮丽风光，素有"淮左名都，竹西佳处"之称的扬州是一座拥有二千五百多年建城历史的古城。自吴王夫差开邗沟、筑邗城以来，扬州几经兴衰，尤其是在隋代开通京杭大运河以后，凭借便利的水陆交通，扬州不仅成为我国古代重要的交通

① 马识途：《马识途文集 3：巴蜀女杰》，成都：四川文艺出版社，2005 年 5 月，第 129 页。
② 马识途：《马识途文集 9：风雨人生》，成都：四川文艺出版社，2005 年 5 月，第 70 页。
③ 同上书，第 71 页。

枢纽和盐运中心，这里曾富甲天下，人杰地灵，声名海外，一副国际大都会的繁荣盛景。可惜今时已经不同于往日，在历史的更迭中，往日的繁华早已不复，取而代之的是那些褪了色的"雕梁画栋"，唯在瘦西湖的风光中能依稀看出往日盛世之景，悠闲从容的自然之美构筑起对梦幻般往日繁华的眷念。

至于扬州城外，也是"一派绝不亚于江南的田园风光，到处是竹篱农舍，到处是小桥流水。一到春天，更是桃红柳绿、草长莺飞的怡人景象"①，然而与这样的景象形成鲜明对比的，"如果要真正深入到那深深庭院和竹篱农舍里去，那将是一种什么样的悲惨景象，就不是我们能够想象的了。我从上海出版的学者们的调查报道中看到，那里不是天堂，而是破败不堪的地狱"②。屋里屋外，外在美景与内里破败对比中构筑的意境的张力，形成了一种特殊的自然美情景，这种情境所体现的，是百姓们在置身这些景观时的触景生情、思绪万千，从而产生一种对祖国和民族，以及对乡土的深厚感情。

第二种方式是将风景意象作为民族精神的特征和符号，歌颂祖国风景，唤起民众的民族自信以及对民族共同价值的认同，激发革命斗志。如《清江壮歌》与《巴蜀女杰》中提到了一个共同的城市——抗日中心延安，通过各个地域的转换，抒发对前方革命志士的景仰之情以及党中央的运筹帷幄让人为之努力前行的决心和信心。"望远处，那白云缭绕，掩盖住祖国的多少好山好水呀。他极目向东方望去，似乎望到吴头楚尾，望到钟山下的石头城，那里是他蹲过几年牢的地方。望到雨花台，多少自己亲密的战友，在那些风雨的夜晚，被拉到这里，唱着《国际歌》，把他们的鲜血洒在祖国的土地上。现在这个城市，连这个雨花台，都落到敌人的铁蹄下去了……在那巫山秦岭的北面，就是中原和长城内外了，想象那里烟尘滚滚，当是抗日的兄弟们在纵马驰骋吧。他更极目从西北方一块白云的空隙里望去，那里该是延安了，

---

① ②　马识途：《马识途文集 9：风雨人生》，成都：四川文艺出版社，2005 年 5 月，第 71 页。

那抗日的中心，革命的圣地……"①白云是无法遮盖住好山好水的，很明显在这里，作者是想借贺国威的视线转换，道出心头之伤、丧国之痛和革命力量之振奋。敌人的烧杀掳掠，让人憎恨；战友们的鲜血却让人铭记。同时，"在延安，那宝塔山上夕阳的重光，那延河边黎明的轻雾，那夜幕下窑洞的灯火，那山路上飘荡的歌声是多么醉人。在华北的烽火前线上，在黄河岸的窑洞里，白发老将军们正在运筹帷幄，准备决战千里，抗日英雄骑着烈马正在平原烽烟里奔驰，在太行山上的密林里游击战士正在伺机突击而下，长城上风烟滚滚，渤海边波涛汹涌"②，在这里，延安成了共产党革命精神的代名词，各个烽火前线成了英勇不屈、顽强拼搏的象征地。轻雾、灯火、歌声、烈马、风烟、波涛等种种景象构筑出的是一幅战火纷飞中革命精神生生不息的图景，各种风景因人物的心境和经历，带着感情的色彩，有了自己的所感所想所悟，也有了自己所指向的精神意境。

《巴蜀女杰》借张萍的视线，对秋天山城夜景的描绘，用"秋虫"等隐喻了以张萍为代表的一批具有坚定不渝意志、为革命胜利不惜牺牲自己的革命者，秋夜、星空、灯火等既是对祖国风景的歌颂，也隐喻了当时的革命现状。这样的风景书写既写出了客观实在的事实，也将主体人物对周遭环境的具体感知融入其中，状似无意其实显示极其鲜明的意识形态，并指向了国家、人民、民族等宏大主题，无形之中也为严肃的革命历史叙事增添了几分诗性意味，"既能提供视觉愉悦又能完成概念超越"③，从而构成了隐喻情感又富含文化的"有意味的风景"④。

"月亮还没有出来，秋夜的星空却是这样的明净，辽阔。繁星在闪烁，像无数脉脉含情的眼睛；秋虫在她脚步声中沉默了一下，现在又在脚边唧唧地唱了起来，它们不是在哭，是在歌唱。往山下望去，夜

---

① 马识途：《清江壮歌》，北京：人民文学出版社，2008年5月，第44页。
② 马识途：《马识途文集3：巴蜀女杰》，成都：四川文艺出版社，2005年5月，第334页。
③ 张英进：《电影〈紫日〉中的风景和语言》，《当代作家评论》2012年第6期。
④ 施畅：《真实的风景与风景的政治——中国电影海外批评的当下取径》，《文艺研究》2013年第4期。

重庆是这样的美丽，一片一片的灯火和天上的星星交相辉映，远远的南山顶上黑黝黝的松树林，连绵不断，有如一匹骏马背脊上的鬃毛，嘉陵江无声地向东南方流去……领略到秋夜的星空，像一个透明的玻璃体上嵌着无数闪光的宝石，是这样的晶莹剔透。忽然有一颗流星，在透明的天空划了过去，悄然无声，那明亮的尾巴拖得长长的。虽然很快消逝了，但是它是竭尽全力把它最后一点光亮奉献给夜晚的。"[1]因为张萍已经发现敌人开始动手了，但自己心意已决，做好了与敌人继续做斗争的准备，所以听到的秋虫"不是在哭"，而是在歌唱，秋虫隐喻她自己，面对即将来临的更为艰险的斗争，她没有害怕没有退缩，而是主动地迎难而上，以极其坦然的态度去面对要来的一切。而之后，文字随着她的视线，转移到了秋夜的星空，在山城的夜景中不仅有一划而逝的流星，也有北斗七星和北极星，"在黑夜中，人们在陆地上走路，或者在海上航行，就是靠这颗北极星指引方向。她在延安的时候，听过许多战友朗诵诗歌，歌颂这一颗星，对它有无上的崇敬"[2]，北极星很明显隐喻了共产党的理念和革命的方向，引领着无数进步的人为之奋斗。流星同样是张萍对自己的隐喻，在投入革命时她就早已做好了随时牺牲的准备，在她心里，能将自己的光和热都献给革命事业，奉献出自己的一份力量，就如同这颗"竭尽全力把它最后一点光亮奉献给夜晚的"流星，璀璨夺目，不虚此生。

同样关注重庆自然之美，《三战华园》中书写了山城重庆早春的清晨，"早春的确已经来到山城，不仅报春花早已开放，连朝天门万人践踏的土坡上和石梯缝里，野草也顽强地伸出头来，向长年在那里爬上爬下的干人和苦力问好。河坝边一串串纤夫在吆喝着雄壮的号子，在悬崖下坎坷不平的江边小道上挣扎前进"[3]。这里描写的重庆景色，很明显受到了历史背景和主要人物的影响，与《巴蜀女杰》中重庆迷雾

---

[1][2]　马识途：《马识途文集3：巴蜀女杰》，成都：四川文艺出版社，2005年5月，第262页。

[3]　马识途：《马识途文集6：中短篇小说》，成都：四川文艺出版社，2005年5月，第169页。

重重的深秋之景不同，此时此刻的重庆虽有雾，但随着"暖意洋洋"的太阳，就算是松岭也"特别青翠"，那是因为主人公洪英汉在一个月前，连续打了几个胜仗，此时此刻解放全中国的战斗即将开始，解放自己家乡的日子指日可待了。所以那长在被"万人践踏的土坡上和石梯缝里"的野草都随着报春花的开放长了出来，这些"野草"与《巴蜀女杰》中的"秋虫"一样，隐喻了百折不挠、毫不气馁抗争着的无数进步青年和革命志士，因为他们同样顽强不屈，同样坚贞不移。而喊着号子拉着纤的纤夫们则隐喻了仍然在负重前行的革命党人们，道路虽然是"坎坷不平"的，但是都在"挣扎前进"，因为都清楚，前方有着大家共同追求和信仰的革命事业和伟大信念。

当"风景"一词与民族、本土、自然发生了联系，它就带着"隐喻的意识形态的效力"①。20世纪的中国，阶级矛盾和民族矛盾空前尖锐，此时小说中的风景不再是普通目之所及的景象，而是带着深重的文化政治以及权力内涵的景观。将这样的风景置于当时的矛盾架构之内，也才能进一步地凸显其隐喻的内涵。而此时的风景也成了"意识形态的历史动力"，这样的隐喻修辞机制"产生于并潜在地重塑人们的体验以及由体验获得认识的方式"②。同时，此时的风景意象还承载了民族和国家意识，承载了作家对国家和民族的前途命运的忧患意识。马识途笔下所描绘的风景同样具有阶级化、权力化的隐喻，也具有象征化、民族化的隐喻，在这样的风景中勾勒的人物具有风景化、自然化的特征。无论是动物还是植物，无论是山川美景，还是雾霭黄昏，也都与人的某一刻思想感情相契合，或承载着人物内心激荡的情感，或承担着喻指某种精神的象征意义，如此写法展现了作者对风景叙事修辞机制的考量。马识途将自己丰富的人生经历和民族情感体验都融汇在这样的风景书写中，将自然风景情感化和民族化，形成了具有民族体验、民族认同的风景隐喻文本，而更重要的是马识途将这种人对

---

①② ［英］温迪·J.达比：《风景与认同：英国民族与阶级地理》，张箭飞、赵红英译，北京：译林出版社，2011年，第85页。

自然的感知经验，作为一种共通性的心理感受推己及人，也能使读者感同身受，从而产生共鸣。

四、风景话语的象征意味

"风景话语的意义建构不仅存在于作者布置风景空间的因果次序、编织自我灵魂的叙述技巧，还包括导引读者由外部风景抵达其内在意义深层，最终将自我情感与作者的灵魂交融，将二次意义叙述纳入小说风景内的修辞策略。"[①]在人文地理学看来，风景是可以用来重塑并激发人物思想情感，并用以表达特定的意义价值和文化内涵的一种"整体性观念"，从而引起的风景感知和地方经验又形塑了一种拟人化的空间情节，并突破了地理学毫无温度的自我言说，指向了一种精神体验。风景不仅只是主体人物所看到的普通之物，它还进一步连通了作者与主体人物，是显示其感知和偏好之上的一种象征符号和艺术想象。

马识途笔下这些自然景物的某些特征某种状态与一定民族的生活情感以及精神指向具有相似之处，以风景的自然美来展现民族风情，以自然意象象征社会生活中的百姓与官僚政府，通过风景意象的象征意味，烘托小说的革命叙事主题，传递作家的价值取向，这也是马识途文艺作品中使用风景话语表情达意的一个特色。他对那些人们习以为常的自然风景进行了艺术的再创造，营造出小说自然抒情的审美空间，在增强小说叙事体验及艺术魅力的同时，彰显出诗性的智慧。

江河山川、日月花草这些纯自然的客观景物本身并不具备象征的意味，它们之所以能够带有民族色彩，具有独特的审美意义，源于具有主体精神和意识的人的加入，它们被赋予人类社会所独有的精神因素，才可能具有象征意义，单纯的客观自然景物必须与民俗化特征相联结。马识途笔下的自然物"因为当作人和人的生活中美的一种暗示，

---

① 郭晓平、魏建:《中国现代小说风景书写的时空机制》,《现代中国文化与文学》2019年第 1 期。

这才在人看来是美的"①。这种暗示可能与自然的一些特征相关，例如雄伟险峻、苍劲有力等等，一方面它们是某地特有的民俗风光的展现，另一方面它们可以唤起与民族生活或者民族精神指引的相似性的联想，于是这种自然之美就带上了民族的色彩。

《巴蜀女杰》中的剑门关，"他们两个站到剑门关口的小亭上，看到两边坚硬的黑色石壁，直上青天。望剑门下边，一片苍茫云雾，这真是一个'一夫当关，万夫莫开'的雄关。更叫人惊奇的是在黑色的石壁上，爬着很多藤萝，在深秋的西风中抖动着艳丽的红叶，真是好看极了"②。剑门关，曾为蜀国之要道，是"蜀北之屏障，两川之咽喉"。享有"剑门天下险"之誉，俗称"天下第一关"。李白曾叹其"一夫当关，万夫莫开"，杜甫诗云"惟天有设险，剑门天下壮"。自古以来，剑门关一直是兵家必争之地，也是文人骚客神往之处。梁武帝曾在此出家修行；唐玄宗曾经过此地到四川避难；张载、李白、杜甫、白居易、岑参、骆宾王、陆游等都曾到此游历，并留下了脍炙人口的诗篇。众多的文艺作品构建了它的象征意义，剑门关的巍峨险峻象征着一种守护精神，而遍山的石砾、裸露的峭壁则是刚健勇敢的象征。文中提到的藤萝以及艳丽的红叶，也与剑门关和周遭峭壁一起，共同构建了自然美的象征意境，是一种生生不息的精神引领和指向，也是一种坚毅的驻守和保护。

《清江壮歌》中当原本是家庭妇女的章霞知道自己有机会入党，有机会像丈夫一样变成一个真正的革命者时，她愉悦又欢快的心情投射到沿途的景物中去，"射在橘树林上的太阳似乎也比往常明丽一些，那橘树叶似乎也比往常青翠一些，新鲜一些，连那叶子上的露水似乎也比往常晶莹一些，更不消说那挂在橘子树上又红又大的橘子了，是那样的红，像火一样，不，更像在书本上看到的红旗那么红呢。"③同是一

---

① ［俄］车尔尼雪夫斯基：《生活与美学》，北京：人民文学出版社，1962年3月，第11页。
② 马识途：《马识途文集3：巴蜀女杰》，成都：四川文艺出版社，2005年5月，第16页。
③ 马识途：《清江壮歌》，北京：人民文学出版社，2008年5月，第37页。

片柑橘林，在《风雨人生》中马识途也做了描述，"五峰山下沿江边是一片果园和一个柑橘林，青翠欲滴。中间一条石板铺的官道爬上山垭口，直通三里坝的省政府"①，将两处关于柑橘林的描写加以比较可知，前者很明显带着人物的情绪，因此就连橘子的颜色也与红旗的颜色相同，足以看出章霞对自己即将能够加入革命者的队伍有多么激动。后者在《风雨人生》中作者则点到为止，用上"青翠欲滴"这样的形容词也只是描述整个柑橘林的盛况。这是由于前者《清江壮歌》中作者将章霞这个人物的心情投射进柑橘林，柑橘林便有了比平时更甚的美丽和清亮，甚至一切相似的颜色都能使人念及革命。红色在这里就是对革命的象征，无论是红旗、红橘，象征着的都是伟大的革命事业。20世纪五六十年代小说中经常通过颜色，尤其是用红色来歌颂无产阶级革命，显示了中国革命巨大的召唤力量。在《清江壮歌》中，特委组织部部长王东明假借看望柳一清刚出生不久的孩子为去开特委会打掩护时，专门带了一个拿来做幌子的"红封"，还硬让小孩抓住它说："小布尔什维克，看你也是喜欢红色的，你这样早早赶来，是要来和我们一起打反动派的吧。"② 他的这番话也体现出了颜色背后的象征意义，蕴含着丰富的革命精神和厚重的历史文化内涵，也蕴含着希望和美好。

自然风景之美还象征了爱与自由。如马识途在《巴蜀女杰》中所描写的重庆的夜象征着革命者的精神和意志，而在《风雨人生》中的南京晓庄的夜则象征着的是革命者们在共同的目标下，彼此情投意合，碰撞出的爱情。"晓庄的夏夜特别美，天上闪烁着星星，四围静悄悄的，只有群蛙在池塘里鼓噪，夏虫在水边低唱着，晚风吹来，驱散了白天的热浪。我们好像过着一种令人沉醉的田园牧歌式的生活。"③其实晓庄的夜之所以"特别美"，是因为"我"遇到了与自己情投意合、拥有共同革命理想的美丽姑娘，无论是夏夜还是星空，无论是群蛙还是

---

① 马识途：《马识途文集9：风雨人生》，成都：四川文艺出版社，2005年5月，第242页。
② 马识途：《清江壮歌》，北京：人民文学出版社，2008年5月，第46页。
③ 马识途：《马识途文集9：风雨人生》，成都：四川文艺出版社，2005年5月，第121页。

夏虫，构筑的"令人沉醉的田园牧歌式的生活"都是让人无比沉醉的，此时的自然美构筑起的是甜蜜，是进步青年之间朦胧的好感，从而延伸出的美好的爱情。

《清江壮歌》中，"在小窗外高墙上停着的几只麻雀，看到这一对母女的欢乐，用它们那并没有音乐修养的嗓子喳喳喳地唱起来，表示庆贺……让小女儿尽情地呼吸窗外的新鲜空气，欣赏窗外的自由生活，看那墙上的小草和红花在蓝色天空背景上摇动，听那铁窗边爬着的绿色野藤的窸窣低语。那悠悠的白云多么自在地飘过去了，那山后苍劲的古松传来多么古老的歌声"①。窗外叽叽喳喳的麻雀用拟人化的手法展示出了为她们庆贺欢乐的旁人，小草、红花、野藤、白云等一切的景象则是对自由的象征。

黑格尔曾说过："自然美还由于感发心情和契合心情而得到一种特性。例如寂静的月夜，平静的山谷……这里的意蕴并不属于对象本身，而是在于所唤醒的心情。"②这里谈到的其实是移情作用。对心情的感发其实大多是针对无生命的自然风景，"一方面只有一系列复杂的对象和外形联系在一起的有机的或是无机的形体，例如山峰的轮廓，蜿蜒的河流，树林，草棚，民房，城市，宫殿，道路，船只，天和海，谷和壑之类；另一方面在这种万象纷呈之中却显出一种愉快的动人的外在和谐，引人入胜"③。由此可见，自然风景是外在于人的、不受美的理念所统摄的、纯客观的审美对象，说明"这里的意蕴并不属于对象本身，而是在于所唤起的心情"④。

以风景的自然美来展现民族风情，以自然意象象征社会生活中的百姓与官僚政府，也是马识途文艺作品中风景话语构筑意境的一个特色。《巴蜀女杰》也展开了对重庆风景的描绘，与《三战华园》不同的是，它写的是雾都重庆的深秋时节，展现出一幅国民党政府所在的陪都的社会实景图。"十月的重庆，并没有寒意，也看不到一点深秋的景

① 马识途：《清江壮歌》，北京：人民文学出版社，2008年5月，第310页。
②③④ [德]黑格尔：《美学》第1卷，北京：商务印书馆，1979年1月，第170页。

象，然而有名的雾却一天一天地变得浓重起来。每天一大清早，整座山城就沉浸在一个奇大无比的雾海中。血红的太阳，好不容易在这雾海里挣扎半天，时近中午，才升到天空中去，却又被一堆一堆的白云给埋葬了。十月的重庆几乎每天都是这样，直到下午都是这么阴沉沉的，永远就是这么阴沉沉的。"[1] 在作者笔下的雾是有意指的，不仅是一种简简单单的天气现象，它象征的是在当时笼罩着重庆，甚至是笼罩着整个中国的一种压抑沉闷的气氛，这种气氛不是轻易可以打破，也不是假以些许时日就能消除的，即使是"血红的太阳"也"挣扎"了好半天才升到天空中去，结果除了浓雾在前，还有白云遮挡在后，这种"阴沉沉"的天气状况象征的是在白色恐怖时期民众看不到希望的生活，他们挣扎在死亡线上，到处充斥着压迫和剥削，欺瞒和谎言，荒淫无耻。

如果说陪都重庆是被浓重又奇大无比的迷雾所包裹的城市，那么在《雷神传奇》里的巴山县城就是被重重叠叠的群山包围着的，"那白雪皑皑的、那郁郁苍苍的、那重重叠叠的、那八面威风的、那剑锋插云的，都是山、山、山！左一座山，右一座山，前一座山，后一座山，横一座山，竖一座山，数也数不尽的山，看也看不透的山"[2]。被群山紧紧包围着的这个县城，是一个山高皇帝远的地方，与雾海笼罩着的重庆一样，人民过着被群山包围的生活，被一个"坐在大堂上，打老百姓屁股"的县太老爷管辖着。"这个巴山县城坐落在群山之中。虽说它是一座县城，管辖方圆几百里，顶得上一个小小王国的首都，却实在不大。它只有一横一顺两条街，假如那可以叫作街的话。在街的两边，有稀稀落落两排房子，假如那可以叫作房子的话。那两排房子萎索索地站在那里，好像自知罪孽深重，随时准备接受上级处分的样子。有的房子，大概站的年代久远，实在累了，歪歪倒倒地你挤过来，我挤过去，在打瞌睡的架势。在这个县城中心，朝正南站着一座大房子，

---

① 马识途：《马识途文集 3：巴蜀女杰》，成都：四川文艺出版社，2005 年 5 月，第 215 页。
② 马识途：《马识途文集 5：雷神传奇》，成都：四川文艺出版社，2005 年 5 月，第 8 页。

你不要看它烟熏火燎得黑咕隆咚的，像一座多年失了烟火的冷庙，它却是威风凛凛地掰开架子，大模大样地站在那里，严厉地望着前面左右的矮房子，好像说'道理都在我这里了'。你再仔细听听，从那大房子的大门里正传来劈劈啪啪的声音，你才明白，哦，这个黑房子原来是巴山县的县衙门。"[①]四川乡土气息相当浓郁的景物中，层层叠叠的山围绕着的县城实境图象征了被各种权势力量包围着的地方老百姓，"萎索索"的房子、"歪歪倒倒"的房子都带着明显的情绪化，代表各式各样的百姓，而县中心那个大房子"威风凛凛"的样子，恰似那欺压百姓的"巴到烂"县太爷。这里通过各种自然风景取景框一样的定位描写，将主体自我投映到了自然景物之中，为此后雷神的出场营造了极具地方特色的场景，传递出一种只可意会难以言传的心境、意蕴和情致。

想探索自然风景之美的话语色彩及象征意味的根源，需要联系人类社会生活的发展以及自然物与民族生活的关系。在历史发展的长河中，自然景物能够成为体现民族情思的对象物，承担起构建自然风景的审美情景的任务，必定是因其具有一定民俗的基因以及民族智慧、思想感情等的表现。

"一切景语皆情语"[②]，风景一直被看作是中国文学中别有情致又充满诗意的审美要义。无论是吟诗作画，还是对酒当歌，都是诗人们寄情于山水、明心见性的体现。而风景叙事也与文学作品产生了最直接的联系，建构起充满智慧的诗意空间。随着历史进程的推进，风景话语形式不断加以更为丰富的想象和调整拓展，在特定的时代中它象征了民族文化的共同心理审美形态，是对革命叙事的诗意建构和生发。在马识途的文艺创作中，正是呈现出了 20 世纪充满民族风情和革命内涵的风景画境，又将他别具一格的智慧阐释蕴含于其中，给予我们美的享受同时又有着革命的教育意义，这是我们探究马识途写作中风景话语的重要意义。

---

① 马识途：《马识途文集 5：雷神传奇》，成都：四川文艺出版社，2005 年 5 月，第 8—9 页。

② 王国维：《王国维文学论著三种》，北京：商务印书馆，2010 年，第 38 页。

阿来的博物学意识与博物书写^①

艾　莲

摘要： 大量地梳理阿来的自述、访谈和创作谈，可清晰看到他的博物学意识从萌芽、发展到自觉的整个过程。从藏族少年亲近自然的本能、地质学的启蒙，到供职《科幻世界》期间大量阅读科普读物并结交博物学学者，再到编写博物学读物、撰写博物学家的故事，阿来博物学意识越来越深地影响了他的创作。阿来的博物书写表现为知识性写作、物候书写等，而他对博物学特别是植物学知识的孜孜以求，使其新世纪以来的小说细节更加扎实，质感更为精细绵密。他期待文学对其他学科的综合超越，博物书写乃至生态文学，只是他创作的一个面向。

关键词： 阿来；博物学意识；博物书写；学性与文学性；精细性

　　如果没有成为作家，阿来很可能成为一位地质学家。阿来说："我1977年考中专时，所有志愿都是地质学校。如果他们录取了我。我想，今天我肯定不会以写作为业。"^② 阿来曾表示除了对人文的爱好，自己对自然科学也有浓厚的兴趣^③。大概是因为这个原因，阿来才会在1996年入职《科幻世界》，并在1997—2005年间撰写了一系列"科学美文"

---

① 国家社科基金项目"新世纪中国生态文学的博物书写研究"（19XZW026）阶段性成果。
② 阿来：《序·爱花人说识花人》，半夏：《看花是种世界观》，中国科学技术出版社2017年版第3—4页。
③ 谭光辉等：《文学执信与生态保存——阿来访谈录》（下），《中国图书评论》2013年第3期。

（包括科普、科幻散文和杂文），展现了他的博物学兴趣。其间，阿来结识了一批地质学家、科学史家，倡导复兴博物学的刘华杰教授就是其多年的好友。新世纪以来，阿来的博物学学科意识逐步自觉，对其写作的影响也日益深入，《水杉，一种树的故事》《成都物候记》等文本就是颇富特色的博物书写①。由此我们可以看到阿来的博物学意识发生发展的整个过程：青少年时代他本能地亲近藏地风物、受到地质学启蒙是萌芽阶段；供职《科幻世界》期间他进行系统的科学阅读并撰写系列"科学美文"是发展阶段；而在写作《成都物候记》时，他对博物学已经非常自觉了。细读这三个阶段对应的阿来小说，我们可以看到有趣的差别：如《尘埃落定》（1994）中的植物除罂粟外几乎没有叙事和表情达意的功能；而《三只虫草》（2016）、《云中记》（2019）中，海拔高度、植物和动物名称及特征的描述使得作品的质地变得更加精细绵密。阿来的科学美文、物候散文等写作中更直接表现了他的博物学兴趣和知识性写作的特点。因此，从"博物学"这一角度切入对阿来的博物学意识和博物书写的分析，可以敞亮他写作中一个微小但又富有意义的维度；更进一步，也可以为迅速发展中的博物书写提供艺术的借鉴。

一、阿来的博物学意识：从本能到自觉

阿来的博物学意识植根于他的博物情怀。

简言之，博物情怀是一种对自然的深刻情感和深切眷恋。刘华杰在比较和汇通了西方与中华博物文化传统后，强调博物文化对自然的尊重，对人文情感的唤醒，对生态危机的克服，对现代性的纠偏。他认为，新博物精神或博物学观念的内涵是："把自然看成一种密切联系的机体"，人类只是"其中的一部分"，它导致"人与自然和谐生存"，

---

① 艾莲：《博物书写，让大自然"说话"》，《人民日报》2022年7月22日。

"强调主体的情感渗透"，体悟"自然志整体性和玄妙"。^① 阿来具备深厚的博物情怀，他对自然充满好奇、热爱与敬畏，他希望自己是大自然的"谦逊"的记录者^②；当与博物学遭逢以后，他的博物意识被刹那照亮。

（一）萌芽：本能地亲近藏地风物

从童年到 20 世纪 80 年代末漫游若尔盖草原并确定以文学为终身事业，阿来的博物学兴趣是本能的、逐渐生长的。

阿来对博物学的兴趣，来自从小对植物的熟稔。他说，刘华杰"博物学兴趣生发的起点，倒跟我多少有些相同之处。他出生在一个小山村，我出生的村子更小，山更大，可以说从小就生活在大自然中间。树、野菜、草药、蘑菇都跟生活息息相关，都是熟稔而亲切的。只是那种乡村式的认识目的，与称名方法与系统的植物分类学相去甚远。但总归是引起了我的兴趣，更重要的是认识到人的生活和这个世界的更广大的关联"。^③

2005 年，阿来在为机村系列故事命名时，给出了《空山》这个名字。当时他脑子里突然闪回的是自己少年时代所生活的深山，"山峰、河谷、土地、森林、牧场，一些交叉往复的道路"^④。他潜意识里最深的，依然是对山村自然环境的记忆。

阿来回忆起 1974 年当一个地质勘探队来到他们村庄，在航拍图片上指认阿来的家乡时对一个少年意识的冲击和启蒙：

有一天，其中的一个人问，想不想知道你们村子在什么地方？这真是一个奇妙的问题……一张幅面巨大的黑白照

---

① 刘兵：《博物情怀》，湖北科学技术出版社 2017 年版，第 12 页。

② 牛梦笛：《阿来：写作就像湖水决堤》，《光明日报》2013 年 1 月 31 日。

③ 阿来：《序·爱花人说识花人》，半夏：《看花是种世界观》，中国科学技术出版社 2017 年版，第 3 页。

④ 阿来：《有关〈空山〉的三个问题》，《扬子江评论》2009 年第 2 期。

片在我面前铺开了。这是一张航拍的照片。满纸都是崎岖的山脉，纵横交织，明亮的部分是山的阳坡和山顶的积雪，而那些浓重的黑影，是山的阴面。地质队员对孩子说，来，找找你的村子。我没有找到。不只是没有我的村子，这张航拍图上没有任何一个村子。只有山，高耸的山和蜿蜒的山。后来，是他们指给我一道山的皱褶，说，你的村子在这里。他们说，这是从很高很高的天上看下来的景象。村子里的人以为只有神可以从天上往下界看。但现在，我看到了一张人从天上看下来的图像。这个图景里没有人，也没有村子。只有山，连绵不绝的山。现在想来，这张照片甚至改变了我的世界观。或者说，从此改变了我思想的走向。从此知道，不只是神才能从高处俯瞰人间。①

这个巨大冲击结出的果实之一是阿来对地质学习和职业的热望。1977 年恢复中高考，填志愿的时候，阿来填写的全部是地质学。只不过，阿来最终入读马尔康师范学校，并在毕业后从事教职的过程中，养成了对阅读和音乐的热爱；由于时代风气的影响，最容易得到的读物又集中在文学类，所以阿来开始了文学创作。

在阿来 20 世纪 80 年代的写作中，植物的书写已经比同时期的作家更多，表现出青藏高原特殊的风物和质感。比如阿来的诗里，星星闪耀着杜鹃花、苹果花、梨花、罂粟花、野樱桃花、山桃花、藏红花、野蔷薇；常常点缀着飞燕草、点地梅、马齿苋、柏树，它们有时是故事的背景，有时也是抒情的对象。这也不必惊讶，如果谁有在春天走入藏地的人生经验，被那些铺天盖地而来的花草染醉过眼睛，对植物、对自然也会有本能的亲近感。

20 世纪 80 年代末，在选择未来人生道路的时候，阿来漫游若尔

---

① 阿来：《有关〈空山〉的三个问题》，《扬子江评论》2009 年第 2 期。

盖草原，并得到了一本有关高原药用植物的手册。他从生活中经验里来的植物爱好或者说博物学兴趣，渐渐走向自觉。

特别有意味的是，在《三十周岁时漫游若尔盖大草原》（1989）一诗"大地"这一单元中写道："我的情思去到了天上，在 / 若尔盖草原，所有鲜花未有名字之前。"① 这简直是一种预示，"所有鲜花未有名字之前"的诗句，表达了阿来在混沌初开的神话思维下，对草原花草懵懂的原初理解；也暗含了民族文化文明发展过程中，民族智慧发展中，对周遭世界的分析性认知，其中包含对鲜花的"称名"。而对植物"称名"的迷恋，是阿来迷恋故土、深爱自然的明证。

（二）发展：系统地阅读与热情地推介

以《三十周岁时漫游若尔盖大草原》为起点，阿来的行走、看花、识花、拍花、写花，开始成为他生活的一个"调剂"。这一阶段一直持续到世纪之交。

1996 年，阿来离开阿坝到成都，就职于《科幻世界》。阿来在《科幻世界》期间，认识了不少地质学专业的朋友。除了前述刘华杰，还有地质学出身的李栓科等。地质学家是阿来少年时候的职业梦想。在博物学分化为各专门科学以前，地质学也是博物学的重要组成部分。

在这个时期，阿来大量阅读了科学普及方面的书籍，并致力于推动科学与人文相结合。这些阅读包括美国的刘易斯·托马斯、艾萨克·阿西莫夫、利奥波德、阿尔伯特·爱因斯坦、齐然尔曼兄弟；法国的儒尔·米什莱；中国的吴冠中、茅以升、钱三强、李四光、刘华杰等。

1997—2005 年间，阿来在《科幻世界》先后写了卷首，开设过"世纪回眸""科学故事""人与自然""界外"等专栏，发文数量不等。阿来的好奇心、他对于科学的爱好、他期待科学与人文能够交融的梦想，

---

① 阿来：《阿来的诗》，四川文艺出版社 2016 年版，第 111 页。

在《科幻世界》的专栏文章中得到淋漓的展现。

"科学美文"是阿来首创的栏目，开设时间最长、发文最多，文摘和阿来亲自撰写的导读文章都兼顾科学性与人文性。文摘如《一座鸽子的纪念碑》《欧洲人的一张菜单》《翅膀》《身处鱼类世界，生物学家倍感孤独》《怎样探测地球年龄》《注视大自然的理由》《月季与玫瑰之区别》，等等。《一座鸽子的纪念碑》的作者是美国著名环保主义者利奥波德，该文节选自他的《沙乡年鉴》，痛惜"候鸽"这一物种在人类活动的步步紧逼下不幸消亡。《怎样探测地球年龄》的作者是著名的地质学家李四光。在文中，李四光基于渊博的地球知识储备全面讲述了 18 世纪以来丹索、亚当斯、汤姆孙等人测定地球年龄的科学探索；文辞也非常优美，如"当最冷的时候，北欧全体，都在一片琉璃之下，浩荡数千万里，南到阿尔卑斯、高加索一带，中连中亚诸山脉，都是积雪皑皑，气象凛冽"[①]。知识可靠、优美生动。阿来对此文的导读题为《科学家的人文情怀》，文中他称赞李四光的文章是关于"如何用不同的科学方式鉴定地球年龄的美文"[②]。

阿来为"科学故事"专栏撰写的《让岩石告诉我们》充分体现了他的地质学爱好。此文颇长，在《科幻世界》首发时拆成了上下两篇。文中历数岩石记录的地球历史、如何用放射性元素来测定岩石的年代、岩石的历史与生命的诞生发展、人类起源与人类考古史、史前艺术，等等，脉络清晰，链条完整，学科视野开阔，读来津津有味，令人兴致盎然。

在"世纪回眸"专栏中，阿来撰写了《关于生命的伟大发现》一文。文中梳理的故事主人公几乎全是博物学家：从 17 世纪发明显微镜的列文虎克，到 19 世纪初期发现细胞核的植物学家布朗，19 世纪中后期出版了《物种起源》的达尔文及遗传学巨擘孟德尔，等等。只是这时候，阿来把这些做出了巨大历史贡献的人称为植物学家、遗传学家等。

其实，前述利奥波德的大学专业与工作领域都是林业，他是在现代

---

① 阿来：《自然写作读本》（A 卷），中国科学技术出版社 2018 年版，第 93 页。

② 同上书，第 100 页。

科学观念影响下培养出来的学者，但西方博物文化的传统仍然在他身上延续。他喜欢观察、记录、实践，既具有科学知识，也具备思辨能力，还有对林业和林区动物深切的情感。《沙乡年鉴》中提到，大学里并不鼓励学生发展对于博物学（natrue history）的兴趣。《欧洲人的一张菜单》的作者美国的罗伯特·路威、《翅膀》的作者法国的儒尔·米什莱、《身处鱼类世界，生物学家倍感孤独》的作者美国的马利斯·西蒙兹也都是被人所称道的博物学家。只是阿来那时并未用"博物学家"来指称他们。

在这个时期，阿来还有一位博物学同好——云南的半夏。半夏原名杨鸿雁，1988 年毕业于云南大学生物系植物学专业，供职于云南报业集团，中国作家协会会员，致力于长篇小说及自然随笔的写作，与刘华杰也颇有文交。2000 年之前，半夏就采访过阿来。当然，那时他们的交流主题还不是博物学。①

（三）自觉：清晰的学科意识与愈发丰厚的积淀

21 世纪初，阿来读到了刘华杰的《一点二阶立场》，觉得此书很"开脑洞"②。那时候刘华杰的博物学学科意识已经非常自觉。比如，《一点二阶立场》封面是刘华杰拍摄的鹅掌楸，表示"博物"的意思；其次，书中收有《从博物学的观点看》一文，学科意识和学科史描述很清晰。至少在那时，很可能受刘华杰影响，阿来已经接触到了学科意义上的博物学了。

2010 年，手术后的阿来开始写作《成都物候记》，他对博物学兴致盎然。阿来对植物的认知及"称名"非常着迷，以至于在 2013 年接受《光明日报》的采访时，阿来说"不能忍受自己对置身的环境一无所知"③，他希望自己是大自然的"谦逊"的记录者④。

① 阿来：《序·爱花人说识花人》，半夏：《看花是种世界观》，中国科学技术出版社 2017 年版，第 2 页。
② 同上书，第 1 页。
③④ 牛梦笛：《阿来：写作就像湖水决堤》，《光明日报》2013 年 1 月 31 日。

与此同时，2010年秋刘华杰在北京大学开设"博物学导论"课程，并开列了阅读书单。2011年，刘华杰的博物散文集《天涯芳草》出版。2013年，刘华杰的"西方博物学文化与公众生态意识关系研究"获国家社科基金重大项目立项。2015—2023年，全国博物学文化论坛先后召开六届。阿来作为文学界的唯一代表出席了第三届全国博物学文化论坛并作大会主题演讲。2018年，阿来与刘华杰合作出版了《自然写作读本》，阿来担任A卷的主编，将"科学美文"专栏的文摘与导读收入书中。

阿来与半夏的博物学话题持续展开。半夏的博物书写日益丰富。2018年的《看花是种世界观》是半夏记录刘华杰博物人生的纪实作品，阿来为之作序。2019年半夏的散文集《与虫在野》广受好评，先后获得由阿里巴巴公益基金等评出的"中国十大自然好书·自然生活奖"、《十月》杂志评出的"琦君散文奖·特别奖"、新浪好书榜2019年度推荐图书、"吴大猷科普著作奖·佳作奖"等多个奖项与荣誉，被誉为"中国的《昆虫记》"。

在阿来的文学写作中，对植物的准确称名使其作品更具有"精确"的魅力、原生的质感。对比阿来不同时期及与同期同题其他作家的创作可知，对植物的称名与否，直接影响到作品呈现的"现实"。

二、阿来的博物书写：科学美文、诗意物候与精确细节

阿来的博物书写灵动而不失沉着，轻盈而丰满细腻。在入微的观察、精细的描写中，充盈着他自童年时代深藏于基因中的"自然情感"，又饱含着在长期的阅读中沉淀而来的"中国人的自然之爱"（The Chinese Love of Nature）[1]。这些书写，有的是直奔科学知识而去的科学讲

---

[1] Li，C.（李祁）*The Love of Nature*：*Hsu Hsia—k'o and His Early Travels*（Program in Eastern Asian Studies，Western Washington State College，Occasional Paper No.3）.Bellingham，Washington：Western Washington State College.1971. 该书的第一章为"The Chinese Love of Nature"（中国人的自然之爱）。

述，如前述《科幻世界》期间的"科学美文"、《水杉，一种树的故事》等；有的讲究科学与抒情兼美，如散文《成都物候记》《故乡春天记》。此外，阿来小说中涉及自然描写时对细节的孜孜以求也表现博物书写的精细性特征，我们从中亦可一窥其博物书写的艺术魅力。

（一）科学美文，知识写作

"科学美文"是阿来给自己在《科幻世界》的一个专栏起的名字，他还慎重地阐明了给这些文章命名为科学美文的原因：一方面，"科学在终极层面能够达到高度的和谐"；另一方面，"自然学科与人文学科，科学理念的传达与文学审美，并不处于一种对立的状态"；在"科学美文"中，"科学与文学，观察与审美，理性的分析与感性的表达总是相得益彰"，给读者"带来新知的同时给予深切的审美愉悦"[①]。2021年，在四川黄河主题采风创作·作品研讨会上，阿来进一步强调了知识性写作，他的讲话题目就是《讲好黄河故事需要知识性书写》。他特意强调，"自然写作中，知识性的内容一定要有"[②]。

除"科学美文"专栏中阿来撰写的系列导读、科学故事外，他的《水杉，一种树的故事》因为对博物学家、水杉的博物学知识的偏重，表现出典型的"知识性写作"特点，堪称科学美文。

《水杉，一种树的故事》不仅讲述作为植物的水杉的科学知识和故事，也讲述发现水杉的博物学家的故事。文中，阿来的博物学知识信手拈来。如博物学家对水杉的研究与发现。在水杉"前传"中，阿来用晓畅而专业的语言回顾水杉的"古老"，并指出最早是日本的三木茂博士在化石中发现了它的存在。至于活株，那是1941年，抗日战争最为艰难的相持阶段，中央大学的干铎在辗转行脚去往抗战大后方重庆的路上发现的。1946年，郑万钧、胡先骕两位植物学家确定其科学命名。再如，从科学角度讲，水杉的"发现"其实质上是"科学的方式重新发现"。阿来写道："一九四一年水杉的发现更准确地说，是以科学的方式重新发现。在没有采用科学系统，也就是没有采用林奈创立的分类系统和命名法之前，中国人并不是对周围的环境一无所知，只是基于经验性的无系统的知识，实在是有着巨大的缺陷。"①这里有植物分类学的知识，有林奈的双命名法的介绍，也将其与中国人的认知事物的经验性特征进行对比。全篇以"水杉"为线，从白垩纪到抗战到当下，从四川、湖北到美国，时空迢迢，阿来心心念念；全篇科学知识丰富明白，人文情感深厚含蓄，并插叙关于对大熊猫的发现及科学命名，是一篇情理兼备、平实练达的文章。

当然，《水杉，一种树的故事》的文学性也毋庸置疑。此文曾获得第十一届丁玲文学奖散文类成就奖。文章的词句非常优美，如："每天经过它（即水杉）身旁，都会抬头看看。每一道皲裂的老皮间每天都会透出更多的润泽，每一根枝条都会比前一天更加饱满。一周，或者再多几天，就看见幼嫩的枝梢上绽出了星星点点似无似有的绿，凝视时如烟将要涣散；再换眼，又凝聚如星，新翠点点。海棠初开时，它羽状的新叶已经舒展开来，清风徐来，借它鸟羽般翩飞的新叶显现轻舞飞扬的姿态。"状物准确，生动新鲜，如在眼前。

（二）诗意物候，隽永深情

阿来说过，"所谓物候……还是气象学家竺可桢先生的文章《大自然的语言》更有趣味"③。竺可桢先生是中国物候学的创始人，他的小品文《大自然的语言》生动有趣地描述了大自然的物候现象，由于被选入多种语文教材而广为流传。

阿来描绘了植物的"理想国"，出版了《成都物候记》。这本书是阿来博客中"成都物候记"系列文字的集结，记述了他 2010 年手术康复期间在成都拍摄、记录植物的经历和感受。全书共二十章，从腊月

---

① ② 阿来：《水杉，一种树的故事》，《人民文学》2019 年第 12 期。
③ 阿来：《成都物候记》，陕西师范大学出版总社 2019 年版，第 4 页。

开始，按照开花先后，观察、拍摄、记录了蜡梅、丁香、含笑、芙蓉等二十余种植物。每一章主写一种花木，间或有闲笔。比如贴梗海棠一章，阿来记录了初春华西医院的海棠"热闹地缀满了等待绽放的花蕾"①，也记下了府河边"一树树怒放的红海棠中，却间杂着一丛丛白海棠。红海棠树形高大，花开热烈；白海棠只是低矮浑圆的一丛，捧出一朵朵娴静清雅的白色花。这种热烈与安静的相互映衬，比那一律红色的高昂更意韵丰满。低调的白却比那高调的红更惹眼"②。阿来猜想，《红楼梦》大观园中众小姐结海棠社咏海棠诗，从描绘的性状与引发的情感看，多半也不是这种海棠。只有林黛玉诗中一联，咏的像是眼下这种海棠。当然不是红海棠，而是白海棠。《红楼梦》中这一回结海棠社咏海棠诗就是因为贾宝玉得了两盆白海棠。林黛玉咏出的'偷来梨蕊三分白，借得梅花一缕魂'的妙句，像是开在眼前的红海棠丛中的白海棠的精神写照"③。文末还提到了婆婆纳，"坐在树下看花的时候，眼角的余光看见脚下地边有微弱的蓝星闪烁，仔细看去，却是花朵展开不超过半厘米的婆婆纳也悄然出苗，贴地开放了"④。这不过是阿来记载贴梗海棠时的一处闲笔，却诗意盎然，语言灵动，虽然婆婆纳微小，但也表现出了一花一世界的阔大境界。

四季的变迁虽然没有二十四节气那么精准，但四季的花草却也各不相同，我们姑且把它归于物候书写中。阿来这样记录达古冰川景区的春天：

> 达古景区的自然之美真是无处不在啊！在海拔三千多米处，积雪刚刚融化，落叶松柔软的枝条上就绽放出了簇簇嫩绿的针叶。而刚刚从冰冻中苏醒的高山柳、报春已经忙着开

---

① 阿来:《成都物候记》，陕西师范大学出版总社2019年版，第31页。
② 同上书，第35页。
③ 同上书，第38—39页。
④ 同上书，第39页。

花了。再往下，开花植物更多。路边草地上，成片的小白花是野草莓，星星点点的蓝花是某种龙胆，那是比蓝天更漂亮的蓝！到了达古村附近，湖边野樱桃开花了，有风轻摇树梢时，薄雪般的花瓣便纷纷扬扬飘飞起来。再往下，路边一丛丛黄花照眼，那是野生的棣棠。还有藤本的铁线莲，遇到灌丛和乔木就顺势向上攀爬，用这样的方式，把一串串鲜明的花朵举向高处。那些花朵也真正漂亮，四只纯白的花瓣纤尘不染，花瓣中央，数量众多的雄蕊举着一点点明黄的花药，雌蕊通身碧绿，大方地被雄蕊们簇拥在中央。[①]

观察精细，称名准确，草木丰饶，色彩明艳，若非案头准备充分且成竹在胸，多次深入山中并体验观察，绝难记录和书写出这样的殊胜春景。

（三）博物细节，精确绵密

与诗和散文相比，小说对人生体验、在地知识、细节事实有更高的要求。1994年杀青的《尘埃落定》是阿来在阅读了十八位土司资料的基础上写成的。土司制度、罂粟花、淘金人，在小说中有或浓或淡的叙写。除了贯穿全篇的罂粟花外，《尘埃落定》时期阿来笔下的植物只是整体叙事中微不足道的"组成部分"，土司领地中最常见的"杜鹃花"在整部小说中出现不过四次，"苹果"两次，其他还有"梨"一次，"野樱桃"一次，"野桃花"一次，"柳"三次，"核桃"频次最高，一共七次，等等。如果不是特别统计，恐怕没有读者注意到还有这些植物曾经"生长"在《尘埃落定》里，因为它们基本都不具备叙事表意的功能。

当阿来的博物学——主要是植物学知识日渐丰盈的时候，阿来挚爱的青藏高原的那些花草树木就在《机村史诗》、在"山珍三部"、在

---

① 阿来：《一滴水经过丽江·故乡春天记》，陕西师范大学出版总社2019年版，第216页。

《云中记》中得到越来越扎实的描写，安静绵密、细腻入微地织入阿来作品里人物生活、情感生发的环境肌理中。

在"山珍三部"里，阿来有意识地把植物写得更扎实。《河上柏影》里博士王泽周盘算着，"要调查一下最初长出的是些什么样的灌木，开蓝花的沙生槐？开白花的珍珠梅？开黄花的小檗？还是开粉红花的绣线菊？他知道这样会使他的文章更加扎实漂亮……"①

所以在《三只虫草》《蘑菇圈》里，阿来对环境进行了复刻般的还原。

《三只虫草》开篇，首段一句话，"海拔3300米"②。这个看似平常的开头，其实蕴含了至少五层严格闭环的背景信息。第一，比对生物学知识可知，高山虫草主要生长在海拔3000米以上的森林草甸或草坪上，具备这种条件的主要是青藏高原。第二，继续比对地理学知识，阿坝州各区县平均海拔3500—4000米，而阿来特别钟爱若尔盖草原。第三，阿坝的若尔盖草原是青藏高原东部边缘一块特殊的区域，海拔高度在3300—3600米之间。第四，再细究人物，阿来最熟悉的是阿坝的"桑吉"，这个"桑吉"就像少年的阿来们，"我们一起上山采挖药材，卖到供销社，挣下一个学期的学费。那时，我们总是有着小小的快乐。因为那时觉得会有一个不一样的未来。而不一样的未来不是乡村会突然变好，而是我们有可能永远脱离乡村"③。第五，最后结合政策来看，阿坝州2003年开始实行退牧还草，在退牧还草的政策下，每年的虫草季就是牧区居民获取一年收入最重要的时期。《三只虫草》发表于2016年，"桑吉"逃学采虫草的情节完全契合这一背景。如上五层信息相互印证、环环相扣，《三只虫草》的现实根基如此厚实，作品的诗意品格由此展开飞翔的双翼。

《三只虫草》里，桑吉逃学采虫草遇到的飞鸟是云雀，"云雀飞

① 阿来：《河上柏影》，人民文学出版社2016年版，第106页。
② 阿来：《三只虫草》，人民文学出版社2016年版，第1页。
③ 阿来：《有关〈空山〉的三个问题》，《扬子江评论》2009年第2期。

翔的姿态有些可笑。直上直下，像是一块石子，一团泥巴，被抛起又落下，落下又抛起"①，准确的观鸟刻画从侧面透露出桑吉欢愉的心境。桑吉家里炉膛烧的柴火是"干枯的杜鹃树枝"②，杜鹃正是青藏高原的常见植被。男人们抽签值班，"村长就在帐篷边折了些绣线菊的细枝，撅成长短不一的短棍，握在他缺一根指头的手中"③。一句话、每个词，牢牢钉在纸页上，每个细节背后都有深藏不露的故事，非常耐读。

在《云中记》里，阿来的积累更加丰富，神性的意味与写实的细节辉映嵌合。云中村磨房的门口，压着阿巴妹妹的大石头旁，阿巴向着鸢尾花对妹妹讲述，"这时，他听到了一点声音。像是蝴蝶起飞时扇了一下翅膀，像是一只小鸟从里向外，啄破了蛋壳。一朵鸢尾突然绽放"④。阿巴的热泪一下盈满了眼眶，他赶紧对妹妹讲侄儿仁钦的情况，"仁钦出息了，是瓦约乡的乡长了。我碰到云丹了，江边村的云丹，他说咱们家的仁钦是个好乡长"⑤。或者是感应到了吧，或者只是鸢尾那时恰巧盛开，"又一朵鸢尾倏忽有声，开了"⑥。

仁钦在花盆里种下了阿妈寄魂的鸢尾，他心爱的姑娘"跪下，往花盆里浇水。她说：妈妈，让我来替你心疼仁钦吧"⑦。阳光落在了种子的胚芽上，"好像有点声音，倏忽一下，那颗绿色弹开了，从一颗饱满的拱背的豆子的形状变身成了一枚叶片！"⑧ "阿妈鸢尾"仿佛真的代表着逝者与尘世间的亲人息息相通。

罂粟花、鹿茸，这些反复出现在阿来小说空间里的事物，也在《云中记》中一一重现，强化着阿来小说的现实品格。一个人、一匹马，也许正因为无数生灵的细节充实了二十七万余字的每一行，才充盈了阿巴返回云中村的一百八十余个日出日落，使得阿来成功写出这一部充满难

---

① 阿来：《三只虫草》，人民文学出版社 2016 年版，第 15 页。

②③ 同上书，第 27 页。

④⑤⑥ 阿来：《云中记》，北京十月文艺出版社 2019 年版，第 67 页。

⑦ 同上书，第 297 页。

⑧ 同上书，第 298—299 页。

度的小说。

三、结语

阿来是个非常坚持自我的作家，从20世纪80年代开始，他的阅读和写作就部分由于身处"边地"疏离的地理空间而具有独立品格，不断尝试新的题材和表达方式。给阿来贴上任何标签都是危险的，他对于任何来自理论评论界的"标签化"都有"反标签化"的冲动。当阿来看重文学书写中"自然"的本体性时，阿来的"山珍三部"等作品很容易被当作"生态文学"。但是，当学者和读者给作品贴上"生态三部曲""自然文学三部曲"的标签时，阿来则又滑脱出来，把这类书写叫作"自然写作"，表现出他逃避标签、渴望不断突破的本色。所以，如果一味称扬他的博物书写，也可能把他片面化了。而且，仅就阿来的博物书写来看，他既不拘泥于19世纪后期西方博物书写推崇有加的"科学性"与"精细性"，也不流连于中国古典自然描写中的士大夫情感；他不在乎部分博物学爱好者对作家们情感泛滥而科学不足的指责，把细致的科学观察与生命的领悟体验都融入自己的文字之中。阿来期待文学对其他学科的综合超越——博物书写、生态文学，只是他创作的一个面向。阿来说，认真观察生活，如果运用人类学、社会学、民族志等方法来观察与调研，对写作很有用，"文学在某种程度上就是一个集大成，它是一个综合体，会吸收各种各样的东西"[①]。从这个意义上来讲，阿来在做一个综合超越的文体实验，试图以不被定义的样式写出对青藏高原最独特、入微而贴切的表达。

大卫·埃利斯顿·艾伦曾经这样评价梭罗：梭罗"为20世纪的博物学留下的遗产是一种新的节制的抒情。远比如今已被丢弃的维多利亚时代的多愁善感更透彻，同时经由直觉的源泉带来了强健与活力。

---

① 傅小平：《阿来：我一直在学习，相信我还能缓慢前进》，《文学报》2019年7月11日。

对此，我们需要一种新的文学体裁，一种更加自由的载体，以更好地传达出那些极易迷失在个体细节之下的核心现实"①。阿来也在为读者不断创造新鲜的写作方式和自由不羁的文字。因此，对于阿来这样富于开放性、成长性，一直还在写作，同时又具有巨大的好奇心以及跨学科趣味的作家，对其进行标签化当然很容易削足适履、以偏概全。但是，如果我们把标签当成切近作家的一种努力、一次探索，则终将会有所收获。

---

① ［英］大卫·埃利斯顿·艾伦：《不列颠博物学家：一部社会学史》，程玺译，上海交通大学出版社 2017 年版，第 289 页。

《尘埃落定》接受史研究

梁苏琴

摘要： 文学史是文学经典化的一种呈现方式，阿来作为个别被载入中国当代文学史的少数民族作家，其《尘埃落定》可以算作是少数民族文学的"经典"之一。在目前已出版的各版中国当代文学史著作中，有关阿来《尘埃落定》文学／文化价值经典性的差异阐释，侧面显示了不同文学史对少数民族文学作家作品的选编标准与叙述策略，也包括了文学制度在决定少数民族文学经典与文学史叙述层面的作用。以阿来《尘埃落定》的入史路径为中心，比较阿来与其他当代少数民族作家作品的文学史接受现状，探讨少数民族文学与中国当代文学史的互动关系，是解答少数民族文学如何经典化这一历史性问题的有效途径。

关键词：《尘埃落定》；文学史；文学制度；经典化

主流文学史对"少数民族文学"的考量，从民族风情、边地风情到民族国家想象和中华民族共同体整体叙事，经历了多种阐释途径，这种现象虽然是文学经典化的一种必然，但也从侧面说明少数民族文学的文学价值一直处于被确定、被召唤的状态中。事实上，从现有的主流文学史来看，少数民族文学是很难出现在主流的文学史著作中的，尽管阿来、张承志、扎西达娃、李亚伟、何小竹等当代少数民族作家及其作品已经成功地被纳入主流文学史的叙述框架中，但也只是作为个例存在的"幸运儿"，并非普遍现象。阿来作为个别被载入主流文学史的少数民族作家，凭借着文学创作本身与主流审美、社会时代背景和民族国家叙事之间的耦合，使其作品跻身当代文学经典的行列之中，是少数民族文学进入中国当代主流文学史的成功范例。然而，目前已出版的各类中国当代文学史对关于阿来《尘埃落定》的接受程度与阐释角度各不相同，这说明不同文学史对少数民族文学作品的选编标准和评价机制存在一定差异性，也正是由于这种差异性，为反思当前文学史如何有效阐释少数民族文学，以及少数民族文学如何经典化等问题创造了可讨论的空间。

一、被指认的经典：文学史中的阿来《尘埃落定》

如果说进入主流文学史的表述意味着某一作家作品"经典化"的完成，那么在鲜有少数民族文学入史的当代文学史书写现状中，阿来的《尘埃落定》可以算作是少数民族文学的"经典"之一。于文学史撰写者而言，主流文学奖对阿来的权威性认定——"第五届茅盾文学奖获得者"，是关于阿来及其作品的众多阐释中最不具争议的、最安全的切入点，反而是"藏族"这重与生俱来的、天然的且不可更改的身份划定，成为撰写者在考量阿来时需要审慎处理的重点，连带着对《尘埃落定》经典性质素的解读也变得暧昧起来。

严家炎为《尘埃落定》撰写的茅盾文学奖评语极为中肯："作者以对人性的深入开掘，揭示出各土司集团间、土司家族内部、土司与受他统治的人民以及土司与国民党军阀间错综的矛盾和争斗。并从对各类人物命运的关注中，呈现了土司制度走向衰亡的必然性，肯定了人的尊严。小说有丰厚的藏族文化意蕴。轻淡的一层魔幻色彩，增强了艺术表现开合的力度。语言颇多通感成分，充满灵动的诗意，显示了作者出色的艺术才华。"[①] 基于上述评语，后来的文学史对《尘埃落定》

---

① 《第五届茅盾文学奖评委会委托部分评委撰写的获奖作品评奖》，《文艺报》2000年11月11日。

主要内容的解读也大致围绕着"藏族封建土司制度由盛转衰、逐步走向崩溃的过程""描写了生命的小王子和封建土司制度的崩溃"[①] 等展开，"傻子""象征""人性""藏文化""魔幻"等作为阐释《尘埃落定》"经典性"的关键词，是文学史书写的中心。以 2000 年以后出版的中国当代文学史为参考对象，可以发现，文学史书写中有关阿来《尘埃落定》经典性质素的阐释"大同小异"：强调阿来获得主流文学奖的成就，对其民族身份采取"因地制宜"的"取舍"策略，对作品的阐释主要围绕着两方面进行：一方面，是仅限民族文学层面的艺术特色分析和审美价值判断；另一方面，弱化作品的民族性，并与汉族文学作品进行"共性"比较，挖掘其在民族国家层面的文化意识。

　　保守的文学批评家撰写文学史时，在不会有意规避或省略少数民族文学成果的情况下，最常用的叙述策略是将少数民族文学以专题讨论的形式单列出来，能相对系统地介绍部分经典性较强的民族文学作家作品，且不会出现挤占主流文学资源的情形。这种策略的好处有两个：一是，既可以放心地凸显民族作家身份的民族性，又可以避免民族作家因少数民族身份在入史问题上获得"优待"的嫌疑；二是，不必为了少数民族文学和汉族文学入史的统一标准而降低或提高某一方面的要求，独立且具有主体差异性的评定标准或许能降低一些不必要的倾向性、不公平性。目前主流文学史著述为少数民族文学提供的特殊待遇，大都体现为叙述策略的精心选用之上，"比如有关少数民族文学的内容大都实行'单列'，其创作的'成就'与'经典性'就可以有效避免与汉语写作成果比较所可能产生的认定标准的'暧昧'与认定过程中的'彷徨'，从而保证其所作出的价值评判已被牢牢限定于'少数民族文学'范畴所应具有的权威性和示范意义。同时，另一个策略是，有意凸显关于创作主体、作品的'主题重大性'，对其创作的时代认同与阶级政治认同方面实施异常深入的阐释，在有意无意淡化'族

---

① 　王庆生：《中国当代文学史》，北京：高等教育出版社 2003 年版，第 466 页。

群'历史意识的同时强化'民族风情'地域性特征。如此一来，有效地保证了文学史中'少数民族文学'价值叙述与中国当代文学总体格局与面目的内在'统一性'状态。"[1] 文学史中涉及阿来《尘埃落定》的论述大多使用了以上策略，多数主流文学史会完全沿用主流文学的审美标准，试图以此达到中华民族共同体视阈下文学性的统一。

王庆生、王又平主编的《中国当代文学史》（高等教育出版社2003年版）是较早将阿来纳入主流文学史叙述框架进行讨论的文学史著作，此书第二编"20世纪70年代以来的文学"中单列"少数民族小说"一章，对益希单增、扎西达娃和阿来三位藏族作家进行组合展示，主要从审美视角论述了《尘埃落定》的"傻子"视角、现实主义与现代主义相结合的艺术手法、浓厚的民族地域文化以及诗意的语言，但其认为结尾部分"红色汉人"的介入损伤了作品的艺术旨趣，这一论断过于在乎小说的审美形式，而忽略了"红色汉人"对于小说情节的完整性与主题升华的重要性。唐金海等编《20世纪中国文学通史》（东方出版中心2003年版）也单列"少数民族文学"一章，对少数民族诗歌、散文、小说及话剧等体裁予以整体呈现，有意识地介绍了阿来早期的诗歌创作，但关于《尘埃落定》的阐释只聚焦于"诗意""虚幻""土司文化"等方面，没有指出文本的深层内蕴，显得简单粗暴。以上两部文学史对少数民族文学的单列叙述，将作家作品牢牢框定在民族文学的范围内，一边使作品的民族性大于了文学性，一边又加深了少数民族文学与汉族文学之间的距离感。洪子诚著《中国当代文学史》（北京大学出版社2010年版）和孟繁华、程光炜著《中国当代文学发展史》（人民文学出版社2004年版）将阿来与其他汉族作家一起放入20世纪90年代小说热潮中加以审视，前者认为《尘埃落定》题材的新奇性是其获得广大读者的主要原因，后者评价该小说最主要的特色是贯穿文本始终的浓厚的诗意，以上以"审美尺度"为评价标准

---

[1] 席扬:《中国当代文学的"历史叙述"和"典型形象"》，北京：人民出版社2015年版，第59页。

的描述，依然没有脱离边地风光、民族风情的审美藩篱，只是将《尘埃落定》视为具有独特风格的少数民族边地生活题材小说，有意淡化了阿来的藏族身份，民族身份没有成为一种影响因素进入到作品审美价值的评判体系中。

　　於可训著《中国当代文学概论》（武汉大学出版社2004年版）评论《尘埃落定》承继了扎西达娃的神秘主义文化色彩和马原的叙事圈套技法，认为阿来是20世纪80年代"文化寻根"和小说叙事革命的承接者，并创造了一种新的民族叙事。这类表述，在某种程度上是编著者尝试以主流文学思潮囊括阿来，以此消除"藏族作家"的前缀所导致的"阿来＝主流外的边缘作家"的刻板印象。但将阿来《尘埃落定》、陈忠实《白鹿原》与王蒙的"季节"系列长篇小说并列为反思民族历史文化小说的代表，这种归类有着明显的矛盾性，因为陈忠实与王蒙的小说反映的是整个中华民族的历史浮沉，而《尘埃落定》所体现的是本族群（藏族）的转折与兴衰，显然编著者对"民族"概念的认知不够清晰和统一，致使"民族"的含义在这部分书写中变得模糊和游移。当然，也不排除其想要制定一种统一的选编标准而强行拉拢阿来与汉族作家组合的可能性。朱德发等编《现代中国文学通鉴（1900—2010）》（人民文学出版社2012年版）以文学的文化研究为视角，将"藏族作家阿来"与传统的"藏佛文化小说"相绑定，认为荣获茅盾文学奖的《尘埃落定》既是藏佛文化小说的典范，也是"'文化复兴现代中国'空间体验的扩展"[①]，但其以小说中人性之共性的凸显来判定阿来是故意回避作品及个人身份的民族性，强行拔高小说的民族国家叙事意义，这种有目的地突显文学作品的主题的重大性，以民族国家认同代替族群认同，使得作品中受族群文化滋养的审美方式和艺术表达都被"民族国家文学叙事"的"统一性"内涵所遮蔽掉了。

　　文学史叙述可以看作为一种文学经典观念的具体呈现，不同主流

---

①　朱德发、魏建：《现代中国文学通鉴（1900—2010）（下册）》，北京：人民文学出版社2012年版，第1817页。

文学史对阿来《尘埃落定》经典性的阐释互异，说明当前学界仍然一贯地套用固有的主流文学经典观念对少数民族文学进行阐释，没有考虑到具体的少数民族文学的特殊性，从而导致了入史的少数民族文学作品在文学史叙述中"经典性"的缺失。因而当代文学史叙述的难题在于：少数民族文学经典究竟应该被怎样书写？书写时又要如何分配少数民族文学"民族性"与"审美性"的占比？"如何使民族文学因素成为国家层面文化整体中审美意识和审美知识的有效构成部分，并逐步演化为公民知识谱系中的常识"①，这些既涉及文学史叙述的科学性和有效性，也涉及少数民族文学经典性阐释的合理性。

二、"文学制度的权力"：从阿来的入史路径谈开去

《尘埃落定》如何成为文学经典？这或许是我们研究阿来入史策略，以及其他少数民族作家的入史可能性不能回避的重要论题。文学史对《尘埃落定》的具体阐释，是一种掺杂了主观意识的文学批评的价值取向表达，在内部层面剖析了《尘埃落定》的文学经典性，即文学文本的审美价值。每部文学经典的产生，都是内部要素和外部运动合力的结果，外部运动对准的是"意识形态和文化权力的变动"②，最后承载了意识形态和文化权力的则是文学制度，"文学问题与我们的制度实践和制度定位是密不可分的"③。文学制度衍生出的一些被官方承认的大学相关教育、文学批评理论期刊、文学刊物、各级作家协会以及重要文学奖制度等，它们在文学生产、文学消费和树立文学权威等方面，尤其对文学经典的确定，起了无法替代的作用。

---

① 席扬：《中国当代文学的"历史叙述"和"典型形象"》，北京：人民出版社 2015 年版，第 73 页。

② 童庆炳：《文学经典建构诸因素及其关系》，《北京大学学报（哲学社会科学版）》，2005 年 5 月。

③ 杰弗里 J. 威廉斯：《从制度说起》，杰弗里 J. 威廉斯编著：《文学制度》，李佳畅、穆雷译，南京：南京大学出版社 2014 年版，第 1 页。

茅盾文学奖、鲁迅文学奖、少数民族文学骏马奖等主流文学奖项，在制度层面提供了各民族文学文本间平等竞争的平台，少数民族作家作品也通过遴选的方式进入主流视野。《尘埃落定》完成于1994年，1998年得以出版，2000年获得第五届茅盾文学奖，阿来由此成为首个获得茅盾文学奖的藏族作家，也是继蒙古族作家李準（《黄河东流去》获第二届茅盾文学奖）和回族作家霍达（《穆斯林的葬礼》获第三届茅盾文学奖）之后第三个获得这一奖项的少数民族作家。不可否认的是，茅盾文学奖是真正意义上将阿来及其创作暴露在中国主流文坛并接受文学批评家审视的有力推手。在获奖后两三年的时间内，多部主流文学史中就已经出现了"藏族作家阿来"的身影，"第五届茅盾文学奖获得者"自然而然成为文学史对阿来的第一重解说。在2000年以后出版且对阿来及其作品有所涉及的文学史，无论是正文的具体论述还是介绍性注释，"荣获第五届茅盾文学奖"都成为阿来《尘埃落定》不可或缺的标签。文学评奖制度带来的"×××奖获得者"头衔是

另外一种带有制度性、典范性的"定义"，每个作家都想从属于这类条件定义，这个定义是证明其在文学场域适得其所、名实相符的法门。把文学史书写视为作家向时代递出的一份官方简历，那么获得主流文学奖的殊荣则是作家创作能力的有力自证，所以不仅是阿来，还有成为主流文学史固定嘉宾的汉族作家陈忠实，以及鲜有露面的李準和霍达等少数民族作家，都逃避不了"×××奖获得者"的固定阐释模板。

全国范围的文学评奖制度，为塑造文学权威/文学经典制定了符合文学场域运行规律的合法视角、基本观念与合理分类的原则，决定了参选的文学作品"非如此不可"，即制度、形式层面的"为艺术而艺术"和"让文学成为文学"。文学评奖制度的规范性，自然地遮盖了制度本身的主流意识形态的一面，并投递出了对文学场域边缘位置的少数民族作家作品的同等关注，少数民族作家作品通过评奖竞技获得了文坛"重生"的机会。"作为茅盾文学奖的获得者"，阿来以少数民族

"文学明星"①的姿态，进入了文学史叙述范围之内，因此其在文学研究中比其他少数民族作家占据着更加显要的位置，不少学者在《文艺报》《文学报》《民族文学》等重要文学报刊上对《尘埃落定》进行介绍与评论，"赞扬它具有'大书品格''堪称文学经典''正在产生世界性影响'"②。这种通过重要文学奖项制造出来的"文学明星"现象，也可以解释获得鲁迅文学奖的满族诗人娜夜《娜夜诗选》、次仁罗布的短篇小说《放生羊》及索南才让的中篇小说《荒原上》等，尽管没有进入主流文学史，但获奖之后也赢得了其他同代少数民族作家不能比的文学场占位。

文学场域内，少数民族文学与汉族文学存在着一种隐性的竞争关系，伴随着这种竞争关系，在两者互为"他者"之间，"优于""劣于"或"等于"的比较关系时刻存在着。基于汉族文学在文学生产（尤其是文学经典生产）方面的历史优势，少数民族文学很难在与汉族文学的比较中突围，以致其长时间居于文学场域中心圈以外，同时，始终处于中心圈的汉族作家群体在不知不觉中掌握了文学竞争的强话语权和主导权。"文学（等）竞争的中心焦点是文学合法性的垄断，也就是说，尤其是权威话语权力的垄断，包括说谁被允许自称'作家'等，甚或说谁是作家和谁有权利说谁是作家；或者随便怎么说，就是生产者或产品的许可权的垄断。"③当意识形态主导下的文学评奖制度加入文学竞争中，文学评奖制度设置并依据的某种假定条件，包括体裁、题材、风格和作者的相对合法性，一定程度上保证了少数民族文学与汉族文学之间的平等性，是获奖的少数民族作家进入文学史叙述框架、

---

① 参考魏巍《文学制度与当代少数民族诗歌研究》中提出的"文学明星"，即指那些得到文学史正面认可，或者在国际国内获得各种文学大奖，如诺贝尔文学奖、茅盾文学奖、鲁迅文学奖等获奖作家，这些作家通常比其他作家更受到读者与研究者们的关注。

② 李鸿然：《中国当代少数民族文学史论（下）》，昆明：云南教育出版社2004年版，第691页。

③ [法]皮埃尔·布迪厄：《艺术的法则》，刘晖译，北京：中央编译出版社2001年版，第271—272页。

跨入文学经典行列的可能性空间的一个基本方面。

回顾当前的文学史著作，少数民族作家作品进入文学史叙述的"合法界线"似乎无形之间受到了明文规定或约定俗成的维护及巩固，例如拥有领域内的学术头衔、获得主流文学奖等。某种意义上，文学史叙述与文学评奖制度的"合谋"，变相地使得由主流文学奖筛选出的文学经典承载着一定的文化话语权力，即被文学史书写与被研究的权力，这或许能从另外一个角度解释为什么文学史中阿来的出现频率大于益希单增和扎西达娃等未获奖的少数民族作家。正如王庆生《中国当代文学史》在介绍少数民族小说发展轨迹时首先提及的是"仅就长篇小说而言，除荣获茅盾文学奖的《黄河东流去》（李準，蒙古族）、《穆斯林的葬礼》（霍达，回族）、《尘埃落定》（阿来，藏族）等"，这意味着获重要主流文学奖的作家作品拥有了被强调和单独展示的权力。显然，文学评奖制度一方面推举了值得被"看见"的少数民族作家，一方面又遮蔽了更多应该被"看见"的少数民族作家，造成了少数民族文学乃至整个当代文学的文学分层，因此少数民族作家在文学评奖等各种文学竞争中的博弈，既是少数民族文学与汉族文学的比拼，也是少数民族文学内部对文学场域话语权的争夺。正是在作家作品间的隐性博弈中，文学作品的轨迹，不是走向经典范畴，就是走向遗忘与失势。

总而言之，文学制度尤其是文学评奖制度对少数民族作家作品的承认，极大地推动了少数民族文学创作的发展，助力于少数民族文学抵达民族文学创作的黄金时代。"通过合法化、敞明化、规范性等具体措施，它也赋予积极表达的文化权力，进而实现了对少数族群的特殊关注和正面回应。少数民族不再被简单地视为野蛮的、'次一等'的弱者，使得少数民族文学的特殊地位得到重视。"①文学制度的拟定，在活跃了少数民族文学生产的同时，保证了少数民族文学竞争文学经典的

---

① 魏巍：《文学制度与当代少数民族诗歌研究》，《兰州大学学报（社会科学版）》，2018年第4期，第200—209页。

资格以及入史的可操作空间。任何文学史都是历时性与共时性的文学经典的集中体现，其中文学史作为具有合成作用的功能整体，依赖公正、平等、规范的文学制度去辅助性生成一份属于国家全民族的文学经典的回忆性文字材料，以此确保参与文学经典生产的各部分（少数民族文学与汉族文学）之间的整体关联与相互认同。文学史书写的完整性与可靠性，并不是将文字材料简单地置于一段完整的社会历史中就能实现，而是要寓于"中国文学"/"中华民族文化共同体"中、各民族文学经典共同拥有被书写、被记忆的权利以及被连续性书写、被持续性记忆的历史可能中，文学制度正是这种可能的建设者之一。

三、文学史的"两张皮"：被选择的阿来及其他作家

尽管文学评奖制度为少数民族作家入史提供了路径，但并不是所有获得主流文学奖的少数民族作家都能入史，即使入史，在大多数情况下也是被当作"点缀"或"补充"而很难成为主要部分，也很难被持续性书写。如获得鲁迅文学奖或骏马奖的少数民族作家们几乎没有入史，分别获得第二、三届茅盾文学奖的蒙古族作家李凖和回族作家霍达也很少出现在当代文学史中（除了王庆生《中国当代文学史》与唐金海《20世纪中国文学通史》等少部分对少数民族文学进行单列叙述的文学史），相反，从未获得过茅盾文学奖、鲁迅文学奖等主流文学奖项的少数民族作家李亚伟、何小竹、张承志等却能成为文学史的常驻嘉宾且持续地、长久地被书写。那么究竟哪种少数民族文学作家能够被文学史持续选择呢？

"第三代诗"是继朦胧诗后中国先锋诗坛的主流，因而"莽汉主义"创始人李亚伟（土家族）、"非非主义"代表人物何小竹（苗族）作为"第三代诗"的中坚人物，以诗人群体的形式存在于各类主流文学史对"80年代诗潮"的讨论中（如王庆生、王又平主编《中国当代文学史》，唐金海、周斌主编《20世纪中国文学通史》，洪子诚著《中国当

代文学史》，朱栋霖、朱晓进、吴义勤主编《中国现代文学史1917—2013》等）。加之重庆少数民族诗人的"族群意识"一直都比较淡薄，并不在意自己的族别，如出生于酉阳土家族苗族自治县的诗人李亚伟，虽然身份证上登记的是土家族，但他更愿意说自己是汉族人，其诗歌作品也极少呈现出鲜明的土家族文化元素，多关注于生养自己的乡土文化，语言流露出浓厚的地域特色。所以文学史编写者并不需要多花精力去界定和处理其少数民族身份，洪子诚在《中国当代文学史》中对李亚伟的介绍仅是"四川酉阳人"，直接忽略了其土家族身份，唐金海、周斌主编《20世纪中国文学通史》也不将这两位诗人的文学创作纳入少数民族文学中，在少数民族诗歌专题讨论中只讨论了藏族饶阶巴桑、彝族吉狄马加和回族木斧等民族性较强的诗人。于李亚伟、何小竹而言，汉语及汉族民俗习惯已经成为他们的日常，加快了他们融入"中华民族文化共同体"整体叙事的步伐，一定程度上有利于他们获得主流文学史的"入场券"。

张承志历来以"知青小说"和"寻根小说"代表人物的身份扎根于各类文学史书写中，其中部分文学史（王庆生、王又平主编《中国当代文学史》和於可训著《中国当代文学概论》）还塑造了张承志的"为人民""赞颂人民"的民本主义作家形象，将《心灵史》对回族哲合忍耶的悲壮历史的描写，升华为对"国民精神"和"人道主义精神"的阐扬，认为《心灵史》完美体现了其"为人民"的创作宗旨。这些文学史在讨论张承志及其创作时，虽然肯定了其小说中的宗教信仰和民族精神，但有意弱化乃至抹掉作家的"回族"身份，不得不让人怀疑：是否为了让张承志更加完美地融入主流而有意削弱其民族性呢？

从李亚伟、何小竹到张承志，都是主流文学思潮的见证者与参与者，在不同程度上介入了时代与文学的变革，并成为"第三代诗人""知青作家""寻根作家"等一系列以"思想艺术的共性"为黏合剂的重要作家集团的中心成员。由于"文学史的另一项任务是按照共同的作者或类型、风格类型、语言传统等分成或大或小的各种小组作品的发展过程，并进而探索整个文学内在结构中的作品的发展过程"①，这种由共同风格类型、语言传统形成的"小组"就是文学思潮引领下的文学流派所形成的作家集团。目前已出版的文学史著作，绝大部分以文学史分期为线，以各时期主要文学思潮、文学现象及文学流派来统筹具体作家作品，于是被确切和稳固的文学流派所认证的少数民族作家，会首先被文学史编写者关注并下意识地青睐。文学思潮/文学流派的归属，其权威性不亚于族群归属，它能让不限于少数民族在内的所有作家得以在时代的淘洗下幸存，也能最大限度地提高李亚伟、何小竹、张承志等少数民族作家在文学史书写中的曝光度与讨论度。

反观阿来，即使被纳入主流文学史的叙述框架，也因为暂时无法在风格类型等方面与其他主流作家形成"组合"，无法被既定的主流文学流派接收，所以一直在各类划分中游走：或存在于少数民族文学的"单列"中，失去与汉族文学相比较的资格；或被粗线条地塞进20世纪90年代长篇小说中，付出丢掉"民族性"的代价。此外，阿来也会陷入被文学史忽略的困境中：如果说陈思和主编《中国当代文学史教程》没有关注收录阿来，是因为《尘埃落定》还未足够接受时间、读者和专业批评家的检验，其经典性还未显露，那么为何严家炎在第五届茅盾文学奖获奖评语中高度肯定了《尘埃落定》的文学价值，却在其主编的《20世纪中国文学史》中不见阿来的身影呢？另外，朱栋霖等主编《中国现代文学史1917—2013》也没有提及阿来。不是阿来及其作品没有达到入史的门槛，更大的可能是这些文学史并没有为少数民族文学准备单独版面，在只以时代分期下的文学思潮和文学流派为叙述框架的文学史中，类似阿来这样的少数民族作家便只能成为被文学史遗忘和遮蔽的"孤儿"。

难道阿来真的只是主流文学思潮的旁观者吗？显然不是。阿来曾自述："就我自己来说，从20世纪80年代开始的写作，那时正是汉语

---

① [美]雷·韦勒克、奥·沃伦：《文学理论》，刘象愚、邢培明等译，北京：生活·读书·新知三联书店1984年版，第293页。

小说的写作掀起了文化寻根热潮的时期。作为一个初试啼声的文学青年，行步未稳之时，很容易就被裹挟到这样一个潮流中去。"① 阿来自己是承认且主张"文化寻根"这一主流思潮对自身文学创作的影响的。针对"文化寻根"与阿来创作的渊源，学界也出现了一些研究成果，如丹珍草在《群山，或者关于我自己的颂辞——评〈阿来的诗〉》中写道："文化寻根意识渗透在他几乎所有的作品中，具体表现为对嘉绒大地不间断地漫游和深情描绘，以及在文学创作中与族群血脉的历史文化根脉的贴近或'对接'"②，以及程光炜在《〈尘埃落定〉与寻根文学思潮》一文中指出："把傻子纳入寻根文学的'聋哑智障谱系'，在于说明寻根文学运动虽然止于80年代中期，然而作家个人意义上的寻根并未停止。"③ 以上研究为解读阿来《尘埃落定》的经典性开辟了新的视角。文学史对某一文学思潮的时间范围、空间范围及社会意义的限定，只是一种静态的书写，但在历史现场，这种思潮的发展与影响是动态的、弥散的。我们不能因为"寻根思潮"在20世纪80年代就已经宣告结束，而断定其不会影响到藏族青年阿来在这段时期对社会生活的体验和感知，以及创作材料的收集和积累，毕竟《尘埃落定》的构思时间早于其创作时间近十年。可惜的是，当代文学史的编写者们没有考虑到"文化寻根"与阿来之间的联结，致使阿来的文学史意义没有得到有效发掘，当前的文学史叙述离阿来《尘埃落定》的价值中心还是太远。

从阿来谈开去，横向比较其他进入当代文学史的少数民族作家，如李亚伟、何小竹、张承志等，文学史对这些少数民族作家的选择和作品的价值叙述都显露出了多重面相。文学史编写者"选择一部作品或者摒弃一部作品的标准是人为武断的，是带有性别、种族和阶级的

---

① 阿来：《我只感到世界扑面而来——在渤海大学"小说家讲坛"上的讲演》，《当代作家评论》2009年第11期。

② 丹珍草：《群山，或者关于我自己的颂辞——评〈阿来的诗〉》，《阿来研究》（第六辑），2017年1月。

③ 程光炜：《〈尘埃落定〉与寻根文学思潮》，《中国现代文学研究丛刊》2019年第7期。

偏见的，这些标准所反映和肯定的往往只是社会的强势群体的价值和他们的文化"①，部分文学史书写已经演变为了一种个人的文化意识和历史意识的输出，并且在文学层面对少数民族文学带有历史性偏见，如同某些文学史中以"非汉民族的民间文学"指代少数民族文学的暧昧表述，以及"非汉民族文学"或"非汉民族作家"等厚此薄彼的称呼②，显而易见地流露出一种强者视角下的"凝视"与"偏见"。阿来是为数不多具有广阔的可阐释空间的少数民族作家，《尘埃落定》也是受到全民肯定的经典之作，在豆瓣读书、微信读书等数字作品阅读平台的"茅盾文学奖最值得看的书"等民间推选中排名居高不下，但其经典性却尚未在文学史中得到恰当的、有效的承认。中国当代文学史关于少数民族文学的历史叙述始终存在着缺陷，一个平等、明晰且稳定的少数民族文学经典的选编标准亟待确立。

四、余论

阿来在小说集《月光下的银匠》中写道："文学最终是要在个性中寻求共性。所以，我并不认为《尘埃落定》只体现了我们藏民族或那片特别的地理状况的外在景观……我始终认为，人们之所以需要文学，是要在人性层面寻找共性。"③多数的文学史叙述，总是习惯性地在独特的艺术风格、新奇的题材或神秘的藏族文化中找寻《尘埃落定》的经典性质素，可是，面对一段在大时代裹挟下的家族兴衰史，被看见的不应该只有"魔幻""神秘""风俗"，还有充满动荡、变革与战争的时代洪流中，再强大的个体和制度只要不顺应时代，都会分崩离析的历史经验，以及文明更迭的必然性。正如哈罗德·布鲁姆所认为的"一

---

① ［美］哈罗德·布鲁姆：《西方正典》，江宁康译，南京：译林出版社2005年版，第204页。
② 陈思和：《中国当代文学史教程（第二版）》，上海：复旦大学出版社1999年版，第124—142页。
③ 阿来：《月光下的银匠》，武汉：长江文艺出版社1999年版，第372页。

首诗、一部小说或一部戏剧包含有人性骚动的所有内容，包括对死亡的恐惧，这种恐惧在文学艺术中会转化为对经典性的企求，乞求存在于群体或社会的记忆之中"①，《尘埃落定》对人性、死亡与欲望的"共性"呈现，才应该是被文学史记录的经典性价值所在。

考察并比较阿来《尘埃落定》及其他少数民族作家作品的文学史接受现状，我们可以清楚地发现：尽管在鉴定文学作品本身之前，先根据其作者身份、时代背景或流派划分等材料来确定作品的经典性可能，颇有"功利性"的意味，但不能否认的是，某时代主要思潮／流派的作家集团的中心成员身份，极大地增加了少数民族作家作品的关注度，以作家群体的形式入史也是少数民族文学经典化的策略之一。同时，文学评奖制度（如茅盾文学奖、鲁迅文学奖、少数民族骏马奖等）是对少数民族文学作品的经典性及入史资格的前期筛选。截至第九届茅盾文学奖（2011—2014），所有获奖作家中仅有三位少数民族作家（李凖、霍达和阿来），且所有获奖作品中只有一半作品被目前已出版的各类当代文学史所收录，其中汉族作家作品入史概率不到二分之一，仅有的三位少数民族作家则全部进入了文学史叙述框架。这一方面说明茅盾文学奖评奖标准与入史标准并不一致，主流文学奖只是考察作品经典性的指标之一；另一方面说明茅盾文学奖评奖制度对少数民族文学更为"苛刻"，少数民族作家作品更难入选，但正是这种"苛刻"，既保障了获奖的少数民族作家作品的经典化潜质，又保证了少数民族作家作品的入史质量，造就了当前的少数民族文学经典。

在当代主流文学史中，或是无意识但有目的地遗忘与回避，或是文学史更迭过程中惯性书写的延续，许多优秀的少数民族作家作品被遗留在了时代的尘土里。对于任何具有被经典化潜质的作家作品，无论是审美范式还是意识形态上的遗忘，都是具有强烈的毁灭性的。我们固然可以心照不宣地忽视少数民族文学中一部分值得经典化的作品，

---

① ［美］哈罗德·布鲁姆：《西方正典》，江宁康译，南京：译林出版社2005年版，第16页。

但这些作品并不会因此消失，而将以文字材料的形式现实存在着，等待着被重新解释。文学史不是封闭式的存在，它应是一个包罗着各民族文学经典的完整体系，并伴随新文学经典的加入而不断变化着的增长体，所以文学史叙述也不能只依赖于固定不变的文学典范，而应在当代各民族文学创作的对话中，在文学经典的不断遴选中得到支持性补充。伸张少数民族文学的"经典化"或"入史"权利，是中国当代文学史作为"国家文学史"的题中应有之义。但进入文学史不代表文学经典化完成了闭环，不仅是阿来，许多当代少数民族作家作品的文学史价值 / 经典性都没有被正确、有效地呈现，甚至被无视。我们可以不认可过去时代的文学史叙述较为公正地观照了当时具有经典性的少数民族作家作品，或较为公正地对待了少数民族文学经典的审美经验。但可以判断的是，目前还不存在一种适当的文学史叙述能够避免"少数民族文学"与"汉族文学"非此即彼的二元对立的选择。

诗化的历史叙事及其蕴示

——阿来长篇小说《寻找香格里拉》的一种解读

孔明玉

摘要：阿来的长篇小说《寻找香格里拉》，讲述了美国学者约瑟夫·洛克于20世纪20至40年代末，先后六次深入中国的西南地区采集植物标本和寻找香格里拉的探险故事。这个故事以一个外国人的艺术视角出发，来深入考察和审视历史进程中的中国社会，既可以视为作家对于藏区自然与社会进行描写的一个插曲，也可以看作是对于整个藏区历史与文化的审美建构。本文以这部小说为研究对象，对其进行理论分析和深入阐释，旨在探寻它富有的深沉思想蕴示，以及凸显出的诗化历史叙事和审美价值。

关键词：当代小说；《寻找香格里拉》；诗化叙事；思想蕴示；审美价值

大凡研究纳西族文化或东巴经文的学者，对约瑟夫·洛克的大名一定不会陌生。这位出生于欧洲奥地利，后来移居美国的植物学家、人类学家、文化学家兼探险家，曾在20世纪20至40年代末，先后六次周游中国西南的滇、川、康等少数民族地区，带走了数万件异常珍贵的植物标本和极其重要的文献资料，分别撰写和出版了两卷本《中国西南古纳西王国》和《纳西语英语百科词典》等著述，一举成为那个时代具有较大影响的历史人物。阿来的《寻找香格里拉》（人民文学出版社，2023年7月）正是根据约瑟夫·洛克这个人物原型而创作的一部富于深沉思想蕴示的长篇小说。这部小说讲述了约瑟夫·洛克在中国的一段终身难忘的探险故事——在采集各种奇异植物标本之余，寻找梦寐以求的香格里拉圣地，不仅细致讲述了主人公一路上历经的种种错综复杂的曲折艰难，而且有力展现了主人公眼中旧中国西南地区诡谲的历史风云、奇异的民族风情、特有的文化内蕴，揭示了日松贡布雪山给其带来的内心震撼和无法释怀的魂牵梦绕。与此同时，作家在小说里还运用其一贯擅长的诗意化手法展开历史叙事，呈现出了十分浓郁的诗化叙事特征。

这部小说在艺术表达上显现出的一个显著特点，就是作家有意识地运用倒叙的叙事方法来描写故事，即把故事的结局或主人公洛克的最终命运进行前置，然后再依照时间先后顺序为读者讲述整个故事的来龙去脉。作家在小说的开篇《美国某植物园》这一章节里，通过细腻的感触、抒情的色调，运用诗意的笔法，描绘了年老体衰的洛克的行为举止及其流泻出的内心情愫和复杂思绪。在作家情感摇曳的笔下：时间的指针固定在 1975 年，这时的洛克已是一位七十多岁的老人，他神情落寞地行走在美国的一个植物园里，努力地寻找着那些十分熟稔又心心念念的植物。洛克在一株杜鹃树前停留片刻，一边用手深情款款地抚摸它革质的叶片，一边口中喃喃自语地说道："是我把你带到了这里，从中国，从日松贡布雪山下。"[1] 洛克又走到一株大风子树前凝目注视，伸手轻轻地摩挲着它血色的树皮，嘴里依然如故地默默念叨："是我把你们带到了这个国家。还是从中国。"[2] 在领略完这些植物后，洛克寻到一处僻静的地方，打开一本陈旧的《国家地理》杂志细细地翻阅，在他平静的目光中，"一页页黑白照片叠印而出：雪山、湖泊、一律表情凝重各种异国的人物"[3]。随后洛克掏出笔，在这本杂志的空白页上写下这样一段极富深情的文字："我此生最后的文字，我自己撰写的墓志铭：这个人的青年与壮年都献给了中国，他的余生，都用来

---

①②　阿来：《寻找香格里拉》，北京：人民文学出版社，2023 年 7 月，第 1 页。

③　同上书，第 2 页。

诗化的历史叙事及其蕴示

055

怀念中国。"① 它们可能是洛克在世上留下的最后文字，从这样的文字中我们不难发现：作为一名美国植物学家的洛克，为了探寻各种奇花异草的秘密，三度来到中国的西南地区，尽管经受了一路的艰难困苦和危险事件，但这里的自然生态、山水意象、人文景观和民族风情，给他留下了难以抹去的情感记忆或内心记忆。从这个意义上讲，洛克的这一段临终之言，是发自他内心深处的真诚告白，道出了这位老人对中国至死不渝的深沉眷念。作家的这一番描绘和叙事，有如一个撩拨人心的引子，引领读者一步一步地走向这个故事的深邃之处。

一

故事重回于 20 世纪 30 年代的中国西南地区——云南与四川的交界处，这里既是故事的起始所在，又是故事终结的地方。洛克曾三度来到中国，第一次来时待了八年。首次来中国前，间接了解到的中国不仅没有给他留下良好的印象，反倒让他认为中国是一个落后、贫穷、愚昧、贪婪的国度，倘若不是为了采集那些稀有物种，他一步也不愿意踏上这片黑白混淆、乱象丛生的大地。正是因为带有这样的印象，当洛克在飞机上看见美国《太阳报》专栏作家埃德加·迈克正痴心地阅读希尔顿的小说《消失的地平线》，并真真切切听到迈克指着机翼下跌宕起伏、巍然耸峙的群山说，那里藏匿着一个神秘的世外桃源香格里拉时，脸上会显露出不屑一顾的神情。在现实主义者洛克看来，这纯粹是子虚乌有、痴人说梦，是一种地地道道的传言，在这个世界上根本就没有如此迷人的胜境存在。尽管洛克表现出如此笃定和自信，但在他的脑海里也不时会闪出碎片似的幻觉或梦境，这又令他难以判断和把握。于是洛克用半信半疑的口吻对美国驻昆明领事馆的领事说，他要去木里找寻真正的香格里拉。

---

① 阿来：《寻找香格里拉》，北京：人民文学出版社，2023 年 7 月，第 2 页。

率领着由十二个年轻的纳西族人组成的全副武装的私人卫队和由几十匹健壮骠马组成的大型驮队的洛克，由是开启了他在中国西南地区的第二次旅程。洛克的队伍一路朝着在木里的香格里拉前行，他们的第一个目的地是丽江。在前往丽江的途中，除了跟踪、窥视他们的小股土匪武装和随时随地出没的各种动物外，就是一座座暗哑的山峦、一条条静静的河流、一丛丛安谧的草木与这支队伍相伴，然后又一一擦肩而过。当这支浩浩荡荡的驮队抵达泸沽湖边的永宁土司府时，受到了府上总管兼老朋友阿云山的热烈欢迎，阿云山还为他们摆好了丰盛的午宴。在酒过三巡后，阿云山带着疑惑问洛克是否真的要去木里。在得到洛克十分肯定的回答后，阿云山的表情显露出一片迷茫，因为他不知道洛克去木里的真实目的，是为了寻找那些长年生长在高山之巅的珍稀植物，还是为了在那里发掘出富国富家的金矿，抑或只是为了一睹那里充满奇幻色彩的巍峨雪山？看着身旁这位老友的一脸迷惑，洛克便向他娓娓道来，阐明了自己去木里的更深用意：据外界传说，木里的雪山比西藏的"埃瑞斯峰"还高，自己要成为发现最高雪山的那个人；更为重要的在于，那里从来没有任何外国人去过，自己要成为第一个到达隐秘之境的外国人。显而易见，洛克不单单是为了寻找真正意义的香格里拉，他更想成为一个流芳百世的名人。这再一次证明，洛克是一个典型的现实主义者。正在两人倾心交谈之际，府外的远处传来几声零零星星的枪响，阿云山知道，这是扎西率领的贡嘎岭土匪又来永宁抢掠了，便慌忙带着洛克及其家眷，乘船去了泸沽湖中的湖心岛。在湖心岛上的一座凉亭里，洛克一边给木里土司写信，一边倾听阿云山诉说心事。阿云山忧心忡忡地告诉洛克：在昆明战败后的胡军长准备前去四川，要途经永宁地界，差来信使命令他准备足够的粮食和牛羊，还需三万块现大洋。为了这一方水土的百姓，阿云山恳请洛克给胡军长写封信，告诉对方这里的真实境况，并说胡军长最听美国人的话了。听毕后的洛克，像许多美国绅士的做派一样，习惯性地耸了耸双肩，然后用一句"我不能插手你们中国人内部的事务"

的话加以搪塞，这令阿云山无言以对，暗生怨艾，从而陷入一片哀愁之中。

　　小说先后描绘了左所土司府举行的盛大婚礼现场，新娘子的年轻、活泼、聪明、多才多艺，遍布在泸沽湖畔的安恬的农田、幽静的林间、宁谧的村庄、悠然的自然山水和充满少数民族风情的人文景观，左所土司府遭遇到的突如其来的土匪劫掠，以及发生在木里金矿场内的人心不古与暗流涌动，随后转入对洛克一行前往木里寻找香格里拉之旅的叙事。早在永宁土司府短暂停留之际，洛克就写信给木里土司，告知对方将有一个美国植物学家前往木里，旨在寻找真正意义的香格里拉，并在信中尊奉对方为木里王。待充满自信地步入木里土司府内后，洛克还是难掩惊异的神情。第一份惊异来自对木里土司相貌的悉心端详。令洛克怎么也没想到的是，木里土司的身躯是如此高大和壮硕，一副肥大的耳朵垂于双肩，胖乎乎的脸上呈现出红黑相间的色彩，正因如此，无论是起床洗漱、上桌吃饭，还是挪动桌椅、上楼下楼，抑或是办理公务、外出考察，木里土司都需要下人的左右搀扶，多有不便，因而木里土司大多是待在那间较为暗沉又十分宽大的官府内，极少外出。第二份惊异源于对一座塑像的细致打量。在用完丰盛的晚餐后，木里土司领着洛克参观他所供奉的一尊尊塑像，其中一尊刚刚镀金不久，周身闪烁出灿灿的金黄，却是一副寻常人的面孔，尤其像木里土司本人。木里土司指着这尊塑像说：这是一个人的真身造像，这个人不是别人，正是自己的亲叔叔，上一代的木里土司。这令一贯自诩人生经历丰富的洛克，也难以掩饰自己的那份惊讶。第三份惊异则是因为对一部幻灯机的认真观察摆弄。参观完塑像的洛克回到自己的座位上，这时有人抱来一部不大的机器，木里土司向洛克请教这是什么东西。见到这部机器的洛克再次露出了惊讶的神情，他说这是一部幻灯机，还是正宗的德国货。言毕的洛克打开手里的手电筒，把幻灯片置于手电光柱前，挂在屋内的白幕上立即出现了彩色的图形，一张是美国纽约市区的街景，一张是奥匈帝国皇帝的肖像，还有一张是表情严肃的俄罗斯沙皇。其余的幻灯片，因为磨损严重，已经模糊不清。

小说通过这些情节与细腻的描写和审美展示，既表现了作为美国植物学家的洛克对于中国，尤其是偏居于西南地区某些少数民族的历史沿袭和文化传统、生活习惯和社会风俗、宗教文明和人生信仰，以及它们所包含着的博大、厚重的思想内蕴、精神意向和哲学道理，缺乏应有的理解和认知，也为后来洛克彻底改变对中国的看法，乃至对中国产生莫名的深沉情思，进行了很好的艺术铺垫。尽管洛克的这种改变是一个缓慢而渐进的过程，但读者欣喜地看到了这种变化。这对一向把美国视为富庶、强大、自信的国度，把美国人看成世界上优等人群的洛克而言，无疑是前所未有的，是一种历史性的进步。

带着木里土司真诚而美好的祝愿，洛克一行踏上了通往香格里拉之路。从木里城到日松贡布雪山，这一段路程其实并不遥远，但洛克的队伍却走得相当缓慢。其中的原因主要来自三个方面：一是木里土司指派的带路人——木里府管家的有意拖延和绕道而行；二是以扎西为首的贡嘎岭土匪武装的多次阻拦或骚扰；三是在伸臂桥上、贡嘎岭下发生的激烈的枪战。作为带路人的木里府管家，其实是领受了木里土司交代的秘密任务而来的，这个任务就是在暗中寻找盗走大块黄金的刘家旺。在行程起始阶段，管家一马当先，可谓大步流星、趾高气扬、威风凛凛，对沿途衣衫破旧、面孔脏污的黎民百姓视而不见，一旦接近日松贡布雪山，他不是谎称牙疼难忍，就是假言浑身不舒服，有意把自己挪在队伍的最后，令洛克他们不得不放慢行进的速度。不仅如此，管家还故意绕道而行，一会儿行走在深谷弯曲的小路上，一会儿攀缘于险峻的山道中，或者是夜宿于陈旧简陋的村中茅店，或者是穿梭在茂密的丛林里。待洛克识破他的阴谋诡计，他才乖乖地领着洛克一行踏上了通往日松贡布雪山的正确之路。贡嘎岭土匪武装的阻拦或骚扰共有三次，第一次是差遣一个游方僧人送来信函，信中明确告知洛克，不要那么心急火燎地奔向一座雪山，而要对沿途的山神表达真心的崇敬、足够的虔诚；第二次是经过伸臂桥时，洛克用望远镜看见桥上对面的山洞里明显有人影在晃动，于是命令自己卫队的队长和才向山上的人喊话，明确表示他们这些人不是为了那块金子而来，洛克的队伍才得以顺利通过；第三次是在一座凋敝残破的寺院里，扎西首领带着他的一干手下骑乘快马，荷枪实弹地朝着这座寺院呼啸而来，在再次得到洛克肯定而明确的回复——绝不是为金子而来之后，又策马呼啸而去，随即消失在一片静静的山谷中。发生在贡嘎岭下和伸臂桥上的两场枪战，源于人贪婪之心，皆是为了那块重达六十多斤的黄金。交战的双方，一个是胡军长手下一个连的官兵，一个是以扎西为首的贡嘎岭土匪武装。这两支队伍先是激战于贡嘎岭下，接着又在伸臂桥上交火。两场激战的最终结局是，士兵李有财拉响了其紧握的手榴弹，同那块沉甸甸的黄金一道，被炸得血肉乱飞、金屑四溅。

在越过了一路上的繁复山水、艰难险隘和人为设置的几多障碍后，洛克一行终于抵达了日松贡布雪山之下。虽然此时已是夜晚时分，但头顶上的苍穹湛蓝如洗，显现出干净和纯粹的面容；没有一丝风的山谷，被一朵朵纹丝不动、轻盈如雾的白云覆盖，仿佛仙灵们居住的平静而和谐的家园；峡谷的对面，那道青黛色的绵延起伏的山脉上，依次耸立着三座晶莹、巍峨的雪山；雪山的上方，悬挂着一轮皎洁、明亮的月亮，向无声的峰峦洒下一束又一束清冷的光。次日清晨，当一轮红日从东方冉冉升起，被阳光照亮的三座雪山，顿时变成了灿灿的金黄色。如此绝美巍峨的雪山，如此迷人的圣洁山川，如此真切的香格里拉，令洛克的整个身心都在颤抖，也由此引得他神思飞扬、浮想联翩。为了能够更为生动地再现这位美国植物学家，对于眼前绝美景色的激动不已和赞叹颂扬，及其生发的繁复思绪和无尽联想，作家采取戏剧表演或电影艺术中惯用的画外音技巧，或者说藏匿于洛克内心的那些隐秘话语来加以表达："亲爱的编辑先生：今天，清晨，我漫长的、历经挫折与艰险的历程终于到达终点。这个地方与前面经过的那些地方是如此不同。这个地方如此洁净，神圣，超拔于中国西部悲苦的世界。这个地方同时被月光与日光所照耀，颂歌般庄严，洁净。……

是的，我真的来到了这个神秘世界的中央！当地土著人相信的世界的中央。这是三座美丽的雪山，当地人相信，这三座雪山都是佛教众神世界中三个法力强大的神灵的居所。他们的模样以雪山的形式向信众示现。这是佛教神灵的一个特点，根据我有限的知识，尘世中的受苦人都不知道这些神本身是怎样的形象。但相信他们会以人能感受到的神异，感受到的慈悲，感受到的恐惧，感受到的庄严的形象向人们示现。这里的三个佛教神是：仙乃日，央迈勇，夏诺多吉，在汉语里是观世音菩萨、文殊菩萨和金刚手菩萨。站在这些雪山面前，我也愿意相信当地藏人的说法，这里将是这个世界最后一个洁净之地。所有心有黑暗的人，他内心的幽暗会被照亮。所有身负罪恶的人，来到这里，他们的罪恶将被雪山的圣洁之光荡涤干净。"[①]从这一段文字的表述中，我们能够深切地触摸和感知到：作为美国人的洛克，对真实的日松贡布雪山，或者说对梦幻般的香格里拉，所怀有的崇敬与膜拜之情，这是一种发自心底的景仰，是一种充满仪式感的崇拜。在洛克看来，世界上的任何一个人，无论是有罪之人，还是无罪之人，只要是来到了日松贡布雪山之下，并深深浸润于它所营构的纯净与宁谧、祥和与慈爱、威严与庄重的氛围之中，他或她定会获得思想的启迪、内心的洗礼、灵魂的升华。

二

洛克再一次踏上中国大地，已是六年之后。洛克为什么会再度莅临中国，中国西南地区的自然山川形胜、少数民族风情、历史文化内蕴已经了然于心，众多世上罕见的珍稀植物标本已然采集得相当丰厚，真实亦梦幻的香格里拉业已亲眼见到，呈送给《国家地理》杂志的图片和文字也陆续发表，并得到了同行专家的首肯。那么，又是何种原

---

① 阿来：《寻找香格里拉》，北京：人民文学出版社，2023 年 7 月，第 195—196 页。

因促成了洛克之于中国的再度光临？从这部小说的叙述语言中，我们能够清晰地看到是这样两个原因导致了洛克的第三次中国之行：一是洛克在美国的人生过得并不顺遂，二是对中国朋友的深深眷念。

从第二次中国之行返回美国后不久，洛克便有幸参加了在华盛顿举行的国家地理学大会。在这次会上，洛克用奇异非凡的探险故事、感人至深的叙事话语，讲述了他在中国西南地区采集植物标本过程中所遭遇的一段曲折经历，特别是在面对洁净、神圣的日松贡布雪山时的生命体验和内心感受，说到激动不已之处，洛克还扬起手中的《国家地理》杂志，向所有参会者炫耀一番，因为在这本刊物上登载了洛克拍摄的众多照片。在这些照片里，既有巍然耸立、洁白无瑕的日松贡布雪山，也有衣衫褴褛的游方僧、表情严肃的木里土司、和蔼可亲的阿云山，还有风光旖旎、沁人心脾的泸沽湖湖心岛。大会结束后，洛克独自站在一个楼梯口处，他是在等候随时出现的农业部官员，以便与之交流他再度前往中国的计划和申请更多的经费支持。恰在此时，一位满头白发的农业部官员朝着洛克走来，洛克便向对方讲述了自己的计划。这位官员听毕，只是用手拍了拍洛克的肩膀，表现出一副无能为力的样子，在洛克的一再追问下，这位官员才道出了实情：他们拿不出那么多的钱来资助洛克的计划。因为当时的美国正陷于经济大萧条的危情之中，美国中西部的农民也正在忍受着经济萧条带来的折磨。在这个紧要的时候，拿出钱来支持洛克的中国之行，显然是甚为不恰当的。另一个原因是，从中国到欧洲到处都是连绵不断的战火，人的生命无时无刻不处于危险之中。这位官员接下来说的话，更是令洛克难以忍受，甚至让他瞬间变得有些愤怒了。这位官员说：你坚持认为日松贡布雪山超过了"埃瑞斯峰"的高度，不仅是一个地地道道的错谬，而且引发了一些权威人士的反感。听到此话的洛克，几乎是大声地喊叫起来，说这哪里只是反感，而是彻头彻尾的嫉妒。在情绪渐渐平复以后，洛克便陷入了深深的反思和内省。在洛克看来，自己坚持认为日松贡布雪山比之于艾瑞斯峰更高，这或许的的确确是一个误判，但他的这份坚持，说明自己的内心深处更爱日松贡布雪山，这不仅仅是因为它的超拔、巍然、挺立和干净、纯洁、神圣，更在于它在自己心中所拥有的崇敬和景仰的高度。这无疑是一个美丽的误判。

催生洛克重返中国的另一个原因，是他在美国某大学标本室里看到的凄然一幕。洛克十分清晰地记得，当初他从中国返回美国时，带回了众多大大小小的箱子，这些箱子里装满了他在中国千辛万苦采集到的各种植物标本，还有他劳心费神搜罗来的藏文版《大藏经》，以及写满象形文字的东巴经文。然而，当洛克再次走进那间标本室时，一股股浓烈而呛人的霉味便扑鼻而来，令他不得不去打开那几扇紧闭的窗户，以让窗外的阳光晒一晒这些宝物。洛克逐一地察看那些箱子，发现他从中国带回的植物标本，只有很少一部分被整理出来，大部分还一直在箱子里沉睡，有些植物标本明显地已经霉烂。被整理出来的一小部分，整理者将一枝一叶一花固定在一张张页面上，并用胶带进行粘连，然后置于一个个夹子中；每一个夹子的封面上，都用拉丁文标上了植物的科名、属名和种名；在几种植物的命名里，洛克看到了自己的名字赫然在上。但仔细端详，这些被整理出来的标本，个个都是一副落寞的表情，显现出内心的寂然。印有《大藏经》、东巴经文的纸张，同样散发出股股霉味，一看便知，这些箱子从未被人打开过。谛视眼前这番凄然的景象，洛克的内心生出了几许的酸楚，也有一些或大或小、亦轻亦重的疼痛朝他袭来，但更多的是无可奈何和心灰意冷。然后，洛克把那些经卷一一搬到窗台上，一卷卷地铺开，让和煦的阳光照耀着，再搬来一把椅子，身体斜倚着窗口，轻轻地闭上双眼。恍然之间，洛克又回到了中国，"耳边响起泸沽湖边咚咚的东巴鼓声，东巴们在吟诵这些经卷。木里的寺院里，喇嘛们也在咚咚击鼓，吟诵经卷"[①]。次日，洛克依然如故地出现在同样的地方，仍旧把那一卷卷经文铺展在窗台上，再把身体浅浅深深地嵌入那把椅子中，但他的神情

① 阿来：《寻找香格里拉》，北京：人民文学出版社，2023年7月，第233—234页。

是如此地落寞，内心是何等地凄凉。正在此时，轻轻响起了一串画外音："上帝，看起来，这里的人们并不需要我。我想念中国。我想回到中国。"①这与其说是作家有意识的艺术设计，不如说是从洛克内心深处发出的声音。

从上面的分析中不难看出，洛克之所以决定要重返中国，根本原因是他在美国的人生与事业不尽如人意。首先是在事业上的不顺。洛克在国家地理学大会上的发言，以及他发表在《国家地理》杂志上的那些图片与文字，确实撩起了人们的兴趣和关注的目光，但大多数人只是看重他奇特的冒险经历，并未真正理解他的内心世界和精神向往，及其对于事业拥有的那份执着与痴情，从而致使其在事业上连连受挫。其次是在生活上的不如意。自父母双双过世后，洛克就过着孤身一人的生活，他既没有火热的爱情，也没有幸福的婚姻，更没有儿女绕膝的亲情，连唯一的姐姐和侄儿也远在欧洲的奥地利。因而，洛克其实一直都处于双重困境之中。如此困境之下的洛克，格外怀念、倍加珍惜他在中国的生活、人生与事业。

六年后重返中国的洛克，所乘坐的火车一进昆明站，就看见曾经的私人卫队队长和才及数名纳西侍卫在站台上热情恭迎自己，心里顿时升起一股暖暖的情感之流。待走进昆明城区内，尽管其依然如故地落后、凋敝、破败，但洛克惊喜地发现：昆明的街道变得整洁了，熙来攘往的人们，无论是一身戎装的军人，还是普通的黎民百姓，皆表现出兴奋而振作的情绪。在洛克看来，这是一个好兆头，预示着自己此次中国之行，是一趟充满愉悦感的幸福旅程。正是源于这样的好心情，再兼多年积累的丰富生活阅历和人生经验，洛克的身上也产生了些微明显的变化。他已然不再是以前那个趾高气扬、颐指气使、爱发号施令的美国青年，而是变化成为一个知晓世事、内心通达、胸怀有度、成熟有加，且善于将现实与理想予以深度融合的中年男子。洛克

---

① 阿来：《寻找香格里拉》，北京：人民文学出版社，2023年7月，第234页。

深知人与人之间的关系是相互平等的，彼此的尊重无疑是最为重要的，所以，无论是在为人与待人方面，还是在处理日常事情方面，都尽力与对方沟通、交流或协商。在山岭中宿营的那间帐篷里，乘和才给自己送食物之机，洛克对和才郑重地道出了他此次中国之行的实情，说这次来中国，他已然失去了美国农业部及国家地理学会的资金支持，因而所带的钱极其有限，且大部分是以前节省下来的。在乘船由湖心岛向岸边驶去的过程中，先是风越来越大，接着是暴雨骤降，小船在汹涌的波涛浪尖之间剧烈地摇晃，这时的洛克，虽然难免有些惊骇和恐惧，但能够很快地使自己镇定下来，认清眼下所面临的极度危险，他一边指挥船夫奋力划船，一边又默默地祈祷上帝，终于使得风去雨停。当面对当年那个年轻的女学生——左所土司的新婚妻子，现在已酷似当地村妇的中年女人，身上一左一右披挂着两支驳壳枪，由几个持枪的年轻干练女子簇拥着，威风凛凛地从高处俯瞰在湖边的自己时，洛克也只是向她微微鞠了一下躬，然后表情淡定地注视着对方。通过洛克待人与处事的种种表现，我们不难看出，此时此刻的洛克已是一个相当成熟的男人。

　　洛克的第三次中国之行，除了完成对珍稀植物标本继续采集的任务外，就是顺道拜访那些相熟的中国朋友，诸如阿云山总管、木里土司等。然而，令洛克没有想到的是，这两人在他上次离开中国后的第一年和第三年便先后去世了，一个死于操劳过度，另一个则是被乱枪打死。听到这样的噩耗，洛克顿时陷入极度的悲伤之中，又于这样的悲伤里回忆起自己与两人曾经交往的点点滴滴。对于阿云山总管，洛克的回忆渐渐演变为一种深深的愧疚和强烈的自责。回想当年，自己不该用那句"我不能插手你们中国人内部的事务"来搪塞阿云山总管，应当以一个美国植物学家的名义给胡军长写信，叫其不要为难或骚扰永宁的黎民百姓，定不至于使阿云山总管陷入操劳过度的境地；不应该用那篇所谓打开心扉的日记——"作为永宁这个小世界的聪明的人，阿云山总管完全是被自己的野心蛊惑，才将自己推向了这进退两难的位置。他只是这土司领地上的总管，却把自己当成了土司。他认为这是为属下的百姓负起了伟大的责任，在我看来，他是被虚假的道德感迷醉了。上帝，当我看清了这一点，我就能克服我该死的同情心。是的，上帝，这个好人的可怜模样总是触发我的同情心。但我是一个文明人。文明人能够用冷静的理性，用自己对事业目标明确的追求来克制这种廉价的同情心。我知道我不该对这样的人产生情感，我也没有对这个国度的其他人产生过这样的情感，无论是男人，还是女人……"[1] 冤枉厚道、诚实、谦和、心地善良、为人正直，且富有强烈责任心的阿云山总管；更不应该在阿云山总管需要人抚慰、理解、支持的关键时刻，自己毫无同情心地拂袖而去。对于木里土司之死，作家只用了一个疑问加感叹的句子，来表达洛克对此事的疑惑与惊异，随即转入对木里土司之死场面及细节的描绘，揭示出木里土司之死的真正原因：一是木里土司的过于自信，二是木里土司的有意抗命——拒绝前往省城接受国民政府新的任命。充分暴露了国民党统治及其走狗们阴险狡诈、残忍血腥的丑恶嘴脸。

这部小说对最后一章思想内容的艺术表达，几乎与第一章大致相同，依然如故地细致描写洛克在美国的某座植物园里缓步行走，他走到漂亮的杜鹃花树和挺拔的大风子树前面，用深情而专注的目光凝视着它们，嘴里喃喃自语着：你们是我带回来的，从遥远的东方——中国。显而易见，作家这样写作的目的，是使该小说文本在表达上能够前后呼应、首尾贯融，用以凸显整一性的艺术效果和审美感知。稍显不同的是，作家在最后一章里有意识地添加了一些新的内容：人们纷纷前来参加洛克先生的葬礼，葬礼上致辞人对洛克先生一生的评价，以及洛克先生本人所发出的最后的心灵之声。对于葬礼上致辞人的发言，作家是这样写的："他探索了那么广大神秘的地区，他带回的植物，装点了我们的花园，成为我们疗病的良药。他是我们这个时代一个伟

---

① 阿来：《寻找香格里拉》，北京：人民文学出版社，2023年7月，第87页。

大的发现者，终其一生都在无休止地探寻……"① 在洛克发出的心灵之声里，则有一个核心而关键的句子，令读者怦然心动、感同身受，并为之钦佩和感动不已：在洛克的灵魂深处，他就是一个生错了地方的中国人。这是洛克面对这个世界的肺腑之言，又莫不是他对中国大地充满无限眷恋和深情的真实表白！

三

小说的诗化，或者说诗化的小说，历来都是小说家的一种超越性的艺术追求。早在欧洲文艺复兴时期，英国的莎士比亚就以其前瞻性与先锋性的文学写作实践，开启了诗化小说创作的先河，这种小说形式也由此得到作家们的共认和首肯，随后蔓延整个世界文坛，诞生了伍尔夫的《到灯塔去》、普鲁斯特的《追忆逝水年华》、契诃夫的《草原》、普希金的《叶甫盖尼·奥涅金》、屠格涅夫的《春潮》等诸多诗化小说。进入中国当代文学，则有汪曾祺的《大淖纪事》、铁凝的《哦，香雪》、史铁生的《奶奶的星星》等诗化小说的接踵而至。

诗化小说最为显著的特点，就是以浓郁的诗化的抒情方式，冲淡完整的故事情节和严密的结构框架，令作家不再经受故事的掣肘、心灵的束缚，而是在情绪持续的涌动中，非常自由地表达思想意旨或审美内蕴。毫无疑问，阿来的《寻找香格里拉》隶属于诗化小说的范畴，并且表现出有过之而无不及的诗化特点。这部小说的诗化特征，不仅表现在作家对自然景色、人文景观、民族风情的描绘之中，而且镶嵌于故事讲述、情节展示、人物描写之里。这其中，在《泸沽湖上》《女神山上》《寺院》《山道上》《一组回顾性镜头》等篇章中的描写，又最为明显、集中和简洁、凝练。譬如，对土匪将来进行抢掠、人们纷纷逃亡时的场面描写："枪声密集。却不能扰动泸沽湖上的月影波光。十

---

① 阿来：《寻找香格里拉》，北京：人民文学出版社，2023 年 7 月，第 263—264 页。

数条小木船载着人们离开湖岸向着岛上进发。整个湖区都动荡起来，从各个岸边的村庄，惊慌的村民们扶老携幼向着湖边奔跑。很多独木舟从不同的方向划向湖中不同的岛屿。独木舟上，载着人，甚至还有猪和羊。"① 诸如，对女神山下泸沽湖美景的真实表达："像头卧狮的格姆女神山顶，洛克打着绑腿，头戴船形的硬壳帽子，一边用手巾擦拭汗水，一边极目眺望。整个泸沽湖尽收眼底。曲折的湖岸，湖上的小船。一个个湖心岛安谧翠绿。然后是田野和耸立的远山。湖的另一边，是四川省地界。草海碧绿，湖水从那里的出口通往北面幽深的峡谷。"② 又比如，对一座宁静寺院的艺术描述："一队快马，呼啸着冲出寺院，上了蜿蜒的山道。那个不说话的喇嘛看着马队远去，他面无表情，看看天空，又回到了寺院大殿的佛像跟前。天空下，寺院的金顶闪闪放光。寺院下方，斜挂在荒凉山坡上的是一个房屋低矮而稀疏的村落。几个衣衫褴褛的老人和妇女正在围绕着寺院前的佛塔转经。"③ 再比如，对一组回顾性镜头的审美传递："湖上的天空，晚霞绯红，静静燃烧，整面湖水也辉映着一片金色的光芒。镜头推开，是泸沽湖的风景。是木里的风景。是日松贡布那些美轮美奂的雪山。是那些美丽的植物。绿绒蒿。杜鹃。报春。马先蒿。龙胆。丁香。凝结着露珠，在风中摇晃，绽放。小船在渐渐暗下来的湖光中消失。"④ 从以上的举例中，我们不难看出，无论是作家的绘景描象，还是对故事的讲述，或者是对情节细节的展示，皆表现出浓郁的诗化小说特点，令读者生发出强烈的审美感受。

通观这部小说，作家通过对洛克这个人物形象有力的审美塑造，以及对这个人物在中国西南地区三度行走故事的诗化表述，力显了一段鲜有人知的历史，深刻地揭示出洛克之所以挚爱中国、眷顾中国、

---

① 阿来：《寻找香格里拉》，北京：人民文学出版社，2023年7月，第25页。
② 同上书，第46页。
③ 同上书，第77页。
④ 同上书，第260页。

怀念中国的根本缘由。这是一个美国人的情感史和心灵史，又莫不是所有关爱中国的外国人的情感史和心灵史。让我们牢牢地记住这个人的名字，不仅因为他为世界的植物学界做出了特殊贡献，更为重要的是他心存的那份对中国永恒的缱绻真情。这既是阿来这部长篇小说的思想主旨，又是它丰赡的审美蕴示和精神指向的所在。

跨界作家阿来笔下的儿童主体性建构

——基于儿童文学作品《三只虫草》和《狗孩格拉》的研究

彭　雨

摘要：作为跨界创作儿童文学的成人文学作家，阿来不受儿童文学固有儿童观的限制，拓展了童年世界的表达范畴，并使用成人和儿童双重视角建构出具有纵深性的童年世界和儿童主体。作家不避讳展现儿童的真实境遇，描绘出在传统与现代两套话语体系之中挣扎、被多方话语拉扯的儿童主体。阿来笔下的儿童形象具有艺术性的美感。然而，成人文学作家还需要进一步考量作为儿童文学存在基础的儿童性。跨界创作带来的童年世界信息增长与电子媒介带来的信息爆发具有相似性，跨界创作应和了新媒介的时代特征，共同建构新媒介时代的新童年。虽然新童年正在被建构，但无论怎样的童年都需要儿童性，跨界作家和儿童文学作家需要共同探讨新的儿童性内涵和童年边界。

关键词：儿童文学；跨界创作；儿童主体性；阿来

现代儿童文学的产生内嵌于现代文学的转型之中，与成人文学有着密切的亲缘关系。"五四"时期，成人文学作家鲁迅和周作人提出"儿童本位"的现代儿童观，张天翼、郭沫若、老舍、巴金等作家用创作实践践行"儿童本位"的创作理念。随着儿童文学理念的逐渐明晰以及儿童文学文类的确立，越来越多作者成为专职儿童文学作家。

百年来，中国儿童文学形成五代作家的创作阵容，^①建构出儿童文学独有的价值判断体系和审美标准，生成与成人文学并立的文学秩序。在儿童文学秩序业已成熟的当下，成人文学成为儿童文学的他者，成人文学作家拥有不同于儿童文学作家的创作理念，因而成人文学作家的跨界创作为儿童文学带来新意，创造出与以往不同的儿童主体。

"儿童文学价值起始于'儿童'，儿童主体自身的结构、规定性和规律决定了作为客体的文学的具体形态"^②，"儿童主体是'儿童文学'艺术价值成立的逻辑前提"^③。虽然儿童主体具有客观的生物属性，但认知儿童主体的儿童观却是一种可改变的社会建构，是一种与时代和文化场域关联的精神的、文化的存在。儿童文学内部拥有共有的儿童观，以其作为创作儿童文学的认知基础，并指导儿童文学生成建构儿童读者主体意识的意义场域，而成人文学作家的跨界创作却不受限于儿童文学内部固有的儿童观和既有规则，打破惯性思考，引入建构儿童主体性的新质。儿童文学的儿童主体性建构功能，肩负着塑造"民族未来性格""提供良好人性基础"的社会性作用，其重要性毋庸置疑。新时期以来，出版和传媒业的迅速发展刺激了成人文学作家的跨界创作热情，跨界作家笔下的儿童成为儿童读者建构自我的新资源。本文拟以跨界作家、茅盾文学奖得主阿来的作品为研究对象，通过分析其创作的儿童小说《三只虫草》和《狗孩格拉》，探讨跨界创作生成的儿童主体，讨论儿童主体性建构的可能性。

一、跨界视角下的童年世界拓展

与传统儿童文学相比，阿来的儿童小说描绘了更广阔的童年场域，

---

① 王泉根.百年中国儿童文学的三次转型与五代作家[J]，长江文艺评论，2016（3）：72—85.

②③ 李利芳.中国儿童文学价值论纲要[J]，吉林大学社会科学学报，2022（5）：119—131，237.

让儿童能够直面成人世界。童年是一个建构概念，在现代以前，儿童世界和成人世界未被明确区分，到了现代时期，现代童年概念"将童年从社会生活中抽离"[①]，儿童生活到划定的特定范围内。基于现代儿童观生成的儿童文学自然描绘划定区域内的儿童生活，儿童文学中的童年是从社会中抽离出来的受保护阶段。当儿童不经意间通过破损的缝隙窥视到真实世界时，儿童文学通常会使用所谓适宜儿童的创作手法，弱化真实世界带来的冲击。例如，黄春华在创作描述家庭暴力和校园暴力的长篇小说《杨梅》时，被编辑要求加上大团圆结局。[②] 儿童文学把关人不自觉站在教育者和保护者立场，使用温和的表现手法淡化残酷现实，并给予儿童以希望。

阿来的儿童小说不受制于儿童文学固有的儿童观，阿来笔下的儿童跳出现代童年概念划定的受保护范围。在《狗孩格拉》中，在格拉所生活的村子里，村民不把格拉当人看，不认为他需要受保护的儿童生活空间，而格拉的母亲由于痴傻，也没有能力为格拉撑起一片可以遮风蔽雨的空间，格拉反而还需要照顾母亲，充当母亲的监护人。在《三只虫草》中，男孩桑吉的境遇比格拉好，他生活在属于儿童的特定空间内——学校和家庭，并且有老师和父母的爱护，但是，桑吉父母的普通话不好，也没有足够的见识和认知能力，无法与外界有效沟通，也无法为桑吉隔绝外部世界的侵扰，因而进行虫草交易的功利化成人可以直接与桑吉打交道。作为儿童的格拉和桑吉直接面对真实的成人世界，他们所经受的痛苦也与成人世界密切相关，他们被成人世界的认知侵蚀、被成人权力倾轧，成为残酷成人世界社会关系中的被剥夺者，他们既未享有平等的尊重，也未受到保护。成人世界的不堪被直接展现：机村村民蔑视格拉和他的母亲，将个人愤怒投射到他们

---

① 林兰.论现代童年概念的内涵、源起与局限 [J]，华东师范大学学报（教育科学版），2015（4）：30—35.

② 赵婷婷.中国当代儿童文学观的一种变化——从《杨梅》的变迁谈起 [J]，昆明学院学报，2015（2）：7—11.

身上，村民叫格拉"杂种"，叫他母亲"母狗"，他们把不愿承担的罪名"炸伤兔子（前僧侣的小孩）"推卸给格拉；而收虫草的调研员则对桑吉使用了非正当的交易手段，他诓取了桑吉的三只虫草，却没将承诺送给桑吉的《百科全书》给他，而是捐赠给学校，随后校长又将《百科全书》当作私人物品，宁愿给三岁的孙子撕着玩，也不愿给桑吉。

阿来注意到现代童年空间的破损，童年并不是远离现实社会的乌托邦，童年世界与成人世界有交集，阿来不介意直接呈现童年空间的破损和幽暗。他并未刻意给格拉和桑吉安排一个大团圆式结局。格拉在小小年纪就孤独地去世了，直到去世，他也没能澄清村民对他的污蔑。桑吉始终没有得到校长的道歉，也没有获得老师或调研员的保护与支持。与此同时，阿来也不忌讳直述成人世界的丑恶。机村村民占格拉母亲身体上的便宜，他们不愿找出炸伤兔子的真正凶手，不想让自己孩子承担责任，而《三只虫草》建构了两条叙事线，其中一条直接描绘调研员用虫草换前程。阿来笔下的童年世界是冷峻的现实世界，与传统儿童文学创造的温暖的童年世界形成对比。

尼尔·波兹曼曾指出，电子媒介破坏了信息壁垒，侵蚀了童年和成年的分界线，让童年概念不复存在。① 波兹曼所指的童年是基于印刷媒介和现代儿童观形成的现代童年，儿童文学围绕现代儿童观，建构出与成人世界区隔的温暖的儿童世界。然而，电子媒介对信息壁垒的破坏让划定的童年空间破损，当代儿童生活在易获取真实世界信息的新媒介环境中，童年生态改变，成人文学作家的跨界创作在一定程度上应和了新媒介时代的童年生态特征。如果说，电子媒介让儿童向上跳出成人设置的信息藩篱，甚至借此形成儿童与成人权力翻转的后喻文化，那么，跨界作家则向下摸索儿童世界的幽微处，展现被现代儿童观遮蔽的现实童年。在现实生活中，以格拉和桑吉为代表的底层儿童确实可能无法生活在划定的特定空间内，对格拉和桑吉周围的成人

---

① 尼尔·波兹曼.童年的消逝[M].吴燕莛，译.桂林：广西师范大学出版社，2004：115.

来说，现代儿童观可能是天方夜谭，或者他们根本不认可或不屑于使用这一儿童观。儿童文学作家也会关注底层儿童的现实生境，但他们通常会使用现代儿童观挑选、重组、重构材料，跨界作家则将儿童文学作家隐蔽的信息带入儿童文学。新媒介破坏了传统的成人与儿童的界线，但同时又在形成新的界线。[①]新媒介正在创造一个新的童年生态，跨界作家向童年世界投入的新信息也在共同创造新童年，而这一童年世界正是建构儿童主体性的象征界之一。从拉康的主体性建构理论来看，主体"受制于环境的作用力……主体须在特定文化的语言和意象中发现并创造自我"[②]。儿童文学构造的童年世界给儿童提供了建构主体的模式和能指，成人文学作家的跨界创作拓展了传统儿童文学的意义网络。从阿来的儿童文学作品可以看到，比起儿童文学作家，跨界作家更信任儿童的认知能力和社会能力，其笔下的儿童世界向成人世界扩展。电子媒介时代的儿童具备以往儿童所不具有的信息获取渠道，其童年世界已然不同于过去的童年世界，流入更多样化的信息，跨界创作正好回应了儿童世界的版图变迁。跨界创作应和了媒介转型下的童年生态流变，但是新的童年世界建构仍需把控和协商。儿童处于认知能力发展阶段，这一生理事实无法改变，新的童年建构应当考量当代儿童的认知能力和发展目标，来指引儿童主体成长。

二、双重视角下的儿童主体性建构

阿来的跨界创作拓展了围绕现代儿童观建构的传统童年范畴，拓展了儿童主体建构的意义网络，因而儿童主体在新的意义网络中建构。传统儿童文学常使用儿童视角开展叙事，儿童经由儿童视角进入意义网络，从而代入自我，建构身份认同。"儿童视角是儿童文学的核心叙

---

① 大卫·帕金翰.童年之死 [M]. 张建中，译.北京：华夏出版社，2005：106.

② 凯伦·科茨.镜子与永无岛：拉康、欲望及儿童文学中的主体 [M]. 赵萍，译.合肥：时代出版传媒股份有限公司、安徽少年儿童出版社，2010：3.

事视角。"① 这一写作方式缘于成人作者和儿童读者的身份错位。儿童文学是唯一一个以接受主体身份命名的文学体裁，成人作者与儿童读者的身份错位使儿童文学作者格外注重儿童视角。然而，阿来的儿童文学没有追随传统儿童文学的创作模式，而是交替使用成人视角和儿童视角，形成复调。双重视角使得两种言说身份构成变奏，推动叙事进入意义深处。在传统童年世界破损、新童年世界形成阶段，双重视角使儿童能够看到更全面的世界，让儿童主体建构具有纵深性和全面性。

　　例如，在《三只虫草》中，儿童桑吉视角下的虫草交易和桑吉视角下的《百科全书》讨要过程，展现了桑吉进入成人符号世界的社会化过程。在故事开头，桑吉生活在相对封闭的儿童生活空间，围绕在他周围的老师、父母、姐姐和同学形成桑吉判断自我的镜子。多布杰老师总是赞扬桑吉聪慧，甚至说出："很快的，很快的，我就要教不了你了。"父亲和母亲自豪于桑吉的博学，而在城里读书的姐姐则是桑吉的榜样。在这一特定范围内生活的桑吉自信、开心，他认为大家都关心和喜爱他，即便他逃学出来挖虫草，他仍相信老师不会责怪他，甚至会担心他。然而，当桑吉进入成人世界后，存在于桑吉想象界中的理想自我遭到重挫。桑吉的既往经验失效，他无法使用既往经验从调查员手中要回父亲的铁皮箱，反而只能顺从调查员的话语，用三只虫草来换回自家的铁皮箱；而当桑吉走出村庄、走入县城后，桑吉发现，自己不知道应该怎么找人、不知道怎么过夜。他从封闭空间中的聪慧的好孩子变成县城人口里的"冒失娃娃"，他被评价为"你是个傻瓜""你太臭了"。桑吉的理想自我在成人世界遭到冲击和重构。拉康的主体性理论表示，象征界中的能指对主体进行统治、塑造，个体在象征界中必须认同、服从某种意识形态，从而才能够在能指统治的象征界中作为"社会人"继续前行。② 为了进入外部世界，桑吉必须遵从

---

① 王泉根. 谈谈儿童文学的叙事视角 [J], 语文建设, 2010 (05): 47—50.
② 崔健、舒练. 拉康"三界学说"对意识形态理论的启示及其局限 [J], 世界哲学, 2021 (1): 106—107.

外部世界的逻辑，形成社会化的自我。这一过程正如同虫草进入外部世界后的意义滑动，虫草由具有生命的主体变成交易和经济的符号。

桑吉在社会化过程中遭遇挫折、痛苦和不解，儿童读者同样会在社会化过程中遭遇类似事件，跟着桑吉视角的叙事线，儿童读者能够理解、共情桑吉，回忆共有经历，而成人视角的叙事线则揭示了在儿童视角中被遮蔽的成人世界现实。调查员、校长和老师各有各的苦闷，例如，调查员苦于被贬迁，校长忍受着学校资金不足。这些成人在压迫作为儿童的桑吉，然而通过成人视角，儿童读者又可以看到，这些成人也是被绑定在象征界能指网络上的猎物。叙事者成人视角的叙述和评判进一步让读者目光投向成人行为背后的能指网络，儿童能够跃出单一视角的视野限制，看到较全面的社会样貌，辅助儿童阐释自我社会化主体的建构过程。成人视角可以解释并开解儿童在主体建构过程中由于不解而形成的创伤。通过成人视角，儿童能够看到能指网络的缺陷和成人的苦难，形成主体间的互相理解。例如，在《狗孩格拉》中，格拉不理解兔子的父亲恩波为什么不相信自己没有炸伤兔子，但是，当读者进入恩波视角，就能够看到恩波也在忍受多方压力，他受原和尚身份的限制，受村里闲言碎语的侵扰，受妻子的抱怨，还要承担照顾病孩子的压力，他需要格拉作为自己情绪发泄的对象。成人视角的叙事并不是要将成人行为合理化，恩波的行为毋庸置疑是错的。这一视角是让儿童能够看到另一个身份的主体的行为动机。一方面，它能够一定程度消退儿童对未知象征界的恐惧。儿童缺乏对象征界的了解，成人视角和儿童视角的交织能够比较完整地还原现实世界，让儿童提前做好接触现实世界的心理准备，做好对未来的预判。另一方面，它除了能够增强主体间理解，还能够宽慰儿童在社会化过程中产生的痛苦。例如，当读者进入波恩视角以及机村其他成人视角，能够看到格拉的社会化困难并不是他个人的错误，而是社会偏见造成的恶果，儿童读者可以由此联想自我的社会化过程，减少自我责备。

与此同时，双重视角能够编织出具有纵深感的建构主体的时空背景。《三只虫草》和《狗孩格拉》均涉及时代变迁的大背景，藏地居民正脱离传统生活向现代化生活转变，两代人的视角呈现出生活转变带来的价值转向，建构出历史纵深。例如，桑吉向往脱离泥土的城市生活，他想去城市读书、想学习现代知识，认可现代社会价值观，觉得姐姐穿衣打扮的花费是必要的，然而，桑吉的父母却滞留在传统生活中，他们说不好普通话，看不懂城里的电视，认同传统价值观。两代人的视角既表现出时代变迁中的文化和价值观流变，又显示出变迁时期的主体建构困境。桑吉被两种生活方式、两套话语体系建构，形成拉扯。他的主体被象征界的意义网络切割出两个剩余物。一个指向过去，即桑吉对自我来处的困惑。当桑吉在等城里中学的通知书时，他想要让父亲带自己看看真正地长成一株草的虫草是什么样子。虫草和桑吉都是从高原村落进入现代社会的物体，桑吉想看生长在野外、未被符号化的虫草，也是想看看那个可能留在传统生活中的自己。另一个剩余物则指向传统和现代的碰撞，即桑吉在社会化过程中遭遇的创伤——《百科全书》的拿回受挫。《百科全书》的拿回受挫是桑吉首次踏入象征界遭到的沉重打击，成为桑吉的心结。当桑吉踏进新学校图书馆做的第一件事，就是借一套《百科全书》。这一次，桑吉同样没能拥有《百科全书》，《百科全书》作为工具书不被允许外借，然而，这次桑吉却解开了心结，与现代城市规则和解了。他在图书馆里看《百科全书》，并只用城市规则做微弱的抗争：他表示，"我明天还要来"。《百科全书》的借阅象征着桑吉进入并接受现代城市构成的象征界，他的未来属于城市，但是，他又感到身份困惑，开始怀念家乡，给多布杰老师写信。双重视角建构出城市社会与乡村社会的差异，为桑吉在社会化主体建构过程中生成的身份困惑提供了现实依据。

三、作为他者的儿童形象建构

成人和儿童的双重视角让儿童能够既处于"看"的位置，也处于

"被看"的位置。上一节的主体性建构分析主要从"看"的角度出发，勾勒具有主动性的主体建构过程，本节则从"被看"视角出发，讨论儿童作为他者的形象建构。拉康的主体性建构理论指出，主体既建立在主体与自身的竞争中，又建立在主体和他者的关系中，主体形象由他者目光来中介。① 当儿童在建构主体时，儿童自身会分裂出建构的主体和建构的客体，主体中有他者性，与此同时，在意义网络中，儿童也仰赖他者作为自身存在的保证和反馈的镜子，因此，他者形象也在参与主体建构，作为他者的儿童形象会成为主体建构的材料和同化标准。

作为成人文学跨界作家，成人文学的创作经验让阿来不自觉批判成人世界。因而，作为他者的桑吉和格拉被建构为批判社会现实和成人世界的参照物，被塑造成纯真的代表。母亲评价桑吉是"懂事的桑吉，可怜的桑吉"，父亲骄傲于他会认字，还会算数。在作家笔下，桑吉关心奶奶、父母、姐姐和表哥，用劳动为家人换取好一点的生活，他对陌生人不设防，相信与调研员的约定，愿意告诉县城里的陌生人自己所遇到的困难，并且友善地对待遇到的所有人。格拉同样纯真。格拉的母亲痴傻，没有社会化能力，她显示出一种动物般的天然性，并将这一特质传承给格拉。因此，格拉不在意钱财，只在乎自己和朋友次多玩得是否高兴。虽然机村的村民常欺辱格拉，但当汪钦兄弟遭遇狗熊袭击时，他仍奋不顾身上前帮忙。与之相对，作为成人的调研员和校长被描绘得贪婪、不重承诺，作者使用"骂骂咧咧""因为心里不痛快……结果他把学校的虫草假给取消了""在职博士，论文虽然是别人帮忙的"等负面字句来形容调研员，用"冷笑""并不尴尬"等字眼来形容校长；而机村里的成人同样冷漠自私，作者点明这些人在别人的不幸中找安慰。阿来曾表示："文学的目的是要把所有的人写成一样的人，并不是要塑造一群和全世界不一样的人。"② 阿来使用"普遍性"

---

① 肖恩·霍默. 导读拉康[M]. 李新雨，译. 重庆：重庆大学出版社，2014：38.
② 阿来. 文学观念与文学写作问题——在四川省中青年作家培训班上的演讲[J]，美文（上半月），2015（10）：23—29.

塑造人物，他将儿童和成人塑造为具有对比性的对称形象，显现出作家对儿童的浪漫情怀投射。未经污染的儿童形象被作家设置为审判成人的标准，儿童与成人之间的冲突既是儿童社会化过程中遭遇的意识形态冲突，也是作家借由儿童对成人发起的批判。《百科全书》的归属人桑吉无法讨回图书，还要被当众批评；无辜的格拉无论如何都无法证明自己清白。桑吉与格拉同成人之间的冲突反映出成人世界的功利和荒谬。

作家对功利和冷漠的成人世界不满，把儿童当作理想人格的载体，与此同时，他也将处于他者位置的藏地儿童用作童年情结的投射。有学者总结了阿来的已发表作品，认为阿来的小说大量书写了童年和少年的记忆，带有个人少年生活的想象性再现。[①]这一对童年生活的反复书写体现出作家的童年情结。情结是个人早年生活中经历过的某种深刻而持久的内部体验，以至成年后，其思想情感和行为模式仍受此种体验影响，而童年情结既包含这一深刻的内部体验，又包括成年人对整个童年的留恋。[②]作家念念不忘的童年情结召唤其对童年反复咀嚼和体验，并成为写作的灵感。在《自述》中，阿来表示自己童年生活在藏族乡村，处在两种话语体系之间，受过教育的藏族青年才有机会离开乡村，走向城镇。[③]阿来的童年处于现代化转型时期，处于与桑吉和格拉相似的两种文化碰撞时空。作者对藏区生活的描绘、对代表传统生活的前现代化儿童的赞美，显现出其对童年生活、传统生活的怀念。在现代化进程下，乡村的现代化趋势不可避免，传统乡村的转型与消亡驱使作者从童年回忆中寻求慰藉。从这一视角来看，儿童成为作家寄托怀旧之情的客体符号，承载着经岁月洗涤后的静美。

符号化的儿童他者形象呈现出一种静态的美好纯真，这一形象与

---

① 张建锋、杨倩.阿来的少年情结与藏地少年成长书写 [J]，成都大学学报（社会科学版），2019（6）：62—69.

② 汤锐.当代儿童文学本体论 [M]，南京：江苏少年儿童出版社，1995：36—37.

③ 阿来.自述 [J]，小说评论，2004（5）：23—25.

动态的、开放的儿童社会化主体建构过程形成对冲，并生成一个疑问：儿童应该如何取舍和平衡儿童世界与成人世界的价值观，如何在成人主导的象征界中，建构保有儿童美好品质的社会化主体。《三只虫草》仅描写到桑吉刚进入城里的中学，他的社会化主体建构过程刚刚起步，未知其建构结果；而《狗孩格拉》中的格拉则遭遇社会化主体建构的失败，他在无法辩驳自身清白的情况下，在尚未验证额席江奶奶的忠告时，先遇到死亡。这一失败过程的描述又引发一个新的疑问，失败的社会化主体建构过程以及成人与儿童形象的对立是否会让儿童产生恐惧，从而畏惧自我的社会化主体建构？

四、跨界视角下的理想儿童

阿来的儿童文学拓展了童年世界的表达范畴，并将儿童主体放置在成人与儿童的双重视角下建构。阿来不避讳书写真实的成人世界，也不避讳描绘有瑕疵的儿童。桑吉和格拉虽然纯真善良，但桑吉仍会逃课，格拉也会因为害怕兔子爸爸发现兔子晕倒在自己家，而谎称兔子不在。桑吉和格拉的瑕疵让他们的形象更立体真实，同时，也暗指他们具有被周围环境染色的可能性。当汽车来到机村，当兔子还在对新事物充满好奇的时候，格拉已经用习得的功利话语评价汽车了，他满不在乎地对兔子说："来了，跟你，跟我，都不会有什么好处。""你以为汽车会拉不要钱的棒糖、不要钱的钱来啊？"阿来曾在采访中表示："我的小说没有预先的设定，我是按照生活的真实来书写的。"[①]阿来的儿童文学遵从他一贯的写作风格，其笔下的儿童遵照作家视域下的生活的真实来建构。

桑吉和格拉带有藏族人民朴素的自然情怀。格拉通过与鹿交往获得慰藉，桑吉怜爱虫草，思量虫草是否该被看作生命。他们生活在由

---

① 唐诗云.茅盾文学奖得主阿来：我是按照生活的真实来书写的[N]，长江商报，2015年8月10日，http：//www.changjiangtimes.com/2015/08/508155.html.

僧侣、牛羊、山野构成的藏族乡野地理环境空间，受藏族传统的习俗和文化身份影响。他们相信万物有灵，相信人与自然的关联，会使用身体去感受彼此，例如，亲吻彼此。但与此同时，桑吉和格拉也浸润在现代文明中。桑吉通过上学、阅读与外界接触，格拉通过流浪习得现代文化。在两种文化的夹击中，桑吉和格拉显示出不同的身份困惑。桑吉想要向外进入现代社会，但挣扎于两种文化身份的认同感的拉扯中；格拉不喜欢外部的现代社会，想融入村落，但村落抵制他，让他无奈逃向外部世界。桑吉和格拉处在两种文化的缝隙间，也处在儿童向成人发展的尴尬过渡期。桑吉拥有强于大多数成年村民的识文断字和计算能力，格拉拥有强壮的体魄和与成人媲美的狩猎能力，但是他们却并未被所处环境中的成人当作权力和地位对等的个体，与此同时，尽管他们的能力足以匹敌成年村民，但内心却依然是孩童的内心。儿童主体性建构过程是复杂的，儿童需要从身、心完成多维度的自我建构，他们从不同的他者处接受建构自我的信息，再在大他者中完成自我的异化。阿来没有规避主体性建构的复杂性，还原了儿童主体建构过程中的困境，所遭遇的陷阱和经历的弯路。格拉被村民们当作狗，他也将自己指认为狗，并且"汪汪"叫，当他被以恩波为首的成人抓起来训斥并被辱骂为"小杂种"后，他也自己骂自己为"小杂种"，但当他骂自己的时候，怎么都不能像所谓出身纯正的年轻人一样，摆出横行霸道的姿态。格拉同化了村民对自己的身份定位，当兔子一家对格拉表示尊重的时候，格拉才发现自己也能够获得正常人的身份，有资格成为正常人。所以，格拉格外害怕兔子一家对他的无视或敌视，不想失去给予他正常人身份的他者，因而为了保有这些他者，他不惜撒谎。格拉和桑吉的主体正建构于这样一个意义的大网之中，他们一边主动地建构自我，一边被不同的他者、不同的话语体系来回揉捏、拉扯。

从文学的艺术性来看，阿来笔下的儿童是艺术性的理想儿童，具有艺术性的美感，这些儿童真实而复杂，既形成了立体的人物形象，又能够表征所处时代和空间环境特质。阿来的儿童形象丰富了儿童读者主体性建构的信息库。然而，从儿童性的角度来看，跨界作家笔下的儿童似乎仍存在些许争议。在媒介转型时期，旧有的童年概念已然消逝，新的童年概念尚未形成，儿童文学需要更新评价体系。评价体系的更新无法一蹴而就，然而不论儿童文学怎么改变，儿童文学的教育功能始终存在。但是，桑吉和格拉的主体建构难题却无法给儿童读者指明一条清晰的主体建构出路。儿童尚处于认知能力发展阶段，复杂且没有指向性的主体形象和主体建构过程或许会让他们陷入困惑。

五、结语

作为跨界创作儿童文学的成人文学作家，阿来将丰富的成人文学创作经验带入儿童文学，其未受儿童文学内部固有的儿童观束缚，得以描绘童年世界的破损处。他将儿童与成人世界碰撞中产生的苦难以及儿童在社会化主体建构过程中遭遇的困境直接呈现给读者。

儿童文学一直被看作帮助儿童进入现实世界的一根拐杖，其能够建构虚拟的儿童社会化场域。在大多数儿童文学作家看来，儿童文学这一拐杖应该是温暖的、充满爱意的，它应该是儿童在进入成人社会前，阅读的删减版"成人社会导读手册"。成人文学作家的跨界创作为儿童文学带来另一种表达姿态：儿童文学可以不规避成人世界中被称为"恶"的一面，可以使用成人和儿童双重视角构建具有纵深性的社会图景。这一创作方式能够让儿童读者看到未删减的真实世界，以及儿童主体性建构的真实过程，同时，这一具有艺术性和深度的写作方式又能够吸引到成人读者，让作品成为面向全年龄段读者的作品。成人读者能够因此接触到儿童世界，看到儿童所遭遇的现实困难，成人对儿童的关注、爱护和理解能够减少儿童的苦难。近年来，越来越多的成人文学作家跨界进入儿童文学创作领域。吴翔宇曾总结了新时期儿童文学主体性建构机制，提出儿童文学与成人文学在一体化框架内。^① 成人文学和儿童文学原本并非泾渭分明，儿童文学发端于现代成人文学，并且儿童文学与成人文学之间存在思想上和文体上的流动。在"五四"时期、在儿童文学的发生期，许多成人文学作家跨界进入儿童文学的创作和理论研究，为儿童文学学科建设打下基础。经过百年的发展，儿童文学逐渐形成自己的理论体系和创作圈子，而新时期以来，成人文学作家的跨界创作又给儿童文学注入了新的活力。

然而，成人文学作家的跨界创作也存在争议。成人文学作家所持有的儿童观以及对儿童性的理解与儿童文学作家存在一定差异。跨界作家倾向于表达世界的真实和建构作品的艺术性，而儿童文学作家则更关注作品的儿童性，倾向于使用儿童能理解的方式，表现儿童可接受的世界的真实，以防儿童过早对真实世界失去希望。在新媒介时代，传统的现代儿童观和童年概念发生流变，现实世界中的儿童冲破传统童年世界壁垒，被导向更大的世界，那么这是否意味着，同样拓展了童年世界的跨界儿童文学创作更符合当下儿童的审美需求？要回答这一问题还需要回到对儿童文学接受主体的探讨。儿童和儿童性是儿童文学存在的基础，儿童文学所面向的未成年读者正处于认知能力发展阶段，这是无法规避的生理现实。媒介的变迁让儿童观和童年生态发生变化，与此同时，它和跨界创作又影响了儿童文学创作，儿童文学创作群体需要再一次讨论儿童文学的最基本问题：作家所面对的儿童读者究竟是怎样的群体？媒介环境对儿童的认知产生了怎样的影响？作家能够在多大程度上信任当下儿童的认知能力和价值体系？作品应该以什么样的形式向儿童展示真实世界？儿童文学这一协助儿童建构自我的拐杖，被新媒介和跨界创作改变了形状，但其怎样改变仍需要把控，需要被仔细考量。

---

① 吴翔宇 . 新时期儿童文学主体性建构的机制、过程及反思 [J]，浙江师范大学学报（社会科学版），2022（01）.

镜中的梅花

——裘山山论

杨靖媛

摘要：本文以诗人张枣的《镜中》作为理念牵引和意象隐喻，通过"骑马归来，还是远去？""羞惭垂首，不必抬头""永远等待的镜子"和"窗外：眼见梅花落南山"四个章节的剖析，阐释裘山山个人经历与创作背景赋予其作品的独特质感，即历史时空、地理环境、精神场域这三者的流徙与转换、映射与对照，以及由此构成的文本实践空间。在大量有关两性关系、母女关系等命题的作品中，裘山山的作品更似"女人照镜"，不仅充分体察和拆解了女性内心的隐秘情感与细腻感受，还挖掘出超越性别视角、对人性共有的幽暗意识的观照。凭借对叙事手法和语言的探索，裘山山逐渐形成其轻盈明快又不失庄重的叙事姿态、亲切婉转又绝不甜腻的叙事语调，以及平和达观又暗含机锋的叙事态度，从而完成了文本精神质感与表达方式的贴合共融。

关键词：裘山山；叙事意象；女性写作

危险的事固然美丽

不如看她骑马归来

面颊温暖

羞惭。低下头，回答着皇帝

一面镜子永远等候她

让她坐到镜中常坐的地方

望着窗外，只要想起一生中后悔的事

梅花便落满了南山

——张枣《镜中》

裘山山笔下多的是落花与流水，美亦是美，却总含了一丝物哀之意。仿佛她生来便不爱花团锦簇、晴空万里，执意于春光渐逝、潇潇雨歇。写女人，总写婚姻不顺却还不甘消沉渴望真爱的中年女性；写军人，往往是不负祖国山河只得负了卿卿的忧伤恋曲；写农民，要写一生倔强忍耐辛苦劳作却仍未开花的春草；写律师，则写追求正义但常常填补不了道德或情感漏洞的司法之无奈……裘山山的笔触，一半宽慰一半叹息，就像落英缤纷的暮色，或暑气消散的傍晚。四十年来，她执一面黄铜色素雅的镜子，揽镜自照，也照他人晴雨，也照众生一瞬。镜子里是她此生的文字，洋洋洒洒，一如梅花落满黛色的远山。

一、骑马归来，还是远去？

自 20 世纪 80 年代前叶以短篇小说发轫，到世纪之交凭长篇处女作广受嘉许，再到近些年长篇、中短篇、传记、散文齐头并进，裘山山的创作虽涉猎宽泛、形态多样，但其实是秉承了一条比较连贯的精神脉络，这条精神之脉贯穿了她身与心奔赴往返的长途。从成都市区到西藏边防，从基层连队到杂志社报社，从咖啡店里郎情妾意到雪域高原俯仰天地，从峥嵘的革命前史到琐碎的当下生活……她身骑白马走三关，折返于仙境与尘世、理想与现实、军旅与市井，并在这个不断来回的过程中，抵达了自我的目的地——对人性之坚韧的临刻，对人心之幽微的描摹。反过来，她再从目的地出发，向孤独者传递温暖，向不幸者予以观照，向坚守者表达赞美。

在裘山山的创作中，历史时空、地理环境、精神场域——这三者都在不断地流徙与转换、映射与对照，形成了特定的文本实践空间。在这个一面流徙与转换，一面又实现了往返与循环的空间中，裘山山得以找到她自己的位置标注，一如她笔下的人物，倾其一生都在各色群体或制度规则中、在抵抗生活的惯性中，寻求一个身份与价值的认同。

在物理空间迁移中寻找自身地位，这个概念以各种变体的形式在裘山山作品中体现。出生于落后山村的春草，不肯嫁本地人，竭力奋斗只求能走出山村远离贫困；白雪梅的漫长回忆，就是年少时他们从四川出发、一路进军拉萨追求理想的艰辛历程；《河之影》中现实里"在此"的我回望八岁时"在彼"的我，通过对运河岸边历历情景的清晰复现，完成对那段往事与往事中的自己的追认。

与物理空间迁移相伴随的是心理空间的转化，看裘山山的长篇散文代表作《遥远的天堂》便可知晓，她时常处于"在路上"的状态，其创作素材、灵感来源及情感积淀也经常由风尘仆仆中获得。沿途的观察、窸窣的情绪、真挚的触动经过一路跋涉后，筛滤为文字的温和与柔韧。"在路上"的状态并不始自成年或开始创作以后，而是裘山山从小就跟随父母南北迁徙所留下的精神烙印。因父亲曾是铁道兵，工作地点几经折转，母亲带着年幼的她和姐姐去投奔，又举家搬迁，至裘山山自己入伍后，从此与家乡隔开更远的距离。这段迁徙的轨迹让裘山山的生命底本里有了深刻的"在途"意味，她的主人公们也似乎总是在寻找、在奔赴、在追随、在抵达。

及至近年的短篇小说新作《路遇见路》《夜行车》《航班延误》《一路平安》《一刹那》等，裘山山更是索性将故事整体置放于路途之中。从起点到终点，从开端到结局，读者一次次跟随"我"的飞行、乘车、赶路经历，邂逅一段段出人意料的人生际遇。文本的"在途"与生命的"在途"交叠互文，身体的"在途"与精神的"在途"彼此相顾，行程由近及远、由短及长，生命途中的在场、离场、延迟、追降、缺席等种种细微感受愈发丰沛，而岁月的流逝感也在这些长短不一、形态各异的路途中悄然浮沉。

应当看到，裘山山对自己"在路上"的状态是欣然接受的，那大抵也意味着生命力与创造力的旺盛蓬勃，与之相应的是她文本内在一直保持的流动感。篇幅愈短，故事内置的流动感愈强。她不喜欢裹足不前，也不愿圈地为据，而是在贯穿自己那条精神之脉的前提下，不断尝试新的思考路径与书写可能。这在她近年来愈渐丰硕的成果中可见一斑。

而流动意味着开阔，意味着轻盈。这也帮助她在安守军旅身份这一阵地的情况下，依然保持了创作层面的丰富、灵动与松弛。可以肯定的是，军旅身份赋予她踏实的自我定位，而军队体制的闭环式生长空间，也为她提供了创作思路的清晰与审慎。精准的位置属性与涌动的个人情思彼此激化，然后交融，凝结为军旅作家笔下常见的那种顺应于历史语境又渗入了个人省思的独特胶着感。

若讨论其出版于 1999 年的军旅题材代表作《我在天堂等你》，现如今可能是一个比二十年前更合适的时间。我们当下所面临的覆盖社会各个阶层的巨大焦虑感，我们所置身的进退失据、充满不确定性的环境，与二十年前全社会被市场经济刺激起来，满怀勇气与期盼在努力奋斗、勇往直前的那种时代氛围和精神阈值是很不一样的。比起二十年前，社会更繁荣富足了，具体来说，就是大家吃穿更好了，但今天的青年人所承受的精神压力远高于二十年前。今天的青年人甚至没来得及遇到一个从忍受贫穷到慢慢富裕的过程，而是自小就生长在比较舒适的环境中，于是他们误以为自己成长中拥有过的一切都是本来就存在的，也是必须存在的。年轻人几乎已不能够想象真正的"艰苦"和"绝境"在自己身上出现。

但是新冠疫情、经济下行、"内卷"、裁员、降薪终于接连出现，同时出现的是社会精神层面的撕裂与对峙，也是拜物逐金的美梦破裂后普遍性的迷茫。而此时若重温《我在天堂等你》，若再次与那一股极致纯净、极致热诚、极致高尚的精神相遇，再次体会那种温暖的战栗感、那充满柔情而又饱含力量的抚慰，其滋养力可能比二十年前更甚，也更富有向上的意味。

《我在天堂等你》让我们看到个人经验与历史经验真正合流后，那些经历反过来对人的成全，也可以说是对人的重塑。历尽艰辛的他们站在岁月深处，就像西藏山脉上的雪花，变得几乎透明而又无所不在。故事让人发自内心地感受个体的渺小与脆弱，感喟大自然的伟大与残酷，更感悟精神力量的浩瀚与强韧。而这正是这个时代迫切需要的慰藉与鼓励。故事虽然以革命历史阶段为依据，但其背景并不是战争，而是一场人类与雪岭冰峰的漫长博弈，是前行途中相互扶持的坚守、竭尽全力的无憾。这反倒是今天的读者依然可以尝试理解并代入的主题。高原行军的艰难远甚于我们生活中也必遭逢的重重困苦，而这显然比战争要更容易感知与想象。

作品也展现了裘山山化采访素材为虚构小说的高超叙事技术，她通过耐心而细致的、富有节奏感的讲述，通过回忆与当下两重时空、欧家三代人各自视角的组合，构筑了文本的绵密与扎实。如果缺少它们，崇高感和悲剧感将难以建立。因为攀爬雪山的缺氧和饥饿、绝境中九死一生的挣扎、眼见战友牺牲而无能为力等等这些场景，在脱离历史语境后未必能直接引发共情，此时叙述上的绵密扎实就变得格外重要，它决定了文本的内生温度与共鸣空间，决定了故事蕴含的厚重感，更决定着作者想要表达的对崇高的敬意、对革命英雄主义的赞慕、对军人牺牲奉献的感动这一切现实主义意图是否建构得起来。

裘山山专注于西藏军人的作品数量颇丰，包括近年新作《雪山上的达娃》，若干精悍简练的短篇如《我讲最后一个故事》《传说》《一个夜晚发生的事》《事情不是这样的》等，以及大量纪实散文。她用真挚的情感营构了一个将历史时空、地理环境、精神场域三者叠加起来的多维空间，既指涉军人守土卫疆的现实，也寄寓灵魂自我净化的想象，这个空间打通了经验的长河，让读者得以凭借小小的一叶扁舟，溯流而上，融入宏阔辽远、干净明澈的精神向往之中。

下了雪山，裘山山的写作姿态依然呈现出这种可贵的通达。在存在主义焦虑与现代性反思深度蔓延的数年间，军旅身份或许能给予写作者由内而外的安全感与稳定感。不甘于这种带劝导意味的保护的作者，多半脱下军装回归了地方，而另一些作者从自身成长经历与阅世体验出发，选择继续投身此列，这里面很有一种彼此成就也彼此捍卫的味道。裘山山属于后者。一个在世界屋脊的边关哨所流下过眼泪，在藏族、珞巴族、门巴族等少数民族村落见证过军民情谊的作者，就如同一只被不为人知的秘密所装满的抽屉，如何能够轻易地抽身呢？这已不只是念旧或情深，而关乎她的心血热望、灼灼理想。

正因如此，她的创作隐去了那些噬骨沥血、犹疑飘摇的滋味，始终保持着一种平和与达观，而这两个特质恰已在如今深陷各种愤怒、苦闷和怀疑情绪的作者中难寻踪迹。而平和变得珍贵，只因为面对当下的世界，我们已不敢想象彻底失去平和将变成什么样子。

这种态度也体现在裘山山大量非军旅题材作品中。《保卫樱桃》里曲高和寡的女校长被当地的陈旧习俗与落后观念无情击败，最后一刻却放下了砍树的手，选择与击败她的世界和解；《廖叔》中"文革"时曾遭遇红卫兵抄家、造成重大精神伤害的廖叔，最终放下了仇恨与怨怼选择包容；《水天一色》中痛失独子的郑老贵慢慢也平复儿子牺牲带来的痛楚与芥蒂，发自内心地接纳了被儿子救起的光娃。相对来说最具批判色彩的律师系列，都将关注点放在了社会地位上弱势、话语权力上被动、在命运暴击下无力抵挡的人，可以看到作者对底层不公命运的关注，以及试图呈现和诘问这种不公状态的努力。但是，与底层命运一同出现的是律师系列主人公欧阳明明，她的个人魅力与支线情节比起当事人的不幸遭遇似乎更吸引读者眼球，而对于这类知识精英、中产阶层人物的书写，既袒露了裘山山与之同等的观照者视角，也隐去了更深一层挖掘和剖析底层悲剧命运的动机。

在过于晦暗的时刻，裘山山会保持一种善意的"钝感"，于是对那些深深埋藏在生活表象之下的痛苦逻辑不那么较劲、不那么尖锐，也不那么刻薄。这也许亦是她一生打马来回、守住精神之脉不致迷途的从容所在。

　　寻找身份认同与自我价值提升的诉求，在排除了物理空间迁移的文本中同样存在。显然，比之地理环境转换带来的具象变化，裘山山更关注的是心灵的腾挪与精神层面的自足。《雪山上的达娃》中战士黄月亮与小狗达娃共同成长，他们都铆足了劲儿努力，渴望得到他人的信任与认可。黄月亮盼望在哨所立功，以此告慰自己多年前牺牲在高原边防的父亲，证明自己是个不会让父亲失望的好兵；《白罂粟》与《城市情人》中，叶仲明与王路生虽然已人在都市，却无法摆脱农村出身带来的心理自卑与求爱焦虑，竭力寻求一个体面身份（具体说来就是城市户口）作为自己面对心上人的筹码。

　　也许是崇尚荣誉的职业使然，也许来源于教导孩子自立自强的家庭环境，裘山山其人其文，都显示出一种不愿服输、不懂谄媚、不屑逃避的"守正"感，她笔下无论男女、无论出身际遇如何，也向来看重自尊，很少出现精于世俗、油滑鲜耻之人，有那么点倔头倔脑的意思。对个体价值的尊崇、对群体认同的看重，于裘山山而言是重要的人生态度与求索方式。这让她的创作在平和达观之余，还能持久地保有一份热忱与自勉。

二、羞惭垂首，不必抬头

　　如果平和与达观是裘山山最长于展现的创作姿态，那追忆自己年少时光的笔触，便可看作她写作版图中特殊而又不容忽视的注脚——那些独属于她的生命中久远的时刻，映照着清晨薄雾下缓缓淅出的淡粉色光晕，明明是最青春勃发、最不知忧虑、最身无负累的年纪，却似乎总含了几分不愿、也不敢抬起头来的心酸。那是敏感而单薄的天真年月才具有的心酸，因为贫穷或者孤独，因为家庭的隐秘，因为茫然以及身份的不具名，那些岁月叠满了羞怯、懵懂、潮湿和不知情为何物。

　　从《河之影》到《失踪的夹竹桃》，从轻轻擦拭的过往亲历到虚化处理的朴素笔法，裘山山对少年时期的回忆，伴随着那个年代特有的青灰色质感，于纯真中夹带着小心翼翼，在稚气里匍匐了丝丝暗影——像许久前烧开过的水，从滚烫变得温凉，也从生涩变得回甘，壶壁内侧的水垢一点点缓慢溶解，水还是水，水也不再是水。打眼望去，只知壶底斑驳，水面宁静。时间太久了，这壶水早也说不上干净还是不干净，却于今时今日的对影自问中，依稀显映出彼时的青灰色天空。

　　那看上去空无一物、其实却盛满了生命之重的天空，那一张张带着温暖笑意和羞惭神情的面容，在朦朦光线下，还依然蓬勃着生命本初的饥渴。这或许是裘山山版本的"伤痕文学"，时隔多年，口吻唏嘘。那些伤痕因时间过得太久而几乎完全消匿，可那份在当时埋下的近似于人人均分、逃无可逃的疼痛感，却有意通过一双双少年的眼眸，以滞后的方式来温柔传达。

　　《失踪的夹竹桃》可视为带自传性质的小说，也可看作含虚构色彩的回忆录，全书共六个章节，各自独立又相互串联，分别讲述了六个以作者少时经历为底本的故事。这些故事大多涂抹着黯淡背景，又因少女视角的纯澈而蒙上一层无辜的滤镜。《艾蒿青青》的结尾，"我"最好的朋友蓝蓝被要求进步、自觉向组织靠拢的"我"在大街上剪开了裤脚，蓝蓝哭着跑远，"我呆呆站立着，手心里全是汗，两腿发软。路灯下，蓝蓝脚下的裤边儿像两只倦鸟在翻飞。我的目光一直追随着那两只倦鸟没入黑暗，直到今天"。如此简净的语调、如此不安的我，却勾画出特殊年代里如此残酷的荒诞。

　　《革命友谊》中，同样是"我"和蓝蓝，两个各自怀揣家庭隐秘而努力压抑着自卑的少女，在黑夜中相拥哭泣，你一句我一句互诉衷肠。那些名曰"地主婆""右派""下放"和"狗崽子"之类的词语让她们的成长浸上了屈辱与眼泪，而她们甚至都还无法理解和懂得这些词的含义。她们唯有彼此分享这份隐秘，然后在这样的分享中淬炼出比先前更坚固、更深刻的"革命友谊"。（讽刺的是，从时间线上看，在她们拥有了这般真挚的"革命友谊"之后，"我"却被更大的革命热情召唤和鼓舞着——勇敢剪开了蓝蓝的裤脚。）

相比于温和内敛、倔强坚韧的蓝蓝，大大咧咧、生龙活虎的刘大船，"我"后来的同桌陈淑芳的人物形象似乎稍显模糊。但那个与她有关的故事，却更微妙地展现出那个时代最鲜明、最独特的氛围，那种恬静里包裹了巨大悲涩、淡然中生吞下千针隐痛的感受，那种微微一笑、不提也罢的怅然，就好似"我"曾苦心尝试的果树嫁接实验一般——红色的夹竹桃嫁接不到白色夹竹桃的树干上，等待她的结果，就是永远消失在漫漫雪白中，仿佛那抹红从来都没有存在过。

当故事写到陈淑芬与她的瞎子"老汉儿"（父亲）被拉板车的撞倒，"她的长辫子被搅进轮子里，拖拽了好一段，除了脑袋裂了一道口子，身上也是青一块紫一块的"，此时无论陈淑芬的口述语气还是作者书写的笔调，仍是淡淡的、轻轻的，好像只是在说她感冒了。当"我"发觉陈淑芬彻底剪了短发而询问她"老汉儿"怎么办，得到她答复"走了"时，作者写道，"她说这话时，依然笑眯眯的"。那一刹那，仍是轻轻淡淡，读者心内却惊雷般炸起，复而柔肠百转、再戚戚然。"她的头朝后仰，像一根小小的拐杖"。读者不知、作者亦不知，甘愿留长辫子为瞎老汉儿当拐杖、陪他在街上拉琴唱戏的少女陈淑芬，是在怎样的过程中消化了自己肉身的疼痛和永远失去父亲的悲哀，然后若无其事地站在伙伴们面前。

走笔至此，无一丝煽情渲染，作者就好似那个年仅十几岁的陈淑芬本人，淡淡的，甚至带着笑的，在你眼前答复着一个个见血见肉的问题。她拒绝煽情，或许是对煽情过敏，又或许，是在回望和逼近自己那青灰色的少年时代时，她又一次触碰到了那种熟悉的羞怯感——经年彼日，那沉重而又荒诞的历史时期已然远去，曾切身存在于那段历史中的自己却不知该如何回首，那曾浸过泪水和屈辱的成长体验至今还可辨认，而同时被辨认出的羞惭和不甘、心疼和窘迫、失落与惘然，也尽数都在，于是——只好淡然，只好笑对。

怀着一番静悄悄的可惜和叹惋之心，作者在摩挲那些岁月的褶皱时，也书写出《糖水荷包蛋》与《江边少年》这样带了俏皮与温馨味道的故事。复杂心境之下，少年的愁不再有真正带逼迫感的涩与痛，反而成了另一种形式的怀念。也是这种细密滋生的怀念，让这些灰扑扑的陈旧往事，又都带上宽容的暖意。

是的，当然。裘山山不为控诉。正如她向来无意于隆重的煽情一样。在历经数十年创作了几百万字作品之后，虽然以"我"之名直抵年少的回忆无法冠以她日后展现的平和达观之态，但那羞惭语调背后的心仍属于今日的她，那是见惯了西藏的蓝天和戎旅故事之后的一颗心，胸怀宽广，骨骼坚实。

细细想来，那些青灰色的记忆之所以没有变作哀鸣泣血或痛心疾首的恩怨账簿，反而自始至终保留下裘山山式的轻盈，偶尔还泛起一丝发自肺腑的清甜，也因为那是萌生起许多对未来想象的少年时期。"少年"，是对每一个年岁渐长者都具有平等吸引力的、一种由衷的珍贵。在这种珍贵光晕的环绕下，那些记忆褪去了黯淡的苦楚，留下惦念与牵挂。

但是，同为非虚构类写作，这些与少时经历相关的写作相比于裘山山后来广受称道的散文创作又有显著的不同。无论是《五月的树》等生活流类的散文，还是《第九次在天堂》等西藏军旅题材散文，都表现出了从容、宁静的力量，这是读者更为熟悉、更常见到的裘山山，她写高原雪域、写川藏沿线、写和平时期军人的死生，在那些纪实文学里，她的口吻镇定而成熟、眼光平和而静谧，分毫不见那久久不愿抬头的青涩羞赧。

因此，虽字里行间温存俱在，但若细微去体察，还是能感到成年之后的她，与成年之前的她，是两个人。那通过回忆数典起少年心事的笔，和从回忆中彻底脱出后纵刻他者人生的笔，是两支笔。

与那淡淡无奈中暗捧一腔心疼的情绪相类似，当裘山山把目光从儿时岁月拉回到纷繁当下，从自己的点滴往事转为对社会现实的观察，我们会发现她的司法系列小说竟体现出近似的情感质地——那种不忍与容忍——对命运不公处的不忍，和证实命运确然不公后的容忍。

《正当防卫》和《枪击事件》都是典型例子。与回忆年少时的拒绝煽情相一致，在写到那些令人痛心扼腕的人生绝境时，作者也并未放开笔墨去铺陈渲染，去着意强化这种情绪和情感的浓度。比如《正当防卫》里被生活逼至无路可走的小通，当他最终选择杀死王经理时，故事仅淡淡一笔，好像在说他出门去菜市场买一棵白菜一样，写他径直走入经理办公室，平静地抬手捅死了王经理，然后平静地出门去公安局自首。这三两句白描背后，浓缩着在底层挣扎的弱小生命最剧烈的苦难与哀愁，那种平静，是竭尽全力争取过然后才放弃的平静。但作者在呈现的时刻，选择将竭尽全力的争取和放弃的过程全部隐匿，仅仅是给出了最后一刻的平静。这平静犹如冰山一角，犹如黑洞，犹如海啸。

而作者内心怀揣的慈悲与叹惋，也都化在了这份最后的平静里，用字面的平静，托起故事主人公欧阳律师听闻消息后内心的震动，更托起读者内心的响雷。恰如陈淑芬笑着说自己瞎子老汉儿"走了"的那个时刻，用那样平常的瞬间，去交代一个人生命中为数不多的转折。

虽然从未以冷峻阴暗、萧肃酷练等风格著称，但在写这些底色本就残酷的故事时，裘山山也并无犹豫，她明明白白就对那种理想化的可能性，或者更符合美好期待的结局亮了红牌。因此，《正当防卫》中原本只是正当防卫的小通终于难逃一死，《枪击事件》里广受称赞爱戴的好警察郝向东被判刑入狱，《疯迷》中老实巴交的三叔成了过失杀人的嫌犯，甚至还包括《死亡设置》里死于非命的袁红莉……他们本是生活中的"无辜人"，却都成为故事里的"倒霉蛋"，而他们最终都没有躲开那不幸的、不公正的命运，这样的书写本身，正是裘山山对司法视野览照下人生之无常的感知，也是她的体认与回应。

与这种淡淡的、并不着力的无奈相对应的，是欧阳律师精明强干、清醒自信的人物形象。她既是法律的捍卫者也是道义的守夜人，她聪慧、果敢、坚毅且颇有爱心，但是，面对小普小通兄弟慢慢滑至深渊的命运，面对郝向东情急失控下失手的冤屈，面对好友林力以第三者身份深陷错爱囹圄的痴憨……她的一切精明强干都派不上用场，只能眼睁睁看着一桩桩不幸与不公发生，那时的她，失去雷厉风行毫厘必争的躯壳，只剩下满腹的无可奈何、无能为力。

相似的处理方式与第六代导演的影像风格有些异曲同工。就像贾樟柯电影《江湖儿女》中的女主角赵巧巧，原本无辜的她，危急关头如一个侠女般街头鸣枪只为救男友，却换得自己银铛入狱，出狱后也遭人另眼看待，且失去了从前自以为珍重的爱情。赵巧巧的一生也仿佛一个无处申冤的荒诞的寓言，没有月圆花好，更没有窦娥昭雪。同为创作者的贾樟柯也没有浓墨重彩去展陈她的不幸、哀叹她的可怜，他只是用平和的镜头（一如裘山山平和的语调）创作她、呈现她，让自古有之、从来如此的山河、日影、西风、夜雨来陪伴她、观照她、塑绘她、成为她。

这或许也是裘山山对命运的理解。在一次次见证、接受和忍耐的背后，是一股宁静而持久的力，这股力既支撑了她笔下诸多的雪山传奇、英雄壮举、崇高奉献，也同样支撑了诸多的平凡人、平凡事、平凡的爱恨与回忆，还有那些似乎不值一提、悄无声息的结局。也是这股力，让裘山山对现实题材的探索更加广泛和深入，她作品背后的现实深刻性与省察力其实也超过许多人的想象。与大众对她擅以柔和温婉的女性视角书写两性或寄情军旅的印象不同，裘山山直面社会疮疤与历史记忆的那些笔法，既不锋利至让人无处躲藏，也不含着哀怨的热泪，她只是由那股宁静的、持久的力支撑着，将反思渗入命运的脉络，再融之为寻常的生活。

"对镜自览的女子"是一个自古及今的悠久意象。照镜子既有自怜自艾之感，也意味着自我观察、自我审视、自我省思。女人照镜似乎是一个漫长的、被定格的姿态，既优雅又落寞，既满怀期待又惴惴不安，就像"等候"这个同样悠久的意象一样。

对裘山山来说，"永远等候她"的那面镜子究竟是什么？大概就是与女性互为参照的男性，以及对两性关系的认知、洞察与体悟，对女性命运的审视与思索。

女人照镜，看的似乎是脸，更是自己的心。在女人与内心的隐秘对话中，总潜藏着一种与理性对峙的、渴望挣脱现实制束的幽暗意识，这或许与女性长久以来的弱势地位和被动形象息息相关。揽镜自照的女子，总能看到温顺面孔下浮动的渴望，看到被习惯与成见抑制的冲动，看到自己的不满和不甘。裘山山借这面镜子透视女性内心，也逐一剖开女性心理蕴含的丰富可解读性。

在写到女性与爱情时，她展现出明显的优势。作者的聪慧狡黠、细腻敏感、温和柔韧，统统观照在她笔下的女人形象和整体文字质地中。最难得的是她以如此"女人"的方式写女人、写两性，看上去如此婉约、如此"示弱"的，一点儿不强硬、不冷静、不故作坚强也不含糊隐晦的，却偏能写得劲道十足、直戳人心，不带丝毫矫作之感。

相比于男性为主的军旅作家群体，女性心理描写与女性人物塑造无疑是她的拿手绝活。这个群体中的大多数作者着迷于精彩故事的构建、宏大景象的铺陈或者英雄主义劲健风格的塑造，却每每在塑造女性形象时遭遇滑铁卢。或许是因为太缺乏参照对象，男作家们对女性人物心理的浮躁想象，以及惯常出现的粗线条、功能化人物塑造，让我们几乎默认了军旅题材作品中女性的缺位。

而像《我在天堂等你》这种把女性和军旅两个元素糅合起来的作

品，令人惊喜地补齐了版图上的空缺，并且将女性的极致浪漫与恰因为浪漫才能攀爬而至的极致坚强形成了同构。女性能浪漫到什么程度，就能坚强到什么程度。因为相比于物质，没有什么比理想信念或动人爱情这种抽象物更坚固、更顽强、更无可抵御、更不易摧残的了。

　　在因浪漫而构筑起的幻望中，女性可以承担并忍受住人世间任何的苦难。值得另书一笔的是小说的女性群像写法。从《这里的黎明静悄悄》到《西线轶事》，从《马蹄声碎》到《我在天堂等你》，军旅题材作品中，小分队式的女性群像成为一种常见视角，一种历史叙述的绵延姿态。这里面有一种天然的述说便利：几个性格各异、特质不同的年轻女性，自带女儿/恋人/母亲等身份属性，自然地凭私人背景的温情缠绵与宏大战争等革命历史语境构成了残酷对立。牺牲是必然的，且不仅限于身体/生命的牺牲，而是这些女性所怀揣的婉转深情与千尺眷恋的破碎和丧失。这种带有美学蕴藉的悲剧感比男性视角的牺牲让人更觉哀怜和无力。同时，女性群像还有一种旁观意味。因为身体条件的限制，她们虽置身于战争现场，却大多不处于前线冲锋、英勇杀敌的位置，而是作为卫生员、话务员、后勤保障人员、文艺兵等等，这让她们的战争体验与前线将士相比产生了一小段微妙的距离，在这段细微的间距中，灌注了她们对战争的女性观察，灌注了对生命的柔情与对死亡的不忍，也灌注了绝望和绝望之后的坚强。

　　在都市题材作品中，裘山山虽然对两性关系的理解偏于固定维度，但的确刻画得生动细腻、鲜活可感，也相当具有代表性。她平心静气地把两性关系的真实互动状态（包括生活中确然存在的种种不对等）写入小说，且吝啬于书写任何圆满的爱情或甜美的结尾，往往是一个将明未明的猝然结束，或令人怅然的寥落收笔。让人既无法尽情流泪，更不能喜笑颜开——这感受恰与那莽莽前行而不知所终的生活流相一致。

　　一如凌寒的梅花也终将凋落，裘山山对两性之间坚实稳定、长久保鲜的爱似乎缺少信心，她的爱情总有类似王家卫电影《花样年华》

里那样的克制感，愈显古典主义的审美趣味。作者仿佛深知脆弱是心动的实质，不安是恋人的本能，作品中不稳定、非常态的两性关系结构极为常见。男女主人公总处在彼此打量、相互盘算的过程中。若是夫妻关系则二人中至少有一个已另谋所爱，若是情人或准情人关系，则往往最后未成眷属。《琴声何来》貌似写了一个看上去最诚挚的、男主人公慢慢抛下世俗观念爱上灵魂伴侣的故事，作者最终却又安排了一个更出人意料、无可转圜的结局。

在大量以露水情缘、爱而无果为主题的作品中，《冬天的故事》是笔者比较欣赏的篇目。这篇小说的调性与作者的惯常风格不太一致，尤其与其短篇写作偏好的幽默轻快完全不同。就如篇名一样，充满冬日的萧疏冷峻之感。作品对两性交往过程中内心情态的细腻描绘一如既往，思绪的点滴流逝、心境的微妙起伏都捕捉得很贴切，却又不让人感到那种过分真实而带来的沉闷和逼仄。也许是因为开篇以男主人公视角缓缓铺开故事，不似许多同类型作品都以女性为视角，规避了过多抒情和心理波动所带来的"腻味"。以男主人公视点看待两人关系，带点揣摩与期待，又带着清醒与克制，始终保持着若即若离、似有恍惚的感觉，从而把过于实在的部分抽空了。但到故事后半段，转为女主人公视角提及前尘往事后，又弥散开人物渐入绝境时那种刺痛与寒冷。尤其是人物那茫然似有所失，最后却只能吞下命运苦果的平静，为小说带来幽恨绵绵无绝期的余味。

《胜诉》中欧阳明明面对林亚明的柔肠百转，将知识女性在感性的爱意冲动与理性的自控反思中苦苦挣扎、反复平衡与取舍的姿态写活。与此相仿的是《落花时节》中的苏宜，面对一个仅靠电话聊天建立起精神交流快感的未知对象，对其下意识地理想化猜测与理想破灭后的自我安慰，表现出都市女性那种既要里子又要面子的小小贪心，更展现出她们为寻找真爱而努力自我说服、自我劝慰、自我勉励的可爱之处。

裘山山对女性心理刻画的生动正在于，知识女性在文化学问上的修养和良好的自我感觉并不能帮助她们更理性地思考与行事，女性依然容易本能地沉溺于感性冲动，且所有基于感性冲动的行为都是主观自愿的，而理性、克制、谨慎状态下的行为反而总是被动无奈、勉力为之的，并非出自女性本意。残酷而又现实的情形是，如果一个被倾慕的男性愿意给女性哪怕一丁点希望的火苗，女性心里立刻能燃成燎原烈火，且兀自蔓延；反之，对方回馈女性的往往又并非火苗，而是兜头冷水，可即便是这样，女性内心因爱慕与幻望而生出的点点星火依旧不愿熄灭，固执顽存。女人对爱的执念——这几乎要上升到哲学之问的命题，在裘山山那里化作了一个又一个耐人寻味的篇章。

但需强调的是，虽然惯写爱而不得，裘山山却比最擅雕琢男女心思千回百转的张爱玲要善良温暖得多。她只是将爱而不得视作现实常态，却从不质疑彼此心动时的诚恳，更无意于悲叹世事尽皆苍凉。

更多一些讨论与思辨姿态的是长篇小说《到处都是寂寞的心》，中篇《男婚女嫁》《城市情人》等。同样是以有文化、有独立思维的女性为叙事主体，同样细细拿捏着女性的微妙心理状态。这些篇目更直白地呈现出她们因为受高等教育、有体面工作而产生的强烈优越感和标榜自己独立形象的执念；呈现出人到中年害怕失去、害怕被比较而产生的不安，还有耻于暴露不安所导致的内心忐忑；呈现出她们对男性与爱情既期待又怀疑的矛盾心理。这些作品的创作时间多为20世纪90年代和本世纪初，其时代背景与今天已不相同（那个年代都市知识女性的优越感比如今更甚），但它们剖析的女性心理却与现今一脉相承——以高傲和审慎作伪装，却又一再踏入同一条河流，一再沉溺于同一道伤口。

裘山山太了解这一类女性。她们多半有点自以为是，又总爱故作潇洒。为了自己对爱情所设的种种期望，也为了自尊与骄傲，这些聪明又深情的女人不得不"谨慎地小心地忍耐着"（《有谁知道我的悲伤》）。"纠结"是裘山山笔下知识女性的一个极其普遍的状态，哪怕是孑然一身、清醒通透的吴秋明，内心也同样饱受纠结的折磨。唯一显著不同的女性形象是农村女人春草，她贫穷、不识字、生来劳苦，也唯独是她，从不纠结、不犹豫也不畏惧，更接近人的本能状态，是一个"彻底的人""纯粹的人"。像老年白雪梅这样的革命女性当然也免去了现代都市女性的纠结，但她所体现的平和状态是经历了一个更特殊的、脱胎换骨的过程，在那之前则是风起惊雷般的炽热和汹涌。概而言之，在裘山山的人物长廊里，都市知识女性每每瞻前顾后，底层劳动女性常常一往无前。

裘山山擅写女性，也同情和爱惜女性，但这并不等于她超越了自身时代或认知的局限，真正认同了女性对传统角色属性的摆脱。好处在于，她的作品中不会刻意拔高女性地位或赋予女性"主角光环"，不似现今流行的"大女主""爽文"模式那般粗暴简单。她通常只是客观勾勒女性的优秀之处，却不通融她们的事业或爱情以任何一丝捷径。但令人稍感遗憾的地方是，她笔下的女性似乎总逃不掉回归家庭这条路径：历经磨难的春草最终还是没有离开一事无成的丈夫；放弃了冯君的苏宜转头和谢同志走入婚姻；自诩独立看淡姻缘的白云白竟然退而求其次到约会邋遢老许……更典型的是短篇《空号》，初读只觉有趣，喜爱作者那讽刺而幽默的收束一笔。可转念一想，错愕惶然的女主人公最后通过给家里打电话找回了安全感，一切仿佛从没发生过，这不是在讽刺萍水相逢尽皆虚妄的同时，却又再次重申了女性家庭主妇位置与任劳任怨的必然性吗？须知这位本有些"贼心"不死的女人，家庭生活是日复一日的操劳奉献，伺候丈夫与儿子的衣食住行。如果说婚姻之外的逢场作戏固然不可靠，那再进一步设问，回归原本的家庭位置就是唯一的选项吗？或者说，女人最终的安全感只能靠这样在家中百般辛劳的付出才能够建立吗？应当说，我们不甘于此，我们当然希望这个女人回家，但并非是回一个爷俩每天安心坐在沙发上、等她烧饭洗袜子的家。

除两性关系外，母女关系也在裘山山作品中有过令人难忘的刻画。春草和母亲一辈子纠结缠绕、爱恨交织的关系，也许不是最典型的中国式母女关系，但这里面却又包含了深刻的意味。在农村重男轻女背景下的艰难成长，不被理解与关爱却强烈渴望被认同，表面关系的疏冷掩饰着内在的牵挂与情分，以及愈到不堪重负的中年愈能体会幼时母亲的辛劳、烦闷、暴躁和歇斯底里。农村生活体验不算丰富的裘山山，通过这样的关系刻画，把一个靠着泼辣倔强来扛这一世艰难的农村女性写得惟妙惟肖。这个母亲形象让人联想到严歌苓《一个女人的史诗》中那位同样泼辣厉害的母亲，与之相似的还有许许多多如老黄牛般辛苦耕作的劳动女性，她们根本没有或者早已失去了男性视角下的柔情似水、温顺体贴，生活的残酷让她们不具备保持温柔的可能，而男性书写中的想象却还天长日久地塑造着这样的期待。

柔和如裘山山，大概不会创作像简·爱那样一腔孤勇敢于尽露的女子。但她笔下的知识分子母亲形象，却常有一种清冷疏高、矜傲自持，其内在风骨与简·爱近似。如《调整呼吸》《我需要和你谈谈》中的母亲，包括《男婚女嫁》里的梅阿姨，无一不是自尊自重、聪颖能干却并不温柔乖顺，她们既不显露身为妻子的娇软痴嗔，也缺乏传统观念中作为母亲的敦厚慈爱。这也许和裘山山本人对理想女性的认知，或者作者母亲对她的影响有关，她佩服这些遭遇过艰难、承受住艰难又能够看淡艰难的女性，她们既像饱经风霜而坚韧不折的旱地野草，也能活成一株凌寒独开的优雅蜡梅。她们同样是她的镜子，在镜子里，她读出自己的欣赏与追慕。

四、窗外：眼见梅花落南山

将视线从镜中转移至窗外，才发现恍然春暮，簌簌落花。前文曾有提及，裘山山小说罕有花好月圆的美满结局，却也不怨不哀，而是常用那种猝然的、留几分惆怅低回的收束方式。与之相应的是她偏散文化的叙事形式——宛如自说自话一般的讲述。

这种叙事形式时而似内心独白，依然是一个人在对镜自览，她似乎必须对着镜子里某个固定存在的"影像"或者"意象"去讲述，才能把心事和盘托出，把涓滴意念梳理成河；有时又好似与枕边人呢喃细语，或与相熟多年的好友邻人闲话家常。这与她很多作品中运用的第二人称视角，或者多人物视角相一致。人物直接冲着读者絮絮叨叨，一会儿跑个题，一会儿分个神，一会儿又彼此间观点打架前后不一。从衣着样貌到内心婉转，从脑海中乍现的回忆到现实里左右为难的愁肠，裘山山和她的人物对着你亲亲热热又恬恬淡淡地述说着、讲解着，说到悲情处，也并不大肆渲染、故作深沉，说到欢喜时也不会惊跳而起激动万分，她只是说与你听，也像是说给她自己，故事总不了了之或戛然便止，她也就转头去做其他的事。

也许正因为作者大量的散文写作经验，这种娓娓道来的叙事策略也让她在创作虚构文本时感到自如与安心。她捡拾起这种古老而朴素的话语方式，不为描摹壮阔的江河，仅试图挽留一涟清波。女性特有的倾诉欲和创作者天然的表达欲在这其中自然融汇，一个个人物好像都成了记忆中打过照面的朋友，或某次同学聚会频频听人提起的熟人，他们以现实生活中最平平无奇的姿态出现，却似镜子一般与我们相对，连接着我们自己内心的遮蔽和敞开。

所幸，裘山山不是个啰唆拖沓的述说者，相反她讨厌没完没了和故弄玄虚，也不喜欢掺和太多的个人情绪。作为讲故事的高手，她当然知道适可而止和简明扼要是必要的遵循。她的这种高明，在近年来创作的中短篇作品中显现得愈加清晰，尤其是小说集《失控》和《路遇见路》中的作品，充分展现了清爽娴熟的写作笔法、舒服熨帖的叙事质感。

《卤水点豆腐》和《百密一疏》中先后出现了"巡视组""打苍蝇"和"领导干部个人事项报告表"这样紧扣当下政治生活热点的词汇，可谓与时俱进深入写实。尤其《卤水点豆腐》还以时下最热的智能科技与人文学养之间的比较、冰冷技术与温热情怀之间的冲突作为故事背景，探讨现代文明进一步发展且作用到具体个体上的走向与可能性，此类题材的选取于裘山山这一代作家而言具有相当的创见和勇气。《百密一疏》玩了把黑色幽默，在作者惯有的轻快风格之上，更添了一笔诙谐与讽刺。同样带黑色幽默且底色更为冷峻的是《调整呼吸》，这个故事贡献出一个裘山山往日作品中比较少见的人物类型——外表呈现出极致的世俗与丰饶，打扮精致、态度热诚、能言善道、懂得生活，内在却是极致的空洞与冷漠，对一个活生生死在自己家中的女人，对于发生在眼前的生命的逝去，她表现出让人心惊的淡漠、麻木和不以为然。在这个人物背后，是当下世俗生活中人的皮囊与精神的普遍分离状态，是如流行病一般传染扩散的人性的自私和愚蠢。当然裘山山也并未大声疾呼，而依然采取闲聊般的口吻一带而过，但这一番闲聊却具有了比往日更多可咀嚼与反思的滋味。

与这个故事的调性相反，《曹德万出门去找爱情》虽然探讨老年人情感缺失与精神孤独的社会性问题，文本面貌却乐观而轻盈。曹德万身上展现出一种强悍的生命力，其强悍之处不仅仅在于他身体状况的康健，更在其心态的年轻和无畏，他从不自我怀疑，无论对爱情还是对自己的明天。但作为读者，我们依然感受到那股似曾相识的怅然——八十多岁的老头还在兴致勃勃地期待并计划着自己的爱情故事，这当然是他的自由——但是，即便他美梦成真，如愿与心上人结为眷属，我们也忍不住带着遗憾去预见这幸福的脆弱和短暂。毕竟，在那样的年纪，明天与意外不知哪个先来。就像《失控》中事事精心谋算、看似志得意满、不料一夕殒命的男主人公。他衰老生命的倏忽完结，仿佛只是为了宣告自己青春貌美的妻子崭新的开始。无论是对事的批判还是对人的惋惜，又或因袭世事无常的感叹，裘山山向来点到即止，不拉扯出更长的篇幅。

惆怅过后，我们转眼打量自己的生活，感受那如出一辙的欲说还休。这就是裘山山的笔，让你时时刻刻抵近生活现场，去亲自嗅一嗅这袭毯子上的灰尘味儿——但又决计不把你包裹起来。

中篇小说《我需要和你谈谈》是相对铺展得比较开，故事头尾也衔接得很完整的作品。同样关注老年人问题，且聚焦到患阿尔茨海默病的老年人身上，直面现实的角度更切肤贴肉，也更值得深思。类似周大新的同题材长篇小说《天黑得很慢》，裘山山也塑造了一个原本精明聪慧、自我要求高标准严的老人，不同的是，这位老人是女性，也是小说叙述者的母亲。眼见原先在自己心中似乎无所不能的、优秀且高傲的母亲一点点被病魔吞噬，眼见她的记忆开始不受控制地流失，直到最后母亲因为自尊而企图逃离家庭，这几乎算裘山山所能给予都市知识女性的最不幸结局了。也许是在这个过程中借女儿视角缓慢拼凑出母亲的生动形象，也许是因为母女关系在全篇的细密铺陈，这个母亲独自与病魔对抗的故事似乎比周大新笔下的老法官更加感人、更加细腻。它在展现生命之顽强与坚韧的同时，也确然令人不禁低头回想自己和父母相处的点滴，以及垂垂老矣后那不得不独自去往的黑暗隧道。

对生命的尊重与不放弃，不仅表现在步入老年之时，更鲜明地体现在突遇灾难和危机之时。《听一个未亡人讲述》是一篇质感独特、颇具回味的小说。依然是裘山山惯用的述说口吻，故事前半段以叙事者詹月的内心独白推进，中后段则是大篇幅的妻子的讲述，詹月在聆听的同时，也继续默默上演着内心戏。作为故事背景的婚外恋情节被处理得隐晦而模糊，这也确非作者的着眼点，文中那对在第三者詹月眼中男优女劣、并不般配的夫妻，最后却在妻子的回忆中出现了关系换位与印象倒错。男的似有外强中干之嫌，其聪明沉稳、体贴能干的形象在突发的大地震面前瞬间垮塌，而那个俗气粗陋的妻子却展现出强大的心理素质与应对困难的能力，她成为丈夫的支柱，并且欣然接受现状，不以为意，仿佛日子向来如此。

《听一个未亡人讲述》，作品本就以"讲述"为名，自然在叙述上下了功夫。通篇叙述视角是已经亡故的丈夫多年前的情人，也就是詹月，而实质的情节走向则是由妻子的回忆与讲述在推动，这里面至少发生了两重错位——詹月记忆中的男人，妻子记忆中的男人，还有那个真实的男人。真相到底如何并不重要，对詹月而言这已是前尘往事，对妻子而言是追忆与怀念，这里面发生的错位才是最有意味的所在——我们所怀揣的坚定认知与诚挚情感，其实都可能是自以为是。尤其在生命遇到真正的威胁和考验那一刻，那些认知与情感，也许比想象中要软弱和虚妄得多。而偏偏，在生命的表象上，正是那些自以为是的认知和情感在年深日久中灌溉着我们、塑造着我们。

在裘山山笔下，故事仿佛是为了人物而写，而非人物内嵌于故事。她的故事是载体、是躯壳，是承托人物思维与情绪的支架，是引导读者走入人物内心的甬道。她通常对塑造一个曲折离奇的故事并无兴趣，若说有了些跌宕的情节，也仍是为写人而服务的，她的执念在于描摹人性的幽微褶皱、探究心理的层层变化。这或许才是她专情于"述说"这种叙事口吻的真正原因，非这般，她又该如何呈现那九曲十八弯的历历心路呢？

那么——那么，她果真只抒情而不追问吗？其实，大抵是她为追问所选取的路径原貌如此，与尘土现世本就迥然不同。而她这种理想主义的追问方式，就宛如一个遥望故乡的痴情游子——故乡虽远远不得见，但故乡总是美的，因为在梦里、在记忆中、在游子思念的版图上、在数十载岁月的沉淀过滤后，故乡终将是美的。

这样的叙事理念或许框限了裘山山的选材范围与批判深度，但在适用的领域内，她轻盈明快又不失庄重的叙事姿态、亲切婉转又绝不甜腻的叙事语调，以及平和达观又暗含机锋的叙事态度，则能整合为最恰切的角度，用以勾勒一片供迷茫心灵暂歇的疆土。

事实上，不同精神质感的文本，也的确存在语言和形式上的所谓更优选择。本世纪以来，我们看到一些军旅题材写作者在写作形式与观念上的大胆突破，但回过头我们必须承认，有些小说在精神底色和文本构造上存在明显的龃龉，它们很显然无法展示出作者所试图寄寓的内容。我们固然可以从美学的角度将其看作一类风格，将这类作品内部的错位感与撕裂感看作一种叙事的可能。但是，应当相信有所谓更优选择。因为可以肯定的是，不同质地的语言所能传递的文本调性全然不同，不同类型的风格所能承载的情感骨骼也全然不同。譬如用《红楼梦》的诗意雕琢《三国演义》，用博尔赫斯的圈套描摹《静静的顿河》，用《好兵帅克》的戏谑讲述《悲惨世界》，毫无疑问，将会是褊狭吊诡、难受别扭的，因为那很可能同时损毁了一种好形式与一个好故事。

裘山山的优长，正在于文本精神质感与叙述方式的贴合。《我在天堂等你》虽然是一部依循传统现实主义手法、颂扬革命英雄主义的主旋律作品，但直到今天其艺术感知和写作形式也并不让人感到生硬或脱节。作品丝丝入扣的内心描写，与千辛万苦的行军征途相契合，在起起伏伏、有悲有喜的情感自然推进中，让读者也化入其内，化入雪山和高原的召唤之中。那大段大段情真意切的独白讲述，就好似茨威格《一个陌生女人的来信》中那情深入骨的告白，是白雪梅和战友们写给西藏、写给青春、写给理想的情书。

对很多军旅出身的写作者来说，他们对现实主义表现方法的固守，未必是源自对写作范式的念旧，而是对"意义"的执意持守。很多时候，并非是这些在言传身教中长久存在的"意义"需要他们，而是他们需要这些"意义"，以此作为他们眼所见耳所闻的太多故事的来路、太多震撼的终极旨归。否则，他们无法为自身经验赋形，无法找到更合理并且抒情化的命名。

无论是折梅寄远，还是凌寒独开，梅花的骄傲与意趣向来不在温暖的瓶中，反在于相思袅袅与傲雪迎霜。梅花是有个性的，以温和为人称道的裘山山，其实也是有个性的。只是她惯于持守、不喜相争，为人为文，只求无愧本心。长文读罢，尚有新篇。原来那镜中映照的已非昨日的自己，原来窗外也早不见了南山，徒留那一袭梅花的香味，悄悄落满肩头。

从军旅到日常的书写

——裘山山小说研究

任　皓

　　摘要：裘山山具有"军人""作家""女性"三重身份，三者结合，促成了她小说创作别具一格的特色，从进藏女兵到农村妇女，从军旅题材到日常书写，她始终以温和的姿态，闪烁着人性光辉，温情脉脉，笔耕不辍，书写她的世界。对于大众百姓的生存疾苦，裘山山时刻保持着一颗作家敏感与共情的心，她用笔去书写挖掘世上人性的真情与善良，以一种普通人的视角、一种作家的悲悯精神书写日常、叩问人存在的价值与意义。

　　关键词：裘山山；军旅小说；日常书写；温和

一

　　军队、军旅是一座丰厚富饶的文学宝藏，军旅文学是新中国文学的重要组成部分。在漫长的发展过程中，军旅文学作为文学题材中一种特殊类型，逐渐建构起了以"英雄、理想、爱国"为核心的美学品质，成为社会主流文化建设的中流砥柱。"它讴歌真善美，鞭挞假恶丑，坚持现实主义和浪漫主义的创作道路，展现如火如荼的军营生活，反映现实，表现历史，向世人展示了军人情感和心灵世界，铸造军魂，让人们在审美享受的同时受到崇高精神的启迪和鼓舞。"① 从《吕梁英

---

　　① 李存葆：《小说月报军旅小说·新世纪卷·总序——军事文学的魅力》，天津：百花文艺出版社，2013 年 1 月版。

雄传》《太阳照在桑干河上》再到《红高粱》《谁是最可爱的人》《高山下的花环》，在抗日战争、解放战争、抗美援朝战争和对越自卫反击战中，军旅作家们从身处的时代，以笔为戎，书写英雄，创作出一大批优秀的军事文学力作。军旅作家身兼"军人"和"作家"的双重身份，既有特殊的军旅生涯，又有作家的敏锐视角和充沛情感。在当代文坛翘楚中，20世纪90年代主流文学的半壁江山几乎由一群优秀的军旅作家构成：徐怀中、莫言、阎连科、徐贵祥、周大新、朱苏进、柳建伟……

军旅文学是军旅作家小说创作的脉络和主线，军旅作家的小说创作是历史的抒写与补充。谢有顺说："小说是活着的历史。当我们在探究、回忆、追溯一段历史的时候，历史学家告诉我们的历史，往往是规律、事实和证据，但那一段历史当中的人以及人的生活往往是缺失的。小说的存在其实是为了保存历史中最生动的、最有血肉的那一段生活，以及生活的细节。"①军旅作家们以身为墨，以文为思，抒写出一部又一部活着的历史。

身处西南的四川，作为原成都军区所在地，汇聚了一大批星光闪耀的军旅作家。这些名字或多或少和这个地方有着千丝万缕的联系：严歌苓、柳建伟、麦家、裘山山、简嘉、沈石溪、杨景民、杨笑影、施放、康纲联、王曼玲、王棵、卢一萍、王甜、王龙、杨献平等。严歌苓的《七个战士和一个零》《一个女人的史诗》《小姨多鹤》《芳华》，柳建伟的《突出重围》，麦家的《风声》《解密》《暗算》，裘山山的《我在天堂等你》《春草》都被改编成影视剧作，走向屏幕，为大众所熟知，受到读者和观众的喜爱，军旅文学实现了前所未有的大众化、通俗化。

众所周知，在20世纪五六十年代，军旅文学中少有女性作者的身影，直到50年代中期，茹志鹃、刘真、杨沫等为数不多的军旅女作家才开始登上舞台，引起关注。作为一批有从军经历的作家，身兼"军

---

① 谢有顺：《文学及其所创造的》，福州：海峡文艺出版社，2016年版，第292页。

人"和"作家"双重身份，他们的小说创作不仅仅囿于军旅生涯，也把关注的目光投向日常生活中，其中最具有代表性的人物便是裘山山。

二

裘山山具有"军人""作家""女性"三重身份，三者结合，促成了她小说创作别具一格的特色，从进藏女兵到农村妇女，从军旅题材到日常题材，她始终以温和的姿态，闪烁着人性光辉，温情脉脉，笔耕不辍，书写她的世界，为军旅小说创作乃至当代小说创作提供了新的书写角度与方向。

洪治刚在对"50后"作家评论中曾提到："'50后'无疑是中国新时期文学创作中最为成熟的一代作家。宏大的精神视野，强烈的载道意愿，自觉的现代意识，一直是他们最为突出的创作特点。"无论是精研现代主义手法还是恪守传统的现实主义表达策略，他们都不愿沉湎于孤独个体的日常生活，也不太关注与社会历史没有关联的生活。即使是书写单纯的个体，他们也会想方设法让个体生命走进复制的历史或现实深处，与许多重大的社会问题形成某些纠缠，从而突出创作主题对于宏大主题的积极介入和思考。裘山山便是这样的"50后"作家，她出生于1958年，从1984年开始发表小说，文学生涯至今已有四十年。她的长篇小说《我在天堂等你》《春草》，长篇纪实散文《遥远的天堂》以及中篇小说《琴声何来》等，都深受好评。从鲁迅文学奖、中国人民解放军文艺奖、全国"五个一工程"奖、冰心散文奖、《小说月报》百花奖、四川省文学奖、巴蜀文艺奖、女性文学奖、文津图书奖，再到夏衍电影文学剧本奖等，裘山山的文学成绩斐然，得到业内和读者双重肯定，并成为国内最受欢迎的女作家之一。裘山山很喜欢也很擅长写短篇小说。迄今为止，她已创作发表一百四十多部短篇小说，并得到文学界认可。她的短篇小说曾八次获得由读者投票选出的《小说月报》百花奖，获得《人民文学》小说奖、《当代》小说奖、《小说选刊》年度奖等，这在作家群体中是很少见的，由此可见裘山山短篇小说的创作实力。

裘山山于 1976 年入伍，1984 年开始创作小说。她的作品取材广泛，语言节奏明快潇洒。她特别擅长对小说故事性的运用，作品带有明显的宏大叙事色彩。信仰、德行、革命精神是其文学作品中常见的主题。在她的军旅小说中塑造出很多优秀饱满的人物形象：驻藏官兵、家属、军医、话务员、军队记者、哨卡卫兵等。其中，饱满丰富的女性形象塑造，奠定了裘山山文学世界温暖、纯净的基调，也成为她的小说书写中最有特色的艺术表达。

（一）崇高顽强的西藏军人形象

裘山山从 20 世纪 80 年代末第一次进藏，到 2014 年第十五次进藏，拥有丰富的藏区生活经验，对高原藏区积累起非同一般的浓厚情感，藏地军人形象也成为她的主要描写对象。在她笔下，进藏、探亲、革命教育，都是身为军人最熟悉的生活主题，是她真实生活的痕迹。

《我在天堂等你》是一部铸就军人意志的长篇力作，描述了第一批进藏官兵在极端环境中战胜困难、勇往直前，不惧牺牲，最终抵达高原的英雄事迹。作品气势恢宏，情感澎湃，强调人需要拥有高尚的精神品质，正是这种精神品质撑起了生命的高质量。这种精神品质在作品中得以淋漓尽致的展现，也是裘山山笔下那些英勇的第一代进藏官兵，如欧战军、王新田、苏玉英、白雪梅等所引以为豪的人生信念的最强烈表达。作者以虔诚和理解之情，描绘了老一辈军人崇高而悲壮的一生。通过其告别，亦呼应着一个观念：固守固然重要，然而在不断发展的过程中，坚韧前行更为紧要，因为唯有在社会历史的进程中，个别人物显得格外珍贵！

她深情描述了目击的山脉轮廓、河流走向、藏区同胞的容颜以及驻守官兵的英姿。在她的小说里，我们经常可以见到比兴的手法，她写藏地特殊的植物生长其实也就是对驻守高原官兵的赞美。在中篇小说集《高原传说》中，裘山山写道：

> 在西藏那个地方，常会有一些很奇特的事发生。比如那里的树，要么无法生长，一旦长起来就是参天大树……任何生命在西藏都是极端的，要么不能成活；一旦成活了，就会比别处的更茂盛、更顽强。[①]

这种对高原植物的刻画实际是在写人性，在她的小说《骆驼刺》里借哨卡士兵小石的口直接说了出来：

> 他要告诉大家，骆驼刺虽然是一朵小小的花，可它在精神上和骆驼一样高大，它和骆驼是神似而不是形似。就像我们，我们都是骆驼刺……

裘山山是讲故事的高手，她总能把故事情节处理得很巧妙，在曲折百回中，引人入胜，令人深思。在《赵小军探亲》中，文章一开头就打下伏笔，驻守在西藏边防的连长赵小军两年没有休假探亲，上次休年假还是妻子生产时，女儿出生两个月就又走了。随后围绕他的探亲遭遇，展开了一段离奇的故事：路遇陌生女人带孩子借钱看病，心中以为是骗局；因为善意还是借钱给人并亲自带小孩去医院看病；在陪陌生女人带小孩看病时，想到自己妻子的艰辛；随后兜兜转转，回家后最终发现那个孩子竟然是自己两岁的女儿，而那个陌生女人竟是孩子的老师……在小说最后：

> 女儿看着他，咧开小嘴笑了。显然她已经认出了他。
> 她小声地，却是亲亲地叫了一声："叔叔好。"

---

① 裘山山：《高原传说》，北京：中国社会出版社，2007年版，第237页。

赵小军觉得自己没出息极了，眼泪一下子就流了出来。①

女儿的一声"叔叔好"，戳中了读者的泪点。至亲在前，无法相认，对于历来重视人伦血脉的中国人来说，这无疑是一种巨大的悲哀与无奈，从而凸显出驻藏边防军人为了国防安全与亲人长期分离的不易与艰辛。故事结尾的处理，干净简明，既在情理之中，又发人深思。

（二）可爱立体的女军人形象

裘山山的小说有着至情至善的温厚之力。这种力量的内在沉淀使她能够在创作中对人性加以光明温暖的守护。在她的文学作品中，对生活和人性的深入思考使得她可以站在更广阔的位置去观察探索生命的真谛，而她对女性身份的看法更为温和开明。

《青橄榄》围绕李小陶、宋力、柳淑荣这三个代表着二十岁、三十岁、四十岁不同年龄段、遭遇了人生不同困境的女军人，讲述了她们出于各自不同的缘由，在部队大专进修班所遇到的种种不易与艰难。和男军人比起来，女军人除了肩负"军人身份"，还在生活中承担"妻子""母亲"的职责，为了家庭常常也会牺牲自己，甚至还会受到"偏见和歧视"，她们的发展会更加不易。所以在小说一开头，作为班上一百五十名学员里仅有的三个女学员，因为迟到而背负了队长对她们的成见和骂名："女人真是啰唆！不，简直是讨厌！"

在男学员眼里，这三个女学员都是麻烦人，一个不顾家，快四十岁的人了，丢下丈夫孩子不管，想文凭想疯了；一个走上层路线上门求人，想当官想疯了；还有一个是被领导选定的"儿媳"。但在随后的训练中，三个女学员令他们刮目相看，"非常本分非常听话也非常团结"。起床出操、吃饭、上课点名，都准时参加。打扫卫生、集合队伍都是最先行动，并没有因为是女性而占任何"便宜"，"三个女人都是

---

① 裘山山：《高原传说》，北京：中国社会出版社，2007年版，第191页。

那样的庄重认真"，而就当学习生活进入正轨之时，三个女学员却同时遇到自己的烦恼：李小陶因为阴差阳错、造化弄人的误解失去了可能到来的爱情；宋力排除万难终于可以来大专班进修却面临突然怀孕；柳淑荣在丈夫支持下作为"高龄"学员前来参与进修学习却面临着丈夫住院、女儿高考无人照顾。文中没有交代她们后面怎么解决问题，只是在一切尘埃落定之时，故事戛然而止。

> 谁也没有说话。
> 只有那一手绢青青的橄榄在灯下泛着幽幽的光。
> 有人轻轻敲门。①

这种欲说还休、开放式结局给读者带来一定的遐想空间。在这里，我们看到裘山山的小说已经开始不局限于军营，她的笔端深掘到女性面对的社会赋予的"性别角色"遭遇，对普遍意义上的人性和心灵进行艺术性的整体扫描。

三个不同年龄的女军人正像女性一生的写照，她们的烦恼也是整个女性所要面对的烦恼，恋爱、生子、照顾家庭。在追求自我价值之时，会受到各种牵绊，这些人生的烦恼该怎么解决，作者没有给出直接答案。像是在轻轻地叹息，又在把对生活的期盼装进小说的容器里，让读者品评。

《洪湖水浪打浪》展示了不同背景的女兵形象，如叶秀秀来自农村、"我"来自知识分子家庭、汪丽丽来自高干家庭，以及老兵赵玉莲等。小说中这些性格各异的女兵在严格的军事集体环境中经历了引人深思的人生故事。作品塑造的人物形象生动且准确，展示了20世纪70年代女兵的真、善、美，同时也揭示了女兵身为普通人所具有的另一面。比如，在当时的环境下，部队是不允许恋爱的，当那个被女兵

---

① 裘山山：《高原传说》，北京：中国社会出版社，2007年版，第96页。

们集体爱慕的连长因人写信举报其和女兵谈恋爱，因而被勒令转业回家时，大家以为那个人是叶秀秀，直到最后赵玉莲接替转业连长当上了分队长，人们才恍然大悟，感叹人心的莫测。作者将这一谜题留至小说结尾处，而且并未直接点明，故留下了悬念。不言而喻，这处情节成为作品中最引人入胜的部分。

"小说必须有结实的物质外壳和对生活世界的描绘，同时也必须是精神的容器，能够装下那个时代的人心里所想、所期盼和盼望的。"[1]在这个精神的容器里，裘山山的小说把女军人这一特殊群体塑造得坚毅又美丽、深情又强大。

（三）"避重就轻"的战争刻画

真正优秀的文学作品能带给人心以震撼的力量，引起读者的共情，让读者与作品同频共振，得到升华与启发。在裘山山小说里，很少直接描写战争场景，尤其是中短篇。读其相关作品，会有一个很鲜明的感受：她很少写那种容易引发关注的尖锐冲突事件，也很少涉及处理重大历史意义的题材，针对战争和尖锐冲突，都是采用委婉的方式"避重就轻"。在小说《一条毛毯的阅历》中，讲述了一条带有异国色彩传奇爱情的旧毛毯成为传家宝，随着主人公奔赴朝鲜战场的故事。但是在这个小说中关于战争场景，只有寥寥数笔，更多的笔墨付诸人物内心活动，以及毛毯的辗转经历。一条小小的毛毯，"见证了三次婚姻，游历了三个国家"串联见证了一整段峥嵘岁月。同样在《青橄榄》中，对于"阳六一"这个角色的牺牲，文中没有一个"死"字，却处处留下铺垫。从一开始"一个穿军装的小伙子持枪站在堑壕内"的照片，背面写着"六一摄于前沿"，到后面阳副政委来找李晓陶，告诉她这介绍对象的来龙去脉，她泪流满面，到最后"李小陶永远不能知道了，他以军人的最佳方式离开了世界……"这时读者才恍然大悟，原

---

[1] 谢有顺：《文学及其所创造的》，福州：海峡文艺出版社，2016年版，第296页。

来这个"阳六一"已经牺牲了。至于是什么战争、什么原因牺牲，作者都没有用笔墨去解释，只是用这种委婉的方式云淡风轻地点了一笔，却让读者的震撼久久不能平息。

三

在裘山山小说创作中，除了军旅题材，还有大量军旅题材之外的小说。在接受《华西都市报》当代书评采访时，她曾经对"超越军旅作家"这个标签有过解释和补充："军人不可能因为穿了一身军装就与世隔绝，肯定也和普通人一样要面对残酷的现实。他们不是千篇一律的，不是一个符号就能概括的，那些模式化、概念化的形象，是不可能打动人的。只有真实可感的人物形象和命运，才能打动人。面对写作时，职业和个人身份不应该影响我的文学表达，我还是力求从文学的意义上把作品写好。"① 所以，当下、日常生活始终是她关注和书写的对象。

裘山山曾表示，自己的创作风格和选材，自身的生活阅历、情感方式、文化修养以及价值观取向有着密不可分的关系。她认为自己的一生没有经历过多少苦难和挫折，所以心态更平和，这也影响了她的创作风格。所以在写作的时候更倾向选择生活化的故事，对于深邃、抽象、哲理的事物敬而远之，反而钟情写一些有意思的小人物、小事情，对真善美的事物有着天然的亲近。

如何寻求日常生活的逻辑与理性？在分歧中寻找共识，在实践中捍卫常识，是我们日常交往与认知的重要内容。裘山山所描绘的世界并不以宏大叙事为主，而更多关注日常生活中的平凡心境，着重呈现普通人的情感和故事，展现那种安静、温暖的氛围。只有这些平凡却温情的故事才能真正慰藉人心。

---

① 张杰：《专访裘山山：写老老实实的东西　传达老老实实的感情》，《华西都市报》2016年11月20日。

（一）婚姻中的女性群体画像

裘山山笔下的女性群像中，或是"在心里编织着自己做目前的洁白的梦"（《太阳雨》），或是"其实多数女人内心都是渴望打破规矩的，渴望着生活出格，渴望着遭遇激情"（《空号》），无论是像一面永远都不会倒下的旗帜，对生活的困境永远大吼一声"我怕个屁"的"莱蒂"（《夜行车》），还是对一盘平常却充满了往日幸福回忆的青椒肉丝念念不忘的"梅梅"（《青椒肉丝》），都是处于不同人生阶段的女性代表，她们在婚姻遭遇与社会变故中被时代的巨流裹挟着，做出自己的抉择与坚持。

从军营生活到日常生活，从计划经济到市场经济，社会生活发生的变化，必然在文化和文学领域中产生巨大的影响或回响。裘山山的《男婚女嫁》便是这样一部过渡小说，故事发生在1993年。1993年对于中国文学来说，是一个非常重要的年份。众所周知，1992年是小平同志视察南方发表谈话后，中国改革开放全面推进的一年。从此，市场经济全面发展，此时市场化、商品化分散了人们对于政治意识形态的热情和关注。但是商品经济大潮袭来后，作为创作主体的知识分子在精神上受到了剧烈冲击，流行性的现代文学读物大量兴起。文学艺术品被大范围地市场化、商品化、通俗化、娱乐化。在这个背景下，裘山山在《男婚女嫁》中提出了新一代人对于婚姻价值的现实思考。《男婚女嫁》讲述了两代人的婚恋观，时间跨度从战争年代到和平年代，生活环境从军队生活到市场经济下的普通生活，在这个跨度和转变中关于爱情婚姻的幸福感，有一段精彩的描写：

> 据社会学家们说，婚姻有两个危险期。一个是在婚后两三年内，一个在四十岁人到中年……我不知她是怎么度过危险期的，唯一可解释的就是改革开放使他们家提前进入了小康，而小康的生活弥补了她丈夫的缺陷，优越的生活条件不

仅把她从家务中解放出来，而且还过上了一般女人享受不到的生活。她没什么可抱怨丈夫的了，还变得十分依赖他。于是他们的婚姻便得以巩固。由此来看环境对人的婚姻是有着极大的影响的。①

　　她从女性婚姻生活入手，在社会大背景变革下从一个侧面敏锐地抓住了女性婚姻观念的变化、思想的变化以及其对传统伦理观念的冲击。在《春草开花》的序言中，裘山山这样写道："因为我努力想写出这样一个女人的命运感，并努力寻找出她们之所以如此的缘由。她经历的苦难到底是命定的，还是后天造成的？……之所以这样写一个吃力的长篇，唯一的理由，就是我一直在关注着春草这样的人物，我希望她们能过上好日子，我希望草也能开花，并且绚烂。"②

（二）小人物的故事书写

　　在 2023 年最新短篇小说集《路遇见路》中，裘山山罗列了她近年来关于日常生活题材创作的佳篇，包括《航班延误》《路遇见路》《夜行车》《一路平安》《我只见过他两次》《金牙》《青椒肉丝》《事情不是这样的》《调整呼吸》《主人不在家》《一刹那》《听一个未亡人讲述》，共十二篇。人物或因为"航班延误"，不得不与陌生人有更多的相处和交流；或带着满腔心事和犹豫，遭遇出租车、飞机的颠簸以及陌生人的愤怒等负面情绪的困扰；或因为特殊情况，被迫与相对陌生的人一起夜行，甚至经历生死等。在这些文本中，旅途、在路上、陌生人的存在不断为人与人之间的沟通制造障碍，同时也促成了人们彼此，甚至对自我的观察。作者专注于挖掘人性，呼唤人心的真诚交流与沟通，在一波三折、跌宕起伏的情节中，展现普通人的善良、宽容和相互理解，以及生命的尊严与人性的高贵。

①　裘山山：《高原传说》，北京：中国社会出版社，2007 年版，第 41 页。
②　裘山山：《春草开花》，上海：上海文艺出版社，2004 年版，第 2 页。

小说不仅是对生活的设问，还暗含了裘山山对生活的愿望。对于百姓的生存疾苦，裘山山时刻保持着一颗作家敏感与共情的心，对他们的不幸深表同情，她用笔去书写挖掘世上人性的真情与善良，以一种普通人的视角、一种作家的悲悯精神书写日常，叩问人存在的价值与意义。当她用笔墨书写他们时，一颗心总是变得非常敏感，细腻，柔软。《周末音乐会》中，偶然进入音乐厅听了一场音乐会、被音乐感染和打动的票贩子丁小力，在音乐会完毕，回归现实世界的卑微身份，恍若南柯一梦。在特定的一个时间点里一个普通人的故事，被捕捉并呈现出来。写得平淡却满心欢喜，这是属于人世间的欢乐和经验。也有小说对生活的庸俗、人的恶念给予关注。《调整呼吸》以一场意外悲剧展开，为了维护自己"偶像"舞蹈老师的荣誉，应学梅被牟芙蓉和她的姐妹"攻击"，争吵风波引发心肌梗塞，意外去世。在结尾处，牟芙蓉完全沉浸在自己的世界里，没有意识到自己的过失导致悲剧的发生，对此悲剧毫无责任感，所以轻松离开。这一天是应学梅意外去世、让人感到悲伤的一天，但这一天也是牟芙蓉为自己舞蹈老师准备六十大寿晚会、幸福开心的一天。读者也如女警郭晓萱一样觉得后背发凉：

> 这个女人，揣着的那颗心，如同她那条能竖起来贴着脸颊的腿一样不可思议。①

在此，恶因为"好意"而得"脱责"。死亡与庆生同日发生，对比鲜明，极具讽刺意味。

小说节奏的完美把握、双线并行的故事线条也是裘山山日常小说的一大特色，在她最新的小说集中不乏这类代表。在《航班延误》中发生在两个时代的两个故事，因为一次延误的航班而获得交集。《我只见过他两次》讲述一对中年夫妻回家路上遇到的一对丢失手机的老年

---

① 裘山山：《路遇见路》，北京：北京十月文艺出版社，2023年5月版，第270页。

夫妇，在帮助他们寻找手机的过程中展开了一段曾见过这对老年夫妇的故事，并揭晓了答案。小说中过去和现在的记忆交替出场，悬念的设置与答案的揭露徐徐展开，草蛇灰线，令人眼前一亮。

（三）典型形象中的四川身影

典型是通过典型化的途径取得的。"巴尔扎克利用对人物和社会的广阔而深刻的构思和描绘，利用人物与社会基础和社会活动之间的微妙而又重叠的相互关系，创造了一个广阔的空间。在这里面，成百的偶然事件可以彼此交叉，然而结合在一起却产生出命定的必然性，而典型人物就是在这种典型环境中产生的，他们都是一个个具有特殊性的个人兴趣、激情、悲剧和喜剧等个人命运的完整的活生生的人。"[①]可是，这些人的命运又总是社会的典型命运和普遍命运的一种辐射，它们总结起来表现了社会化过程的内在统一性和典型人物之间的客观社会关系。

虽然裘山山祖籍浙江，但是几十年来在四川生活工作，早已扎根于巴蜀，深受巴蜀文化的影响，四川人天性乐观、豁达、幽默的性格，在她的小说中经常可以看到。特别是对于"川妹子"的人物典型刻画尤为形象。《夜行车》中的"莱蒂"，从乡下辍学的姑娘，到进城卖菜卖肉，再到后面投入保险业，能说会道，勤劳苦干，一步步改变自己的命运。虽然最后身患乳腺癌，但是依旧顽强乐观，对生活充满希望，泼辣能干，做事风风火火。《听一个未亡人讲述》中的詹月在地震时丈夫先逃跑后，并未计较，撑起家庭脊梁，返回家里拿了钥匙，关气关电闸，落实双方父母的安全，买帐篷买水买干粮，搭好帐篷，让吓破胆的丈夫躺在帐篷里，自己守在外面。在这些小说中，"丈夫"的形象在"妻子"的面前是矮了几分的，甚至妻子能干的光芒是盖过丈夫的。这种典型人物的描述，或许也和川渝地区女性的家庭地位较高，做事风格爽快、向外交际有着密不可分的原因。

---

① 杜彩：《"总体性"与卢卡契的现实主义文艺思想》，《文艺理论与批评》2010年3月24日。

（四）时代背景下的救赎与和解

裴山山的日常小说往往关注小人物随着时代大背景变迁的自我成长。救赎与和解也是在裴山山短篇小说中经常看到的主题。在《航班延误》中有两条救赎线，一个是"我"飞机上偶遇的邻座乘客"平常"。他从20世纪90年代骑着三轮车走街串巷卖歌碟到贩卖教材、炒股、买房买铺面，再到民间贷款。累计千万身家后，由于出轨和妻子离婚，最后资金链断了破产，甚至父亲被连累入狱。后面在前妻的帮助下，躲在山里炒股东山再起，主动投案，还掉欠款。这是他的救赎之路。而另一个救赎线是小李叔叔。小李叔叔因"我"爸爸在那个夜晚的事情得到救赎——爸爸因为是"走资派""反革命"分子，被要求给厂里因武斗死去的年轻工人收尸，那些年轻工人甚至还是平时批斗殴打父亲最狠的人，父亲非但没有介意，反而很认真地清理，"他们的父母都不在，我是替他们的父母为他们送行，我要让他们干干净净地入土。

他们都还是孩子"[1]。爸爸高贵的品质救赎了当时迷惘的小李叔叔，于是在很多年后，他才会说：

> 说起那个晚上，你爸爸总是说谢谢我，说我帮了他大忙，救了他。其实不是的，不是的！
>
> 是我应该谢谢他。我应该谢谢他！是他救了我。那时候我已经掉到了泥淖里了，心都是脏的。是你爸爸给我擦掉了那些脏东西，不然的话，我会糊里糊涂活一辈子，活成一个让自己都厌恶的人，你爸爸才是我的恩人。[2]

而《路遇见路》里的主人公，是一位被一次意外耽误了终身的老司机，年轻时因他人错误（没有及时给他送达军校录取通知书）遭遇

---

① 裴山山：《路遇见路》，北京：北京十月文艺出版社，2023年5月版，第37页。
② 同上书，第39页。

了一场人生"车祸"，受了内伤，一辈子负伤前行。最终，他还是选择了与生活和解。

　　裴山山曾说过："我所关注的这些人，大都来自生活的底层，卑微如尘埃。我不清楚其中的原委，但在经历了近些年的生活磨难后，我深知，每一个生命都是艰辛的，每一个生命也都是珍贵的，每一个生命更有他独特的光亮，这光亮照亮了我。"[①] 所以，她的这些作品都体现着小说介入日常俗世生活的在场感，紧跟现实事件，关注事件背后人的生活状态、生活境界与人生价值观。她立足于对日常生活的关注，测量着生活的温度，在浮华背后的悲欢离合中拿出有态度的文本来还原生活，质问人性，于是，小说再次在暗淡之处照亮世界。

　　从军旅小说到日常小说的书写，裴山山完成了自己的身份转换，从而摆脱了作家身上日益被固化的"标签"，走向了更为宽广的维度创作。其实，无论是军旅小说还是日常小说，裴山山的创作基石都是以温情去抚慰灵魂，关注小人物、普通人的命运，在时代大洪流下，始终照亮人的心灵。正如大文豪维克多·雨果所言："文学作品不应是一面平常的镜子，必须是一面浓缩的镜子，它不会把有色的光线显得淡，它把它们收缩，凝结起来，使一种微光化作光明，一种光明化为火焰。"而裴山山的作品，正拥有这样的光明与力量。

---

　　① 　裴山山：《在尘埃里发现金子般的光亮》，《北京晚报》，2023 年 6 月 18 日。

艺术的超脱品格与文学性的自觉

——论罗伟章小说的叙事策略及其修辞学意义

刘小波

摘要： 罗伟章的作品在平和书写中往往有大震撼，让人于无声处听惊雷，这与他的艺术策略有关。罗伟章惯用非自然叙述策略，注重吸收民间资源，在现实书写中加入超现实的成分，在人性书写中掺杂神性元素，在现实与非现实交织中凸显神韵与灵性。罗伟章也常使用音乐进行叙事，在小说中安排诸多的音乐元素，使用音乐的技法、借鉴音乐的结构等，音乐除了带给文学作品技术层面的结构优化、审美提升之外，更多的还在于透过音乐更生动更完整地凸显作品主题。同时，罗伟章的小说中经常出现两套或多套文本，形成复调叙事，互文与复调，让文本无限衍生意义。禁忌与突破，疯癫与文明，传统与现代，在作品中交锋、博弈、对抗、协奏、共生。这些策略合力促成了作品的张力，使得作品的文学性陡升，语言修辞的魅力得以展现，庸常的生活也有了另一种风味。

关键词： 罗伟章；非自然叙事；音乐性叙事；复调叙事；小说修辞

在多年的创作中，罗伟章逐渐形成了自己较为恒定的风格，他的小说包罗万象、涵盖万千，从微观生活世界到宏观精神领域都有所涉及。个人、时代与精神构成其小说的三个层次和维度。从人的描摹，到时代的书写，再到对存在的思考，三者之间有一种层层推进的逻辑脉络。在微观层面，作家书写普通人物的生活和命运，聚焦的是个体，这主要体现在底层写作、人的描摹与个体叙事方面；到了中观层面，作家强调时代由一个个人组成，书写时代的浪潮，乡土、城市化、现代性等主题形成了"大河小说"的品格和时代意志；宏观层面，则由现实生活上升到精神世界，思考诸多"形而上"的东西，探讨生命与存在等较为抽象的问题。在叙事策略上，罗伟章也有自己的独门秘籍。罗伟章惯用非自然叙述策略，在现实书写中加入超现实的元素，在人性书写中掺杂神性元素。罗伟章的小说注重民间隐形结构的书写，禁忌与突破，疯癫与文明，传统与现代，在作品中交锋、博弈、对抗、协奏、共生。罗伟章在小说中也常使用音乐进行叙事，体现为小说中安排诸多的音乐元素、使用音乐的技法、借鉴音乐的结构等。在更深的层次，小说具有内在音乐性，这种音乐性不仅仅是一种音乐结构，而是一种"音乐对位法"，与小说的主题相关。音乐除了带给文学作品技术层面的结构优化、审美提升之外，更多的还在于透过音乐更生动更完整凸显作品主题。同时，罗伟章的小说中，经常出现几套文本，形成多声部共鸣的复调叙事，互文与复调，让文本无限衍生意义。这些方才构成了作品的张力，内在的张力更有震撼力。这也使得罗伟章作品的文学性陡升，语言的修辞的魅力得以展现出来，庸常的生活也有了另一种风味。

一、非自然叙述：现实和非现实交织中的神韵与灵性

艺术具有规约性，与此同时，艺术又不断打破规约，挑战自我，完成自我的更新。在小说创作中，这种反规约主要通过非自然叙述的手段实现，具体包括反现实主义、超现实主义、魔幻书写等。毫无疑问，现实主义书写是当代小说创作的主流，现实主义的源流是对现实生活的一种关注和焦虑。但秉持现实主义精神也会有"反现实"的书写，这是因为作家、艺术家可以创造出艺术层面的现实。福斯特的

《小说面面观》提出了"幻想小说"①这一概念，指出幻想小说暗示了超自然因素的存在，非自然叙述就是具有幻想倾向的创作手法。主流叙事理论建立在模仿叙事的基础上，即这些叙事都受到外部世界可能或确实存在的事物的限制，它们所持的"模仿偏见"限制了理论自身的阐释力，而当代叙事学发展的新动向则是一种反模仿的极端叙事，即非自然叙事。②这样的小说很常见，有些小说整体上都是非自然叙述，以现实中不存在的现象为书写对象。

罗伟章小说的第一层叙事策略正是非自然叙事。罗伟章的小说具有最现实的肌底，关注底层，深挖现实，"底层写作"一度成为他的创作标签，在他的每一部作品中，都有对现实生活最深切的介入。与此同时，他对中国乡土世界进行了多维呈现，对民间的风俗、禁忌等隐性结构进行了呈现，具有一种野性思维和野性的力量。罗伟章的小说还蕴藏着一种原始欲望、原始生命力，展现一种力与美。而这些，都指向了一种非自然的叙事，他的写作是现实与非现实的交织。建筑如何发声？几千年前的巴人命运如何？巫师（端公）如何可以祛除重疾？一个人的听觉可以灵敏到什么程度？灵魂如何才能超度？人如何与白骨对话？凡此种种，都是罗伟章小说中出现过并探寻的问题。这些内容已经超出一般认知范畴，是一种典型的非自然叙述，这种叙述手段构成了作品特有的张力，具有很强的修辞学意义。

罗伟章深刻剖析人性，同时巧妙地与神性书写结合了起来。在罗伟章笔下，"神神道道"的东西会反复出场。神性叙事让作品出现诸多的刺点，形成张力，有种生活在别处的意味。作家对民间结构有很好的把握，写到很多禁忌的东西，这些东西是民间的基本信仰和认知，是一种维系的纽带，一种民间精神大厦的支柱。只有这些具有异于常

① [英]E.M.福斯特，《小说面面观》，冯涛译，上海：上海译文出版社2016年版，第105页。

② 参见[美]詹姆斯·费伦、林玉珍，《叙事理论的新发展：2006—2015》，《上海交通大学学报》（哲学社会科学版）2016年第4期。

人能力的阴阳先生、端公、神婆，主宰着乡土世界的大小事务。这些野性的思维，符合艺术的标出性，符合受众的猎奇期待，也实现了审美距离的延伸，最终实现了超脱性。

《不必惊讶》是一部"齐物论"小说，万物与人一样具有灵性，而在具体的写作中，物和人有了同等的讲述地位。一起看似微不足道的"让老人提前准备棺材事件"，引发出对现实的深层关注，在人与人的关系、人与大地的关系，以及爱情、生命、死亡等普世问题上，展现自己的洞察力。小说处处充满对真实的好奇，充满与世间万物荣辱与共的尊严感和悲悯之情。它是人道主义的，也是"天道主义"的。小说中的望古楼作为一个重要的角色，也和人物一样，对事件有自己的判断，有属于它的一层观察的视角。小说的结尾，还有"一滴血和一座孤坟的对话"描写，这种神性书写让这种抒情性和浪漫情怀进一步加强。《大河之舞》为一个古老的民族留影，整部作品就建立在这种民间性上。《大河之舞》的故事围绕半岛展开，这是一方奇异的土地，有着他们所信奉的生存法则。半岛人崇武尚斗，所有的纷争都可以靠打架来解决。于是在械斗中有了卸胳膊、砍腿、割耳朵的血腥场面。这正是一种原始生命力的展现。在细节方面也有很多地方表现出一种神秘性。《大河之舞》中，一切看似十分平常，但是疯癫的姐姐已经预示着某种变化，直到姐姐被害，弟弟发生了突然的转变，仿佛神灵附身一样。小说中其他地方也有很多神性的体现。罗杰进铜坎洞打鱼，打破了禁忌，让洞内的水变得浑浊，自己也染上了背疼的疾病，在半岛人看来，这就是惹怒了神灵，遭到报应。

《大河之舞》中的罗杰，《声音史》中的杨浪，《寂静史》中的林安平，这些都是异禀之人，都有着异于常人的地方。作家不是单纯地猎奇书写，书写的也绝非平淡无奇的日常。《寂静史》中，林安平因出生时伴有种种异象而被众人视作灾星，后成为千峰大峡谷这一带仅存的土家祭司。《声音史》描写乡土世界的众生万象，也是现实的描摹，聚焦的是乡土社会的裂变，但是小说中出现了一位天赋异禀的人物杨浪，他具有超越常人的听觉能力，并且能够将声音模仿出来，最后依靠他的这种能力将村庄的一些影子留下。这一神奇的人物还延续到《隐秘史》中。

《谁在敲门》是作者多年生活阅历和创作经验累积的大成之作。一方面依旧是温文尔雅的叙述语调，依旧指向他最为熟悉的故土乡里，依旧是从微观到宏观的层层推进。这部人物众多、叙事繁复的乡土大部头作品被誉为"乡土版的红楼梦"，看似纷繁复杂，纵横捭阖，其实却依靠几个关键的人物和关键的叙事点将之有机串联起来，演绎普通人的日常。这里有人间烟火，有生老病死，有儿女情长，有人间冷暖，亦有历史的温度。另一面，则是借助一场仪式，来书写民间的隐形结构。"真正惊心的，都很普通和日常"，小说接近尾声时，作家写下了这句话，道出了作品的基调，这也正是他创作的真实写照。《谁在敲门》书写的是近几十年中国乡土社会的裂变。透过对时代的描摹，营造出对乡土期望逃离又无法彻底割裂的复杂心绪，将乡土以一种精神原乡的形态呈现出来，将民间的各种"藏污纳垢"一一浮现。《谁在敲门》中也有不少神秘性的书写，比如在梦里吃药治好了顽疾，犯忌讳遭到报应，凡此种种，都体现出罗伟章小说神秘性的一面。在葬礼上的各种"清淡"，也进一步深化了这一主题。

《隐秘史》书写一个凶杀案，但是充满着想象的成分，尤其是主人公进入洞中，与白骨的对话，亦真亦幻，超越了一般的认知。《隐秘史》呈现于人的首先还是普通生活的肌底，作品写了一系列乡土人物及他们的生活，或出走，或留守，或双栖，他们有的勇敢、有的懦弱，有的蛮横、有的怕事，有的勤劳、有的懒惰，这正是每一位个体的多面性写照，只是很多人将人性的某些面隐藏起来了。桂平昌在想象中多次与苟军对话，也提及苟军蛮横之外的另一面。无论桂平昌的内心世界有多么复杂，在现实生活中，他是一个既普通又具有代表性的农民形象，一直以来，他对生活没有太多的诉求，隐忍、勤劳、善良是他的本性，即使遭受邻居苟军的不断欺凌，善良本性照样没能被侵蚀。

但是普通人也有自己的仇恨，有自己处理仇恨的方式，哪怕是如此极端。另一面，《隐秘史》所写的故事又十分荒诞，可以说整个故事都建构在一种想象之上。主人公桂平昌是一个精神病患者，这样的身份设置让所有的荒诞与离奇都具有了合法性。凶杀案是否真的发生过并不重要，而是借助这样的描写来探寻人的内心隐秘之地。关于这场凶杀案，胆小懦弱的主人公进行了详尽的想象，他将仇人苟军杀害，并营造了苟军去远方务工的假象，还穿插着对此过程的不断回忆，甚至还有他走进藏尸洞穴慢慢回味犯罪经过的描写。小说一开始的叙述，没有流露出他就是杀人凶手的迹象，而是以弱者的姿态在求自保。这正是人性最隐秘的东西，也是最可怕的地方。《隐秘史》是一部过程小说，无论是否真实发生，其过程是完整的，从发现洞中的秘密、掩盖秘密，到回忆整个经过以及仇杀的原委，所有的细节都没有遗漏，营造了一种逼真的"假象"。而这样的过程，或者说这些想象，几乎符合所有基本的人性。《隐秘史》大部分的故事十分普通，留守在乡村的老两口，过着上山采药材、在土地里刨食的日子，邻里关系、夫妻关系、子女关系都是如此没有艺术性可言。作家安排了一场凶杀案，一个想象中的故事。与白骨的对话，人性的复杂，命运的作弄、巧合，都在这里达到顶峰。当小说人物与白骨对话的时候，这样的故事几乎构成了一个全局无理据。《隐秘史》也是乡土书写的进一步深化，是从同质性到异质性的全面呈现。阿来评价这部小说时说："在《隐秘史》中，当我看见桂平昌回到那个洞口，到白骨旁边躺下来，跟白骨说：我们谈下张大孃的事，谈下杨浪的事情。我说：这个小说就这样成功了。"①现实中实际上是不可能与白骨对话的，这正是典型的非自然叙事。

在罗伟章的其他小说中也多有这样的书写。比如《声音史》中丁老婆婆离奇的死法：丁老婆婆一生没有生育，死前却做出喂奶的举动，在她的臂弯和胸脯之间，留出了半尺左右的距离，那看不见人形的孩

---

① 阿来：《对〈隐秘史〉的三重解读》，《新阅读》2022年第8期。

子，吃不到她的奶，就吃她的血。她深青色的斜襟衫上，果然有血浸出来。直到最后，依然保持着抱搂的姿势。死后就此下葬，并没有给出任何的医学解释，这样的描写完全是一种民间的认知。乡土社会的各种特殊伦理、奇特而畸形的风俗是作家反复书写的东西，这些认知既是普通信仰，也是规诫手段，维护着乡土社会的基本稳定。譬如对最后一个孩子（幺儿）的过分宠爱、特殊的生育观念、兄弟之间普遍的不和、女性所遭遇的家庭困境、老人赡养问题等，都隶属于乡土的伦理和风俗。

在罗伟章笔下，经常出现一些极端化的场景描写，也和当下的现实有着较大的差距。《大河之舞》中罗疤子养育了一个疯癫的女儿，未婚先孕，在生下孩子之后，罗疤子亲手处死了这个孩子，虽然在叙述上平淡无奇，但是事件本身的震撼力却是十分强烈的。《饥饿百年》以一个农民的一生为缩影，书写了中国百年饥饿史。文弱的父亲被疯狗咬死，母亲不堪凌辱吞毒自尽；不满五岁即沦为孤儿的何大，四方流浪，历经辛酸。为争夺那块狭小而荒凉的生存之地，何家坡人的祖先曾碧血洒地，白骨撑天。小说描写了半岛上黄、钟两坝乡民的械斗场景，"刀光剑影，混作一团，人耳人鼻四处乱飞，断手断脚散落沟畔"，这样的描写在《大河之舞》中仍有提及，这也是一种广义上的非自然叙事。

罗伟章的这种修辞手段不仅仅体现在虚构作品中，非虚构作品中同样如此。《凉山叙事》超越了一般的纪实文学特性，经过了小说化的文学处理，同样也有不少关于民间的东西，也有某种野性的力量，虽然更多还是现代文明的统治，但作家本身是警觉的，是持反思态度的。《下村庄的道路》亦有类似的书写。除了这种现实的介入和关切，罗伟章的小说有一种浓郁的抒情色彩和浪漫情怀，在他笔下有大量的田园景观书写，每一段话几乎都是一幅写意画。在文中，高山、河流、田园、动物，乃至一草一木，都有其一席之地。

罗伟章的小说主题十分平常，甚至不乏庸常，但是在他的具体表达中，却形成一种特殊的审美效果，这与他的修辞艺术不无关系。罗伟章小说的艺术张力来自几个对比或者说悖论，现实与浪漫的，叙述与抒情的，人性与神性的，感性与理性的，乡土与城市的，这种对立在他的小说中有机结合、比比皆是，让他的作品超越了一般的乡土写作范畴。正是这些书写，在普通和日常中，潜藏着惊心动魄。文学的意味，不是单纯的猎奇书写，但也绝非平淡无奇的日常。比如在罗伟章的笔下，乡土社会的走向是他着力书写的一个点，《大河之舞》的结尾，半岛搬迁开始；《谁在敲门》里面，传统的乡土社会已经解体，年轻一代几乎都逃离了乡村；《隐秘史》中，传统的村落已经没有多少人居住，未来的彻底消失是必然。这种书写，只是一种冷峻的记录。但是在这样的书写中，也有其神性一面的体现。

神性书写其实也是展现人性深渊最有力的手段之一。在现实书写中加入神性书写成分有两个明显的功能：一是在文本形式上，平和中便有了张力，文学性得以提升；二是在主题上也得以进阶。罗伟章的小说是一种典型的进阶书写，他写人性，不仅仅是揭露黑暗，批判人性之恶，更是在努力寻求一种向善的力量。《万物生长》里王尧灵魂的不安和忏悔，《隐秘史》中，复仇的欲火熊熊燃烧，但内心的焦灼也显而易见。罗伟章的作品聚焦底层，但是在平常生活之外，在修辞角度，具有思想的内省与语言的自觉。罗伟章的写作主题多元，视野开阔，写底层、写乡土、写人性，具有很强的现实性，同时他的写作具有很明显的智性，带有一种知识分子特有的思索。罗伟章是善于思考的作家，思想的内省带给作品一种智性美，但这种智性并非一种精英主义的说教，而更多的还是从民间信仰中获取的营养。《大河之舞》是一部充满智性的作品，小说很大程度在讨论巴人的历史，而这一历史的来源，除了教授在课堂上的侃侃而谈和田野考察，更是从普通百姓的生活中所获取，有了生活的底色。随着叙述的推进，来自民间渠道的关于这一民族的认知逐渐浮出水面，且更具信服力。神秘事物与民间信仰始终隐藏在作家笔下，这是中国作家写作的某种共性，"在文学中对神秘事物、'边缘文化'、文人趣味和乡土中国的风俗伦理的刻意或不经意的表达中，传统仍幽灵般地存在，它的复兴也正悄然萌生。"①这是一种中国式的现代化表达，既有现代化的进程书写，民间的文化也有其生存的土壤。在罗伟章笔下，既有这种民间信仰的表达，也书写了一种历史进程的必然性和合理性，写到了神性的解体。但是这种民间隐性结构，却是无法摆脱的叙述焦虑。传统与现代，得到了某种程度的耦合。

二、音乐性叙事：文本的丰赡与主题的超越

罗伟章的第二个常用叙事策略是使用音乐进行跨媒介叙事。声音作为一种重要的媒介，在文学作品中形成了独特的声音景观。尤其是音乐，在文学中出现的频率很高，成为一种重要的伴随文本。声音尤其是音乐是文学中诸多媒介和构成材料的一种，扮演了极为重要的角色。音乐与文学有着天然的联系，双方互相影响。从文学的角度看，音乐在潜移默化中影响着文学的创作。文学作品中一直不乏声音的存在，"诉诸听觉的声音向提供观看的书面文字的转移，乃是文学成立和演进的基本脉络，然而字里行间从来不乏声音的回响"②。而音乐乃是文学中极为重要的一种声音。音乐一直都是一种神秘的艺术，音乐与其他艺术门类的关系历来也是一个谜，一切艺术都坚持不懈地渴望进入音乐的状态。文学与音乐同为时间的艺术，本就具有相通之处。所有的艺术都指向音乐，这为从音乐的角度阐释文学找到了合理性。在艺术分类中，文学和音乐属于一类，都是时间的艺术，都诉诸人们的想象力，两者有相通的地方。文学作品与音乐的关系一直很密切，叙事作品通常是类型的混合，小说本身具有"杂交性质"③，音乐在小说中

---

① 孟繁华：《总体性的幽灵与被"复兴"的传统——当下小说创作中的文化记忆与中国经验》，《当代文坛》2008 年第 6 期。

② 陈引驰：《"文"学中的声音：古代文章与文章学中声音问题略说》，《文艺理论研究》2012 年第 5 期。

③ [美] 华莱士·马丁：《当代叙事学》，伍晓明译，北京：中国人民大学出版社 2018 年版，第 47 页。

作为一种极为重要的伴随文本存在，与小说互文，帮助小说完成叙事。"小说一旦同音乐结合……将赋予小说无穷变化的韵味。"[①] 米勒在《小说与重复》中指出，小说中反复出现的东西不得不引起研究者重视[②]，音乐就是小说中反复出现的一个元素，值得去认真思考。很多小说家的创作与音乐关系密切，彼此之间的内在关联也被一步步揭示出来。音乐更是深深影响了当代作家的小说书写。虽然历来文学作品中不乏声音出现，但文本中大量出现音乐是当代才有的现象，这与整个当代文化背景有关。

小说的音乐性首先是指小说中使用了显现的、表层的与音乐相关的元素，具体包括音乐在小说中的安排与使用、小说的音乐式结构、小说的韵律与节奏等。小说借用音乐的审美原则、艺术成分、技巧和效果也是显现和表层的音乐性。小说的音乐主题则是指深层的、透过音乐表象挖掘出的与音乐相关的主题，包括音乐悲剧主题、音乐与欲望、音乐与社会区隔等。这便是内在的音乐式的体验、想象和象征，文学也常有表现。"无论如何，应该考虑这样一个历史事实：不管成功与否，作家们确实曾经努力将音乐作为一种形塑性因素融入小说的意义之中。"[③] 既然作家刻意安排，在小说的阐释过程中就不得不注意这一点，"音乐话语的在场，或使小说的叙事结构本身充满强烈的'音乐性'，或成为指涉小说人物性别身份、阶级身份、或深层性格的'主题动机'、'固定乐思'，对小说文本的建构、生成、阐释具有不可忽视的重要意义。从纯粹的'文学性'阅读走向'音乐性阅读'，便能从另一个维度解读这些文本"[④]。由此，从音乐层面对小说的解读开启了小说阅读与阐释的一个新维度。

---

① 高行健：《现代小说技巧初探》，广州：花城出版社 1981 年版，第 126 页。

② [美] J. 希利斯·米勒：《小说与重复》，王宏图译，天津：天津人民出版社 2008 年版。

③ [奥] 维尔纳·沃尔夫：《小说的音乐化：作为音乐—文学媒介间性的特殊例子——〈小说的音乐化：媒介间性理论和历史研究〉绪论》，李雪梅译，《马克思主义美学研究》2013 年第 1 期。

④ 张磊：《"聆听"小说》，《读书》2015 年第 2 期。

音乐进入小说能提升叙述的丰富性，带来叙事张力。在罗伟章的小说创作中，经常使用音乐来进行叙事。罗伟章的小说文本普遍具有音乐性，追求一种音乐的美感和律动。《声音史》《寂静史》《谁在敲门》都与声音有着密切的关联。《不必惊讶》中，笛声成为一个十分重要的意象，"笛声不断、歌声不断"，三月的笛声、成豆对音乐的感知与人物的性格刻画结合起来。《声音史》分为四卷，分别题名"东风引""莫思归""鹧鸪天""千年调"，都是和听觉有着千丝万缕的关系。《大河之舞》中的音乐描写一方面集中在巴人的音乐上，另一方面则是罗杰所演唱的"丧歌"，罗杰自始至终对音乐老师有一种近乎痴迷的崇拜，这种对音乐的态度是富有深意的。《佳玉》书写女性的苦难命运，同时隐含着一种希冀，小说结尾，引用的是歌曲《花心》，将这种春回大地、万物复苏的希望表达了出来。几乎每一部作品，都少不了引用音乐。《饥饿百年》里，古歌经常被他引用。《声音史》中，一段古歌几乎成了小说的题眼：

> 我们家乡的树子，
> 树叶飘到别处去了。
> 我们家乡的泉水，
> 悄悄流到别处去了。
> 我们家乡的岩鹰，
> 展翅飞到别处去了。
> ……①

这是一首在老君山传唱甚久的古歌，歌词成为谶语和预言，某些事情，开始就预示了结束。歌词所描写的，正是当前村庄的"空心"面貌，但这段歌词的引用，不光是对现在村庄的一种写照，还是在强

---

① 罗伟章：《声音史》，北京：北京十月文艺出版社2016年版，第121页。

调一种预言性，"传唱甚久"说明了古歌并不是根据现状所吟唱，而是提前预知，再次呼应了民间思维的一种神秘性。在《声音史》中，还有秋玲等人演唱的"打闹歌"，经过整理后，成为重要的文化遗产。这里的音乐所蕴含的又是一层主题，传统与现代的交锋，民歌的命运在现代社会的翻转。

在《隐秘史》中出现了很多异质性的元素，作家多通过音乐的插入来进行表达。比如小说中的吴兴贵这一形象，他永远哼唱着各式歌曲，他的歌声贯穿了整部小说。而这些歌曲，多是具有原始野性的民歌小调，是为"骚歌"，小说中多次引用的歌词，凸显一种奔放而炽烈的情感，比如：

> 要吃砂糖嘴对嘴，
> 要吃桃子叫妹妹。
> 桃子妹妹一个样，
> 剥了皮皮流水水。①

也正因为如此，他能够"拐来"女性，能够为了爱情私奔，他似乎是个不着调的人，但也正是他能给予女性安全感，成为其他人羡慕的对象。他可以为真实的感情而活，而与之相对的另一些人物，则是一种形同虚设的感情。在桂平昌生病之后，医生开出的药方是妻子的"温存"，带有玩笑性质，也揭开了多年有名无实的夫妻关系。而这样的关系，正是绝大部分人的现状。

杨浪也是一种异质性的角色，这一人物从《声音史》就开始出现，到三部曲的终章，仍然存在，作者寄托了很多东西在这一人物身上。他采集声音，为乡村保留最后的纪念，从常人角度出发难以理解，但也正是这种举动，从光阴的深渊里唤醒人们记忆的举动，为村庄留下

---

① 罗伟章：《隐秘史》，南京：江苏凤凰文艺出版社2022年版，第206页。

最后的影子。

罗伟章在创作谈中也多次提到音乐的感觉：

> 我写《饥饿百年》时，用过几首古歌，古歌里除了说"一寸土地一寸金，田土才是命根根"，还说："我父亲的坟头长着这里的荒草，我父亲的尸骨肥着这里的土地，亲亲儿啊，这里就是我的家！"歌声里的旷世深情，已成为埋在时光深处的苍凉回响。[①]

《谁在敲门》的后记中，也记录了音乐在无意中带给他小说书写的灵感：

> 当我从芦山回到成都，有天刚在餐桌边坐下，准备吃午饭，电视里响起歌声，歌词是什么不知道，画面上活动着几个穿民族服装的男女，什么民族也不知道。他们荷锄走在田间，边走边唱。我身上一阵抽搐，继之泪水滂沱。儿子不明所以，困窘而好笑地望着他妈妈。咋回事？前一秒钟还高高兴兴，怎么突然就哭起来？妻子先不言声，过一阵对儿子说："你爸爸想他老家了。"其实不是。就是歌声打人，情不自禁。唱的人脸上带笑，应该是欢快的，但我觉得那不是他们在唱。那是他们祖先的声音。他们的祖先挽着裤腿，把爱情系在头发上，弓腰爬背，在大地上劳作。天空苍黄，如同逝去的时光，人，就这样穿越时光的帷幕，一步步走到今天。人是多么坚韧而孤独，又是多么孤独而坚韧。回想离开芦山那天，阳光明丽，路旁的芦山河，静静流淌，河岸的芦

蜀山：2023年度四川重点作家评论文集

---

① 罗伟章：《乡土文学的历史观（创作谈）》，《阿来研究》2022年第2期。

苇和灌木，在风中轻颤，倒影仿佛也有了力量，把河水拨出微细的波纹。四野安静，安静得连车轮滚动的声音也显得突兀。当时，我心里或许就响起过那种寂寥的欢歌。①

报纸在刊登这个后记的时候，重新拟了一个标题，《每个时代下的人们，骨髓里都敲打着古歌》②，将这种灵感来源概括得更为准确。伴随着文学场域的调整和文学生态的变迁，文学逐渐演变为一个文化学意义上的课题。文学并不仅仅是文字这一媒介构成，而是一个包含音乐、图像等其他媒介的多媒介文本。文学并不是孤立存在，而是与其他的艺术门类和文化现象共存，并相互影响的。文学文本因此具有跨学科、跨媒介、跨文化的特点。作家深谙于此，在作品中采用音乐性叙事策略，让音乐和文学文本结合产生独特而奇妙的意义和韵味。

三、复调叙事：无限衍义中的丰富性与超越性

非自然叙事和音乐性叙事都是罗伟章小说修辞的独到之处。在罗伟章的小说中，经常出现两套文本，形成复调叙事。互文与复调，让文本无限衍义。复调最初是音乐术语，指欧洲 18 世纪以前广泛运用的一种没有主旋律和伴声之分，所有声音都按自己的声部进行，相互层叠的音乐体裁。巴赫金首次将其引入文学领域，以之概括陀思妥耶夫斯基长篇小说的艺术特色，他提出，有着众多的各自独立而互不相融的声音和意识，由具有充分价值的不同声音组成真正的复调是陀思妥耶夫斯基长篇小说的基本特点。在陀思妥耶夫斯基的作品里，不是众多性格和命运构成的一个统一的客观世界，在作者统一的意识支配下层层展开；这里恰是众多的地位平等的意识连同他们各自的世界，结

---

① 罗伟章：《谁在敲门》后记，桂林：广西师范大学出版社 2021 年版。
② 罗伟章：《每个时代下的人们，骨髓里都敲打着古歌》，《文学报》2021 年 4 月 15 日。

合在某个统一的事件之中，而互相不发生融合。① 复调叙事具有平等、对话、多声部等特征，在长篇小说中更有利于写出不同人物跌宕起伏的命运。短篇小说因其篇幅限制，很难写出一个人物一生的命运，只能选取事关人物命运的事件横截面进行讲述，较少采用复调叙事，这样便造成了观察视角单一的局限。

罗伟章的小说创作也善用复调叙事。首先是一种显性的文本复调，作品有双重或多重的文本构成。比如《隐秘史》的文末有几则附录，与正文形成了复调。附录部分写到了另外的凶杀案，将现实与虚构并置起来，同时也是普通生活描摹的进一步强化。《隐秘史》讲述的是一桩杀人案，而这几则附录其实又对案件本身形成了一定的解构。《大河之舞》同样如此，虽然并没有明确的两套文本的区隔，但是作品实际上是一个双重文本。小说一方面书写以罗疤子等群体为代表的巴人的故事，另一方面是叙述者"我"以及在学校所接触的人类学教授等现代人这一群体。巴人故事的演绎以及现代人对其的人类学考古，形成两套话语体系。

当然，罗伟章小说的复调性更多还是体现在主题上。《空白之页》中，有形的监狱和无形的监狱形成复调叙事。怀揣英雄梦的热血青年孙康平因为一场游行，和同道被捕入狱。所有被捕者都很快得到释放，唯有他被遗忘了。两年过后，他走出监狱，回到故乡。故乡的衰败与冰凉使他刚刚走出有形的监狱，又立即踏入无形的监狱。两种"监狱"形成复调。《戏台》中，叙述者明面上在写自己与表哥导演的一场因财产纠纷而修复两对父母婚姻的戏码，而另一面多次写到自己这一代人的感情生活现状，形成一种复调叙事。

《太阳底下》是更加明显的复调叙事，小说书写"重庆大轰炸"这一历史，同时又有不少笔墨书写当代人对此事件的态度，历史与现实在小说中并行穿梭。"二战"史专家黄晓洋对曾祖母的死十分着迷，特

---

① ［俄］巴赫金：《陀思妥耶夫斯基诗学问题——复调小说理论》，白春仁、顾亚铃译，生活·读书·新知三联书店1988年版。

意从南京赶到重庆，找当年跟曾祖父母做过邻居且是曾祖父忘年交的李本森教授，希望他能提供曾祖母被日军枪杀的细节。所有重庆大轰炸的亲历者，如李教授、安志薇、岳父杜主任，包括自己的大伯，都沉默。黄晓洋对这段历史研究越深入，越是陷入不能自拔的人心的泥潭，妻子杜芸秋受不了沉重的精神压力，只好另寻解脱和安慰。黄晓洋走向崩溃，终于自杀。在他死亡前后，安志薇的一封遗书和李教授在日本出版的一部著作，揭示了安志薇惊人的身份之谜，也揭示了战争刻写在人们心灵上的秘密。

此外，罗伟章的小说还有一种隐性互文书写，比如《谁在敲门》与《红楼梦》的互文。李云雷在论述《谁在敲门》时提出，这部小说借鉴《红楼梦》的传统与"奇书体"，寻找到独特的艺术形式和叙述方法——零度写作、网状叙事与漫谈的艺术，以耐心与细致的艺术方式，深入到当代中国乡村的内部皱褶和细微之处，在世道人心之变中书写时代之变与中国之变，为我们勾勒出了一幅整体的时代生活史诗，也呈现出了我们这个时代"人类文明新形态"的丰富性与新颖性。① 将《谁在敲门》与《红楼梦》并列分析，正是看到这部作品对经典和传统的回望，从内在逻辑来进行一种与传统的复调书写。在语言上，罗伟章的小说也有复调的意味，也很有张力感，一般来讲有三种形式的语言：第一种是十分诗意和哲性的句子，分行后可与诗媲美；第二种是平和的叙述语言，平淡无奇，就是日常生活用语；第三种是方言，俗，但彰显了地方性。这种语言的三重特性在他的很多小说中都有表现。

与此同时，罗伟章的整个创作中也经常出现一种自我的互文和复调。比如传统与现代形成一种宏大的复调。罗伟章的作品是传统与现代的协奏。大部分作品都是这种基本布局，传统乡土社会描写之后，必然伴随进城书写。罗伟章书写历史的发展进程，带有一种理性审慎

---

① 李云雷：《〈红楼梦〉传统、生活史诗与"人类文明新形态"——罗伟章〈谁在敲门〉简论》，《当代文坛》2022年第1期。

的眼光，并不只是一味唱挽歌，而是"表达了历史进步的合理性"①。同时写到了文明的到来，传统遭受着冲击，并未作出直接的价值判断。处世准则与行为规范，并不仅仅出于法律代表的现代文明，而是从道德层面出发，基于多年来的乡土礼法，大嫂的自尽就有这样一层意味。《谁在敲门》中的红灯笼，只是一个十分平常的事物，但是被赋予了一种认可与象征。《饥饿百年》也是一个复调故事。作品一方面写何大的逃离，当何大最终在此定居，世仇的阴云立即笼罩了他，加之动荡频仍，灾荒接岁，贫穷和困顿像流沙一样将他掩埋；而另一方面，为了这片能生长庄稼和让他生儿育女的土地，为了人之为人的尊严，他挣扎着，卑微而坚韧地生活着。当云开雾散，他才蓦然发现，自己拼争一生换来的东西，正经历着他无法预料更无法左右的深刻变迁。

城市与乡土是较为明显的两条故事线。在《大河之舞》中，作者从不像半岛人的儿子罗杰入手，写到了传统社会解体的苗头，最终的整体搬迁与旅游景区的打造也是历史发展的必然。罗伟章早就看到了这种深刻的变化："不管多么强调血缘的命定性，它与地缘也是生在一根藤上的，地缘慢慢解体，血缘也必将随之淡化。"②从地缘的解体，到血缘的淡化，乡土社会一步步走向瓦解，神性也逐步消失。罗伟章写神性，也写神性的瓦解，这或许是乡土社会崩溃最本质的体现。罗伟章的小说中往往有现代文明和传统文明的交锋，但是明显是现代文明占据了上风。《大河之舞》中有不少的民间神性东西已经被现代医学——解释了。《声音史》关于乡土的进程尽管有诸多的不舍，但是历史的洪流无法阻挡。《隐秘史》是一部关于乡土社会转型的小说，作品从多个角度写乡土文明的消散。比如乡土特殊的人伦关系已经不复存在，这也是一曲乡土文明的挽歌，处处有城与乡、传统与现代的对举，村子里的人越来越少，房屋一间接一间地坍塌，赤脚医生消失，端公职业不再。乡村流浪汉杨浪只能用声音来"复活"村庄，乡土成为不少

---

① 孟繁华：《在情感要求和历史正义之间》，《当代文坛》2016年第3期。

② 罗伟章：《乡土文学的历史观》，《阿来研究》2022年第2期。

人最后的心愿。而像主人公这样的人，直到晚年都在辛勤劳作中，将故土作为自己最后的执念，并不愿意丢弃乡土去和已经进城的子女生活，这只是一种最后的挣扎。

　　总的来看，作家对乡土投注了太多的情感，通过塑造不同类型的人物，来为乡土留影作传，虽然一直高唱着乡土文明的挽歌，却迟迟不愿退场。这是作家多年来一以贯之的主题，现代化所带来的感伤愁绪始终萦绕在作者心头，并落笔于纸上。作者反复思考一个问题，乡土的灵光如何重建，乡土的未来在哪里？通过乡土生活的解体和城市生活的全盘铺开，一种悲观的情绪显而易见。年轻一代都渴望进入都市，摆脱乡土的束缚，但是总有亲人在故乡，自己的根始终在那里。由书写农民到乡土伦理的升华就是从个体到时代的递进。《谁在敲门》中，在风起云涌的时代背景之下，土地对农民的束缚已走向瓦解，依附在土地之上的乡村伦理道德也走向瓦解与重构，许家的后代们相继进城谋生，土地荒芜、村庄破败，一种乡土解体的气息迎面而来，三代农民子女的命运也发生了变迁。小说结尾，大嫂自尽，似乎一切的苦难都画上了句号，其实生活的艰辛仍不可能真正停止，小说中所写到的那些进了城的年轻人，他们又会有怎样的生活，充满了未知，作者时时流露出这种无力感。

　　这种理性反思在罗伟章的小说中占据着很重要的位置，且都充满着一种交锋、博弈、对抗。《大河之舞》书写乡村文明在现代都市文明浪潮中的退去，小说最后写到了搬迁。但是小说的很大一部分篇幅，是在书写乡村生活，并且将各种具有民间信仰的东西进行了展现。说是挽歌，其实更多的还是在记录、留影、留痕。《不必惊讶》《大河之舞》《声音史》《谁在敲门》《隐秘史》都写到了这种历史进程的合理性。一方面是对乡土破败的描摹，一方面是对都市文明兴起的书写。虽有问题，只是人的问题，并不是时代的进程出了错。《谁在敲门》以一个大家庭家长的离开为核心展开，预示着新的时代的到来，也是一种思想的内省。《隐秘史》书写了一场离奇的凶杀案，这场凶杀案的真实性是十分存疑的，小说开篇写到无名山洞发现一具白骨，结尾又写山洞中并没有白骨，同时也有被杀之人的各种相互抵牾的消息在流传，虚实相生，真假难辨。可以说这完全是一场想象中的凶杀案。不过作品聚焦的并非案件本身，而主要是对凶手隐秘的内心世界或者说犯罪心理的揭露。无论是真实的犯罪，还是想象的犯罪，都已将人性深处最隐秘的一面呈现了出来。

四、结语

罗伟章的小说具有最现实的肌底，对中国乡土世界进行了多维呈现，在波澜不惊的叙述中，让人领略到乡土的裂变和时间更迭的速率，于普通和日常中，潜藏着惊心动魄。罗伟章注重文学性的探求，注重思想的内省与语言的自觉。非自然叙事、音乐性叙事、复调叙事等叙事策略的使用，让罗伟章小说的修辞性得到最大程度的发挥，让他的小说在司空见惯的日常描摹中有了别样的深意和韵味。小说魅力倍增、神韵更显，达到一种飞升的状态，超越性油然而生。在叙事策略上的高明与思想上的内省，让罗伟章的作品呈现出明显的超越性书写。这些叙事策略的安排，说到底是一种文学性的自觉。文学性究其本质，还是文学的一种韵味，让语言超越庸常的生活，使得文本具有一种超脱品格，而这，正是艺术的本性。

罗伟章的时空观念与文学地理学书写

邓惠方

摘要：作为新时代文学现实主义的践行者，罗伟章的写作质感透露出现实主义的深厚和辽远，面对现实主义，他指出"深厚是它的过去，辽远是它的未来"，"让远处和近处的时间，都与我们共时地发生联系"①，罗伟章的地域书写以家乡大巴山为原点，他建构的"大巴山文学地理圈"明显渗透了浓厚的地理思维，勾勒出共时独特地理标识、人文风俗。而时间与空间有不可避免的交叉性，在空间视野下研究的历史才有迹可循，在时间背景下进行空间探讨才不至于走向历史虚无主义。本文以罗伟章在大巴山地理范围中对古巴人生存状态以及当代乡村现状的感知为基础，探讨罗伟章的时空观念与文学地理学书写。

关键词：文学地理学；地理思维；时间—空间辩证法；现代性

一、文学地理学中的时间—空间辩证法

"时间，作为 19、20 世纪的欧洲哲学的难题"②，是时间文化的重

---

① 张瑾华，【春风专访】白银虚构类罗伟章：他叩问尘世间，万物都答应 [EB/OL].[2024–04–20].https：//mbd.baidu.com/newspage/data/landingsuper?rs=3881539211&ruk=K0s36esX hbt4wY5OMbk_pg&urlext=%7B%22cuid%22%3A%22givdig8Lvigya2uB_OvCiguc–igA8H8 V0OBji0alB8K50qqSB%22%7D&isBdboxFrom=1&pageType=1&sid_for_share=&context=% 7B%22nid%22%3A%22news_9897667230737627328%22,%22sourceFrom%22%3A%22sear ch%22%7D。

② [英]彼得·奥斯本著，王志宏译，时间的政治：现代性与先锋 [M]，商务印书馆，北京：2004：05。

要组成部分。现代性是一种关于时间的文化，可以体现为对时间历史的依赖。大工厂的行动节奏与发展速度加快，是世界在历史时间上的显著改变。资本主义第三次现代化以及接踵而来的福特主义和官僚国家——管理时代（大致从俄国革命开始直至 20 世纪 60 年代后期）期间，历史对地理的理论主宰几乎没什么变更。① 时间的政治把社会实践的各种时间结构当作它的变革性（或者维持性）意图的特定对象②，注重时间的线性思维又与哲学、文学、社会学的走向相辅相成；20 世纪下半叶，人文社科领域上的"空间转向"让叙事中"时间艺术"的绝对主导地位开始动摇，历史决定论沉寂的空间性开始被正视，这种形而上的更替对文学发展也构成一定程度的思想理念影响。从时间的语言牢房里解脱出来，摆脱传统批判理论类乎于监狱式的历史决定论的羁绊，借此给阐释性人文地理学的深刻思想（一种空间阐释学）留下空间。③

如果说时间与历史搭配成语境，那空间与地理则截然形成另一面。"假定现代性与时间经验的新形式有关，而'后现代性'则标明空间的革命。"④ 由 20 世纪法国列斐伏尔奠基的"空间批评"，其学生苏贾提出的"异质空间（第三空间）"，以及美国学者戴维·哈维提出的时空压缩等，在历史社会学、美学、艺术领域提出的对于空间的关注，是空间性在被遮蔽、沉寂许久之后重新得到正视的体现。文学方面，西方"文学地理学"正式诞生应以 20 世纪 40 年代法国迪布依《法国文学地理学》（1942）、费雷《文学地理学》（1946）为标志。中国文学地理分野自古已有，而中国首次引入"文学地理"这一概念出现在梁启超 1902 年的著作《中国地理大势论》中，但学界并未进一步开展理论

---

① 苏贾著，王文斌译，后现代地理学——重申批判社会理论中的空间 [M]，商务印书馆，北京：2004：06。

② ［英］彼得·奥斯本著，王志宏译，时间的政治：现代性与先锋 [M]，商务印书馆，北京：2004：08。

③ 苏贾著，王文斌译，后现代地理学——重申批判社会理论中的空间 [M]，商务印书馆，北京：2004：02。

④ ［英］彼得·奥斯本著，王志宏译，时间的政治：现代性与先锋 [M]，商务印书馆，北京：2004：33。

解释，直到 20 世纪八九十年代，才掀起文学地理学研究浪潮。

　　直截了当地对历史决定论做出批判而又不简单地跌入反历史的泥潭[①]，是进行空间化、文学地理学研究的一个必要步骤。尽管在文学地理学这个表象与空间相关性更大的学科上，依然不能忽视时间之于空间的作用。如果现代主义是短暂、分裂、偶然与永恒不变的矛盾冲突，那后现代主义则只是突出短暂、分裂、偶然的一面，而不再试图超越它，也不再追求永恒不变，因此连续的时间维度崩溃了，空间也被分裂成碎片。[②]在文学地理学研究内含的空间感本能驱使下，对某一特定作家或作品进行文学地理学批评，能使其"地域性"充分浮现，提炼作品的"泥土性"，而后现代主义语境存在明显的"碎片化""破裂感"特点，某种程度上会削弱作品的系统性和恢宏感。这种"破裂感"便于让人在细微处体验文本，进行文学审美，但同时也容易由于局促在小范围中滋生狭隘。

　　时间与空间有不可避免的交叉性。时间连续性和空间同存性具有有力的交互作用。[③]因此在文学地理学研究中，明显感知时间与空间的交错与融合、地理思维下的时间性的参与、在时间透视下的空间叙述，是文学地理学更加饱满且深厚的运作方式，也是罗伟章在大巴山下"将历史与现实打通"的实现途径。

二、文学地理学书写中的地理思维

　　"地理思维是指人类意识中的地位方位与地理格局，对于地理的认知与对于地理的感知，并且在对于世界上人与物的认识与研究中，体

---

① 苏贾著，王文斌译，后现代地理学——重申批判社会理论中的空间 [M]，商务印书馆，北京：2004：09。

② 傅立宪，时间与空间的双重变奏——大卫哈维的空间哲学探赜 [J]，江西社会科学 2013 年第 3 期。

③ 苏贾著，王文斌译，后现代地理学——重申批判社会理论中的空间 [M]，商务印书馆，北京：2004：04。

现一种地理精神与空间感"①，体现作家的心理结构与思想结构，是文学地理学研究的关键词之一。如今文学作品的同质化是使文学丧失生命力的一大原因，而作品出现同质化的原因与现代化快节奏生活方式造成文本"采撷式"破碎的呈现不无关系，缺少描写或者极简描绘使得作品区分度自然降低，没有饱满的空间体验和足够长度的时间来体现独特感，当然也无法获得足以称得上细致深入的审美感受。

阎嘉曾指出："地理思维对于作家的要求，就是作家在创作文学作品的时候，不论是塑造人物形象，还是叙述故事情节，还是描写自然山水，都不可离开时间与空间两个元素。"② 在后现代主义背景下的文学地理学研究中，对时间与空间两个元素的交叉辩证把握，即在空间叙述意识浓厚的地理思维中融合时间透视视角，二者相辅相成，不可或缺。即更富有弹性和更折中的批判理论：重新将历史的构建与社会空间的生产紧密地结合在一起，也将历史的创造与人文地理的构筑和构形结合在一起，建立更具批判性的能说明问题的方式，观察时间和空间、历史与地理、序列与同存性等结合体的总目标。

罗伟章是一个川籍作家，他曾指出"人是大自然中的一员，特定的土壤和气候，必定孕育特定的生命"③，从古巴人疆域"炙热"的三河文明到大巴山村落清冷的地理图景，他始终将文学空间置于他成长的川东北宣汉县大巴山区域范围内，他构建的文学地理圈与其生长的地理现实基本吻合，川东北—普光镇—老君山—千河口—罗家坝半岛这些不断精细化的地域范围就是罗伟章建构的文学地理空间的滋养之源。收纳在散文随笔集《路边书》的《乡村永存》一文中明确说道："我的老家位于四川东北部，与重庆、湖北、陕西三省（市）交界，那里有条河，清溪河；有座山，老君山。"除此之外，常出现的地理名词还有"千河口、普光镇、鞍子寺"，其众多作品都在以故土为基础的文学地

①② 邹建军，文学地理学关键词研究 [J]，当代文坛 2018 年第 5 期。
③ 罗伟章，我们的成长 [J]，北京文学·中篇小说月报，2004 年第 8 期。

理环境中构建："我老家在四川东北部群峰簇拥的大巴山区，我们落脚的这面山叫老君山，村子悬在山腰，海拔千余米……站在鞍子寺的操场上，可以望见许校长家门前那丛水竹林……"①"我们住的那匹山，名叫老君山，是川东北一座巍峨的大山。山下就是清溪河，流程很短，上游是普光镇，下游是宣汉县城，不过就六七十公里。"② 作品中明确的地理空间定位使罗伟章用故乡的影子在文学世界中打造了一片故地，让人读来自然而然生出一种空间延续感。正如罗伟章所说"土地与人有原生关系"③，大巴山故土是他创作的源泉与动力。

　　比起大江健三郎所说的"20 世纪作家的一个共同特点，就是要千方百计地摆脱故乡"，罗伟章的写作彰显着"故乡即创作之源"的理念。2016 年 3 月 9 日，罗伟章在个人微信公众号发表的《文学与故乡》一文中曾提到："我的绝大部分小说，都是在书写故乡。"文学地理圈里呈现的现实村落风光、历史，以及方言风俗俯首可拾，正如他自己所言："我小说中涌动的血，我小说中的骨，都是属于故乡的，故乡人举手投足中透露出的情感和思想，故乡叮当作响的方言，早已成为我生命的一部分。"地理思维使作家经过精准定位，形成一种根深蒂固的独特的文学表达手段和风格，在思想深处对创作进行干预。如前所述，罗伟章笔下的空间都以其独特的"大巴山文学地理空间"为基础，但支撑作者妙笔生出情态各异、气韵不同的故事，根源于他对地域空间的准确把握和对时间流转过程中的一脉相承和辗转流变具备强烈、清晰的灵敏感知。

　　文学地理书写者应该具有强烈的自然感知能力，比如罗伟章描绘的大巴山下山川、河流分布，树林、鸟鸣、蛙叫等独特的区域自然地理事物和现象。人文地理内容应该在作品中体现，美国人类学家韦勒

---

① 罗伟章，我们的成长 [J]，北京文学·中篇小说月报，2004 年第 8 期。
② 罗伟章，奸细 [M]，成都：四川文艺出版社 2007 年版：195。
③ 罗伟章，余红艳，【访谈】往下走，往幽深乃至幽冥处走 [EB/OL].[2016-02-17].https：//mp.weixin.qq.com/s/U8jrwDG-rm4RcyIaacfChw。

克称"艺术作品取决于精神风貌和周围风俗的总和"①。这与丹纳所谓"精神上的气候"表述一致，它是与"自然界的气候"相对而言的，也就是"时代精神与风俗概况"，它们属于影响文学艺术作品产生的人文地理环境。②

三、罗伟章的文学地理学书写呈现

罗伟章笔下的文字建筑的是一片根植于大巴山土地深层、沟通历史与现实的灯塔。巴人的尚武好斗与现代大巴山乡民的温和冷清是在同一片土地上不同时间的呈现，这既是罗伟章地理缜密思维的显现，也是其敏锐捕捉历史本真面貌的表现，这是对时代流动的书写，也是对地域变迁的记录，作家保持文学在纵深与横阔之间平衡记述，将时空二维有效交叉。

（一）空间时间化：古巴人疆域"炙热"的三河文明

同一片大巴山下，"尚武"与"避武"的冲突是由历史的变迁所诱发的，前者是历史根脉中热烈、雄壮的遗风，后者是现代法制观念深入之后的妥协，这是空间时间化的呐喊。大巴山下的"三河文明"是古老世纪粗犷、狂热的文明，它尚武、好战的属性张扬着原生山河民众血液里的炙热。罗伟章生长的宣汉县境内的前河、中河、后河所形成的文明，被地方志专家称作"三河文明"③。20世纪90年代，考古专家在宣汉县内中河与后河交界处的罗家坝半岛发现了古巴人遗址，此地属大巴山的余脉，在周朝属于巴国领地，文化沉淀可上溯至新石器时代，古巴国是一个在上古时期以"尚武好战"为人所识，但也因此

---

① ［美］雷纳·韦勒克，近代文学批评史（中文修订版第4卷）[M]，杨自伍译，上海：上海译文出版社2009年版：40—46。
② 同上书：429。
③ 罗伟章，大河之舞[M]，成都：四川文艺出版社2010年版：9。

而遭到群灭的传奇部族。在《大河之舞》中，罗伟章展现古巴人骁勇强悍、热烈独特风格的用意很明显，希望作品以恢宏的气势将一个时代的"大巴山文学地理空间"铺展开来。

关于古巴国，《山海经》有这样的记载："西南有巴国……太昊生咸鸟，咸鸟生乘厘，乘厘生后照，后照是始为巴人。"① 太昊就是伏羲，是华夏民族的共同始祖，后照是伏羲的第四代孙，为巴人始祖。古巴国是世界上罕见的只用战争书写自己历史的部族，传说历史上武王伐纣时，巴人因为英武勇毅的品质被征召，后来每到战争的紧要关头，古巴人就被君王征召入伍，拼杀疆场。自此，古巴人"歌舞以凌殷人"的磅礴雄武传奇故事在民间广为传颂。"最后巴人虽被秦军灭于丰都，但那粒强悍的种子，千百年来留存于天地之间，铸就了那里强悍而悲凉的民风。"②

《大河之舞》对巴文化的书写极尽笔墨，罗伟章对大巴山下这块土地的民风遗俗追根溯源，使历史长河中滚动的大巴山地域性更有辨识度。古巴人文化具有粗粝原始意味。"高崖峻岭把居民逼向河谷，把农民逼进深山。"③ "居民脾气火暴，长于斗殴，他们没经过任何训练，却有天生的战术素养，联合对敌时，没有口令，却绝无差池。"④ 我们可以看到古巴人所处的自然环境由险峻的高山环绕而成，这种陡峭的山体、交错溪流形成的河谷地理构造是中国西南部原始丘陵或盆地边缘常见的自然景观。这种地理环境不似开阔无垠的平原，足以形成策马奔腾、逐水草而居的游牧生活方式，这种地理区域的人民往往通过自然人力开山劈林以开拓、捍卫自己的家园，就像愚公移山。以这类方式生长起来的群落自然对自己饱受磨砺才赢得的家园怀有极强的保护意识，这便构成罗伟章描写的古巴人之排外的心理原因。

147

① 罗伟章，路边书 [M]，成都：四川人民出版社 2007 年版：215。

② 罗伟章，白云青草间的痛 [M]，北京：昆仑出版社 2013 年版：4。

③ 罗伟章，大河之舞 [M]，成都：四川文艺出版社 2010 年版：75。

④ 罗伟章，我写大河之舞 [J]，中华文化论坛 2011 年第 4 期。

在远古时代，保护个体、家园最原始直接的方式就是诉诸武力，受"武力为尊"潜在观念熏陶且得到充分武力训练的古巴人自然积淀形成脾气火暴、战斗强悍的民风。"暴力是文明社会的产婆。炫耀暴力和武功是氏族、部落大合并的早期宗法制这一整个历史时期的光辉和骄傲。所以继原始的神话、英雄之后的，便是这种对自己氏族、祖先和当代的这种种野蛮吞并战争的歌颂和夸扬。"[①] 正如李泽厚所言："历史从来不是在温情脉脉的人道牧歌声中进展，相反，它经常要无情地践踏着千万具尸体而前行。战争就是这种最野蛮的手段之一。"[②] 在这一民风影响下的艺术风格也呈现这样的特点，罗家坝半岛最显著的艺术形式是摆手舞。这种舞蹈步伐简单，舞风刚烈，属武舞性质，明显能从中读出古代巴人战时歌舞的遗韵，半岛人的性格和舞蹈，都是古代巴人留下的种子。[③] 这种舞蹈通常是男女老少一大群人，脚踏木屐（领舞者甚至钉上铁掌），执杖而行，前进几步，后退几步，踩着整齐的步伐，手臂一起挥动，之后变换队形，仰天俯地，同时高声呼喊："噢嗬嗬！"以至于对摆手舞壮观场面做出"千人唱，万人和，山陵为之震动，山谷为之荡波"的描绘。

《大河之舞》以"尚武"和"避武"的矛盾为支撑，记述了一场异质文明冲撞、巴人文明渐渐落幕的传奇悲歌。巴人血液里的粗犷为半岛人的刚烈炙热基因提供支撑，留下半岛人用武力书写历史的传统。武力解决问题，是他们从基因里带来的思维，似乎也行之有效，而小说里的矛盾正是由这一思维展开。这部小说是围绕探寻罗秀被玷污的真相进行的，针对罗秀的乱伦占有，罗建放表达出来的愧疚之意耐人寻味。古巴人的行事风格是从不讲道理，胜负就是道理。所以，他表达愧疚的方式是不露愧色，反倒气势汹汹地发出开战邀请，以自认为最符合半岛行事风格的强势刚烈、顽劣痞性主导着这场自己一手酿下的悲剧。但罗疤子对罗建放步步紧逼的挑衅所作出的回应是回避、转

---

①② 李泽厚，美的历程 [M]，北京：生活·读书·新知三联书店 2009 年版：39。

③ 罗伟章，我写大河之舞 [J]，中华文化论坛 2011 年第 4 期。

移或一再退让，这是不符合劲勇好斗的古巴人性格传统的，这就出现了矛盾冲突。罗疤子一反古巴人常态，遇锐气而不断钝化，相比怒起迎战进行一场壮烈的生死游戏，这种反常态表现更让罗建放恼怒痛苦。

随着矛盾积深，自古传承下来的行之有效的武力交涉突然失灵了。一方面，罗建放对罗疤子的异常懦弱感到一种陌生与不齿；另一方面，罗建放由于未能以自认为的最佳方式，也即暴力搏斗进行救赎而深受煎熬。在巴人血统的武力思维中，抗拒外来力量的介入，他们认为唯有事件内部双方共设一场干脆刚烈的死亡盛宴，才能让其在英雄式的壮歌里了结这场罪孽。

这样的矛盾不仅是文本人物的矛盾，也是时间前进带来某些思维的消磨与增长的互斥，巴人的劲勇质朴与浪漫血性是属于原始时代的为人敬颂的特性。但历史的变迁，文明规范社会自行排斥这种"武力至上"的原始行事思维，这是时代进步的结果，也是传统与现实交锋的结果。在时间流动下的原始文明脱轨让"三河流域"罗家坝半岛的生存状态出现面临转型阵痛期的困境，这是罗伟章文学地理学书写中的时间思维，也是同一个大巴山空间随着时间过程而发生变化的"空间时间化"思维。

（二）时间空间化：大巴山村落"冷清"的地理图景

现代化浪潮带来的对乡村传统格局的破坏，使得曾经的"熟悉"社会最终只存在于记忆中了，以往被土地围住的村民游走于广阔的城市和衰败的村落之间，钢筋水泥构建的城市空间和荒草、垮屋和黄土构成的乡村景象呈现出强烈的反差感，这是时间空间化。时过境迁，曾经的家园不复存在，"罗家坝半岛，这块'曾经消失的巴人'的聚居地最终被房地产商开发成一片观光农业区，半岛人被妥善迁出、安置，巴人的后代以一种局部与整体融合的方式继续生生不息"①。自然地理和人文地理两部分描写是罗伟章作品中地理思维在文本细节中的展现，

---

① 向荣等，四川乡土小说论 [M]，成都：四川文艺出版社 2020 年版：345。

大巴山村落"冷清"的地理图景可用来分析罗伟章地理书写中的时空关联意识。

在文学地理空间定位延续的基础上，地理思维在自然地理感知和人文地理感知的描绘和叙述中得到充分展现。罗伟章自 2000 年 8 月举家搬迁成都，故乡大多时候就通过深刻的记忆显现，在宣汉老家成长起来的罗伟章，以"记忆"为底色，加之地理想象，作品中就出现了地理思维里的自然地理和人文故土风味。

一是自然地理感知，借文学作品人物进行地理感知的对象是大巴山特定空间。在《声音史》中，作者借杨浪之耳凸显着强烈的地理感知："干雷撕裂天空的声音、果子掉落和芝麻炸籽的声音、阳光穿越林子时金黄的细响""他能在五十米开外，听出某只孤单的青蛙伏在哪窝稻秧下鸣唱，包括那鸣唱里的欢乐、忧伤、激情或倦怠"[①]"草梢上簌簌有声，那是晨光碎裂的声音"[②]。"芝麻炸籽、阳光穿林、青蛙鸣唱"是田园村落里的常规生物活动，投射于作家的灵敏感知，作者笔下的人物大多包含着自我感知的影子，对世界万物足以纤细而熟稔的感知经过适当的地理想象加工，便是文学地理学创作的第一步，使一种"人地关联的文学反映"[③]成为可能，而这也是人在高墙林立、车水马龙的城市空间中无从感知的。

二是人文地理的描述，包括人文风俗和特色方言。罗伟章的小说有着浓厚的史实背景，十里不同风，百里不同俗，这里的记录可供民俗学家或史学家研究参考，一方风俗如"死人刚放进圹穴，阴阳师还没拨字头、撒八花米，更没来得及填土掩埋，小春就走了"[④]，这是《声音史》中大巴山千河口葬俗的一瞥；"过小年要吃猪脑壳肉，表明一年的开端，从这一天正式启动"[⑤]，这是对年俗的感知；人文地理书写还包

---

① 罗伟章，声音史 [M]，北京：北京十月文艺出版社 2016 年版：2。
② 同上书：130。
③ 徐汉晖，地方感、地方特性与恋地情结的文学书写 [J]，湖北社会科学 2017 年第 11 期。
④ 罗伟章，声音史 [M]，北京：北京十月文艺出版社 2016 年版：13—14。
⑤ 同上书：214。

括大巴山地方语言的写照："丢心落肠"（非常安心），"弄不醒豁"（不明白、不清楚）了，"赶场"（赶集）、秀儿的"身上"（女性生理周期）也不来了、"下细"（仔细、用心），"房校长经常找李老师的话说"（找话说：找麻烦）、"杨浪弯着颈项（颈项：脖子）"。相比自然地理，人文地理需要更长时间的积淀，它是特定区域生活传统的代代传递，包含人文地理描绘的文学作品能更加明显地体现出区分度和异质性，比如王安忆的上海文学地理空间、路遥的陕北文学地理空间。

　　大巴山村落的"冷清"是就古巴人文化的"炙热"而言的，现代化破坏原始落后的生产生活，人们随着新技术、新资源的开发纷纷走出大山里的小村落，渴求与现代文明接轨，而余下逐渐冷清的村落在大巴山下驻守故地。不断现代化过程中，对大巴山村落的遗落图景的文学书写是罗伟章时空交错意识的又一体现。随着改革开放在沿海地区推行，中国西南内陆的高山深林因不适应现代化快节奏、高效率的生活趋势而逐渐被遗弃，"千河口即是如此，人们陆陆续续地老去。陆陆续续地被光阴收割。更多的，是陆陆续续地出门打工"[1]。市场经济推行以来，开放包容的东部沿海新天地成为自古"依土为生"的农民的追逐、向往之地，大巴山村落逐渐成为现代化过程中的遗落图景。"房倒屋塌，瓦砾成堆，见缝插针的铁线草，盘盘绕绕地将瓦砾缠住；这是去年乃至更早时候留下的草，新草还没长出来。"[2]这在现代村落里是常见的场景，青壮劳动力远赴他乡，余下妇孺老者与凋敝落魄的乡村为伴。村庄的清冷在声、色之间张扬，"'斑鸠咕咕——斑鸠咕咕'声音寂寞惆怅而辽远……在苍茫的暮色里，斑鸠的叫声是一个村庄的声音"[3]。村庄的凋敝还直接体现在人口逐步减少的数字中，就像老君山传唱已久的古歌："我们家乡的树子，树叶飘到别处去了。我们家乡的泉水，悄悄流到别处去了。……我们家乡的男女，狠心老到别处去了。

①　罗伟章，声音史 [M]，北京：北京十月文艺出版社 2016 年版：59。

②　同上书：1。

③　同上书：25。

我们家乡的鬼魂，找不到回家的路了。"①人口流失最直接也最容易使家园失去生机，"曾经热闹非凡的千河口，只剩下八口人"②。

在正面描述的同时，与古巴人浓厚的群体性意识和勇武传统之中的炙热刚烈特性形成异景，能明显感知到对热闹逝去、徒留清冷的无奈与喟叹。"时间空间化"是指任何表达系统都是一种自动地将流动的体验凝固下来空间化，并且要在流动和变化的漩涡中寻找不变的真理。③罗伟章对故乡逐渐空洞表达着深切的担忧，却并不号召民众逆时代潮流、拒绝进入现代化浪潮。罗伟章的大巴山故乡对其心灵的抚慰、为其创作提供养分的作用是明显的，这种故乡价值是永恒的。

（三）后乡土中国：拥有写作的特定地理和命定方向

罗伟章基于文学地理学思维的后乡土叙事具有肥沃的土壤和根基。20 世纪 40 年代，费孝通先生的"乡土中国"深刻阐释了中国社会的基本特性，通过差序格局、血缘地缘等特征深入解剖了传统中国社会肌理。传统乡土社会中，以农为生使得老根是不常动的，生活是富于地方性的，因此世代定居是常态，迁移是变态，也就成了生于斯、长于斯、死于斯的社会。而经历了社会革命、时代变迁、改革开放之后，中国社会发展的浪潮打破了中国传统社会乡土性质的某些范式，乡土社会中的社会主体由于生存的需要开始了迁徙，获得了流动性，由此也带来了社会空间的交错感。最早出现于 1980 年《人民日报》的"春运"一词，1984 年中国社科院教授张雨林在《社会学研究通讯》中首次提出的"农民工"一词就是社会格局内里在悄然发生改变的最好印证。基于社会现象，敏锐的学者潜入其中探索幽微之处，将时代暗流涌入之后的中国社会称为"后乡土中国"（陆益龙，2017）。基于变化

① 罗伟章，声音史 [M]，北京：北京十月文艺出版社 2016 年版：121。
② 同上书：124。
③ 傅立宪，时间与空间的双重变奏——大卫哈维的空间哲学探赜 [J]，江西社会科学 2013 年第 3 期。

的时代特征，后乡土中国的乡土叙事需要被重新思考，以往乡土叙事的四种传统范式（一是以鲁迅为代表的启蒙批判式，二是废名、沈从文等人的浪漫怀乡派，三是柳青等的社会主义革命理想规划式，四是莫言、陈忠实的民间与传统的观照式①）。不满足于后现代化之下的后乡土中国，后乡土中国下的文学书写需要范式的突围。树立文学地理学观念、营造文学地理学书写空间是第一步，如何与时代结合，立于乡土与城市之间的桥梁，写出时代需要的作品，需要作家真正与时代同命运共呼吸。罗伟章作为一位为时代书写的作家，具有天然的乡土书写优势：拥有农民子弟出身的血脉馈赠和在土地、村落成长起来的命运指引，同时愿意潜入水下找到自己故乡的胸怀与文学使命感、责任感。他指出"做一个塑造而不是消耗身份的人"，后乡土时代复杂的社会现象与人间百态需要基于更加温情的态度进行审视，而非隔岸观火，正所谓"以乡村为意念的'酒杯'浇作家个人智性思考的块垒"。②因为其根深蒂固的文学地理学思维，罗伟章乡土叙事中的在场感十分明显，无论是半岛上古巴人思维意识的改变还是千河口村落热闹的远去，是乡村在社会发展、转型过程中必经路段，是不可阻挡的历史潮流，而从乡村变迁或衰败过程中流露出来的扼腕叹息和凝重蹙眉，是思索过程中的阶段性表征。但更为重要的是，"作家需从现实中看到更深邃、更辽远的东西，看到来路和去向，才能真正把握现实"③。罗伟章作品除了对大巴山下恢宏气质消解的描写，也关注新世纪小镇乡村社会生态的实况，会进入家长里短中描述随时代更新的日常琐碎或生活困扰，包括留守老人愈向晚年愈流露出的浓厚的安土重迁、落叶归根

---

① 雷鸣，"后乡土中国"如何讲述？——论罗伟章的《谁在敲门》兼及乡土小说的范式转型 [J]，阿来研究：2023 年第 1 期。

② 雷鸣，作家的中产阶级化与 21 世纪长篇小说乡村想象的几种办法 [J]，文艺研究：2018 年第 8 期。

③ 张杰，徐语杨，【访谈】小说家罗伟章：做一个塑造而不是消耗身份的人 | 【书房】[EB/OL].[2022−09−08].https：//www.360kuai.com/pc/90b4a702ace09793f？cota=3&kuai_so=1&refer_scene=so_3&sign=360_da20e874。

观念等。罗伟章以"谈闲"式的口吻揭示出了一系列当下最显著的社会问题："乡村振兴的根本是让农村重新成为农民生存的依靠，让农民能够自由地选择是留在农村还是去往城市，是消除农村和城市间的界限，让农民愿意'回家'，让农村与城市的差距越来越小。"① 如何在乡村振兴逐步推进、物质条件水平明显提升、共同富裕稳步进行的路上关注乡村遗留的进退维谷的生活处境和精神困境，才是后乡土中国时代下更加值得探讨的问题。

四、结语：时间消逝中的永存空间

罗伟章说："人是大自然中的一员，特定的土壤和气候，必定孕育特定的生命。"②1967 年至 2000 年，在大巴山成长的经历为作者的文学道路带来不可磨灭的影响。而作者也说过，必须离开故乡那片山水，跟它有了距离，将它放置在整体的背景之下，才能感触到它的骨质，"离开"与"回去"一直在路上，目的也即是他本人所称的"把历史和现实贯通，呈现来路和去向"，这恰似杨义所称的文学地理学的信条——使文学连通地气，这就是文学地理学所体现的意义。

地域性必定要以关注人类历史、人文和文化传统之独特性与差异性为中心。文学创作与地域性的关系，首先应聚焦于文学与地域文化传统之间的关系，尤其是通过人物刻画呈现出来的独特习俗和观念，而不仅仅是独特的地理环境和地理空间。③文学地理学书写不是一个单独呈现地理的写作方式，它应是通过比对展露出地域的独特性，人类历史、人文和文化传统之独特性与差异性的呈现需要涉及历时与共时两个维度，而时间和空间总是有一体两面的紧密关系，罗伟章笔下大

---

① 向荣等，四川乡土小说论 [M]，成都：四川文艺出版社 2020 年版：350。

② 罗伟章，路边书 [M]，成都：四川人民出版社 2007 年 1 月第一版：330。

③ 阎嘉，文学创作中的地域书写 [J]，中国社会科学网 – 中国社会科学报，2017 年 7 月 24 日。

巴山，从尚武凝聚的古巴人遗址，到武力崇拜与规范文明形成冲突的巨大转型社会，再到现代文明异军突起后空荡凄切的寂寥山村，这是地理思维下的时间性参与，此在与时间永远是一体两面，时空二维是人类存在的基本条件。时间的灵动为空间增添了流畅与生机，空间的稳固则使得时间有了依附的载体，这二者互为证明、互为补充。文学地理学书写在囊括空间这一必要元素之外增补时间的角度，足以让作品表达更加立体和饱满。

　　文学地理学在时间透视角度下的空间研究让时空二元获得必要的交错，在空间视野下研究的历史才有迹可循，在时间背景下进行空间探讨才不至于走向历史虚无主义。文学地理学的理论体系还正在构建之中，如今的文学地理学研究主要集中在古代文学之中，研究角度和方式仍然属于探索阶段，时间—空间辩证法指导下的文学地理学书写不失为一种新的研究指导方式。"在任何情况下，我相信我们时代的忧虑就本质而言与空间有关，毫无疑问，这种关系基于对时间的关系。"①罗伟章笔下的"巴文化"书写可被放置在文学地理学空间分区之下论及，在对同一块土地的"寻古描今"中，时间流动感同时具有明显的现代主义叙事风格。时间透视下的空间叙述，是文学地理学更加饱满且深厚的地域书写，也是罗伟章在大巴山下"将历史与现实打通"的途径。

---

　　① 苏贾著，王文斌译，后现代地理学——重申批判社会理论中的空间 [M]，北京：商务印书馆，2004 年版：28。

诗歌的历史承载转化与文化走向梳理

——梁平诗歌中的历史溯源与地理属性

李春苹

摘要：梁平的地理诗歌一直是其诗歌创作之中的重要部分，通过历史事件瞬间、细节的高度提炼、转换，还原历史的沧桑与厚重；用论史谈今的手法，融地理、历史、美学、想象力、情怀于一体，寓意深远，思想纵横捭阖，情感在大开大合与温婉细腻间灵动转换，在历史的兴盛衰败、时移世易之上寄寓对现实的诸多思考与多重情怀，整体赋予了诗歌深远高蹈、淳朴厚重的意境。

关键词：蜀道；历史；嘉陵江；文化走向；诗境

一、历史溯源与诗意表达——梁平组诗《蜀道辞》

2021年，梁平就创作了一组以嘉陵江沿途为背景的组诗《水经新注：嘉陵江》，大空间的架构、恣意纵横的诗思、大开大合的气派牢牢抓住了读者的眼睛，这组诗开篇就写道"水做的朝天门，长江一扇／嘉陵一扇，嘉陵以一泻千里的草书／最后的收笔插入长江腹中"[①]，地理、历史、美学、想象力在诗歌中相互交织、穿插着呼啸而来，在诗人的笔下，嘉陵江的桀骜不驯与温婉静谧都被梁平以诗歌独有的灵性诗意地解构并建构出来，抒发了内心澎湃的忧思，当时就给我留下非常深

---

① 梁平：《一襄烟雨》，四川文艺出版社，2023年版，第001页。

刻的印象，今天读来仍然是令人震撼的。

2023 年，梁平再次创作了大型组诗《蜀道辞》，这次，他将目光投给了四川地理文化的另一个主角——古蜀道，并再一次以其独特的艺术魅力和深刻的思想内涵展示了蜀道文化的博大精深。相较于《水经新注：嘉陵江》的恢宏壮阔，《蜀道辞》在处理历史文化资源时，更加注重情感的克制以及落笔的力度，拒绝过度的修辞，通过对历史事件瞬间、细节的高度提炼、转换，还原历史的沧桑与厚重的同时，力图找到一种新的平衡点：在历史溯源与现实观照之间寻求诗意和诗意的表达。

以史诗的磅礴，呈现蜀地的文化自信与气场。"黯淡了刀光剑影，远去了鼓角铮鸣"，蜀道，曾经的金戈铁马，曾经的风霜雨雪，其自身就是一部青石铺就的史书。歌德曾言："艺术家对造就他的自然深为感激，因而创造了一个第二自然作为报答。"梁平感念蜀道，以其独特的艺术风格和深刻的思想内涵在《蜀道辞》中做了大量的蜀道地理文化溯源，在此基础上展开时间与空间的想象，反映了时间的沧桑和个人情感体验。力道浑厚遒劲，不同朝代的蜀道在历史的长空中纵横交错，随着年代的变更跌宕起伏，于大空间展现大气魄，堪称蜀道史诗。开篇第一首《古蜀道》中，诗人写道："尔来四万八千岁 / 峡谷与峻岭悬挂的日月星辰 / 以川陕方言解读险象。"① 开篇用典，借用李白《蜀道难》中的"尔来四万八千岁，不与秦塞通人烟"，以一剑封喉之势，挑开了蜀道上那道迷蒙蒙、湿漉漉的雾气。这组诗的典型形象侧重地理景色和历史场景形象的选取和营造，富有厚重的历史底蕴，如"峡谷""峻岭""川陕方言""秦岭、巴山、岷山""雨雪""金戈铁马"。诗人借助这些"物象""意象"以时空之旅中的后来者的视角，饱含深情地打开蜀道的卷轴，"雷电席卷金戈铁马"气势如虹，荡气回肠，节奏铿锵有力，引出蜀道山河表里的厚重历史，几多悲愁。用"三千年

---

① 梁平：《蜀道辞》，《诗刊》2024 年第 2 期。

典籍"直观呈现蜀道历史之波澜壮阔、韵味绵长，更是喻示蜀道厚重之非寻常可比。"线装的蜀道巨著／章节回旋、跌宕"则把蜀道上的人文、典故、气场做了总体的、全局的诗性叙述与观照。在《剑门关》中，诗人这样写道："风卷八百里秦川，汉中告退／广元告退，雄关漫道的七十二峰／利剑直插云霄。"①"八百里秦川"拉开空间感，扑面而来的风，随后"汉中告退""广元告退"，空间、气势同时入场。剑门关是诸葛亮亲自下令修建的关隘，作为巴蜀咽喉、川北要塞，这里承载着半部三国史。"姜"字旗，代表姜维，"后司马昭五道伐蜀，姜维摆脱牵制自己的邓艾等人，退守剑阁，阻挡住钟会大军"②。尽管邓艾绕过剑门关，偷渡阴平古道，但姜维在剑门关的英勇防守一直深受川中百姓爱戴。跟随诗歌的古画面，读者仿佛又回到了旌旗猎猎的蜀汉，听见了蜀道行军路上木轳辘发出的吱吱声，盔甲与剑戟发出的哧哧声，马蹄踩在青石板上发出的嗒嗒声。剑门关，半部三国史，诗人选择剑门关作为三国时的典型象征性意象，以此呈现出蜀人自信、乐观、豁达的气场。

以诗歌的气度，彰显蜀人的血性与风骨。关于四川人的血性，"无川不成军"是最好的证明。资料记载，"抗日战争中340余万川籍将士浴血沙场"③。几乎全部对日大会战中都有川军将士的身影，其参战人员的数量之多、牺牲之悲惨壮烈，居全国之首位。我们不禁要问，这些穿着草鞋、单衣出川的川军在抗战中为何如此有冒险精神与血性？一方水土养一方人，除开移民的因素，很大一部分的原因还得是文化传承。而四川的地理文化，蜀道是最好的见证者。比如，在《米仓道》中，梁平这样写道："军帐、马蹄、辎重、炮火／与民生油盐酱醋和商贾算计的大戏／从来没有落幕"④，意象古朴，融合了诗人对历史、社

---

①④　梁平：《蜀道辞》，《诗刊》2024年第2期。

②　来源：《三国志》国学原典·史部·二十四史系列·三国志·卷四十四 http：//www.guoxue.com/shibu/24shi/sangzz/sgzz_044.htm。

③　来源：《抗战大后方》http：//dangjian.people.com.cn/n/2015/0806/c117092-27422189.html。

会、民生的诸多感触。诗人化用历史典故，深入挖掘并呈现了米仓道上那些难以磨灭的历史印痕以及其在古代经济、战事中的重要地位，那些蜀道上曾经的风流人物，"刘邦得汉城的军帐，月下萧何的马蹄"，君王与将相轮番策马奔腾，象征着蜀道历史文化底蕴深厚，同时也承载着诗人对蜀道极为深厚的情感。"曹操与张飞掀翻的汉水，岳飞回眸的巴河"，这一系列历史人物典故意象的组合，使诗人主观的思想感情与客观的历史地理相互作用，营造出厚重、沉朴、凝重的蜀道意境；在《翠云廊》中，诗人写道："翠云走廊走出的沧桑，前有古人 / 后有来者"①，三国的沧桑与深厚已无需多言，诗人通过诗歌意象让历史站立了起来，英姿飒爽地站成了猎猎飘扬的旗，"激荡成旗，比战旗更威武"象征着三国时期形成的英雄主义与拼搏精神已经深深植入了蜀地人的肺腑与灵魂，蜀人的后代子孙，世世代代都将被翠云廊上激荡出的战旗所激励。诗人通过翠云廊上的"剑阁柏"笔直，剑门七十二峰的利剑笔直，寓意蜀人的脊梁骨坚挺而笔直，也就一语双关了至今令川人倍感自豪的"无川不成军"之说，这也才能解释川军为何能做到在抗日战争的民族危亡之际，忍辱负重，草鞋上阵，慷慨赴死。

从诗与人的角度，解读蜀人天性中的"任侠尚武""潇洒安逸"，乐观、豁达，包容性强。时至今日，四川人也是不同于孔孟中原文化的所在，他们战时是敢于上战场的川军，但并不妨碍其闲时花前月下，比如一到节假日，他们就变成了前往各大景区高速上的"川军"。四川人天性中的乐观、豁达，其实在诗歌中就早有了明显的佐证。关于四川人的这些天性，梁平选用了最有代表性的诗仙与诗圣作为回答。韩愈诗曰："李杜文章在，光焰万丈长。"这组诗先是以《蜀道难》引出开篇，然后在《李白故里》中，梁平写道："绣口一吐就是半个盛唐 / 蜀道天宝山囤积风的奇谲与浪漫"②。借用《李白诗传》中"绣口一吐

①② 梁平：《蜀道辞》，《诗刊》2024年第2期。

就是半个盛唐"打开整个盛唐的格局，以朴素之言、真挚之情致敬蜀中诗歌先辈李白，致敬李白的才思与无与伦比的诗歌创造力，引申出李白故里在蜀道中的重要地位。"一把佩剑行走的江湖 / 一个隐喻'挟此英雄风' / 从少年到白头"①，作为四川背剑才子的典型，诗剑天涯的李白，才思泉涌的李白，潇洒不羁的李白，"以剑修身、以剑修辞"、挥洒自如的李白，源自四川的文化传统，源自四川人的文化天性，具体表现在精神人格与文化人格中，就是遵循教化更少，自发的行动力更多，自由的想象力也更多。帕特里克·莫道克在他的《论詹姆斯·汤姆森的生平及著述》中曾写道："人们都说，一位优秀作家的生平最能从其作品中看出；至少，他的独特气质、他的主导激情在这里会展露无遗。"② 由此，可以反映出诗人本身的偏好与自身具有的乐观、豁达、包容性强的特质。

在《杜甫草堂》中，梁平用杜甫居成都后的诗风变化来反衬四川文化中包含的豁达、闲适与包容性。杜甫，诗圣，诗歌以忧国忧民著称，诗风沉重、深刻、痛苦、悲凉，常令人有老泪纵横之感，就是这种状态下的诗圣，到了成都后，诗歌也开始轻柔起来。梁平这样写道："黄四娘花园的花开得真好 / 千朵万朵压下的枝头，服服帖帖 / 生怕惊扰了绽放"③，化用杜甫《江畔独步寻花》中的春日场景，"服服帖帖""恰到好处"，象征着诗圣也被成都的休闲文化影响到了，从而心情转换，开始赏花观蝶，惜春爱春，从闲适的春光中获取到了另外一种风格的诗歌灵感，饱经沧桑的心灵得以修复，"肆无忌惮地张扬"，则象征诗人生命力、活力、感受力在成都西郊的草堂获得重启。写杜甫的时候，梁平的诗风也在悄然改变，不再用浓墨，而是改用鲜艳的春色以及生命力跳跃的禽鸟作为意象。诗圣从"忧国忧民的愤懑还没有结痂"过渡到"燕语""鸥鸟"围绕，甚至还抵达了另外一个风格的

---

① ③　梁平：《蜀道辞》，《诗刊》2024 年第 2 期。

②　[美]M.H. 艾布拉姆斯著：《镜与灯：浪漫主义文论及批评传统》，郦稚牛、张照进、童庆生译，北京大学出版社，2015 年版，第 273 页。

诗境，诗风突变，转而"诗风悄然改变 / 成都含情脉脉"。梁平其实是用诗圣的经历告诉我们四川地理文化的多样性与包容性，蜀道不仅仅有崎岖与坎坷，还有小桥流水、闲适安逸。蜀道与成都，自古以来就是豁达的、包容的、理解的以及真切而鲜活的。

在叙事中反思过往，从久远中回归现实。《蜀道辞》中涉及了历史背景下的大量政治、军事、经济、文化事件，梁平引用了很多历史典故，在此基础上尽力保持了叙述的克制，同时也保持了诗歌的肌理。梁平用了大量的篇幅为蜀道溯源，寄托了诗人对蜀道的敬畏与深情，与此同时还有着大量的反思。以史为鉴，可知兴替。蜀道本就是一部石头制成的史书，不按照人的意愿修改。安史之乱加速了大唐的衰败，在《荔枝道》中，诗人写道："荔枝道每二十里设驿站，换人 / 又六十里换马，紧鞭催急蹄 / 一路风声，一路鼓角"①，"二十里"与"六十里"突出了任务的繁重，故事的真实性，"风声"与"骨角"突出了时间的紧迫性，形象而深刻地反映出千里送荔枝的荒谬与不当。"比辐重还重"再一次表明王权背景下任务的紧迫与残酷性。借用史料，诗人通过真实的历史事件来反思封建王朝时代的种种荒谬。在当时社会背景下不计成本的支出与浪费，与农耕时代的经济条件明显不符，大唐则再无力回天。读史使人明智，以史为鉴，大有裨益。荔枝道的历史，不仅仅需要反思，无论当代还是未来。

诗人笔下，蜀道其实已经不仅仅是蜀道，它承载了太多的悲欢离合，承载了太多无言的痛。在《褒斜道》中，诗人这样写道："火光里的刀枪剑戟 / 与栈道烧毁的遗骸互为祭奠"②，忧伤，沉重，带着忧伤的、强烈的遗憾之美。本该有很多种的结局，历史却往往选择了人们最不愿看到的那一种，后蜀军根本就不是大宋军队的对手，所以才会"历史的演进很多逗号、省略号 / 没有句号，没有一次阻挡"，诗人只能一声叹息，哀其不幸。孟昶的妃子花蕊夫人当时怒其不争，就曾悲

---

①② 梁平：《蜀道辞》，《诗刊》2024 年第 2 期。

痛地写下那首："君王城头竖降旗，妾在深宫那得知。十四万人齐解甲，更无一个是男儿。"[1]据史料记载："后蜀分兵防御，招致败亡"，这一点值得后蜀军反思，但是令赵匡胤万万没有想到的是，虽然只用了六十多天轻轻松松平定下来的后蜀，却需要他再用两年时间去艰难地平乱，可以想见，他是完全地低估了蜀人的倔强与韧性。在《五丁与金牛》中，诗人这样写道："马帮的马蹄声遗落嘉陵江 / 满江碎金，被商贾揉进川剧与秦腔。"[2]诗人的诗歌镜头从久远的历史中回到现实，"马帮的马蹄声"虽然遗落了，但"满江的碎金"至今留存，"川剧与秦腔"至今留存，梁平抓住了嘉陵江蜀道上最典型的"马蹄"与日落前阳光洒在江面的碎影，诗意地展现了蜀地人率真的性格，蜀道还是几千年来的蜀道，历史的车轮不断滚滚向前。

在时间的蜀道上与自己和解，完成蜀道精神内核的闭环。在末尾的那首《旁白》中，诗人写道："所有印迹顽固而执拗，在体内埋伏"[3]，与开篇第一首《古蜀道》遥相呼应，"在肋骨与肋骨之间开出花朵"，诗人借这首诗回答了写《蜀道辞》的初衷。蜀道的历史印记太深太厚，乃至于遍布诗人身体、骨骼，不得不写。而且"时间越来越紧迫"，作为诗人大半生的生活栖息地、精神的原乡，蜀道对诗人发出了灵魂的呼唤，这就是地理文化诗歌的生命力所在，历史深处的灵魂呼唤诗人的灵魂，诗人再用自己的感悟与灵感把这些呼唤带到读者面前。"没失过蹄的马，未必是一匹好马"，"伤""血与泪""失过蹄的马"，意象里暗藏着炽热的血与泪，诗人尽量保持了情感的克制，在这场诗歌的蜀道之旅中，诗人的灵魂也得到了极大的滋养与升华，现在可以安静下来，与过去的种种过往一一握手并和解，在此，也完成了这组诗精神内核的闭环。

蜀道，几千年来一直就在那里，以不屈不悔的姿态站立。历史留存下的古蜀道，布满王侯将相、渔樵农夫、商贾百姓脚印的蜀道。这

---

[1] 萧涤非主编：《唐诗鉴赏辞典》，上海辞书出版社，1983年版，第1378—1379页。

[2][3] 梁平：《蜀道辞》，《诗刊》2024年第2期。

些历史的印痕，往往就是一个民族的历史文化瑰宝。诗人梁平用这组恢宏的组诗完成内心的地理诗歌画卷，如同是"在肋骨与肋骨之间开出花朵"，诗人告诉读者，一定要到古蜀道上走一走，步伐不用太快，就能感受到古朴与诗意并举的地理文化之美。

二、诗意架构与精神文化走向的梳理
——梁平组诗《水经新注：嘉陵江》

组诗《水经新注：嘉陵江》是诗人梁平 2021 年创作的作品。作家顾偕曾对这组诗做出高度评价："跳出了经验的樊笼，似在高山上回顾天下，这就使得类似这样的作品有了一种空灵的深邃感：苍茫皆为诗，心境独澄明。"[①]对于生于斯长于斯的诗人梁平而言，这组以嘉陵江为主题的诗歌，再一次让巴蜀地理文化之重要载体——嘉陵江血脉偾张而开，整体大气、豪壮而不失温婉，典型架构气势磅礴，抒发了内心的澎湃与忧思，表达了诗人对精神家园的追寻、对地理空间的诗意架构、对地理河流文化的底气与自信。

地理诗歌中的历史承载力与想象力。本土的文化积淀给创作带来巨大的心理力量，这种力量会影响诗歌的深度与厚度。长期以来，梁平都非常注重诗歌中的历史承载与转化，他说："当代诗歌的轻浮，甚至轻佻已成诟病，不能视而不见，应该高度警醒了。"[②]著名诗评人陈超先生也曾经很尖锐地指出当代诗坛的重大缺失是历史想象力和历史承载力日渐薄弱。古代诗人的诗词用"典"，"典"就是历史的承载和想象。[③]同理，用"典"也是梁平诗歌中的历史承载与想象。我们看到，梁平的诗注重从中国传统文化中汲取营养，将历史文化与山水地理融为一体，以诗歌呈现的形式，探讨历史、文化、生命的状态等问题，展现出地理诗歌的大气与波澜壮阔。在《昭化》中，诗人将昭化

163

---

① 来源：顾偕读梁平《水经新注：嘉陵江》https：//www.yzs.com/zhongshitoutiao/9911.html。
②③ 梁平：《蜀道辞》，《诗刊》2024 年第 2 期。

的地理特点与三国文化相融，昭化古城，古称葭萌，有"天下第一山水太极"自然奇观之美誉。诗人写道："水从海拔三千米飞流直下／在昭化，携白龙和清江，太极天成"①，将昭化的地理风貌与人文历史巧妙结合，诗意地呈现出这座迄今为止国内保存最为完好的唯一一座三国古城的独特地理风貌与人文特色，正如诗人所说"折叠天人合一的洄澜"。"三千米飞流""一滴水里"与"洄澜"相互呼应，相互照拂，语感如草书般肆意而流畅，隐喻昭化古城的古老与诗意并存，也抒发了诗人对昭化古城的喜爱之情。在《阆中》中，诗人则突出了这里的文化积淀，以风水学的术语引出阆中的城市布局，"左青龙、右白虎、前朱雀、后玄武"表明这是一座讲究风水布局的城市，袁天纲、李淳风晚年都定居阆中，死后都埋葬于阆中城外。作为道学风水宗师和天文历算大师，他俩的风水（堪舆）理论对阆中城市建设产生过重大影响。"古城的状元牌坊"则隐喻阆中的学风浓厚，推崇读书做学问，文脉相承。"4状元以及身后116名进士"则是用数据的方式最直观地呈现了阆中古代治学的惊人成果，也最直观地表明了阆中学风浓郁，注重文脉传承。清初时期，四川省的省会就设置在阆中，当时把学院行署设置在道署东侧，考棚设有贡院，在此举行五科乡试。"石碑从水里打捞的伟岸，立马勒铭"，一系列的文化典故，烘托出阆中在历史上的非凡地位，正如诗人所言"水润的古城，文武横贯街头巷尾"，既有历史又有文化，古街古巷，"一壶老酒醉了江风渔火"难免让诗人沉醉了去。诗人注重对"典"的借用和化用，借用典故来提升诗质，让典故与地理风貌、人文特色相互融洽、融合、融为一体，呈现阆中古城古今一脉的文化传承，同时也让读者感同身受地置身于庞大的汉语历史时空之中。

以辽阔的视野梳理嘉陵江的精神文化走向。梁平的这组诗歌有着非常辽阔的视野，加上富有想象力的文字带来巨大的视觉冲击力，让

---

① 梁平著：《一蓑烟雨》，四川文艺出版社，2023年版，第002页。

读者领略到了嘉陵江精神文化的不凡气度。在第一首《嘉陵江》中，诗人这样写道："水做的朝天门，长江一扇／嘉陵一扇，嘉陵以一泻千里的草书／最后的收笔插入长江腹中"[①]，以水文化之镜步入诗歌的意境，诗人以更高的视角全景介入，意象奇峻的大跨度导引，将朝天门两江交汇的场景大手笔地喷薄而出，草书的气度，舍我其谁的气势，大江大河的气魄，大空间的架构，大写意的审美，将朝天门两江交汇的磅礴表现得淋漓尽致，象征着嘉陵江之豪放洒脱、不拘绳墨的精神文化走向。"东源和西源争吵累了／两河口两源合一。"[②] 暗喻事物在发展过程中所产生出来的内部矛盾与多重状态，"与生俱来的包容接纳"表明了嘉陵江地理文化的多样性，大方大气是其外在的气质，含蓄包容是内在的素养。只有"包容接纳"方能"源远流长"，天下万物，无一不是如此，这里象征了嘉陵江地理之包容接纳、兼容并蓄的精神文化走向。"惊涛拍岸或者风花雪月／陕、甘、川、渝长途奔袭"[③]，从嘉陵江全流域视角出发，将叙事收缩至一条河流的苍莽内部，展现最为寻常的人间烟火味，"拖泥带的水，与烟火人间相濡以沫"传递出积极温暖的生活哲学，象征着嘉陵江地理之充满温情、平易近人的精神文化走向。在《合川》中，诗人写道："水上打鱼的船，岸边钓鱼的人／都见过世面"[④]，随后接连的两个"敢说"带着一股子原始而血性的韧劲与狠劲，突出了合川人对自己精神文化的底气与自信，"大世界不过几块石头"，"没有水咬不烂的石头"，暗喻了当地人民豁达乐观、坚忍不拔的精神状态，同时也象征着嘉陵江地理之豁达从容。梁平不仅关注一条河流厚重的历史，也密切关注现实里的嘉陵江流域，在《重庆》中，诗人写道，现实里的重庆城如同是"魔幻现实主义""大片巨献"，所以，"马尔克斯如果复活"，"孤独的百年"也会"一减再减"，通过对重庆典型特征之特写来强调并象征这座城市所拥有的乐观向上、热情

---

①② 梁平著：《一蓑烟雨》，四川文艺出版社，2023年版，第001页。

③ 同上，第002页。

④ 同上，第011页。

好客、重情重义的城市地理性格与精神文化走向。

以柔软与细腻呈现地理诗歌中的情感张力。严羽在《沧浪诗话》中言"诗者，吟咏性情也"，生于斯，长于斯，梁平对嘉陵江的感情是毋庸置疑的。诗人以饱满而深厚的情感吟咏嘉陵江风物，诗意的表达饱含着内心的力量与空间的想象。在《嘉陵江》中，诗人写道："我第一声啼哭在水里／草书的一滴墨，与水交融"[①]，富有想象力的隐喻，表达形象、生动、鲜明，极具艺术表现力与感染力，"江北红土地上的红，脐血冲不掉"将诗人与嘉陵江的精神纽带关系表现得浪漫而富有生机。在《蓬安两河塘》中，诗人写道："水上加持的诗词歌赋／比官袍更接近身体的温度／深入骨血"[②]，情感丰沛，感人至深。司马相如是公认的汉赋代表作家和赋论大师，因为司马相如，流经蓬安的嘉陵江也变得浪漫摇曳起来，水波的纹路，汉赋的温度"深入骨血"，《凤求凰》余音袅袅，司马相如的才华、浪漫与温情，配得上这摇曳的波光，配得上"乌纱吹落"的"悲欢离合"，还有什么地方能比一个文豪的加持更具文化内涵？蓬安，"一曲《凤求凰》就够了"，因为司马相如与卓文君的故事而变得温情，一座城市，因为一曲古琴而柔软。"粗茶淡饭里的卿卿我我／花前月下的海誓山盟／流水不能带走"[③]，因为蓬安，梁平的笔触也变得柔软起来，"夜光杯在江上荡漾的波光"，嘉陵江的江面因为诗人柔软的笔触而更加风光旖旎起来，充满了弹性与温度，充满了细腻而柔韧的情感张力，这种张力甚至可以抚平岁月的纹路，直接抵达读者心间的柔软。在另外一首《南充》中，诗人则继续给到了柔软的诗歌笔触，情感细腻而柔婉，增加了诗歌的柔软度、情绪感染力与情感张力。梁平这样写道："水在南充的灵性滋养桑麻／蚕的前世和来生，俯卧难解的谜"[④]，在意与象的层叠中追求弥漫灵性的幻化气氛，诗人以个人的审美经验、独特的审美视角，深度切入南充的历

---

① 梁平著：《一蓑烟雨》，四川文艺出版社，2023年版，第001页。

②③ 同上，第007页。

④ 同上，第006页。

史农事和文化意蕴，呈现出南充独特的带着水光的灵性与魅力。各种女性"绕指的柔"，继续提高诗歌的柔软度，以一种向下匍匐的水流的姿态，到达一种缠绵悱恻的诗歌空间，解构"蚕"的一生跌宕，架构人的命运起伏，这种柔软带着韧度，可以以柔克刚，可以滴水穿石，各种形态的柔可以"比流水汹涌"，瞬间击中读者内心最为柔软的部分，如同闯入了心中"千年的漩涡"，这首桑麻南充，以轻快的灵性与轻柔的质感形成了丰富的情感张力，给读者带来了独特的诗歌阅读体验。

以磅礴与粗粝致敬地理诗歌中的古代英雄与人杰。柔软与硬气相互交叉，交错嵌入，视角高低对比映衬，是这组《嘉陵江》的特色与鲜明特点，因此也形成了高低错落、时空交错的阅读体验。《蓬安两河塘》与《南充》会激发读者内心中的柔软与温情，但读到《武胜英雄会》《合川》时，瞬间就会有一种从绵软丝绸突然过渡到铜墙铁壁的错愕，从绣花针到铁骨铮铮，这种强烈对比的视觉观感差也是诗人的创作手法所在。

陈超在其《生命诗学论稿》一书中指出过原型象征，他说："原型象征是指诗人在他的写作中直接从神话原型或仪式，种族记忆或人文科学的母体中，找到象征体。它可以是物体也可以是精神，可以是人物也可以是事态。"[①]梁平在这组《嘉陵江》中也大量使用了象征体，来体现武胜铁骨铮铮的英雄情结。在《武胜英雄会》中，梁平这样写道："英雄不问出处，英雄的情结/与生俱来"[②]，这首诗气势雄浑，自带气场，豪放大气。诗人致敬英雄，让英雄情结负载于古代战场的凝结物之上，诸如"英雄""森严""壁垒""挤压""威风""血性""攻守""成败""结局"，诗人借助这些"物象""意象"等象征体，这些象征体磅礴、粗粝、古朴、厚实、豪壮，传达出诗人内心对武胜厚重历史的独有情感，以物传情，英雄的接连出场，给诗歌带来强劲的气场以及震撼力。"挤压""注入""流过""攻守""下帖"等一系列动词的连贯出

---

① 霍俊明著：《转世的桃花》，花山文艺出版社，2021年版，第260页。
② 梁平著：《一蓑烟雨》，四川文艺出版社，2023年版，第010页。

现给整首诗注入一种豪迈气势与紧张气氛，一步一步到达豪放的诗歌意境。不过，令人意想不到的是，磅礴粗粝、大气豪迈之后诗人又来了个一百八十度大转弯：直接从大气豪迈的古战场转战到了川人的餐桌之上。这样的安排颇有川军风范：上马可杀敌，下马可品美食，竟然毫无违和之感。梁平这样写道："冷兵器时代的渣渣鱼／游进热兵器时代的三巴汤"①，在气度上继续保有铁血男儿的英雄气场"大饮，三杯两盏以后"，时间则从古代大跨度到现代，从"冷兵器时代"大跨度到"热兵器时代"，"渣渣鱼"与"三巴汤"消解了一切不适，消除了一切距离，英雄回归到平凡，不再有庙堂与江湖之分。这样的创作手法在两极之间快速转换，快意恩仇的同时也能放下偶像包袱。这样具有强烈反差与对比效果的创作手法自带幽默与喜感，也从侧面反映出诗人的豁达心境，对于大空间的驾驭能力以及对细微事物的感受能力。

这组诗中，除了致敬英雄豪杰外，还有一位致意的对象，《三国志》的作者——史学家陈寿。陈寿为四川南充人，晋灭吴后，陈寿完

成了史学巨著《三国志》。自汉末至晋初近百年间，中国由分裂逐步走向统一，这个历史过程被陈寿完整地记叙了下来。②对于陈寿，梁平这样写道："陈寿把南充的名号抛光，水煮魏蜀吴／人杰与枭雄过招，刀光剑影。"③诗人通过意象再构，于直叙中直抒胸臆，意境辽远深阔，气场如同嘉陵江水浩浩荡荡，亦如同嘉陵江水奔流不息，"文字和史料在水里过滤千遍"，刀光剑影之中，情与景、形与象觥筹交错，于沉稳中起伏跌宕，不禁令人萌生立于三国历史的长河边听史学家陈寿用桨击打涛声之感。

以平淡闲适展现地理诗歌中的生活风味。这组诗用了大量篇幅展现寻常的百姓生活，气度与温度相互呼应，气势与温情高低错落，

---

① 梁平著：《一蓑烟雨》，四川文艺出版社，2023年版，第010页。

② 来源：中国社会科学词条库之陈寿 https://www.skctk.cn/html/2101/2101-130435-1.html？is_search=hot_search&t=1691057134。

③ 梁平著：《一蓑烟雨》，四川文艺出版社，2023年版，第007页。

刚柔并济，耐人寻味。在《水码头》中，通过有节奏的架构，"老照片""趸船""木船""河床""渔舟""客栈""酒家""石板""小巷子"等物象赋予了诗歌朦朦胧胧的水乡质感，这些物象相互拼接相互重叠，或明或暗的光影让诗意摇曳而生发，"一张老照片被水洗了又洗/所有的颜色洗白"，充满了情绪的感染力与舒适的调节力，别有一番风味。梁平笔下的寻常百姓生活更是富有诗意与感染力的，情绪感染，诗意翻腾，码头生活如同火锅翻滚着诗意与乐趣。比如在《吊脚楼中》，"三五只岩燕在屋檐的角落筑巢/从不打扰南来北往的悄悄话/吊脚楼吊的胃口/都是麻辣烫"①，"岩燕""悄悄话""吊脚楼""麻辣烫""火锅""翻江倒海"，富有地方特色与趣味性，这些意象放在诗歌中是鲜活的、明媚的，富有激情、生机与活力，热烈中带着谦逊，豪情中带着温情，霸气中不忘礼节。"天下火锅里的水/取嘉陵江一瓢"，词语带动而出的饱满情感与欢悦的诗歌气氛可以感染到南来北往的人，可以打动东南西北的心，于寻常不经意间流露出的激情最自然，摇曳而生机，"麻辣烫""火锅"终究成就了不一样的川渝人的灵魂。

《水经新注:嘉陵江》是一组对嘉陵江四川、重庆流域的诗歌观照，对嘉陵江及其流域的自然、人文深刻思考的地理文化诗歌。气势宏大，视野开阔，节奏随着嘉陵江水流起伏，蕴含着诗人对嘉陵江流域关联文化的独特诗意解读。既有磅礴粗粝的表征，亦有柔软细腻的肌底，历史承载力与想象力更是保证了诗歌的质感与厚度，在庞大与细腻之间游刃有余、变换自如。诗人梁平，重构了嘉陵江流域的诗风浩荡，为嘉陵江文化的影响力加上了厚重的一笔。

三、综述

梁平的地理诗歌一直是其诗歌创作之中的重要部分，用论史谈今

---

① 梁平著:《一蓑烟雨》，四川文艺出版社，2023年版，第016页。

的手法、诗歌的语言，融诗歌、情怀、历史于一体，其笔法厚重端凝而不失灵动，寓意博大，思想纵横捭阖，情感在大起大落、大开大合与温婉细腻间灵动转换，在历史的兴盛衰败、时移世易之上寄寓对现实的诸多思考与多重情怀，整体赋予了诗歌深远高蹈、淳朴厚重的意境。诗人在诗歌的意与境的幻化中执着追寻纯净辽阔的心灵世界，就如《与一匹蒙古马为伴》，"与一匹蒙古马数天上的星星"，抵达"一颗比一颗干净"的至臻境界。诗人或感慨岁月的沧桑变化，或惊喜于过去时光的不经意停留，或梳理记忆深处的某种留白，无论是《水经新注：嘉陵江》，还是《蜀道辞》《龙泉驿》，还是《资阳》《洛阳桥》《沙溪古镇》，梁平无一不是对历史承载与转化的良久沉思，更是对文化走向梳理上的积极探索。

直抵自然生命真相的智性书写

——龚学敏诗集《濒临》的动物书写及其他

张德明

摘要：龚学敏的动物诗以干净、唯美、浪漫的文字，从技艺视角、价值视角、哲学视角书写动物与人类的诸多密切关系，表达对自然的敬畏及天人失衡所产生的种种忧虑和无助，以此关注人类际遇，拷问人类的生存意义，寻找人类的精神归属，充满对现代文明的诘难与反思。龚学敏动物诗赋予了现代发展面向生态书写的丰富性、审美性和民族性，从而对全球化语境下如何建构中国新型的生态文明与生态文学提出现实与实践的忧思和启示。

关键词：龚学敏；动物书写；自然生命；人性；中心主义

今天，野生动物保护（范围为国家法律规定的）已经成为一项全人类的共同事业和全球视野下的一个国际性话题与永久性工程。自1992年2月12日国务院批准实施《中华人民共和国陆生野生动物保护实施条例》以来，经过各级政府的艰苦努力和广大人民群众的自觉维护，中国的野生动物保护取得了举世公认的巨大成绩，一个显著的事实就是很多一度濒危的野生动物种群达到了相对稳定的状态。党的十八大以来，习近平总书记高度重视野生动物保护工作，作出了一系列重要指示和论述，提出了明确的要求和具体目标。2015年12月，习近平总书记出访津巴布韦，他在考察野生动物救助基地时指出了野生动物之于人类生存的重要性，强调中国在野生动物栖息地的保护及

171

打击野生动物制品交易等方面，已经取得了很好的效果。① 2016 年 8 月在青海调研考察时，他又对保护河流、湖泊、草原和野生动物等生态资源寄予了很高的期望。②

野生动物保护是生态环境保护的重要组成部分，是人类自我关爱的放大和强化，更是物质世界里一种难得的同情心、尊严心。作家须一瓜对此说得很精彩：

> 这个地球上有很多的生命存在，当我们从混沌的幼小时候慢慢长大，开始自己感悟生命、领悟生命时，我们会对其他生命状态，甚至是非动物、植物的，唤起一种关照，去感受一种生命在别的生物形式上存在的那种感受。③

动物保护水平不仅体现了人类的文明程度，也是生态环境建设的一项极其重要的内容，不仅有利于社会可持续发展和提升，也是人类最后的底线和基本的悲悯。中国当代文学中有很多作家对动物书写做出过可圈可点的贡献：冯骥才、迟子建、贾平凹、张炜、杨志军、周国平、余华、莫言……作家们掀开了动物生存的严酷真相，协助政府相关部门编制出动物保护的程序要领和时间表，钩沉打捞的是人的天良和正义，渴望唤起人们对自然生命的敬畏与尊重，这是中国当代生态文学建设、发展并取得卓越成就的重要标志。应该说，在当今世界生态环境日益恶化、人类生存遭遇严重挑战的客观背景下，中国作家没有缺位，他们在用自己或许很微弱却很柔韧的坚持投入到这一场隐去了硝烟的战斗，并用卓越的努力和精良的贡献证明并捍卫着中国作家的价值和意义。

---

① 习近平：《在考察津巴布韦野生动物救助基地时的讲话》，第 1 版：要闻，《人民日报》，2015 年 12 月 3 日。
② 习近平：《新思想引领新征程时代答卷》，第 86 页，北京：人民日报出版社，2022。
③ 兰京：《须一瓜：动物保护是爱心意识的放大》，第 A05 版：同城 / 八闽，《海峡都市报》，2015 年 11 月 29 日。

龚学敏便是其中的优秀者之一。

龚学敏的动物诗歌作品主要集中收录在他的诗集《濒临》中，写作跨度长达四十年。拿到这本诗集后，笔者并没有马上着手评论，这两年我经常在思考这样几个问题：是什么原因让诗人有如此坚韧而柔软的文学视界，在数十年的时间范围内，在很多未知的动物世界中，在很多人不以为意的表达选择里，机智地找到了一条与另一个生灵世界亲切对话的别开生面的理想之路？诗人的生存理想和人类的大同观念的共有支撑点究竟建立在什么样的基础之上？在动物的生存密码和读者的粲然阅读之间，诗人建立了一个怎样庞大的精神容器？在诗人的书写中，责任和使命从来冲锋陷阵，这样的文学眼光、立场以及迈出自己创作舒适区的胆识与气度，在回应新时代面临的新问题、新挑战的节点上，其普遍意义和价值何在？……我想，至少有一点是清晰而明确的，就是龚学敏的动物诗歌书写的确在某种层面上抬升了新世纪诗歌写作的格局、难度和美学视野，他与那些精灵般的动物长期朝暮亲密的交往，为他的诗歌创作奠定了坚实可信的独有基础，使当下日常化的诗歌书写出现了一种难得一见的新气象和新状态。这无疑是一个具有代表性的写作事件，对于当代汉诗写作寻找新的突破口和建立新的制高点是具有启示意义的。这也是本文继续展开对龚学敏动物写作景观进行讨论的重要原因和契机。

本文对龚学敏的动物诗歌讨论主要集中在其《濒临》诗集，其他作品略作涉及。

一、经验生成的困惑与可能

著名诗人、诗歌评论家霍俊明将龚学敏的动物诗歌写作称为"动物主题诗学"，他认为其诗歌创作不是流行的"个人之诗"，而是具有精神启示作用的"总体之诗"，即诗人通过"遥远的目光"将即将消失的、模糊的动物和物象碎片拉近到人们面前。①

龚学敏近年来全神贯注以动物为题材创作了大量的诗歌，构成蔚为壮观的井喷式集结势态，观其风貌，大体呈现出如下几重诗歌向度：生态视野、历史视野、人文视野与哲学视野。诗人把无以计数的世间生灵真诚地视为大自然给予人类的恩赐与亲邻，正如清代诗人张维屏《新雷》所云，"造物无言却有情"。正是大自然的鬼斧神工，让人类感受到那些动物给自己带来的无限乐趣和生活希望，也正是这几种具有标识意义的诗歌视野决定了龚学敏动物诗写作的立意、高度和创新。

龚学敏生于四川九寨沟，从1984年大学毕业至2009年调到成都，其间一直在川西北高原阿坝州这片广袤无垠的神奇大地学习、生活与工作。虽然他早已离开了那片高原热土，那片雪域故乡却成了他作品的魂魄，给了他人文寄托和深耕大地的强大生命力。中学教师、警察、公务员、报社总编辑、作协主席等工作经历，丰富了他的人生阅历；川西高原高山峡谷的地形构造锻炼了他的人格意志；20世纪80年代中期开始发表作品的文学资历使他对大众化与多样化、民族化与现代化、慷慨激昂与豪迈悲壮的新时期文学特点感同身受，铸就和坚定了他的使命意识，也形成和巩固了他的责任认知。可以说，川西高原既是他的地理故乡，也是他构建诗歌世界的原始区域。在那里，他找到了专属于自己的文学符号和起跑点，并以此为源点扩大了自己的精神版图和诗歌领域，自然合理地形成了独树一帜的诗歌世界。

龚学敏长期行走于苍茫的川西雪域高原的丛林峻岭之间，以坚实执着的目光持久地打量着藏东高原的多样性生命形态，雪域高原那些曾与其朝夕相处的野生动物给他留下了珍贵的记忆，这对他近些年的动物诗歌写作而言，的确是取之不尽的独特宝藏。与此同时，他对自然生态脆弱性的绵长忧虑，也是从那时开始积累形成的。龚学敏心心念念书写那些曾经与世隔绝的金钱豹、鱼鹰、白狐、川金丝猴、黑颈

----

① 霍俊明：《遥远的目光或"大地伦理"——龚学敏诗歌及其"动物主题诗学"》，《滇池》2021年第6期。

鹤、黑熊、黄鹂、雪豹、藏羚羊、雨燕、岩羊、藏酋猴、黄鼬、白牦牛、大熊猫……他笔下至少出现过百余种动物的身影和气息，把读者带向了一个遥远而又陌生的生物空间，动物诗歌写作成为他对生活最诚实最美好的报答，也成为他认定的文学宿命，他以异禀式的灵性解读动物世界的复杂声音。在倾情回顾、呼唤、祈祷藏东雪域高原的自然之美和人文之美的同时，诗人表达了深刻的忧思和不安，检讨人与未来、自然、宇宙、文化的共生链接，诗作浸淫着一位优秀诗人对自然生态的敬意和现实真相的感伤。

诗人目睹了数十年来人类与野生动物的尖锐对峙与博弈，直面一种见血索命的事实和细节，将镜头由远及近推移，把抒情效果展示到最大化，从真实情景出发积极调动读者去感应，以想象再现一种经验方式，将现实固定下来，虚实相间，寓意丰饶。这是苦寻生命本位的祈祷与挽歌，诗歌的意蕴指向和审美指向浓重而强烈，潜存的价值体系和生活秩序取向明确。这是动物生存时态的"泣诉诗"，其中呈现的寓示意象，具有振聋发聩的讽喻与警示能量。

2018 年，世界自然基金会发布权威报告，指出从 1975 年至今四十多年的时间里，他们对包括 3000 个物种的 14000 个种群进行分析，平均每个种群的动物数量减少了至少 60%。[①]2020 年的一项研究估计，如果没有《生物多样性公约》等公约保护，三四十种哺乳动物和鸟类将灭绝，且过去二十年的物种灭绝速度至少会快 3—4 倍。当然，这并不意味着这些物种已经脱离危险，很多物种仍处于极度濒危、濒危和脆弱状态之中。随着时间的推移和动物生存世界的不断加剧恶化，以及人类与动物关系的日趋紧张与难以调和，龚学敏深感动物保护绝不仅仅只是一个环保或者生态的孤立问题，实际上它还是一个道德问题，也是一个政治问题，还是一个哲学问题。霍俊明就认为龚学敏诗作中的动物意象给人以复杂多样的接受体验，"延续着由精神剖析所带来的

---

① 陈沁涵：《全球野生动物 44 年间消亡 60% 人类活动系生物多样性最大威胁》，引自新华网：http://www.xinhuanet.com/politics/2018-11/04/c_1123658957.htm。

焦虑、分裂、忧虑、祈愿"①，带来情感的苦痛和不祥气息。

中国是世界上淡水资源严重匮乏的国家，水资源的基本状态制约着社会发展的许多方面，有效、合理、适度地开发利用淡水资源成为摆在中国人面前的重要使命，野生鱼类的种群数量也成为检验水资源保护（主要是节约用水和严防水体污染）和野生鱼类保护水准的双重标志。"一柄银刀把雾霾的皮，从江身上／剖开／让风收走／刀给整条的江剔骨／时间游刃有余，宋时的苏轼、陆游……是一条江最鲜的几滴水／水越来越重，凝作鞘／鱼开始生锈／在鞘中／像是报纸上忘记拔掉船只的禁渔期……与清明时节的纸钱叠成的鱼／一同清蒸的还有瓷／还有树脂的葱花、姜丝，调和的些许宋词／直到把一条大河烹熟／我在扬子江和长江分界的辞典里／口衔头尾……我在靖江吃鱼时，满江已红／岳飞的枪至今卡在我的喉咙"。② 曾经是世界上水生生物最丰富河流之一，特别是渔业资源堪称中国首屈一指的长江，由于快速粗放的经济发展、毫无节制地过度捕捞与水资源环境的长期破坏，长江的生物完整性指数已经处于最差的"无鱼"等级，表面"天方夜谭"背后是一种令人毛骨悚然的客观真实。作品叙述长江流域重点水域十年禁渔的大背景，检举人们恶欲膨胀的奢靡享乐，在生态危机的沉重反思中指控价值观念的不断滑落。对紊乱秩序的失望和对人性弱点的否定显示了诗人忧心忡忡的生态智慧。

伴随经济全球化的日益加剧，人类的物质活动深刻地影响了地球环境，在这个异常拥挤的世界，不同物种的生存状态因此而改变。在这种普遍危机之下，怎样维持人类与其他动物物种的最基本共生关系？在整个生物世界中人与动物相互的脆弱性究竟有哪些深度表现？消除物种歧视（人们大多认为自己的利益优于其他物种）的潜在障碍在哪里？这些都是龚学敏长久思索的话题。"雪野中的房屋，停在奔跑

① 霍俊明：《遥远的目光或"大地伦理"——龚学敏诗歌及其"动物主题诗学"》，《滇池》2021年第6期。

② 龚学敏：《刀鱼》，《濒临》，第26页，天津：百花文艺出版社，2021。

拐弯的平衡处 / 雪片用覆盖给大地止血 / 天气出现事故。觅食的手扶拖拉机 / 吞噬着所有的终点北方，枯萎成一枚象征主义的白色药片……狼毫在不同的处方笺上 / 用黑色的假话 / 疏导河流们干涸的思路 / 所有的念头已无法生噬。消毒，烹煮，密封 / 自杀的狼牙 / 被银子镶嵌在人群贪婪的密不透风的 / 皮肤上，首饰长成了胸前的药 / 医治他们的胆怯。"[①] 这是一首充满画面感的诗歌，曾经被反复描绘的狼的凶暴、狰狞、团队和智慧在人类自然攻坚面前灰飞烟灭、不堪一击，这不是一个令人陶醉而有趣的故事，动物生命的失去何尝又不是一种人类意志和尊严的黯然隐退。广阔自然既是人类的最大吉祥与保佑，也是对人类最大的拯救、滋润与加持。人与自然的和谐共生、万物向荣是一种更加迫切和急需的现代文明。

　　龚学敏的动物诗歌以特别清晰的写作伦理观照动物文明，对五彩斑斓的动物世界表现出了罕有的怜爱热情以及积极叙事的强烈冲动与欲望，有效地将触角伸向众人习焉不察的细枝末节，表达动物书写独特的审美经验，体现动物诗歌在新的书写背景下再现生活情感的有效性认知转型，具有一种沉重而凄美的文人情结。诗人将并不遥远的生活记忆与情感蕴藉熔炼成一种超越常理的文化表述，多方联动动物生存状态的真相情景，在淳朴、率真、热忱、悲壮的写作风格中显示了一种泼辣逼人、刚柔相济、珠圆玉润的文化禀赋和精神形态。这不仅是诗人题材选择的过人之处，也是他获得成功和认可的独门秘籍。诗人将宏大叙事和民间性视角融为一体，以动物学、生态学、地理学、植物学、人类学等哲学视角作为诗歌的文化依托，记录和书写人类社会发展与生命万物的丝丝关联，由此思索人类文明进步与自然生态变化的浮沉消长。尽管人生行旅不定东西，但他的内心世界中始终有一份对生物世界的永恒牵挂。

---

① 龚学敏：《一匹患有抑郁症的狼》，《濒临》，第 52 页，天津：百花文艺出版社，2021。

二、坚定捍卫动物的生存尊严

"……发芽了。蓝色中的蓝，如同冬天童话中恋爱着的鱼……用水草的蓝腰舞蹈的鱼／朝着天空的方向飘走了／朝着爱情和蓝色的源头去了……"[①] 这是龚学敏一首传得很远的代表性山水诗，也是龚学敏书写高原生物景观的经典范例。面对九寨沟闻名天下、多彩纯净的湖水之美，诗人以特有的命名方式将其固定下来，将九寨沟的地理、自然、生物、人文、风情糅为一体，以纯美的笔触、动情的文字，体现了一种梦幻奇特的精神美感，写出了诗人与世界的阒然呢喃，温暖而实在，显示出一种柔软的心性和醇厚的情怀。这首诗宁静湿润，在柔和冲淡和润物无声中绘就一种神秘的色彩美感，故事和现实写得别开生面、趣味盎然，在写实和写意之间再现了一个令人心醉的梦幻般的蓝色世界。在这里，诗歌构筑的是一个迥异于诗人动物诗歌文化考察的魅力王国，无疑增添和强化了人们的感性经验。但是，真实的现实使诗人不敢有丝毫的轻松和满足，他明白，自然环境遭遇的破坏远比个人想象的严重得多，他无法不正视那种严酷的局面："素食主义的旗帜，走在时间越来越细的／钢丝上，朝曾经食素的人群投降。／风提着装盐的桶，在岩上饮水，作画／逃避口蹄疫／和能够把风／击落的子弹。／岩上的弹孔，越来越醒目／像是瘫痪在书中的病句／鸟惊飞一次／天空就被枪声撕破一次，杀死一次。／旁观者是水，悲凉被搬迁到草做的／书中。纸一般光洁的岩石，致命得一览无余／像是众草饥饿的黎明，裸露给人们。／（对岸的手枪，如同皮影戏幕后杀戮不绝的脚本。）……"[②] 理想图景与生态破坏形成了惊人的反差，和谐与宁静被粗暴践踏，败类成为魁首，秩序沦为儿戏。诗人将动物受难视为人类的悲哀和羞耻，摒弃人类沙文主义和中心主义气息，坚持诚爱至上、善待厚处的写作

[①]　龚学敏：《九寨蓝》，《九寨蓝》，第2页，成都：四川文艺出版社，2011。

[②]　龚学敏：《岩羊》，《濒临》，第57页，天津：百花文艺出版社，2021。

伦理，奏响了宽博端庄、高古脱俗的动物文明之歌。

龚学敏的动物诗歌写作是从在九寨沟生活、工作开始的，由此辐射开去，视线触及整个世界人类生活区域。诗人自觉投入到具有强烈民间色彩的动物关爱之中，他清楚这是一场与时间赛跑的要命的博弈，人类是输不起的。

谭嗣同有一方私印叫"芬芳悱恻"，意即与物多情。我常常暗佩，龚学敏在进行动物诗写作时那种令人激赏的柔软内心。阅读不断验证，龚学敏的动物诗写作是在一种非常敬畏、悲怜的宽仁大爱中进行的："……钢铁的枝，在照相机中筑巢／藏在地下的光线，切割声音，天空／和飞翔／时间在长尾阔嘴鸟的遗像里／呆滞成塑脂状的文物。／股市中的饼干在悬崖上勒住鸟鸣／模仿风吹走的／幅度，想成为钉在地上的铁钉。人们／生不逢时，只好逢市。／把长尾阔嘴鸟带上地面的公文包／孵出红绿灯，趴在痛不欲生中／像是人间烟火"。[①]作为负责任的写作者，从他意识到动物文学使命那天开始，就一直在为动物生存争取着尊严和权利，他从没有放弃那种谦和慈悲的动物之爱，而是以特别的方式审察现实，以毋庸置疑的关注热情置身于一场艰难而伟大的时代行动，提醒人们更好地认识自己，帮助那些可爱的生灵安静地生活。在诗歌《乌鸦》里，诗人传达了一种可贵的生命平等、友爱相近的动物文明观，使作品具有特别宏阔温润的生命气质和古怪精灵的原野精神。龚学敏的动物诗学中，有一种难得的柔软谦卑的美丽在不动声色地流淌，密集的动物诗歌创作凝聚着诗人对动物世界最真实的情感记忆，他与动物世界维持着一场持久而温暖的朴素之约。诗人对以雪域高原为代表的动物世界有着深沉极致的喜爱，笔下流动的是刻骨铭心的理解、关心、疼惜和敬重，诗人为动物提供了适时而灵活的生存策略，珍视动物世界的复杂性与丰富性，掀开了一个读懂生存世界的隐秘视角，此乃动物之幸。这是一种意气风发、庄重隽朗的诗歌精神，

---

① 龚学敏：《地铁广告牌上的长尾阔嘴鸟》，《濒临》，第60页，天津：百花文艺出版社，2021。

也是献给中国当代文学的一曲礼赞，诗人参与构建了新世纪动物文学书写的一种新范式。

在龚学敏的动物诗歌主题意义范畴中有一个根深蒂固、始终如一的情绪指向，那就是高度关注动物作为自然世界生存主体的生活处境，细心呵护那些大大小小的人类陪伴者的生命律动，将动物人格化并作自己文学思想与价值选择的自觉意识，赋予它们情谊和智慧、品格和灵性。这不是改善人类对待动物的态度和方式的形式问题，而是动物诗歌写作的方向性问题。动物诗歌不是童话寓言，不是虚构文学，更不是幻想文学，它具有天然的真实性和原生性。真实的动物世界肯定比动物童话世界更加神奇、有趣、生动，也注定更加残忍、血腥和充满陷阱与伤害。人类出于一己之需，长期恣意掠夺并戕害本就极其稀缺的动物资源。台湾学者钱永祥曾尖锐地指出："为了人类的口腹之欲，数以亿计的动物日日遭屠杀；为了人类的健康和美容，数以千万计的动物在实验室里累月遭折磨；为了人类的情绪排遣，数以千万计的动物被迫在扭曲的环境里经年扮演'宠物'的角色。"① 诗歌为人类提供对大自然进行真相观察的窗口和静心反省的中介，对人们的观察、理解、想象进行了质朴的突破和补充，为读者更深刻地了解动物的内心世界提供可信的阅读依据。文学写作当然离不开创意性思维，但动物文学写作本身的特征使它必须经得起自然科学的检验，给读者一个客观的科学描述。

龚学敏的诗歌里有着大量的鸟、鹿、蛇等动物，诗人常常采取颇具象征意味的哲理化描写方式，不同动物经过诗人巧妙的并置与黏合，突出了怀柔、敬畏自然生灵的当代性话题，是作者站在新世纪的时代坐标上，对人与自然和谐共处的深情对望，也是诗人对人类当下动物价值观持有的最低限度的信任和残留的希望。龚学敏喜爱动物，他熟知动物的习性，因此他笔下的动物写得既符合文学真实，又符合科学

① 钱永祥：《纵欲与虚无之上》，第 375 页，北京：生活·读书·新知三联书店，2002。

真实，一定意义上近似于科学文献。"最先是从罐子里偷油，菜籽是单纯的 / 茅草的尸体可以成精 / 四壁皆童话 / 骑着抹布鱼肚白的骂声 / 可以上天 / 再是从瓶子里偷油，菜籽是集体的 / 油从钢铁到透明的玻璃 / 与打翻的瓶子成为兄弟，用春天 / 相互防备 / 现在从塑料桶里偷油，菜籽 / 来路不明，塑料越来越经济……"[①]一只存在了数亿年的小小昆虫，扛下了多次的生物大灭绝，在现代文明的教科书上却变得如此不堪一击，可叹可怨。龚学敏的动物诗学主题突破了庸俗实用的社会学这个恒久顽固的瓶颈，以人类历史文化发展的动态平衡视点去度量现代生态世界，生态学意义上的动物被他最大限度地留驻在历史的视野，让人类去书写和阐释自己的动物美学。这是成为优秀动物文学作品的视野保证和哲学前提。

三、深刻巡视人性的局限背景

栖息地被严重破坏、非法捕猎与盗猎、非法贸易、肆意过度开发是很长一段时间中野生动物生存面临的四个最大的威胁，也是动物丧失安全感、人类与动物界找不到一种友善和睦相处的良性模态的真正原因。相反，算计和谋划、凌虐与仇视成为人类围殴动物的经常性行为。人类对动物的认知偏误致使人性渐渐迷失，缺乏自律、自欺欺人、愚昧麻木的病态自负导致主体之欲愈加猖狂，虚拟征服力的膨胀和心理精神的异化让人类对待动物的悲悯底线基本失守，日益逼仄的生存空间也使动物对人类霸凌与伤害的抵抗和反击变得愈加猛烈，强烈程度不断升级。人类被动物报复和戏弄的种种尴尬，很显然是现代社会造的孽。更为严重的是，这不是一个国家、地区所有的现状，而是整个世界都存在的危机。当一些国家做出很大的努力，如签署《巴黎气候协定》，另一部分国家却因为一时间的利益而退出。面对这样的境

---

① 龚学敏:《蟑螂》,《濒临》,第28页,天津:百花文艺出版社,2021。

况，人类学家、自然保护者、政府官员做出了自己的努力，艺术家、小说家、诗人更是通过文字等进行反抗，龚学敏就是在这样真实的背景下进行诗歌创作的。诗人眼中所见的生态危机是不同于自然科学者的，他们在充满隐喻的言语中揭露、批判着人类的虚伪、短视。

霍俊明认为龚学敏的诗歌充满了疾病的隐喻，显示了诗人对世界和每个人的命运关怀，其此类诗歌创作"体现的正是整体精神视域的人类学法则，也是近乎逼视之后产生的现实感"①。龚学敏围绕世界性的生态大主题，即人与动物之间的关系进行考辨观察，提炼当代人性的幽微玄奥，表现荡气回肠的动物命运，叙述它们百折千回的艰难生存处境，在确保诗歌文化性的同时极富时代感，显示了更高层面的现实关怀，在时刻保持文学敏感的同时，高度真实、及时可靠地表达了自己的个人态度。面对人与动物之间关系的持续困顿，龚学敏提示邪欲膨胀的人类能够认清自己与动物的不绝联系，能够在与动物的相遇中获得智慧、情趣和妙启，这既是龚学敏动物诗学提供的一种非常独特的精神命题，也是人类在动物面前获取相对自在的一种可能。龚学敏很机敏地觉察到了这样的时代契机，以"快报记者"式的迅捷与犀利，对生物强权意识、资源利己主义表达了深刻的盘问和否定，对变态扭曲的贪婪与掠夺表达了深深的忏悔和矫正，这样的生态文学写作给当代文学总体格局提供了一种积极向好的思路和启示。

"大地沉寂，唯有风在刺探天空的秘密 / 麝是一声唿哨 / 惊醒一群风，和人们携带的子弹 / 跛腿的河被对岸摔死在春天的 / 门槛上 / 麝惧怕泄密的风，商标贴在人心的 / 左边……"②"子弹"是全诗的核心和线索，"风"是中介或跳板，"死"是麝的悲伤终局。善跑的麝却跑不过魔怪的"风"，而诡异多端的"风"跑不过冰冷的"子弹"，所有这一切都指向"人心"。诗歌画面是无助的哀嚎、疯狂的践踏、无情的杀

---

① 霍俊明：《遥远的目光或"大地伦理"——龚学敏诗歌及其"动物主题诗学"》，《滇池》2021年第6期。

② 龚学敏：《麝》，《濒临》，第53页，天津：百花文艺出版社，2021。

戮、凝血的遗骸与木讷的看客。面对满目疮痍、千疮百孔的自然生态和苍凉荒芜捉襟见肘的心灵世界，人们常常变得四顾茫然、无所皈依。倘若以正常的眼光来考察这个极不正常的生物世界，就会看到现代社会中人的生命正显得越来越自夸和无趣、懦弱和苍白。在龚学敏看来，人性最大的邪恶之一就是蔑视动物的生命。已经发生的一切伤害和惨剧，都是人类自我的虚弱所致，怎样节制人的贪欲乃是一个恒久的话题。写诗是龚学敏流泪的方式，也是他面对动物世界惆怅、愧疚、怀念、期待、感恩和祈祷的有效法宝，有助于打开动物诗歌书写的魔盒。这些都有效建立在对生态文学价值的全面考察基础之上。当今，人类社会的可持续发展和生态环境之间存在的种种矛盾，使我们看到了那些自然生灵为什么会难逃人类社会物质发展过程中哪怕一点轻微的颠簸。龚学敏希望在艺术性地还原动物世界现实真相的同时，既能表达人性形态的多样性，也能伸张更加宽阔温情和谐自然的现实可能性。

龚学敏的动物叙事有效营造了环境保护的生态氛围，从生态学、历史学和地理学的视角，逼视当代社会动物生存的真实状况，镜像式地还原与再现新中国成立后数十年的动物生态，深刻演绎了自然变化与人性作用的复杂关联。

"壁炉上方的头颅和分叉的角，整日睁开 / 玻璃的眼珠 / 寻找说假话的子弹。/ 途经马鹿的壤巴拉，用一副叫作公路的 / 担架，运送啤酒和蘑菇状的贪婪 / 偷猎者把欧洲的单词翻译成标本 / 挂在墙壁上示众 / 成为用死亡呈现给人们的证据……壤巴拉玻璃的名字被一群群荆棘状的人擦拭 / 直到玻璃越来越薄 / 唯余下未成年的马鹿 / 给大地放哨，人心越走越缥缈"①。作品通过荡气回肠的动物命运把生态问题与社会问题融为一体，深刻挖掘、解构人性，将人文情怀和人文视野贯穿始终。彰显对人性和人的生命力的反省与批判。作品设置的虽然是一组长焦距镜头，但留下了很多现实入口。读者看到了悲剧为什么会发生；为

---

① 龚学敏：《壤巴拉的马鹿》，《濒临》，第79页，天津：百花文艺出版社，2021。

什么在悲剧发生的时候人性竟是那么不堪一击；为什么面对贪婪嚣张、肆无忌惮的破坏，人们会变得那么冷血和绝情；为什么面对残缺的悲伤，人们会丢弃靠近与交流，而选择远去和疏离，生态救赎难道不是更为重要的灵魂救赎！

龚学敏的动物主题诗歌深刻书写了广袤大地上关于动物的爱和恨，是诗人动物理性主义的承续与张扬，诗歌隐喻了一种普遍认可的生命境界和神韵生动的存在机趣，点化出了生香活意的人性意味。这是一种对于人类与自然生命共同体美学的高品质镜像书写。龚学敏的动物诗歌是新世纪中国当代文学值得研究的生态文学文本，它不仅写出了大自然的生命万象与复杂性，更写出了自然生态背后的社会生态乃至人性百态、精神生态，温暖而柔情，深沉而诗意，诗人热望建立一个宽厚广博、温暖柔和的天人合一的瑰丽世界。

四、动物书写天空将永远湛蓝

动物书写是近年来生态文学里常见的叙事样式，尤其是《狼图腾》《藏獒》等畅销小说引发了中国读者在此方面的阅读热情。与小说、影视剧等叙事性作品的线性展开不同，诗歌作为一种抒情体裁，能够借助象征意象直接反映主体的内心情感。龚学敏在描绘和礼赞动物的过程中，并不是以一种旁观者的视角冷漠地审视着一切，而是或是站在动物的角度上观察世界，或是人与动物融为一体，借助审美现代性语言传达个体的微妙情感。更加难能可贵的是，诗人面对生态危机时，并不止于批判、揭露，很多时候带着同情、关怀，即以爱来憧憬未来，这种选择相信而非彻底绝望，使得他的一些作品带有了明亮的底色。在幽暗的峡谷，你抬起头时，也能看到湛蓝的天空。

在龚学敏的动物诗歌世界中，崇高的意义随时都在闪现，读者可以鲜明清晰地感受到其中具有的温暖气质，不但饱含热爱和感叹，而且心怀梦想，带着诗人的款曲衷肠。他用诗歌为心灵护法，是对人类和动物的大悲悯和大关怀，摒弃了那种隔靴搔痒、隔山放炮的千文一面、丧失特色的广场口味。整体上，龚学敏的动物诗歌是谱系式的动物百科聚合体。龚学敏自觉的诗歌意识体现了一种充满活力的诗歌文化，这种很值得尊重的独特诗学是一种"去成熟化"写作的典型范式，不仅是对诗歌主题的重构与升华，也表达了对已有写作经验陌生化处理的质疑与反思。文学是关乎心灵和精神的事业。龚学敏的动物诗歌写作唯美、质朴、真诚，具有一种灵动的氛围，在日常事物的观摩中深刻审读历史记忆和现实存在，是一种特立独行的具有辨识度和标签性的弹性文本，其中的隐忍和悠远、深情和温润、典雅和阔达、克制和宁静，具备一种很优秀的审美品质。

最后还想说的是，龚学敏的诗歌语言富丽、迷离、清奇、冲淡，暗合诗歌的优秀气质与诗人本质，显示了很高的表达水准。

从景观社会到共同体社会：龚学敏诗歌创作论

魏　巍

摘要： 龚学敏的诗充满着浓厚的在地意识，表现出与大地自然的亲缘关系。他以四川为背景的诗集，穿梭于历史与现实之间，将人居环境与人文环境相结合，绘制着四川的地理景观。对李商隐的推崇学习，使得《濒临》之前的诗集表现出浓厚的"古典主义"诗风倾向。之后的诗歌则通过对现实生活的介入，跳出了"古典主义"的风格，以敏锐的视角触及了后现代主义的幻象，将自然环境与人类命运相结合，把人与动物放到具有因果关系的链条当中，构建出人与自然的共同体关系，表现出强烈的忧患意识。

关键词： 龚学敏；文化地理；文化景观；共同体社会

要对龚学敏的诗歌做一个阐释，无疑是一项非常冒险的行为：一方面，他的诗歌既具有庞德意象主义风格，从《长征》到《濒临》的书写，就明显带着庞德"湿漉漉的黑色枝条上的朵朵花瓣"的流风余韵；另一方面，他的诗歌又是现实主义的，《钢的城》《四川在上》《濒临》等诗集无一不具有现实主义色彩。一方面，他的诗歌具有萨特存在主义式的介入现实的特征（《纸葵》《四川在上》《濒临》）；另一方面，又承接了"后朦胧诗"的余绪，将"知识分子写作"（与"民间写作"相对）与"知识分子"写作（朱利安·班达与萨义德意义上的"知识分子"）作为两种不同的写作方式，融入自己的诗歌写作历程中；同时，他的诗歌兼具了生态主义写作和后现代主义的特征。这些诗歌创作的复杂性使得龚学敏的诗呈现出"反对阐释"的特征。

　　总体来说，龚学敏的诗充满着浓厚的在地意识，表现出与大地自然的亲缘关系，无论是早期《幻影》《雪山之上的雪》《长征》《九寨蓝》，还是后来的《紫禁城》《钢的城》《纸葵》《四川在上》《濒临》，他的诗总是从自然、地理和历史叙事中寻求文化的含义，同时，又把文化放置回历史长河中，在历史中把握文化的价值和走向。

一、地理景观的历史化

　　我们说龚学敏的诗充满着浓厚的在地意识，并不仅仅说他的很多诗歌来源于实地考察，如"沿着中央红军长征路线从江西瑞金到陕西吴起进行实地考察"[①] 之后写作的长诗《长征》，"三番五次悄然独往，一个人游逛、蹲守"[②] 之后写作的《紫禁城》，而是说，他的诗更多的是立足于大地、植根于大地的。

　　龚学敏的诗大多与四川有关，《雪山之上的雪》《九寨蓝》《钢的城》《纸葵》《四川在上》等均以四川为背景，穿梭于历史与现实之间，将人居环境与人文环境相结合，绘制着四川的地理景观。

　　对于一个地方的地理空间来说，从它出现在人们的视野开始，就会一直存在，但是，一旦这个地方与历史文化相结合，这里就会被赋予不同的文化内涵。正是从这个意义来说，龚学敏重绘了四川的地理景观。挖掘，并重现地理景观文化成为龚学敏诗歌的重要特色。《幻影》《雪山之上的雪》《九寨蓝》等诗集充满着浓厚的川西民族、地域色彩，可以说是龚学敏唱给故乡的赞歌。而《四川在上》中的《黄忠路》由三国名将黄忠延伸开去，熔古今于一炉而成诗，但从题记来看，《黄忠路》显然并不仅仅只是为写诗而特意联系历史，而是对一个地

[①]　龚学敏：《长征是一个诱惑》，《长征》，第 2 页，成都，四川文艺出版社，2016。

[②]　梁平：《拭目以待：〈紫禁城〉或者龚学敏现象》，龚学敏：《紫禁城》，第 108 页，成都，四川人民出版社，2011。

方文化建设的建议："黄忠墓、黄忠祠位于成都西门，修路，毁于 1965 年，墓本有异，祠再建未尝不可。"① 这样，龚学敏的诗歌不是简单地对某些区域或者地点的描述，而是通过诗歌重构这些空间或者地点的人文地理。

地理景观必须被文化化，而要文化化地理景观就意味着必须重绘地理景观。这既是当前流行的诗歌采风活动的重要内容，也是推出地方文化的大势所趋。把一个地方写进诗歌，这本身就是文化化地理的一个重要体现。如果说此前的《幻影》《雪山之上的雪》《九寨蓝》更多是为了普及一种"地方知识"，通过诗人的书写去再创造，从自然空间去思考并赋予其文化价值，那么，《四川在上》《纸葵》等则赋予了空间以历史感，让地理空间厚重化、诗意化。这就可以理解《长征》《钢的城》《紫禁城》《纸葵》《四川在上》等以空间入诗的诗集里，空间所承载的诗学意义：像长征路上的各个地点（《长征》）、攀枝花（《钢的城》）、紫禁城（《紫禁城》）、三星堆（《纸葵》）这些空间，它们本身就具有历史意义，在这种情况下，如何诗意地挖掘这些空间对于中国当前现代化的意义、思索中华民族的历史与未来，就显得尤其重要。

龚学敏诗歌中的景观与居伊·德波的"景观社会"有着根本区别，在德波那里，景观是一台生产和粉饰异化的机器，它作为商品而存在，只是消费社会的一个表征而已，而在龚学敏那里，景观是内化进人的心灵世界的东西。这样，每一个地方的景观重绘，都是诗人主体性与地方景观遇合的结果。"几十年来，诗歌慢慢成了我认识置身的这个世界，包括人生的一种工具，或者一种向度。"② 事实上，诗歌不仅是认识地理景观的一种方式，也是重绘地理景观的一个重要渠道。

对于人类来说，地理景观并不会有太大的变化，但是我们理解它们的方式却可以有不同的路径。早期龚学敏的地理书写贴近山水自然，

---

① 龚学敏：《黄忠路》，《四川在上》，第 2 页，成都，四川人民出版社，2019。
② 龚学敏：《代序：有一种宽叫作把水切薄》，《四川在上》，第 1 页，成都，四川人民出版社，2019。

典型的如诗集《幻影》《雪山之上的雪》《九寨蓝》，从自然景观中领悟抒情，"用诗歌中趋于完美的最后经典 / 赞颂靛蓝土布样纯朴的天空 / 赞颂与能够包容一切的肌肤浑然一体的大地 / 赞颂诞生生命，又使生命蒸发的水 / 赞颂抽象的雪山 / 赞颂真实的草地 / 赞颂在太阳和月亮的召唤下苏醒过来并且自由生长的爱情"（《雪山之上的雪和嘉绒藏区的女人们》）。而经过"长征"（《长征》）之后，龚学敏尝试着将自然景观与历史文化相结合、自然与人文相融通，开启了他的"文化诗歌"书写，这就有了后来的《钢的城》《紫禁城》《纸葵》《四川在上》等诗集。

从历史中来，又回到历史中去，用历史赋予地理景观以厚重感。同时，他又不是简单地书写历史，而是把历史作为走向未来的一个重要前提。《黄忠路》《科甲巷石达开殉难处》《惜字宫南街》《二郎滩》《罗江庞统祠》等将地理放入历史中，从中衍生出新的文化蕴涵。对于景观文化来说，它本身就是被创造出来的，是不断积累的历史遗存。"肤浅的夜裹着啤酒，蛰伏在钢铁 / 制造的风中。/ 现时的诗人们，晾在月光的土地中，/ 从乡村长出的脚手架，/ 打捞洗衣机里空洞的县志。绵阳"（《越王楼上》）。空洞的县志可以从洗衣机里打捞出来，作为地方文化，或者说作为地理景观的文化当然也可以使用"打捞"的手段。这样，李白杜甫到过的地方都可以作为一个地方的文化遗存参与到当前文化建设中来（《越王楼上》《越王楼夜听琴记》《陈子昂读书台》）。

由于历史原因，四川确可称为诗词之乡，唐诗宋词中出现的川人不在少数，这使得四川的地理景观必然带着唐宋的流风余韵，哪怕是三台国家林业藤椒规范化种植示范区这样一个现代化产业地，也蕴藏了唐人的风骚，"在蜀字中榨油，梓州把唐诗养在 / 坡上。杜甫漫卷的酒，/ 用青椒还乡，/ 直到老成会讲外语的卡车，老成，/ 一个叫作三台的藤椒名录"（《三台国家林业藤椒规范化种植示范区》）。这可以说是"经济搭台，文化唱戏"的典范之作，然而，文化既然要在台上唱戏，经济这个舞台就必须夯实。在经济社会，重要的可能并不在于究竟在哪个具体的地理空间唱戏，问题在于，舞台搭在哪儿。尽管将杜甫引入诗中，但从当前全国各地风行的采风诗歌来看，这种依靠现时书写而让一个经济空间的地理进入文化历史其实很难。"一个没有政治历史痕迹的景观是缺乏记忆或者深谋远虑的。"① 在《发现乡土景观》中，杰克逊如是写道。以经济为根基创造出来的景观文化，终会因为经济的变动而产生变化，它的存在远不及历史景观的稳定。

与历史遗迹中的景观文化不同，被创造出来的景观文化必须借助于"打捞"，而"打捞"的过程也就意味着这是一项有目的的行为，存在着诗人去粗取精的过程。哪些景观意象适合留存在诗歌中，而哪些又必须被剔除，就是一个主观能动性的问题。当面对历史遗迹中的景观文化时，诗人更多的是通过"思"来重绘，重新阐释，而当他们面对被创造出来的景观文化的时候，就只能通过"看"来内化景观。

绝大多数诗歌在本质上都是一门看的艺术，通过看的方式来书写世界，看是一种诗人参与这个世界的方式。《四川在上》正是龚学敏以看的方式书写四川的一个重要文本。但龚学敏的诗歌不是一门纯粹表现"看"的艺术，而是一门通过看参与到现实生活、参与到世界变化中去的艺术。

"看"与"思"的区别在《纸葵》与《四川在上》中表现得尤其明显。在《纸葵》的扉页上，龚学敏写道："献给这个世界我们未知的"，然而，有意思的是，像《纸葵》这样的诗集，恰恰呈现出"反对阐释"的特征，它提供给我们的，不再是一个清晰的文本，不再是一种具有明晰的文化阐释，它与三星堆和金沙遗址一样，仍然是一个有待解释的文本。这样，《纸葵》所表现出来的"思"，就顺理成章变成了玄思冥想的代名词。"我把传统文化的符号和现实生活的体验融为一体，正是我找到的现代的一个突破口，以及我的诗歌追求的想象力。现在看

---

① [美]约翰·布林克霍夫·杰克逊：《发现乡土景观》，第214页，俞孔坚等译，北京，商务印书馆，2016。

不懂没关系。历史，本身就是远方。远方，就是拿来想象的，想象力就是诗人的天赋。比如诗集的名字，最早叫《蜀葵》。一气呵成完成诗稿后，我决定叫《纸葵》，我冥思苦想这个名字，包括多年考察金沙和三星堆的创作过程，都可以说也烧作者的脑。"①

三星堆和金沙遗址作为历史文化遗迹，它们的存在不像三台国家林业藤椒规范化种植示范区那样，需要靠现时的书写来保存在历史文化之中。像长征途中的重要地点、三星堆、金沙遗址和紫禁城这样的地理景观，它们的存在本来就具有历史文化的属性，它们无须借助"打捞"而进入历史，它们本身就是历史的一部分。

二、后现代文化景观

《濒临》之前的诗集，龚学敏表现出浓厚的"古典主义"诗风倾向。这里的古典主义诗风首先是指其诗歌表达主题的古典化，无论是《幻影》《雪山之上的雪》《长征》《紫禁城》，还是《钢的城》《四川在上》《纸葵》，诗歌语言的古典倾向是非常明显的。对于龚学敏来说，"某种意义上说，我写诗，就是向李商隐学习"②。这一诗风直到《濒临》才真正画上一个句号，通过对现实生活的介入，龚学敏的诗跳出了"古典主义"的风格，以敏锐的视角触及了后现代主义的幻象。

在《共产党宣言》中，马克思充满激情地写道："生产的不断变革，一切社会关系不停的动荡，永远的不安定和变动，这就是资产阶级时代不同于过去一切时代的地方。一切固定的古老的关系以及与之相适应的素被尊崇的观念和见解都被消除了，一切新形成的关系等不到固定下来就陈旧了。一切固定的东西都烟消云散了，一切神圣的东西都被亵渎了。人们终于不得不用冷静的眼光来看他们的生活地位、他们

---

①② 《龚学敏：写长诗〈金沙〉，是想搞清楚蜀人血脉来源》，引自中国诗歌网：https：//www.zgshige.com/c/2020-05-19/13749971.shtml。

的相互关系。"①"一切固定的东西都烟消云散了"，马克思的这句话后来变成了马歇尔·伯曼一部书的书名:《一切坚固的东西都烟消云散了——现代性体验》，用来指称"现代的男男女女试图成为现代化的客体与主体、试图掌握现代世界并把它改造为自己的家的一切尝试"②。

马克思的话不仅为现代性理论提供了土壤，也为后现代主义铺设了桥梁。然而，无论是现代性还是后现代性，都是一个开放的话题，其理论的驳杂程度往往难以达成共识性认知，而现代与后现代之间的界限，也往往因人而异。事实上，"一切固定的东西都烟消云散了"恰恰也是后现代文化的一个重要标志，正如戴维·哈维所说:"分裂，不确定性，对一切普遍的或'总体化的'话语（为了使用受偏爱的词语）的强烈不信任，成了后现代主义思想的标志。"③后现代性既是一种现象，也是一种思想。而今天我们面对的《濒临》，为我们讨论后现代文化提供了一个绝佳的文本。

霍俊明在《遥远的目光——评析龚学敏的"动物主题诗学"》一文中，敏锐地意识到《濒临》所表达出来的后现代景象:"世界主义和后工业时代的天空在霰弹枪响过之后飘散而下的是一个个碎片和黑红的铁屑。"④但这种世界主义和后工业时代下的景观不是人类学的，而是人类社会的后现代景象。诗人并非是"用人类学般的'遥远的目光'"这一列维·斯特劳斯的结构人类学作为视野，尽管龚学敏的诗歌同样来源于经验。从人类学的立场出发，每个种族的或者民族的文化都应该被理解，在列维·斯特劳斯看来，甚至是最偏远最原始的种族，都有着我们学习的地方。人类学所要做的是谋求各种族间文化与生活的

---

① [德] 马克思、恩格斯:《马克思恩格斯选集》第1卷，第254页，中共中央马克思 恩格斯 列宁 斯大林著作编译局，北京，人民出版社，1972。

② [美] 马歇尔·伯曼:《一切坚固的东西都烟消云散了——现代性体验》，第1页，徐大建、张辑译，北京，商务印书馆，2003。

③ [美] 戴维·哈维:《后现代的状况——对文化变迁之缘起的探究》，第15页，阎嘉译，北京，商务印书馆，2003。

④ 霍俊明:《遥远的目光——评析龚学敏的"动物主题诗学"》，龚学敏:《濒临》，第1页，天津，百花文艺出版社，2021。

多样化，显然，龚学敏在《濒临》中并非带着一种让读者去学习这些人类的做法的目的来书写的，恰恰相反，他是站在批判的立场来书写当前的人类文化。每一种濒危动物的处境都在审问，人类未来将去往何方？

我把《濒临》界定为书写后现代文化的文本，原因之一在于，在当前社会，我们已经从马克思的"人化自然"过渡到了对自然无止尽的攫取。自然不再是作为满足人类的基本需求而存在，白鳍豚"被挖沙船驱赶得销声匿迹 / 扬子江像一条失去引领的老式麻线 / 找不到大地的伤口"（《白鳍豚》）。金钱豹变成"一个被钉在墙壁上的 / 动词"（《金钱豹》）。"工业时代的月光给沙滩上跛脚的棕榈树 / 做弥补手术 / 海水和自己的阴影拉锯 / 产卵的窝是封锁线上的据点 / 被陆续拔掉""大地用钢筋和混凝土说话"（《海龟》）。"所有动物的原产地只是一把适合杀戮的 / 利刃，与煎熬的火候而已"（《成都麻羊》）。霍俊明认为："这些'动物'代表的绝非只是个体的命运遭际或族群的数量危机，而是与一个个时空结构或地方性知识的密切关联。这些动物是地方性知识其中的一个根系，它们代表了整体性危机。"[1]认为动物代表了整体性危机是对的，但若是仅仅把这些动物与地方性知识联系起来，则显然失之偏颇。在《濒临》中，随处可见工业社会下人类对环境的破坏，自然环境被人工自然所取代，"钢筋""混凝土""塑料草坪""白色塑料袋""农药""抗生素""添加剂"……比比皆是的对自然环境的侵占与破坏，显然不是一个单纯的地方性知识问题。事实上，无论是列维·斯特劳斯的"遥远的目光"，还是克利福德·格尔茨的"地方性知识"，都是从人类学论证人类文化的多样平等问题，正如格尔茨所说的："如今我们统统都是土著，其他任何一个不直接属于我们这一群的人，都是外乡人。曾经一度被看作是探究野蛮人是否有能力分辨事实与幻想的工作，如今看来确实在探索他人如何组织他们的象征所指涉

---

[1]　霍俊明：《遥远的目光——评析龚学敏的"动物主题诗学"》，龚学敏：《濒临》，第4—5页，天津，百花文艺出版社，2021。

的世界——不管他们是在海的那一边，还是就在走廊的那一头。"①问题在于，龚学敏的《濒临》恰恰不是一个人类学的问题，而是一个人类社会在发展过程中必然遇到的问题。这个问题不在于破坏自然与保护自然之间的关系是否平等，而在于人类社会是否能够实现可持续发展，是否能够与自然和平共处的问题。

社会发展将自然人工化，而诗歌则将人工化的自然文化化。然而，这种文化化的自然不是唱给后现代文明的赞歌，而是以鲁迅似的批判精神，对工（商）业社会下人类对自然的过度攫取进行批判："大地无路可走／蚯蚓是死在大地腹中的胚胎，楼盘的楔子／挤压得大地越来越黑"（《蚯蚓》）。正如劳伦斯·伊布尔所说："所以自然——文化差别，既是一个变形的镜头，又是一个必要的镜头，既可以查看现代化进程，也可以查看后现代主义的断言：我们生活在一个人工的假体环境中，我们对这种环境的感知，不是灵敏地直接反应环境，而是间接地感知影像。一方面，世界地理环境正在日益改变，其手段是资本、技术和地缘政治以及那些所谓的自然消耗或复制，如草坪、花园、主题公园、栖息动物园地、保护区等；另一方面，这一进程已经使某些地区的大片的（相对）非伪造的自然在价值的概念和术语方面更加突出，一般来说，更重要：作为一种被污染、气候等变化大大改变的事物的表达方式；作为一种对激烈过度技术变化进行戏剧性渲染的方式；作为一种强调改变非人类世界来维持生命的重要性的方式。"②对现实生活的介入，使得《濒临》不再如《幻影》《雪山之上的雪》或者《九寨蓝》那样，呈现出对自然的讴歌状态，而是表现出强烈的忧患意识。而这种忧患意识，可以说是当前诗坛最为可贵的品质。

① [美] 克利福德·格尔茨：《地方知识》，第238—239页，杨德睿译，北京，商务印书馆，2016。
② [美] 劳伦斯·伊布尔：《为濒危的世界写作——美国及其他地区的文学、文化和环境》，第6页，岳友熙译，北京，人民出版社，2015。

三、共同体社会

应该说，《濒临》是龚学敏诗歌创作的分水岭。与之前诗歌追求意象的朦胧表达相反，《濒临》体现出更多的现实主义风格，也更加关注、介入现实。

在《濒临》中，龚学敏将人与动物的共处放置在一个相当重要的位置上。人和动物之间的关系并不简单的只是一种自然环境的关系，它最终还是一种人与人之间的关系。高楼大厦的扩张必然会使得动物生存空间变小，萤火虫"在巨大的夜空，被工业化锻打成银幕"，被"塑料的萤火棒"取代，"在水泥中模仿森林的楼房，正在计算 / 自己的寿命。水管的笔在暗处画温度 / 画湿度 / 画漂白粉残留在水中的萤火虫遗体"（《萤火虫》）。而"断掉尾巴的灯的尸体与壁虎 / 在工业时代的废墟中残喘"（《壁虎》）。漂白粉会让萤火虫致命，它会不会同样危害人类的健康？壁虎在废墟中残喘，人类会不会同样因为工业时代的废墟而受到压抑？如果说《纸葵》是"献给这个世界我们未知的"，那么，《濒临》则是献给这个世界已知的，献给这个已知的但同时又是无知的世界。

《濒临》中书写了近八十种动物的命运，野生动物如白鳍豚、金钱豹、川金丝猴、麝等因为人类的捕猎越来越少，或者如西双版纳野象、海龟、蚯蚓、壁虎等因为城市化所带来的钢筋混凝土扩张而导致生活空间越来越小，而另外一些动物，则被人工饲养后成为餐食的一部分：用化肥喂养禾花鱼（《禾花鱼》），尿素喂养青蛙（《青蛙》），激素饲养鸭子（《鸭》），糖精和自来水勾兑的蜂蜜（《蜜蜂》），将农药和膨化剂用于蔬菜和粮食（《螳螂》《鹞子》），而这些东西最后都被端上了人类的餐桌，满足着人类"比真正的丑陋还要丑陋的食欲"（《蛤蟆》）。在上世纪 80 年代，粮食在诗歌中是"健康的麦地 / 健康的麦子 / 养我性命的麦子！"（海子：《麦地》），是可以通过粮食思考精神取向的存在，而现在，端上餐桌的食物已经被虚化，物质的粮食不再是诗人走向精神思考的源泉，反而变成现实问题的焦点。诗人展示在读者面前的，已不再是简单的生态文学的问题，表面上看来的"动物主题"已经被以"人"为中心的时代课题所取代：它不再是动物濒临灭绝的问题，而是人类濒临终结的问题。表面上，人作为动物世界的主宰而存在，但在事实上，人正役于物，变成了物的奴隶。

从歌唱自然（《幻影》《雪山之上的雪》《九寨蓝》）到发现自然受到破坏，从单纯的书写自然到深刻理解自然与人之间的关系，与诗人自身所处的环境有着绝大的关联。从川西高原的九寨沟到成都平原，从相对边远的郊县到大都市，正是这种生活环境的变迁，让诗人不得不开始关心现实。生活环境的变迁首先就体现在食物的变化上，这些食物不是为某个人私有，而是会以一种公共的方式流布于某个区域。这样，诗歌将人与环境安置在一个相互联系、共同存亡的链条中，这使得龚学敏的诗超越了简单的乡土与城市之间的二元对立关系。表面上，诗歌只是表达了人对于物的役使关系；从深层看，则是人在无止境地压榨物的剩余价值，追求经济利益最大化的同时，给人类自身带来的破坏性伤害。人在这个关系中表面上来看是受益者，但实际上也是受害者。在"贪欲超过想象的时代里"（《蟋蟀》），短效的经济发展正在扼杀着人类的未来。

当所有的行为都以商业经济利益为中心的时候，人类所面临的，就既是消费问题，又不是消费问题。应该说，这种对经济—消费文化的书写同样是后现代的一种表现形式，甚至是一种非常重要的表现形式，这与此前的《长征》《钢的城》等诗集形成了鲜明的对比。如果说《长征》《钢的城》是表现我们如何走向"现代"的书写——通过"长征"（《长征》）站起来，再通过工业（《钢的城》）富起来——那么，《濒临》则是在直面"现代"之后所面临的问题。

鲍德里亚认为，消费"是一种主动的集体行为，是一种约束、一种道德、一种制度。它完全是一种价值体系，具备这个概念所必需的集团一体化及社会控制功能"①。鲍德里亚看到了作为消费主体所表现出来的表征，然而，提供消费品的这一部分主体可能并不一定具有相同表征，他们确实提供了一些"消费符号"，"消费并不是普罗米修斯式的，而是享乐主义的、逆退的。它的过程不再是劳动和超越的过程，而是吸收符号及被符号吸收的过程"②。鲍德里亚的消费理论虽然考虑到了普遍性，但作为生活必需品的食物的消费现象，远比普通的消费现象更为复杂，更为特殊，也更为具体，因为食物这个消费品直接关系到人类的存亡，它是所有消费的根本性因素。如果食品的消费从源头上就失去约束，变成一种不道德的手段，尽管我们消费的依然还是符号，但这种符号从一开始就只能是变质的。在充满过量的农药与化肥的环境下喂养的禾花鱼，农药、除草剂下生长的粮食和蔬菜，尿素喂养的青蛙，糖精勾兑的蜂蜜，激素喂养的三个月大的鸭子……当这些被当作食物端上餐桌，进入食客的肠道，这就不再仅仅只是一个消费问题，而变成了食品安全问题。从这一点来说，龚学敏的诗改写了以鲍德里亚为代表的消费理论，构成了消费理论的向下式超越。消费什么诚然是一个"吸收符号及被符号吸收的过程"，但食品安全问题不应该是这个过程中的任何一个环节。从一开始，食品的来源就与人类生产构成了一个共同体社会。开什么花就会结什么果，人类的生存只会在这种因果链条上发展。

《濒临》的意义就在于，它不仅仅只是一般意义上的生态文学，也不仅仅只是简单意义上的现象批判，而是将生态问题、现象问题与现实问题结合起来，把人作为这个世界存在的一部分，而不再只是把人作为世界的主人，简单地把物作为人役使的对象。

从食物链关系来说，不能将食物仅仅作为一般的消费对象，毕竟，它与其他消费品不同，食品这种消费对象会"内化"进人的身体，食

---

① [法]让·鲍德里亚：《消费社会》，第63页，刘成富、全志钢译，南京，南京大学出版社，2014。

② 同上书，第197页。

品直接关系着人类的生死存亡。《濒临》将人与食品的关系放在一个共同体的关系序列中，关注不仅是人类命运共同体问题，也是一个社会共同体问题。正如杰克逊所说："如果我们想要生存下去，就必须适应自然。如果我们想成为地球上真正的居民，就一定要理解自然，与自然和谐相处。"①

四、余论

从《雪山之上的雪》《九寨蓝》到《四川在上》《濒临》，龚学敏的诗有着明显变化，大体上说，《雪山之上的雪》《九寨蓝》《长征》《钢的城》《紫禁城》《纸葵》维持着意象主义的书写方式，到了《濒临》的时候，诗歌开始积极介入现实，关注当下，展现出知识分子的公共意识，使得诗歌跳出了一己之诗的藩篱。用龚学敏自己的话来说，他本人就是一个"能够从现代的角度发现人与自然的诗性存在，并且抒发人类离开农业文明，进入工业化、信息化时代情感的诗人"②。我们常常说"诗和远方"，就人类来说，没有比健康地生存（而不仅仅是生活）下去更远的远方了，如果没有人，远方也就没有任何意义，就这一点来说，《濒临》不仅是龚学敏诗歌创作的收获，也是他给整个人类未来敲响的警钟。

---

① [美]约翰·布林克霍夫·杰克逊：《发现乡土景观》，第22页，俞孔坚等译，北京，商务印书馆，2016。
② 龚学敏：《为什么要像李商隐一样写诗》，《像李商隐一样写诗》，第9页，长春，长春出版社，2020。

史家"四长"与白话散文的文体革新

——以蒋蓝《成都传》的意蕴生成为中心

周　毅　王　猛

摘要：蒋蓝的非虚构文史散文，在溯源巴蜀文明、形塑成都精神、重绘地理景观方面具有独特贡献。其《成都传》是白话散文文体革新的成功之作，融合了丰富的想象力、饱满的情感和多类型史料，展现了驳杂与丰富的特点，在文史哲的交叉领域展现了跨学科、跨文体的写作雄心与实践能力。蒋蓝的写作不仅具有诗情和哲学思考，而且重视多重考证，避免了自言自语，具有很强的代入感。从"史才""史学""史识"和"史德"等角度探析文史散文意蕴生成的深层机制，有助于进一步认识蒋蓝的写作是如何在恢复和革新大散文传统的进程中，拓宽了新世纪散文的表现领域和发展空间。

关键词：蒋蓝;《成都传》;白话散文;文体革新;非虚构写作;史家"四长"

　　近年来，"写地方"逐渐成为一种潮流，"为城市立传"逐渐形成一种文化气候，并催生了一批可圈可点的作品。其中，蒋蓝撰写的《成都传》在溯源巴蜀文明、形塑成都精神、重绘地理景观等方面堪称独步。为了管窥散文这种文体历久弥新的奥秘，我们持续关注蒋蓝在非虚构文史散文领域的探索与实践，曾发表《〈黄虎张献忠〉："蒋式悖论"与非虚构写作的突围》《蒋蓝：剑走偏锋的怪兽梼杌》《论蒋蓝"天府广记三部曲"中的"巴蜀精神"》《〈踪迹史〉的地理叙事与非虚构写作的文学性》等论文，对其文本实验与意蕴生成进行了初步探讨。

蒋蓝善于将瑰奇的想象、丰沛的情感与多类型的史料、多向度的哲学探讨浑然天成地混融在一起，从而呈现出彩虹一般的驳杂与丰富。其巴蜀史系列作品"表层是地理志、文化志，内在却是思想史和精神史"①。诚如王火先生所言，蒋蓝"是一个有思想有想象力的作家，常常在叙史叙事时颇多哲思，或诗意盎然"，"在处理文史哲的问题上做得很出色"②。本文拟从诗情与思想的交融、才学识德"四位一体"等方面探析蒋蓝散文意蕴生成的深层机制，并进而探讨蒋蓝文史散文的文学史意义。

一、意蕴生成：诗情与思想的交融

与史学家的学术著作不同，蒋蓝的《成都传》《踪迹史》与"天府广记三部曲"等文史散文富于浪漫情思和哲学玄想。虽然蒋蓝已经从四川某重要诗歌流派的代表性诗人蜕变为著名散文家，但是我们还是能明显地感受到其作品字里行间的诗情神韵。在《苍茫蜀山以及蜀山氏》一文中，为了探源古蜀文明，作者先由李白《蜀道难》、岑参《招北客文》的文学想象开始写起，猜测二者不谋而合地写到蚕丛，原因在于他们都曾受现已失传的《蜀国弦》启发，进而由李白、岑参对古蜀的回望带出自己的诗意怀想：暗香雨中、杜鹃声里、汁液四溅、花木扶疏、白鹭翻飞的城市意象笼罩古今，给冰冷的历史注入温润的气息。但是，感性的、诗性的抒发并没有阻断理性的、睿智的沉思，"回溯古蜀文明的源头，历史变成了传说，传说变成了神话，但历史总归是历史"③。

① 宋甜、周毅：《论蒋蓝"天府广记三部曲"中的"巴蜀精神"》，《乐山师范学院学报》2022年第10期。
② 王火：《独特的文学踪迹史》，《人民日报》2014年12月8日。
③ 蒋蓝：《成都传》，成都：四川人民出版社2022年版，第23页。（以下引自本书，只随文标注页码，不再加注释。）

蒋蓝的散文思辨富于感性温度、生命智慧，虽然奥妙幽远，但是并不艰深晦涩。在其《成都传》中，远古的历史、悠久的传说大都与切近的现实、切身的体验显得那么紧密相连、息息相通。《蜀道以及"蜀身毒道"》一文指出，大禹和张骞、唐蒙、司马相如都是决然立世的拓荒者，其治水和开拓蜀道彰显的正是"水的出路与人的出路"，拓荒者"和一般人的人生，很可能是朝着相反的方向"，"超然于大路与窄门之外"（p43、p44）。

蒋蓝的文史散文之所以不枯燥、不乏味，不因知识的繁复而给人一种掉书袋的错觉，很大程度在于其行文重视多重考证，避免自言自语，因而具有很强的代入感。这种代入感来自"带"你求真，而不是"代"你求真。写作者并不急于告诉你答案，绝不会贸然先下结论。相反，在纷纭众说中，他也心存困惑，他也举棋不定，于是领着你一同出发，一起经风历雨，去田野现场，亲身体验，寻访亲历者，翻阅故纸堆。与你辩论，与你探讨，给你补充他既已知道的秘闻逸事和考古证据，也告诉你这些传说或史料的内在龃龉和逻辑缺陷。华裔地理学家段义孚曾经指出："如同其他民族一样，中国人拥有一个经验知识的世界，在这个世界之外延伸出了一个由模糊事实和深刻铭记的传说构成的外围王国。"[1] 蒋蓝对此深以为然，所以他的历史散文并不像历史学家的学术论文那样斩钉截铁地告诉你一个自以为是的结论，相反，他希望与读者一起去探索各种自以为是的结论"之间的裂隙"和"之外的可能"。蒋蓝的考证虽然依凭多重证据，但是他到底明白，历史的真相已经不可能完全"还原"，我们只能竭尽所能地"逼近"它、"追寻"它。

透过执意求真的逻辑推论和知识考古，我们能够发现蒋蓝散文中更加迷人的风景，那就是刀光剑影中的质疑精神和批判力量。例如《蜀地马头娘的荒史》（p87—p93）一文就处处锋芒，不但解构官方祀典中

---

[1] ［美］段义孚：《空间与地方：经验的视角》，王志标译，中国人民大学出版社 2017 年版，第 75 页。

马头娘故事折射出的"越古越好"的先声心理，还质疑《周礼·注疏》卷三十《夏官·马质》郑玄引《蚕书》的解释，进而对民国年间《绵竹县志》及清嘉庆年间《什邡县志》中所谓人伦凌驾于"顶天立地的承诺"提出批判。该文痛斥被救者、发誓者、旁观者违背"言必信，行必果"的人间正义后竟然还自圆其说的虚伪，揭露他们"食言之后，进而操起了灭口的屠刀"的丑恶嘴脸，认为那些"跟随处境而变化"的"见异思迁""自说自话"的道理"往往成为大众的堂皇遁词"。

在为文、为人上，蒋蓝从不苟同于强权和胜者颠倒黑白的信口雌黄。这种犀利与尖锐的批判是当今散文中极为稀缺的"精神之盐"，为软弱无力的文字注入了力量，唤醒了生机。尚武任侠的个人秉性与成长环境使蒋蓝对侠义精神情有独钟，早在 2008 年，他还写过一本《折骨为刀：中国历史上著名侠义事件》的专著。这种对侠义的坚守使他的《梼杌之书》《踪迹史》《黄虎张献忠》《石达开与雅安》等著述以及《蜀人记》《成都传》的部分篇章继续保持了"折骨为刀"的果决与勇气。

二、史才：跨学科工程与跨文体实践

虽然近年来撰写城市传蔚然成风，但要刻画城市肖像、理清城市历史、揭示城市性格其实并不容易。目前出版的城市传有些只是压缩版的文史材料，有些只是借此题材抒发自己对一个城市的赞美之情，成为城市营销的一种依凭。相对而言，国外彼得·阿克罗伊德《伦敦传》、斯蒂芬·曼斯菲尔德《东京传》和国内叶兆言《南京传》、邱华栋《北京传》、蒋蓝《成都传》显得卓然不群，尤其值得推荐。为城市立传毕竟是一个跨学科的巨大工程，不仅许多文学家难以驾驭，就连著名历史学家王笛也谦虚地表示："给一个城市写传是很难的。"（参见《成都传》扉页）。

关于写史者必须具备的重要素养，刘知几曾概括为具备史才、史学、史识，章学诚加上史德，合称史家"四长"。梁启超在《论史家四长：史德、史学、史识、史才》中，赋予了"四长"新解释、新意义，并揭示了四者的辩证关系，探讨了如何养成、体现、评估"四长"等深层问题。参照刘知几、章学诚、梁启超等大学问家提出的高标准，蒋蓝的非虚构文史散文也称得上新世纪以来为数不多的才、学、识、德"四位一体"的范本。

《成都传》中的"史才"表现在通过多重证据法，运用跨学科的知识、跨文体的表达，清晰而形象地勾勒了城市的发展历史。为揭示蜀人、蜀山、蜀王的本来面貌，在《苍茫蜀山以及蜀山氏》中，作者不断征引并辨析罗泌《路史》、乐史《太平寰宇记》、司马迁《史记》、扬雄《蜀王本纪》、范晔《后汉书》等历史、地理著作，结合宋代郫县人孙松寿《观古鱼凫城》、清代温江县人车酉《鱼凫城怀古》等诗作，通过文史互证，推断出鱼凫城不但切实存在，而且位置可考。

与部分历史学者过度迷信典籍、档案不一样，蒋蓝常常像人类学家一样，进行田野调查。正如罗安平所言，"从文学、人类学等多途径进入，也许更能使文本展现真实世界的复杂与多元"[①]。《成都传》里的不少插图都是蒋蓝亲临历史事件发生地调研考察的照片。这些插图大都印证、补充了文史资料的信息，有时也与文字表达形成张力结构，暗示了不便言说但读者自可领会的另一面。比如，在《宋育仁：四川"睁眼看世界第一人"》中，重修东山草堂并为宋育仁先生塑像撰联的确表达了蜀人对前辈的敬仰，但是作者拍摄的先生塑像、坟墓图像又反映出山河巨变带给人的沧桑感和无力感。

成都先锋诗人凸凹把蒋蓝的文本大致分为历史类、非虚构类、诗性及思想性类、动植物类、田野调查类等五大类型，但它们往往"相互穿插、渗透乃至覆盖"[②]。笔者曾说，因为"作品类型太过驳杂而丰富""表现手法上几乎是脱缰野马"，蒋蓝可能是当代散文家里"最让

---

① 罗安平：《历史的踪迹——蒋蓝著作的人类学意义》，陈思广主编，《阿来研究》（第6辑），成都：四川大学出版社2017年版，第115页。
② 凸凹：《蒋蓝的"超极写作"》，《文艺报》2016年10月28日第2版。

评论家头疼的一位"①。《成都传》中，蒋蓝继续将"大量的知识考古、狂热的历史想象、复杂的个人经验、丰富的诗歌意象以及批评家式的高谈阔论"②五大元素进行任意组合。之所以这样组合，很大程度上是因为多重证据法得来的信息是极其丰富却驳杂的，只有采用跨学科知识才能阐明问题的来由与关键，只有运用跨文体的方式才能清晰表达一个学者型作家兼文化行者的深刻思想与敏锐感知。撰写《成都传》时，蒋蓝灵活穿梭在各种文体中，用信手拈来的修辞和密不透风的逻辑把复杂的信息流条分缕析，举重若轻地完成了为成都这座古老而又现代的大城市作传的宏大工程。

三、史学：充分准备与不懈求知

《成都传》的资料丰赡翔实，是因为蒋蓝做了充分的准备。一则因为工作需要，他采访结识了许多巴蜀文史名家，不断受到他们启发和熏陶。二是出于个人兴趣，他不知不觉中搜读了大量正史、野史和文人笔记，并从开始仅仅随性而读，到后来就有意识地进行专题研习。三是在史料堆里细致爬梳的过程中，他有了不少疑惑，进而开始分析考辨、文史互证、实地调研。四是他担任过大型丛书《蜀道雄风》的执行主编，撰写过《天下名城》《春熙路史记：一条路与一座城》《蜀地笔记》《成都笔记》《锦官城笔记》《踪迹史》《蜀人记》等聚焦蜀地人文地理、讲述成都城市变迁的力作，对"人文的成都、生活的成都和生命个性的成都"③进行深思细描。

蒋蓝特别注重采纳考古发现和"向山河大地与民众求知"。关于三星堆遗址、金沙遗址、宝墩遗址、羊子山遗址等，蒋蓝都请教了考古

---

① 周毅：《蒋蓝：剑走偏锋的怪兽梼杌》，《时代文学》2021年第4期。

② 朱大可：《剧痛的言说》，蒋蓝著，《媚骨之书》，北京：东方出版社2015年版，序言第1页。

③ 袁昊：《"锋刃上的幽光"——论蒋蓝历史散文写作》，陈思广主编，《阿来研究》（第6辑），成都：四川大学出版社2017年版，第93页。

专家，阅读了大量考古成果。蒋蓝有志于以扎实的"文学田野考察法"来"做文学的福尔摩斯"。^①在其《锦官城笔记》的《杨慎与"禹王碑"》一文中，蒋蓝再度翻译杨慎所译"禹王碑"时，明确使用了"山河大地"与"民众"这两个关键词："多年来我（大禹）为治理洪水走遍山河大地""而我的心，无时无刻不诚恳地思念民众"。^②《成都传》的部分篇章的内容，曾出现在《蜀地笔记》《成都笔记》《锦官城笔记》中。在《蜀地笔记》中，蒋蓝表示："很多著名学者以及非著名的山野乡民，一直是我的老师。收入蜀地风物的《蜀地笔记》，与专收蜀地人物传记的《成都笔记》一起，构成了我20年来的地方性写作。"^③在破解金沙神鸟之谜时，蒋蓝就受到了民间协会专家的启示。他结合古蜀地理、气候、水系和古蜀先民的鱼凫图腾，认为金沙神鸟"可能是白鹭一类水鸟的反映"，在请教成都市观鸟协会专家沈尤之后，倾向于认为可能是在成都平原具有物候学特征的、来自哈萨克斯坦方向的"飘鸟"火烈鸟。在笔者策划的成都高新区"创未来，享吉泰"产业人才读书会上，蒋蓝解读天府文化时首次对此进行了详细阐释。^④蒋蓝固然是一个藏书几万卷的读书人，但他绝不是枯坐书斋闭门造车之人。除了翻阅查找文献资料，他最乐意的是遍访名人和走向田间地头，到处去求教，到处去求证。

在《成都传》的后记中，大家也可看到蒋蓝是多么虚心而诚恳地感激几十位专家学者和几十家各类机构的支持。虽然暂时无法明确判断金沙神鸟到底是什么鸟，但是蒋蓝明确驳斥了立足于黄河文化而附会其为三足乌的通用说法。他固然意识到了金沙文化融汇黄河文明、长江文明与西亚文明的复合型特征，但"早期的蜀地文化与中原交流

---

① 曾祥惠、济铭：《蒋蓝：十年踪迹十年心》，《中华读书报》2015年9月16日第7版。

② 蒋蓝：《锦官城笔记》，成都：四川人民出版社2020年版，第117页。

③ 蒋蓝：《蜀地笔记》，成都：四川人民出版社2019年版，第417页。

④ 张杰：《蒋蓝解读天府文化：成都历史上并不封闭，太阳神鸟可能是火烈鸟》，成都商报红星新闻百度百家号，2021-03-1319：36，https：//baijiahao.baidu.com/s？id=169411
16487905644361&wfr=spider&for=pc。

极少，金沙出土的这些制品，绝大多数反映的是蜀地先民对于本土天象、地理、动植物的认知。'神鸟'的意象可能是对白鹭一类水鸟的反映"（p63）。其实，金沙神鸟是否就是火烈鸟，蒋蓝也不能武断地判定，但是，正如其所言，不论是成都人还是成都这座城市的发展都需要这种对神秘事物的想象力，从而激发出巨大的创造力。

四、史识：会通古今与开创新论

蒋蓝曾说："一旦文学与大地上的具体点位发生关联，不但接上了历史也接通了现实。"[①] 笔者认为，《成都传》体现出的不凡"史识"，首先在于通观上下几千年城市史，作者发现了成都精神和成都美学的延续性。例如，成都民居林盘式布局体现出的天人合一、生态和谐精神；成都崇尚休闲的文化传统与现代公园城市建设体现出的审美日常化倾向；成都城市格局几千年延续如一的秘诀在于坚持因地制宜与文明互鉴的合理规划；成都历经多次战乱和灾荒却能够绵延至今，其中蕴藏着城市韧性和生存智慧……

其次，《成都传》的"史识"表现在作者开创性地提出了不少新的史论，重新界定了巴蜀史在整个中华文明史中的地位。

一是提出"蜀地与中原的血缘共同体"（p21）的概念，从氏族通婚角度分析蜀山族的血缘关系与文化基因。在《苍茫蜀山以及蜀山氏》中，作者通过考古学、文献学、文字学的综合分析，结合文字学知识考辨"蜀"字本意，穿越雾霭一般的传说故事，探明蜀山族来路的同时，大胆提出了"蜀地与中原的血缘共同体"概念。这个概念意义非凡，因为它表明中华民族共同体不仅有生存迁徙和地理连贯等方面的地缘依据，还存在种族联姻而产生的血缘依据。蜀山族作为古蜀王朝早期主要族群，正是黄帝及其后人与蜀山氏的多次联姻而产生的爱情

---

① 曾祥惠、济铭：《蒋蓝：十年踪迹十年心》，《中华读书报》2015年9月16日第7版。

结晶。所以，中华民族共同体是内在的、永恒的、共同的民族基因的绵延赓续，蜀地与中原之间是真正的、事实上的血脉相连，唇齿相依。当然，这种参考了很多传说与神话的分析，更深层、更重要的意义还在于文化基因的传承。总体而言，蒋蓝区别于顾颉刚《论巴蜀与中原的关系》为代表的古蜀文化"独立发展"论[①]，更倾向于徐中舒《论巴蜀文化》为代表的一脉，从"地理和民族的分布"[②]等方面肯定古蜀与周边地域及中原的关联和交往。

二是考证古蜀文明的发生与发展，揭示中华古代文明"多元一体"的真实形态。在《成都平原最早的古城》中，作者结合宝墩遗址、芒城遗址、崇州双河村、郫都古城村、温江鱼凫村五座古城的考古发现，尤其是考古学家们关于建筑遗迹及器物的分析，带领读者一起认识到"古蜀文化与黄河文明、长江文明、红山文化等都是古老的华夏文明中璀璨夺目的星辰"（p30），进而为确立中华古代文明"多元一体"学说，提供了重要佐证。"多元一体"学说在强调中华民族凝聚力的根本前提下，肯定了古蜀文化自身的区域特性，揭示了中华文化的丰富、灿烂与辉煌。

三是依据史实提出江源文明对整个华夏的滋养作用。其滋养首先体现在《李冰与都江堰》中的治水智慧。这种因势利导、因地制宜、辩证施治的智慧固然是蜀地泽国的地理困境催生的，但更离不开大禹、杜宇、鳖灵、李冰等先驱为了公众事务攻坚克难、无私奉献的精神动力。排除水患直接挽救了世世代代数以万计的生命和难以计数的财产，而且李冰修筑的都江堰水利工程化害为利，惠泽千秋，至今灌溉了广阔的成都平原，使之成为"水旱从人"的天府之国。蒋蓝指出，大禹导江治水、李冰治沙技术等智慧体现了"天、地、人相协作，环境保护、生态建堰与可持续发展相结合"（p176），"不仅涵育了巴蜀大地，而且江源文明也滋润了华夏文明"（p174）。这种判断融会古今，让读

---

① 顾颉刚：《论巴蜀与中原的关系》，成都：四川人民出版社 2019 年版，第 92 页。
② 徐中舒：《论巴蜀文化》，成都：四川人民出版社 2019 年版，第 4 页。

者能够得到跨越时空的、不止于治水的多方面启示，也揭示了"成都作为一个'韧性城市'的底蕴"（p188）。

五、史德：不夸大、不附会、不武断

梁启超指出，章学诚《文史通义·史德篇》所言的史德主要指心术端正，也即对历史"毫不偏私，善恶褒贬，务求公正"，而梁启超自己认为"史家第一件道德，莫过于忠实"，就是"纯采客观的态度"。[1]而要养成完美的史德就必须克服夸大、附会、武断等三种常见弊病。

蒋蓝《成都传》虽然属于作为蜀人写蜀地的地方志，但并不因为爱乡心切而夸大先人德行。针对蜀王杜宇禅位传说，蒋蓝就敏锐地发现了其内在的逻辑裂隙，试图透过这种裂隙看见可能被掩藏的古蜀历史的真实面相和丰富蕴藏。正如勒菲弗指出的那样："要认识空间，认识在空间里所'发生'的事情及其意图，就要恢复辩证法；分析将会揭示有关空间的诸种矛盾。"[2]

在《望帝春心托杜鹃》中，那演绎了几千年的爱情与伦理故事有可能掩藏了一段被忽略的历史真实，既可能是突发的兵变，也可能是部落间的较量。到底是什么，蒋蓝似乎也不知道，但他启发你思考杜宇为什么要主动禅位却又心有不甘，长歌当哭，所以，关于杜宇禅位鳖灵的心理真相"恐怕没有这么简单"（p79）。蒋蓝又借助《说郛》辑录的《太平寰宇记》中的记载，点穿望帝禅让的真相可能是"杜宇因为鳖灵威逼而被迫逃亡，想要复位而不能成功，这才化身为哀怨的杜鹃鸟"，所以"鳖灵乃是篡位者和诬陷者"，甚至提供了鳖灵逼迫杜宇妻子梁利的传说。如此一来，此前令人百思不得其解的悖论终于逻辑自洽。当然，这种根据传说推导出来的结论未必就是事实本身，但是，

---

[1] 梁启超：《中国历史研究法补编》，王云五主编，北京：商务印书馆1933年版，第18页。
[2] 转引自［美］爱德华·W.苏贾：《后现代地理学——重申批判社会理论中的空间》，北京：商务印书馆2017年版，第67页。

这也的确提供了一种不同的思考路径。

这种对几千年来的传说进行大胆质疑的做法与王锐曾经指出的"解构主义"立场①息息相关。如果仔细地梳理蒋蓝的随笔创作，我们会发现其大部分作品都具有这种思辨品格。在《梼杌之书》扉页，蒋蓝曾引用爱默生的名言："一切历史都成为主观的；换句话说，实在是没有历史，只有传记。"②蒋蓝正是从这些传说和历史自身的逻辑悖论中窥见了权力、欲望、人性的复杂交织形态，引导读者进一步探求那些被遮蔽的、可能的真实事件和实际情形。在《梼杌之书》中，他也有略带调侃意味的"解构"。但是不论是《成都传》还是《梼杌之书》中的这种解构主义写作不仅与架空历史的"戏说""歪传"大异其趣，而且具有探索性、创造性、建设性的正能量，有助于修复读者的思辨能力和健全人格，也有助于探求民间传说与民族文化的深层逻辑。

同时，作者并不以当代人的婚恋道德去附会和美化传主。在用大量文献证明杨慎与才女黄峨伉俪情深之后，作者却刻意提及了《滇中琐记》《杨慎年谱》《新都杨氏家谱》《艺苑卮言》《滇略》关于这位"雄视西南五百年"的"百科全书式的大才"的"纳妾记载"，并认为"基本属实"（p659）。

蒋蓝一般不会直接武断地把某些史料当作真实本身，而是对现有史料大都"采取怀疑态度，或将多方面的异同详略罗列出来"③。不像某些史家把自己的判断隐藏在材料选择和阐释背后，伪装得十分客观而公正，蒋蓝总是把自己的判断和对材料的转述故意明显地区分开来。表达自己的判断时，他拿得准的就明确判断，拿不准的就谦逊地、如实地说明只是"我以为""我猜测""我感觉"。这种既有主见又不武断的写法，增加了文本的互动性、参与性，引导读者平等地、充分地参与探讨，而且极富启发意义，为读者多角度重新审视过去提供可能。

---

① 王锐：《一个"随笔主义者"的心灵净化与遐思之旅》，《岁月》2012年第2期。

② 蒋蓝：《梼杌之书》，北京：东方出版社2014年版，扉页。

③ 梁启超：《中国历史研究法补编》，王云五主编，北京：商务印书馆1933年版，第21页。

所以，以蒋蓝《成都传》《蜀地笔记》《成都笔记》《锦官城笔记》为代表的巴蜀史传文学，往往不经意间就能打开读者思维的僵局，激发我们对"常识"和"定论"的反思。

在《成都传》中，即便已经参考了历经三代的历史学者们薪尽火传获得的学术结果，并依据目前的考古成果对古蜀历史分期得出的大致推论，蒋蓝却仍不满足。他启迪读者继续思考三星堆文化何以在宝墩文化基础上呈现"太过惊人"的飞跃动能。这样就激发了文本接受者的想象力，引导其进行再创作。这种不以传达固定结论为宗旨的写作方式，反而带给读者更多的思考空间，也给予了文本自身更大的张力。

六、恢复与革新：白话散文发展简史

中国散文源远流长，记、叙、说、题、跋、书、札等细分门类包罗万象，均有传世名篇。陈柱、郭预衡、郭英德、杨树增、马士远、范培松、谭家健等学者分别在《中国散文史》《中国散文通史》《儒学与中国古代散文》《中国古代散文史稿》等专著中对文言散文写作传统进行了明晰的梳理和公允的评析。谢飘云著《中国近代散文史》则侧重"描述晚清、近代散文的文化慧命，阐述中国散文的近代转型"。至于现代白话散文发展史的研究，最值得重视的是范培松著《中国现代散文史》、俞元桂主编《中国现代散文史（1917—1949）》、沈义贞著《中国当代散文艺术演变史》、梁向阳著《当代散文流变研究》、曾镇南撰写的《散文的"心"与散文的美——〈20世纪中国散文大系〉序》以及卢启元主编、张振金著、徐治平著、邓星雨著、王尧著的同名专著《中国当代散文史》。虽然这些论著的名称确有雷同，但是在论述的重点、推举的杰作、对相关流派和现象的评价方面，各有千秋，彰显了各自的学术个性。从地域文学角度切入散文史研究的重要成果有孔明玉、冯源著《四川当代散文史论》、王贵禄著《高地情韵与绝域之音——中国当代西部散文论》、钟怡雯的论文《台湾现代散文史纵论》（1949～2012）等。

纵观中国散文发展历史，结合上述散文史研究成果，我们可以看到最明显的变化就是中国散文的疆域变小了，不再重视记、叙、说、题、跋、书、札等许多细分门类，不再强调文史哲知识、思想、方法和趣味的交融。

如果说20世纪初中国作家散文文体意识的觉醒，是告别了这个大散文传统，普遍接受了西方关于文体的简括的四分法，从而诞生了一批堪称经典的文学散文，或称"美文"，甚至取得了超过诗歌、小说、戏剧等文体的成绩。那么，物极必反，整个20世纪上半叶散文的整体走向是章法越来越严，雕琢越来越精，但是气象却越来越小，路子也越走越窄。而"十七年"散文则因为种种原因，逐渐呈现出单一的、模式化的赞歌语势。赞歌当然很好，而且很有必要，但是天地如此广阔、人文如此丰富，可以进入艺术表现领域的何止千种万种？人生在世，悲喜沉浮、时过境迁，本有那么多复杂得难以名状的体验。仅仅一种主题、仅仅一种文风何以真实表达作者的日常体验？何以长期满足读者的多元诉求？

好在改革开放后，思想解放的大潮终于激起了文学文化领域的千层浪花。散文家终于可以舒一口气，郁积了多年的情绪和压抑了多年的思绪终于借助本该无拘无束、终于无拘无束的散文文体，自由自在地飘进了彼时文坛。所以，张振金在《中国当代散文史》中曾经指出，从"新时期散文"开始，中国当代散文才告别"颂歌式"的文风，因为恢复真实性而重新焕发生机，这是"对散文普遍走向矫情和虚假的一个反拨，同时也是为了调整被扭曲的散文和现实生活的关系，使散文回到自身的审美属性上来"[1]，20世纪80年代中期则"从对社会外在世界描摹式的反映，转向对人的内心世界的深层表现"[2]。

---

[1] 张振金：《中国当代散文史》，北京：人民文学出版社2003年版，第112页。

[2] 同上书，第116页。

可惜好景不长。市场经济的勃兴也带来了思想领域的变化。消费社会的普遍逻辑也很快被敏感的作家掌握。文学的艺术性很快被商品性侵蚀。文学创作的"市场化、产业化倾向"更加鲜明，"文学出版的把关人由编辑变成了策划人，甚至文化经纪人"。①"作家"也逐渐成为深谙市场法则的"写作者"。在文化市场上，越来越多的"写作者"被书商牵着鼻子走——什么卖得好，那就写什么！于是乎抄袭、模仿、批量生产成为常态。附庸风雅的"文化散文"、装腔作势的"小女人散文"、小资情调的《读者》体散文"也都风行了好长一段时间。

但是，文化的市场也是残酷的，因为消费者的口味总是喜新厌旧，有品位的消费者更是对没有原创意味的仿制品嗤之以鼻，没有真情实感的文章、没有真才实学的作家最终不过是成为谈资而已。

正是在这样的时代语境和文化背景下，蒋蓝这位锋利的、敏感的诗人主动把他的主要精力转向了散文领域。他的转向，有其对自身艺术才华的深刻自觉和深度自信，更有对诗歌、散文两种文体各自特长与局限的认真思索。蒋蓝的想法太多了、情感太丰富了、思辨太复杂了，如果硬要塞进一首诗，只会被挤爆。当然，散文也不是一个容器，并不是什么都能装进去，尤其是20世纪主题过于单一、形式过于精致的纯文学散文形式，对蒋蓝来说依然是一种束缚。所以，蒋蓝首先尝试的是恢复中断了近一百年的大散文传统。

在云南人民出版社2014年版的《一个晚清提督的踪迹史》自序中，蒋蓝早就曾明确表达了他力图"恢复汉语传统文史哲三位一体的跨文体"②书写的宏愿。在四川人民出版社2018年版的《踪迹史——唐友耕与石达开、丁宝桢、骆秉章、王闿运等交错的晚清西南》中，他阐述了自己对非虚构写作的总体理解："作家们调动的人类学、考古学、神话学、自然地理学、人文地理学、民族学、民俗学、语言学、影像学等学科逐渐进入文学域界，考据、思辨、跨文体、微观史论甚至运

---

① 张春：《文学出版与新世纪文学生态研究》，南京大学2013年博士学位论文，第8页。
② 蒋蓝：《一个晚清提督的踪迹史·自序》，昆明：云南人民出版社2014年版，第5页。

用大量注释等开始成为非虚构写作的方法，这种方法日益清晰地、形象地复原了真实历史的原貌。"①

但是仅有恢复还远远不够。其实，不论是宏观的选题立意、中观谋篇布局，还是微观的遣词造句，以《成都传》《踪迹史》《黄虎张献忠》及"天府广记三部曲"（《蜀地笔记》《成都笔记》《锦官城笔记》）为代表的非虚构文史散文，都表现出了蒋蓝对文体实验与艺术革新的执着和努力。

在颇有影响的"丝路百城传"大型策划推出之前，蒋蓝早就自己规划了《成都传》的选题，并已经与出版社签订了合同。他要写成都，是基于他对巴蜀文化、成都城市历史价值与意义的高度认可，也因为不愿看见它们一直被遮蔽、被误读、被忽视。可以说，《成都传》当然是在写成都，为成都立传，但是它又绝不仅仅在写成都，而是从整个中华文明的大格局中观照巴蜀文明，关注巴蜀大地上长出来或迁徙来的、创造过或者输出过的文化火种与生存智慧。其具体选材涉及神话传说与历史记载、建筑美学与城市精神、文化名人与地方风物、经济发展与文化交流等等，大都饶有趣味而又影响深远。

以《成都笔记》《蜀地笔记》《锦官城笔记》为代表的新笔记写作，也是在传统文人笔记的基础上渗入不少时代内涵与地方元素。写《黄虎张献忠》时，为了表现传主的诡谲人格并绕开不必要的拘牵，蒋蓝创造性地开发了"蒋式悖论"书写体系②，探索了克制陈述、夸大叙述、正话反说、适得其反、强盗逻辑、大词小用、新语古用等最具代表性的七种文体实验句型。写《成都传》时，对繁琐典籍的列举阐释、对古代诗文的鉴赏分析、对神话传说的采撷考辨、对考古发现的知识科普都经蒋蓝的妙笔调和在一起。与此同时，饱含诗情的想象和极有启

---

① 蒋蓝：《踪迹史——唐友耕与石达开、丁宝桢、骆秉章、王闿运等交错的晚清西南》，成都：四川人民出版社 2018 年版，第 2 页。
② 周毅、刘婧：《〈黄虎张献忠〉："蒋式悖论"与非虚构写作的突围》，《中国当代文学研究》2020 年第 6 期。

发意义的史识都融合在跌宕起伏的叙述、精微细致的描写、富于哲理的议论中，不断激发崭新的审美体验。

总之，在蒋蓝这里，散文这种文体开始真正得到解放，并且一切文体实验都才刚刚开始并初见成效。极具包容性的散文文体正好为蒋蓝提供了足够的试验田，而蒋蓝无休无止地驰骋，又为新世纪散文开拓了更加广阔的表现领域。

地方志的经纬与纹理

——蒋蓝的《成都传》与空间制造术

崔　耕

摘要：蒋蓝的百科全书式城市传记《成都传》，以其独特的结构方式和写作手法建立起一座新式纸上建筑。本文从文本出发，详细分析了这部作品经纬交织的网状结构和空间定位的写作手法，深度剖析《成都传》作者如何在纸上施展出空间制造术，建构成都这样一个具有纵深向度、充盈着诗性的美学空间。

关键词：蒋蓝；《成都传》；经纬交织；空间制造术；空间定位

215

罗伯－格里耶在《一座幽灵城市的拓扑学结构》的卷首语中谈到了附着在一座城市之上层层叠叠的印记，它们是历史留下的划痕，这座城市已经变成散落在四面八方的残瓦破片，站在破瓦堆里，仔细辨认它们的过去，仿佛能看到城市经历的辉煌，以及辉煌过后被摧毁的细节。屏住呼吸，作者似乎能听见那些"早已不存在的极细微的声音"。

一、城市传记的纬线

一座拥有悠久历史的城市，就像罗伯－格里耶笔下的幽灵城市，寄居在城市中的"幽灵"，通过层层叠加，填充了这个既定的有限空间，使之拥有了无限的细节，也让这个空间保留了难以穷尽的阐释余地，周身散发出让人着迷的想象的光晕。蒋蓝笔下的成都，就是这样一座城市。他的《成都传》并非平常地方志，批评家白浩就这个问题进行过专门的阐释："这（《成都传》）并不是一个传统的史学文体书写，而更接近于地理文学，在历史与生活中的踏勘记、探索录、揣测录，是一部文学化的寻城史、读城记。史家笔法强调理性客观，而文学家笔法则在独抒性灵，《成都传》对于二者的结合，以非虚构文学来归类更为恰当。史家的客体记录求其信，要隐藏写作主体，而非虚构文学则客体与主体并存，同时出场，主体出场求其灵，性灵。由上述难度和具体处置法，就可以理解'成都传'与'成都志'的区别，也就明白《成都传》的突破口在哪里，魅力何在。"《成都传》的前三章，先确定了这部城市传记的纬度——首先理清蜀地文明的中心在地理学上的历史轨迹，先由粗略的"蜀地"开始，一层一层，如剥洋葱一般由粗到细、由大到小地进行定位——公元前6000年左右，四川盆地形成早期的农耕聚落，之后以成都为中心，逐渐形成古蜀文明。《成都传》里写道："在这个文明中心的基础之上，耸立起一个金字塔一般的足与中原夏商文明相媲美的古蜀王国。它初创于夏商之际，灭国于战国晚期（公元前316年），前后相续1500—1600年之久。综合古史和传说，这个王朝经历了蚕丛、柏灌、鱼凫、杜宇、开明等更替。"王朝更替的过程，也是古蜀国中心地理位置不断产生微小调整的过程，而这种变化的产生，跟彼时的生产水平和生产方式直接相关，比如"蚕丛""鱼凫"的名称是对当时生产方式的反映，而这种生产方式决定了先民聚居地是依山还是傍水。蒋蓝在《成都传》中，结合大量文献资料、传说、考古记载甚至文字学演变等，加上一些合乎情理的推测，理顺了蜀地文明中心地的变迁史，岷山一带、都江堰附近、郫县、双流等地，都曾是蜀地文明存在发展过的地方，古蜀国的先民们，经过一代代迁徙、融合，"到了春秋中晚期，开明王朝成功移都成都，以成都为都城的古蜀城市文明体系得以最终确立，大大推动了古蜀文明的进一步蓬勃发展"。

作为一名几乎不会循规蹈矩的写作者，蒋蓝在写作《成都传》的时候，很少采用通常城市传记或历史传记那样清晰的写作手法，《成都传》无疑是有阅读门槛的，这种阅读门槛不是指它的语言有多艰深晦涩（在《成都传》中，很难看到读不懂的句子），而是指这本书结构的复杂性，在确定了古蜀国文化中心的地理位置的历史沿革（也就是上文提到的确定这部城市传记的纬度）后，以曾经在这里生活的历史人物的情感踪迹和物理踪迹双线并行的复线结构，将成都这座拥有悠久历史的城市，成功复刻于文本，形成一座迷人的纸上城市。

二、城市传记的经线——城市人物记

一座纸上城市，跟现实中的城市最大的差别在于，纸上城市是时空交织的形态。虽然现实中的城市也有历史的痕迹，但她的历史是平面的，镶嵌在各种死物上，流通在坊间传闻的空气中，相较于纸上城市，她的历史是记忆，需要一定的学识和耐心才能触碰。而蒋蓝的《成都传》建立起来的纸上城市，历史就在那里，清晰可见，仿佛血肉，翻开这本书，关于这座城市的种种历史细节扑面而来。在这座纸上城市中，那些异军突起的亡灵是蒋蓝书写的重要对象，也是这座纸上城市的精魂。从《成都传》的第四章开始，书的重点就转移到了人物身上，蒋蓝从历朝历代中选择了一些最具代表性的人物，实现了城市传记和人物传记的融合，让城市具备了人性化色彩，也赋予了城市传记感性的一面。在第五章《望帝春心托杜鹃》里，蒋蓝特意提到了《蜀王本记》中有关望帝杜宇的一个不光彩的故事：根据扬雄《蜀王本记》中的说法，"望帝与其妻通，惭愧，自以德薄，不如鳖灵，乃委国授之而去，如尧之禅舜。鳖灵即位，号曰开明帝；帝生卢保，亦号开明"。虽然蒋蓝推测，这个不得已而为之的禅让，更有可能源自集团内部势力之间的权力斗争，只不过被掩盖在了一场风月事件之下，但这个充满暧昧色彩的传说却留存下来，化为杜鹃啼血的典故藏身于文人墨客笔下，成为蜀地历史中难以抹去的朱砂痕。

到这里，我们可以看到，在《成都传》中，成都这个空间从文明发祥的开端起，至少就具备了几种气质：勤劳（这是文明得以发展的基础）、善变通、感性、重风月、女性地位较高等。随着时间的流逝，还有更多的气质会融入这片土地，直到形成如今在华夏大地上十分独特的成都。

成都城址的确定，与秦时李冰父子创建都江堰密不可分。《成都传》中写道："在开明九世迁都成都前后，城址是漂移不定的。因为当时岷江流入成都平原，没有稳定的河道，大致呈扇形在平原漫流，古蜀人只能在扇形河流之间的高地生活，限制了居住、活动空间。"[①]这里也提示了我们，古文明的形成与水的密切关系。为了生存，先民们傍水而居，临水建城，依赖水源生存，又要跟水的不可控性做长期斗争。因此，对水的处理显得尤为重要。上古时期的部落首领、古代的帝王将相，都对治水相当重视。在治水这个领域，李冰父子可谓个中翘楚，他们在治水上表现出来的智慧令人折服，治水的成果泽被后世，直到如今的成都，都仍然享受着这项工程带来的益处。都江堰工程并非平地起高楼式的建筑，而是因地制宜，因势利导，充分展示了中国人在"道法自然"一类思想影响下形成的智慧，和由此而来的处理问题的指导思想。都江堰工程对蜀地的影响巨大，《华阳国志》作者常璩称李冰父子修建都江堰之后，让川西平原"水旱从人，不知饥馑，时无荒年，天下谓之天府也"。蜀地生活安逸，崇尚自由和舒适的特性，自然跟都江堰工程为成都平原带来的"水旱从人，不知饥馑"的生活环境有不可分割的关系。成都就如同出身富贵的千金小姐，吃喝不愁，讲究生活品质，艺术品位高超。

相比于建造都江堰，李冰的另一个功绩则鲜为人知。蒋蓝在《成都传》中对此有比较详细的介绍："李冰任蜀守后，利用蜀地先民长期食用自然盐泉（自流井）和含盐岩层积累的盐矿物的常识，穿凿了中国历史上第一口盐井——广都盐井（在今仁寿、双流境内），开创了凿井、采卤、制盐的历史。因此，蜀地从此'盛有养生之饶焉'。李冰这一伟大业绩，完全不亚于他对都江堰的贡献。李冰成功开凿广都盐井，揭开了四川盆地井盐生产的序幕。"① 井盐的生产，让蜀地更加富庶，常璩认为，在改革巴蜀习俗、大规模开发巴蜀经济的同时，也助长了蜀地的奢靡浮华风气，给蜀地带来了消极影响。

　　蒋蓝在讲述这些史实的时候，旁征博引了大量的史料和历史学家的考据证据，这是蒋蓝多年以来的行文习惯，在面对写作对象时，他就像一个恪尽职守的侦探，不放过任何蛛丝马迹，极尽繁复，将与写作对象相关的许多信息层层叠加，形成看似复杂但因具备内在逻辑而又井然有序的文本。正如批评家朱大可对蒋蓝写作的评论："大量的知识考古、狂热的历史想象、复杂的个人经验、丰富的诗歌意象以及批评家式的高谈阔论，这五种元素的任意组合，形成了一种狂飙式的语势。"② 这种繁复的文本无疑是引人入胜的，它的吸引力就在于作者用高妙的手法赋予的神秘性。为一座城市立传，将一座城市搬到纸上，其意义不仅在于向读者介绍这座城市，也不限于梳理这座城市的历史，而是要让这座城市身上的历史和细节在文字中复活，达到一种拥有无限纵深、更逼近真实的城市形象。

　　研究者周毅认为，《成都传》体现出不凡的"史识"，首先在于通观上下几千年城市史，作者发现了成都精神和成都美学的延续性。这种延续性在《成都传》中的体现在于，"从纵目成都到纵目天下，人们可以感觉到远古，也感觉到现在，而且感觉到远古和现在是同时存在的。"③ 作者蒋蓝认为："蕴含中道精神的成都对华夏文明有四大贡献：第一，根植于黄河和长江两大流域之间的对撞生成之力；第二，托物生

---

① 蒋蓝：《成都传》，成都：四川人民出版社 2022 年版，第 177 页。

② 朱大可：《剧痛的言说》，蒋蓝《媚骨之书》序言，北京：东方出版社 2015 年版，第 2 页。

③ 蒋蓝：《成都的拓扑学与斑斓志》，《成都传》（自序），成都：四川人民出版社 2022 年版，第 12 页。

发的想象力和随物赋形的执行力；第三，临难勃兴的复能、韧性之力；第四，顺势而为的纵目、决断之力。这样的力量，分别对位于成都平原在中国地理第一二级阶梯间的特殊位置以及内陆海洋性气候；续接了古蜀以来吸纳不同种族文化的'混血'活力；顺应了天人合一、道法自然的思想；彰显了'最中国'的城市自信。"① 可以说，蒋蓝对成都精神的理解是深刻而透彻的，这也决定了他在写作《成都传》的时候，对写作材料选择的考究。在《成都传》中出现的人物，都对成都精神的塑造起到了关键性作用，是蒋蓝编织成都这座城市的经线。

如果说李冰奠定了成都水旱从人的富庶基调，那么诸葛亮则是通过精心的行政治理，让蜀汉农业深度发展的同时，工商业也大有起色，尤以煮盐、炼铁、织锦业最为发达。当时的成都市井，到了"列隧百重，罗肆巨千。贿货山积，纤丽星繁"的程度。商业发达，店铺林立，各种奇珍异品均穷极于时，呈现出空前繁荣的景象。诸葛亮也是最早将蜀地称为"天府"的人，在他的《隆中对》中，有"益州险塞，沃野千里，天府之土，高祖因之以成帝业"之句，这也是历史上首次把以成都城为中心的益州称为"天府"，从此，"天府之国"逐渐成为成都平原的代名词。

著名作家阿来对《成都传》做出过如下评价："城市如人，也有七情六欲。在砖瓦、阡陌、钢铁、植物、山川、田野之间，蒋蓝尽力梳理了成都的肌理，捕捉成都的性格，拾取成都的体温。他像写作人物传记一样，去展示成都的性格。"如果将成都比作一个人，那么这个人身上所展现的文艺气质，则跟在成都留下深刻文化印记的人们有关。一个地方的文化发展，跟教育有莫大的关系。西汉时期的文翁，在蜀地兴学，振兴教育，让兴教之道在蜀地薪火相传；司马相如从成都初入长安，笔锋如剑，在升仙桥题字"不乘高车驷马，不过汝下也"，终是利刃出鞘，被任命为中郎将，出使西南夷，成就了仕途的辉煌，曾

---

① 蒋蓝：《成都的拓扑学与斑斓志》，《成都传》（自序），成都：四川人民出版社2022年版，第12—13页。

经的升仙桥也因此被更名为"驷马桥",一直沿用到如今,成为司马相如在成都留下的历史注脚。而他和卓文君的故事,更是为成都历史增添了旖旎的光晕,以至于蒋蓝在写这个历史人物的时候,用到了单独的一个章节,并将章节命名为"司马相如的琴与剑",与本书其他更有实感的章节名称相比,多了几分凌空虚蹈的美感;在正文中,也融入了更多诗意性的断片书写,比如这样的句子:"钟摆停在往昔的暴力中,铁的怀疑气息,与狂奔的红杏在室内游走""高人之剑从不出鞘。红锈爬上剑身时,成都的红杏正将火烧云举高。当锈的裂纹漫过剑脊,死去的父亲从空中俯照,把相如的骨头照成蜡"[1]……这些断片,与司马相如大起大落的人生、在成都与美相伴的经历,共同形成了一个充满诗学意味和美学张力的历史时空。

对于蜀地的人物,蒋蓝做出如下评价:"如果说司马相如是蜀地第一位进入华夏格局而实现了一己抱负与才华的奇人,那么,扬雄、李白、苏轼、杨慎、李调元、刘咸炘、郭沫若、巴金、李劼人等大匠,联袂而起,激扬文字,他们像峨眉金顶一样,异峰突起,没有旁系,成就了蜀地百科全书式人物的辉煌谱系。"[2]自古蜀地多奇才,蜀地的奇才与学风扎实、以稳健风格著称的黄河文化带的人才相比,显得更为灵动,有着追求顿悟和善于剑走偏锋的特性。这些特性自有其地缘学上的来处,相较于中原地带的封闭、稳定,蜀地自秦朝以来就不断有入川的移民,加上经过"蜀身毒道"输入的异域文化,巴蜀文明从很早开始,就具有了"混血"的文化活力特性。这种特性,既表现在蜀地盛产鬼才,也被"鬼才"们留下的文化印记不断深化,直到今天,成都也是华夏大地上最为开放包容的城市,也是一座"烂脑壳"(蜀语,意为常用出其不意的方法解决问题的人,与"鬼才"一词相近)遍地走的城市。

纵观《成都传》,几乎由人物串联起成都上下四千多年的历史。这

---

① 蒋蓝:《成都传》,成都:四川人民出版社 2022 年版,第 249 页。

② 同上书,第 251 页。

正呼应了英国诗人威廉·库柏所说："上帝创造了乡村，人类创造了城市。"蒋蓝在纸上施展的空间制造术，并非魔法师般地凭空捏造，而是暗含了一种现实的内在逻辑，以人物为经线，和空间的纬线编织成网，再嵌套文史资料、田野调查等细节，完善这座纸上空间哪怕那些十分微小的角落，最终形成一部厚度十分可观的文本。

三、城市风物记

在制造这个名为"成都"的纸上空间时，风物也是蒋蓝十分重视的组成部分。比如写到望帝杜宇的传说时，蒋蓝专门写了杜鹃，他称杜鹃为蜀地第一神鸟，这源自它身上背负的凄厉传说和与蜀地的历史渊源。动物是蒋蓝十分擅长的书写对象，他在《成都传》里对杜鹃的描写，延续了他书写动物时一贯的繁复手法。从邵雍利用"梅花占"预言王安石变法的著名案例说起，写到杜鹃跟季候的密切关系；从杜鹃的别名"谢豹"，写到《琅嬛记》卷上引《成都旧事》中的一则传说故事，提出这则故事是第一次在文字资料中将杜鹃和成都关联为一体，还顺带展示了蜀地女子的性格底色……杜鹃甚至引发了作者形而上的哲思："人与飞禽走兽的亲缘关系，在农业文明时期一直是体现经验的主语，动物的一招一式引导着人们的思想走向，希望从中探知形而上的秘密"[①]；或者是有关人性欲望和伦理道德关系的思考："这个故事蕴含了人类率真淳朴的情感欲望之外，还存在着森严的人伦道德，连帝王也无法突破。爱情只能化作悲剧中的一只鸟，在泪水编织的两季里飞来飞去"[②]；还对比了中西文化传统中杜鹃象征形象的异同：在古希腊神话中，杜鹃也作为欲望的象征出现，但相较于华夏文明，古希腊神话中的杜鹃情欲的意味更加浓厚，并且被赋予了阴暗、凶险等负面特性……蒋蓝的文字犹如密集编织的网，从一个极为细小的点，扩展到

---

① 蒋蓝：《成都传》，成都：四川人民出版社2022年版，第81页。
② 同上书，第82页。

无限宽广的领域。因杜鹃的传说典故，蒋蓝总结出了蜀地重风月的缘由——"蜀人的祖先，从'教民养蚕'的蚕丛到'教民捕鱼'的鱼凫，到'教民务农'的杜宇，都和农业生产有关。农业发达，妇女地位较高，男女之事也就颇多"①。朱大可对这种写作方式有更为精妙的总结："蒋蓝随笔的特性在于铺叙。他放任恣肆的风格，酷似司马相如，俨然是后者的直系后裔。这是一种尽属于古蜀国的历史性聒噪。从一个细小的词根起始，语词及其意义开始火舌般闪烁，向四处燃烧和蔓延，展开迅速而大量的自我繁殖，最后拓展为一部规模可观的随笔。"②

　　蒋蓝选取了最能代表成都风格的十来种风物，构成了《成都传》的最后一编——"第六编成都风物记"。蒋蓝认为，风物写作在中国其实由来已久："中国自古有一种视角，即'风物学'的写作，这种写作就是散落在浩如烟海的古代笔记里的对风俗、对植物、对动物的考证与判断。"③中国古代的笔记，实在是一种被当代人忽略的体裁。发端于20世纪80年代的"新散文运动"提出的对散文边界的拓展，早在中国古代笔记中就初现端倪。对现代散文在题材上的狭窄化，蒋蓝颇有微词："现在的很多散文写得很'小气'，有些刊物编辑就下了一个定义加以描述，叫'文学散文'或者'纯散文'，以区别于很多领域超出传统散文家的地缘视野的那种写作，比如说对植物学、动物学、气候学极其深入研究的博物学写作，甚至很多文学编辑不接受这样的文章，认为此类不属于纯文学。"④于是他身体力行地在《成都传》中大写风物，将那些我们在成都司空见惯的动物植物搬到纸上，让它们成为成都传记里不止于点缀意义的存在，它们是构成成都精神和成都文化不可或缺的部分。

　　再比如成都的木芙蓉。这是一种对成都来说意义重大的花木，成

---

① 蒋蓝：《成都传》，成都：四川人民出版社 2022 年版，第 82 页。
② 朱大可：《剧痛的言说》，蒋蓝《媚骨之书》序言，北京：东方出版社 2022 年版，第 3 页。
③④ 蒋蓝：《"大横断写作"的阿来意义——在阿来〈西高地行记〉研讨会上的发言》，《成都日报》第四版 2024 年 2 月 15 日。

都的别称"蓉城"，就来源于这种根系发达、花朵硕大、生命力极强的植物。《成都传》第61章"木芙蓉简史"，花费了大量的笔墨来书写这种与成都相交甚深的花。先介绍木芙蓉的植物学分类，再甄别水芙蓉和木芙蓉的区别。然后从词义学的角度出发，引入李时珍《本草纲目》中对木芙蓉的解释，又进一步联系到司马相如以芙蓉比爱妻卓文君的容貌……这一系列跳跃式书写，展现了作者博杂广阔的知识结构和灵动的思维能力，从一类花木谈起，涉及司马相如和卓文君、薛涛、赵抃、宋祁、孟知祥、孟昶和花蕊夫人、范成大等众多历史人物，他们中的大多数本无交集，但在蒋蓝笔下，他们因木芙蓉产生了联系。关联如此之多的人和事，仅仅依靠灵光闪现的思维之光是无法延续的，它们之间的黏合，归根到底还是依靠作者的思想。正如作者在这一节中写到的一段话："人生之中，思想之光不得不被层层包裹而深藏。即使是把欲念变成诗词，曲折的修辞成为表达的唯一方法。所以，能够把思想转化为梦想是思想的安详，而把思想演化成辞章则是思想的飞翔。"① 虽然这段话说的是范成大，但用来作为蒋蓝写风物志的注脚也恰如其分。对于一品花木，状其形、书其香是常规操作，再升级一下，可以以花喻人，形成某种特定的意象，若修辞得当，意象动人，就算中上之作了，而蒋蓝写的，是花的声音和话语，他称其为"蜀籁"。"蜀籁"一词，可解释为"川人说话的声音，包含有语言、语句、方言、成语、土话、俗语及经典川话"②，它的发声主体是人，但蒋蓝将这个词的内涵进行了扩展，他认为"巴山蜀水的风声、雨声、花开的声音，更是蜀籁"③。由此，他在阅读范成大《菩萨蛮·木芙蓉》这首词的时候，心领神会到诗人每每与木芙蓉对视时，听见芙蓉从花朵深处传来的心跳与蜀籁。范成大"乐而不淫，哀而不伤"的诗词，让蒋蓝想起了文学史中的契诃夫。中国古代诗人，写风物的占比很重，风物其实是文学史中由来已久的主角："在文学史的大部分时间里，人类文学其

---

①②③　蒋蓝:《成都传》，成都：四川人民出版社2022年版，第928页。

实一直在描述人与大自然的关系，而不是人与人的关系。各民族古代神话中神的形象其实是宇宙的象征，而其中的人也不是真实意义上的社会的人。文学成为人学，只描写社会意义上的人与人的关系，其实只是从文艺复兴以后开始的，这一阶段，在时间上只占全部文学史的十分之一左右。"[1]

除了杜鹃、大熊猫、乌鸦等动物和木芙蓉、桂花、桤树等植物，"成都风物记"中还写到了茶叶、凤凰山、古桥、蜀绣等各具代表的成都风物，它们是成都有着标志性意义的历史文化符号，承载了成都传承千年的人文精神和文化内涵，与成都历史上出现的名人、生活在成都世世代代没有留下姓名的百姓一起，共同筑建了天府文化的基石。

四、时空点位中的踪迹交错

仔细研读蒋蓝的《成都传》，可以发现他对另一部重要作品《踪迹史》在写作方法上的继承与延续。在《踪迹史》中，蒋蓝用到了一种特殊写作方式，据说这个写作方式与美国著名汉学家比尔·波特的启示有关：他考察中国古代隐士尤其是唐朝诗人，总是必须去探访传主生前某一个十分重要的地点，在那个时空交汇点上去体会传主的复杂心态。他知道"自古诗人皆入蜀"，四川有很多唐朝诗人的痕迹，薛涛的望江楼，杜甫的草堂，安岳县就有贾岛墓，射洪县有陈子昂的读书台……李白等诗人在剑门就有很多可以查考的踪迹。将视角定点于某个特定的空间点位，在于这个点位考察不同的人物在此留下的情感踪迹和物理踪迹，那么最后形成的文本就如同交错的射线一样，既有开放向外无限延展的可能性空间，又能将这些踪迹涉及的自然地理、人文地理以及与之相交错的人际兴衰、风物枯荣尽其所能地纳入其中，其丰富程度和阐释空间是常规地方志难以达到的。《成都传》庞大的体

---

① 刘慈欣：《重返伊甸园——科幻创作十年回顾》，《南方文坛》，2010年第6期。

量就是这种写作方法带来的，从理论上讲，它可以无限扩充，扩充到如同我们现在用 AI 技术做出来的无限细节图，任意放大一个角落，就能看到包含其中的无穷细节，方寸之间，深不见底。

《成都传》第 25 章里的第二个小节，标题为《天下诗人皆入蜀，入蜀必定入成都》，可以看作使用空间定点写作方式最典型的一节，以成都为基点，写到了唐宋时期物理踪迹在此交会的诸多诗人。据《成都传》里统计，唐代入蜀诗人共计七十三名，北宋入蜀诗人数量竟然达到两百以上，南宋时期为一百多人。诗人大量入蜀当然与彼时的政治形势有关——安史之乱不仅是唐朝由盛到衰的转折点，还促使全国的文化中心自北向西南方向转移。许多身兼作家的官宦，或避乱，或奉使，或遭贬，或出镇，以各自不同的遭遇和缘由，都有过入蜀的经历。不同的遭遇导致了不同的情感轨迹，但他们都殊途同归地在成都这个空间点位重合了，成都成为容纳他们经历和诗歌的容器，也成为一个超越时间限制的诗学空间。这些诗人留下的诗歌，意义不光在于

丰富了蜀地的文学成就，更重要的是他们的诗作中记录下来当时蜀地的风土人情和生活百态，成为宏大历史叙事中弥足珍贵的细节和踪迹。比如杜甫，拖家带口自甘肃出发，经木皮岭、白沙渡、飞仙阁、五盘、龙门阁、石柜阁、枯柏渡、剑门雄关、鹿头山，最后到达成都，他一路走一路写，将行走的足迹同步到诗歌当中，也记录下了唐代安史之乱期间个体的飘零和停顿，我们可以从他写成都的诗中，望见成都与别地不同的风貌。比如到达成都之后的第一首诗《成都府》中"曀曀桑榆日，照我征衣裳"一句，"曀曀"二字，写出了四川盆地常年云雾笼罩之下，阳光总是发白的样子，与中原地区、也与杜甫成都行的出发地甘肃一带的气候和物象差别很大，"但逢新人民，未卜见故乡"则书写了诗人来到成都之后心境发生微妙转变的过程……类似这样的文学记录，为成都留下了丰厚的文化遗产，站在成都的土地上，几乎随处可以看到，来自不同历史时代的人们交错在此的情感踪迹。

用空间定点写作方法完成的《成都传》，还包含了另一层重要意

义，即用非虚构的方式来为一座城市立传。学者梁昭对此有过阐释：
"将'传'与城市相结合，就意味着把城市看成类似人物生命发展的
有机体，有诞生的时刻，有婴幼年期、成年期、成熟期……人体组
织和器官的运行为生命提供了动力，城市内部空间的延展也意味着城市
生命体的生长。"[①]蒋蓝向来重视非虚构写作，他认为非虚构写作的终极
目的在于富有深意地记录时代的暴风骤雨加诸个体身上的轻盈与沉重，
以及个体对时代表现出的抗拒或者顺从。而非虚构写作的典型特征，
正是近代与当代文学传记里所缺乏的跨文体的方法论和跨学科的域界
论。蒋蓝在写作方法上有意识的创新，似乎就是为了弥补常见的文学
传记中表现出来的缺失的非虚构写作的特征，从《成都传》最后呈现
出的有如百科全书式的文本成果来看，的确是一次有效而成功的尝试。

五、结语

　　《成都传》是一部在非虚构写作上具有创新力的作品，为一座城市   227
立传，面对的是比一个人物复杂得多的对象。在结构上，蒋蓝运用地
理和人物相交织的经纬编织法，以历史人物的物理轨迹和情感轨迹双
线并行的方式，作为此书的主线，由此展开对成都数千年历史的梳理。
在写作方式上，他沿用了《踪迹史》的空间定位法，让文本开枝散叶
又自有逻辑，充分发挥自己田野调查者的纯熟技巧，还有如文学侦探
般的视野，将在成都这个特定空间留下的无数痕迹纳入笔下，这些痕
迹的来源既有被广泛认可的正史资料，也有为宏大历史叙事所不屑的
稗官野史，还有通过田野调查而来的民间传说，不一而足。《成都传》
表现出来的复杂和丰富，正是蒋蓝在文本结构和写作方式上做出创新
的丰硕成果。

---

① 梁昭：《城市美学非虚构》，《成都传》附录，成都：四川人民出版社 2022 年版，第
　1020—1021 页。

中国故事的生动描述

——报告文学《我用一生爱中国：伊莎白·柯鲁克的故事》的解读

冯 源

摘要：作家谭楷在近几年来，连续出版了多部报告文学作品，表现出较为不凡的文学创造力，值得评论界给予密切的关注。本文以作家的代表作《我用一生爱中国：伊莎白·柯鲁克的故事》作为研究对象，侧重于探究这部作品对主人公伊莎白的形象塑造及其分阶段的故事讲述和审美传递。在这部作品里，作家将主人公伊莎白的百年人生进行有意识的浓缩，并选择富于重点意义的人生时段进行艺术表达，深刻地揭示了这个人物把一生的爱献给中国的思想品质和精神风华，以及富有的典型意义和审美价值。

关键词：当代作家；报告文学；伊莎白·柯鲁克；思想与精神；审美价值

作为一部报告文学作品，意欲向读者讲述怎样一个真实感人的故事，或是力图创造什么样的典型人物形象，或者是打算用何种艺术手段来加以表现，抑或是需要传递什么意义的思想内蕴和美学观念？这无疑是报告文学作者非常重视，也是文学评论工作者极其关注的重要内容。正是带着这样的问题意识，论者走进了谭楷创作的长篇报告文学《我用一生爱中国：伊莎白·柯鲁克的故事》的内腹与深层。这部报告文学，以一位名叫伊莎白·柯鲁克的外国友人作为艺术聚焦对象，将这个典型人物置于漫长而曲折的历史时空中，予以全面而富于深度意义的精神考量。通过对她在中国所见所闻故事的娓娓讲述，对她百年人生精华的艺术浓缩及其审美表述，形象地诠释了其对中国的坚定选择如何始终不渝，揭示出其对于中国挚爱一生的忠贞情怀。从这个意义上讲，这既是一部弘扬国际主义精神的力作，又是一部不可多得、堪称优秀的佳品。

著名报告文学研究专家丁晓原曾指出："细节之于报告文学的人物形象，犹如细胞之于人体生命。真实、生动、独具个性的细节为人物形象植进了充满艺术活力的细胞，人物由此立于纸背，走进读者心间，具有了'活'在读者心灵深处的生命力。报告文学中的人物，从某种角度可分为'名人'和'凡人'两类。欲使名人各各有异，信实可亲，脱俗闪光，感动人心，都离不开细节的采掘和运用。报告文学人物刻画的根本所在，就是必须从人物自身的个性出发，运用细微的眼光，去探究生活中的单个人（包括名人），探究他们特定的经历、特定的性格。其作品就是要写出具有千差万别的特定的'这一个'来。这样，细节就成了塑造这种艺术形象重要而有效的质料了。"[①] 从这段论述性的话语里不难看出，评论家把报告文学中的细节描写视为继题材选择、形象塑造、故事讲述、结构处置、语言运用等之后又一显著的艺术特征，对其重视程度可见一斑。在这个基础上，评论家进一步为我们厘清了报告文学与小说之间在细节描写上存在着的明显区别，在他看来，"小说创作中作者可以将积淀于自己记忆中的若干生活原型的细节汇集于一人，并且也可以依据艺术真实的原则虚构出若干有助于表现人物个性的细节。而报告文学由于其'报告'特性的限制，必须写真人真事，所以其中的细节只能是真实存在的人物所实有的，作者没有虚构的权利。小说的细节取决于作者丰厚的生活积累，报告文学的细节则有赖于作者扎实的采访"[②]。从这样的表述里可知，虽然同属于文学作品的范畴，但与小说相与比较，报告文学的细节描写必须写真人真

①② 丁晓原：《中国报告文学三十年观察》，作家出版社 2011 年版，第 327、328 页。

事，只能是真实存在的人物所实有的，不仅没有一丝一毫的虚构成分，而且紧紧地依赖于作者扎实的采访。这样的不凡见解，无疑对我们深刻理解报告文学的细节描写大有益处。

从某种意义上讲，谭楷的这部长篇报告文学，正是以作者擅长的细节与场景描写而一举成为优秀的作品。这部报告文学全篇采用倒叙的叙事手法，首先以现场直击的艺术方式，有力渲染了主人公伊莎白享有最高荣誉的现实场景或细节："2019年9月29日早晨，一辆迎宾车从北京外国语大学缓缓驶出，穿过挂满了五星红旗的条条大街。……104岁的伊莎白·柯鲁克老奶奶端坐在车上，宁静而安详。她身穿深红色中式对襟上衣，一头银发，丝丝不乱。她前往人民大会堂，接受由中华人民共和国主席习近平颁发的国家对外最高荣誉勋章——'友谊勋章'。……70年来，伊莎白怎么也没有想到过，会在104岁时获得如此殊荣。在人民大会堂，在热烈喜庆的乐曲声中，伊莎白走到主席台中央，与习近平主席握手，接受了习近平亲手给她佩戴的中华人民共和国'友谊勋章'。"[1]获得勋章的八位国际友人，大多为闻名遐迩的外国政要，唯有伊莎白是在中国做着平凡教育工作的教授。在伊莎白的授奖词里，言简意赅地这样写道："新中国英语教学的拓荒者，为我国培养了大量外语人才，为中国教育事业和对外交流，促进中国与加拿大民间友好做出杰出贡献。"[2]从这份授奖词里，我们可以见知，它是对伊莎白投身于中国人民的解放事业和社会主义建设事业的充分肯定，是对这位百岁老人一生挚爱中国的最好回报。面对这枚金光闪闪的勋章，伊莎白感知到了它具有的格外分量和质重，以及深蕴的特殊意义和重要价值，因为这不仅仅属于她一个人所有。紧接着作者以顺叙的笔调，展开了对伊莎白百年人生具有选择性的审美关注和艺术表达。

故事回到它的历史起点。那是1915年的冬天，在四川成都四圣祠

---

①② 谭楷：《我用一生爱中国：伊莎白·柯鲁克的故事》，天地出版社2022年版，第3、4页。

一栋普通的砖房里，一个漂亮女婴呱呱坠地，为了给这位女婴取一个文化内蕴丰富的名字，身为传教士兼教育工作者的父母，油然想起了在广益坝里次第盛开、芳香四溢、宁静雅致的蜡梅，仿佛心有灵犀一般，给她取的中文名字叫饶素梅，英文名为伊莎白，寓意其将来成为一个不惧霜冻、凌寒绽放、品格高洁的人。后来的事实也充分证明了父母给伊莎白取的这个名字，既相当明智又实至名归，她果然成为一名做事认真、德行崇高的杰出妇女，一位令人崇敬的国际友人。

既然是一部聚焦一个人百年人生的长篇报告文学，那么对于这个人不同历史阶段的现实生活、人生历程及其命运遭际，应当予以怎样的艺术描写和审美表达？这既是对作者具有的写作观念、思想、精神的深层考验，又是对其运用表达方式和语言艺术的有力检视。这篇报告文学作者的做法就是：非常注重对大量素材进行独具慧眼、卓有成效的精心遴选，坚决舍弃那些毫无意义的繁杂记载和无关紧要的琐碎材料，重视极其富有真实性与典型意义材料的艺术凝练，以此凸显伊莎白在日常生活和特殊历史情境中的思想品质和精神风华。

关于伊莎白少年时代的人生，作者选择了"爬上房顶玩耍的女孩""在'大课堂'认识中国""白鹿镇，梦开始的地方"这三个典型的细节或场景来进行艺术表达。自古以来的成都，都是一座多雨的城市，每年的房屋维修都要请师傅上房将碎裂的瓦片换掉。某天，伊莎白放学回家，看见一座楼房旁立着一架长长的竹梯，捡瓦的师傅也不知去向，便怀着几分好奇心，矫健地从梯子攀上房顶，又一步步地走向屋脊，屋脊犹如一根平整的平衡木，伊莎白张开双臂，身轻如燕般在它上面来来回回地走着。这令伊莎白感到尤为刺激和开心，然而她的这番举动，却让楼下越聚越多的人不敢发出丝毫的声音，生怕自己的喊声惊吓了在房顶上翩翩起舞的体操运动员。伊莎白之所以敢于如此，是因为她早有准备。在这之前，伊莎白曾和妹妹把很粗的竹竿的两头拴在树上，然后像走平衡木一样在竹竿上来来去去；随着竹竿升得越来越高，伊莎白的胆子也就越练越大。因而，在屋脊上的这次表演，对于伊莎白来说，不过是一次小试牛刀而已。作者之所以要对这个细节进行绘声绘色的描写，旨在为后来的叙事做艺术铺垫，即十多年以后，伊莎白在徒步走向藏羌村寨做田野调查，贴着岷江河谷的峭壁，在"鸟道"上挪步前行时，所展现出的临危不乱和从容镇定，正是基于这次在屋脊上的训练之功。对于第二个细节的描写，由于作者未能在残缺的《CS 杂志》上找到伊莎白的作文，不得不辑录几篇伊莎白同学的作文，以表达华西加拿大学校的学生们，借助自然与人文彼此相融的特殊课堂，对中国的历史文明、人文内蕴、自然意向的体验和感知。在第三个细节的描写中，则突出表现了伊莎白对旧中国时代，普通百姓贫困、苦难生存境遇的深深同情和怜悯，在她青葱的内心看来，白鹿镇的自然环境再怎么优美，都无法抵消那些衣不蔽体的纤夫、码头上下苦力的民工、茶马古道中辛劳的脚夫，所承受的像牛马一样卖命、成天过着猪狗不如生活的悲苦命运。少女时代的这些所见所闻，为其将来做人类学家坚定了信心。

　　对于伊莎白青年、中年时代人生岁月的描写，既是这部报告文学力图表达的重点，又是伊莎白人生旅程中的高光时段。就这个部分的内容描述和思想表达而论，作者主要突出了伊莎白在从事人类学研究工作进行的三次田野调查与具体实践，在解放区内经历的一系列土改运动，由此给她带来的身心感受和灵魂触动。可以说，正是因为有了这样丰富的社会经历，伊莎白才彻底改变了她的人生观念，成为中国解放战争历史的见证者与参与者，成为在事业上勤勉努力、踏实肯干的杰出女性，最终成为意志坚定、品格高尚的共产主义国际战士。

　　在作者细致的描述里，伊莎白第一次的田野调查并不成功，也可以说是一次完全失效的调查。伊莎白在加拿大多伦多大学读研究生时，学的是她最喜欢的社会人类学专业，从大学毕业之际，正值中国抗日战争的全面爆发，她不顾亲属和友人的极力劝阻，毅然决然地回到成都华西坝，因为不愿意立即从事教育工作，而是希望到四川农村做一些社会调查。伊莎白的这份恳请，得到了父母的支持和赞扬，于是她和熟悉彝族地区的美国传教士艾玛·布罗德贝克，各自骑着一辆自行车，直接奔赴数百公里之外雅安地区汉源县顺河乡的赵侯庙进行田野调查工作。在历经六天的艰难骑行后，两人终于抵达了赵侯庙村，并顺利住进了当地头人李光斗的家里，从此日起，伊莎白便正式开启了她的首次田野调查工作。从保留至今的几份笔记看，它们都是伊莎白对这次田野调查的记录，其中包括了主户姓甚名谁、家居村里的具体方位、有多少田产、土地的肥瘦情况、养了多少猪牛和鸡鸭等，既有较为富庶的地主家庭，又有只能维持一般生计的人家，也有众多非常贫穷的黎民百姓。伊莎白在赵侯庙的田野调查，前前后后历时三个月，进展得相当缓慢，她所面临的最大障碍是语言沟通上的问题：赵侯庙村人使用的彝语与标准的彝语之间，存在着明显的差异，而懂得汉语的当地人少之又少，一句平常的普通话，往往要经过三个人的多次翻译，才能彻底明白说话人的意思；再兼彝族是一个十分害羞的民族，本来就害羞的受访对象，因为多出那么一两个人在现场，便完全不会讲话了。当然，更为深层的原因在于：赵侯庙村的头人李光斗与富林镇司令羊仁安间存在着重重矛盾，并且已然到了剑拔弩张的尖锐程度，随时都有可能爆发战火，一个外国女学者住在李光斗的家里极不安全。有鉴于此，伊莎白不得不终止她的这次田野调查，神情怏怏地回到华西坝的家里，上演了一场失望至极的号啕大哭。眼泪既是人伤心欲绝、悲痛难忍的真情流露，同时又是促使人变得更加智慧的清醒剂。在经过一段时间的冷静思考后，伊莎白的心中重新扬起了理想的风帆，决定再次深入四川农村实施田野调查。

在父亲的藏族好友索囊仁清的主动引荐下，便有了伊莎白之于阿坝州理县八什闹村的行踪。为了极力凸显这次田野调查的艰难程度，作者特意描写了伊莎白在攀越"鸟道"和"飞过"岷江这两个甚为惊险的细节或场景。这里是四川盆地的西部，更是青藏高原的东麓，为中国第二级阶梯向第一级阶梯跃升的交错地带，那条"鸟道"便置身其间。所谓"鸟道"，远远望去，它仿佛一条细细的绳索悬浮在半山腰上，有几分无法确定的缥缈，也有几许难以捉摸的幻影；临近而观，它则是一条在嶙峋怪石、悬崖峭壁中穿行的羊肠小道，显露出逼仄而险峻的峥嵘。"鸟道"下面，是寒冷刺骨、湍流迅疾的岷江之流，江水猛烈地撞击着岩石，发出阵阵虎啸龙吟般的巨吼。在"鸟道"的最窄处，人只能像壁虎一样贴着崖壁，小心翼翼地挪动脚步才能通过，一旦脚踩虚了，下面就是万丈深渊。正是因为这条"鸟道"具有如此的惊险程度，许多人在经过时，不是双腿吓得直打哆嗦，就是被吓得哭爹喊娘，犹如走过了一道道鬼门关。然而，伊莎白在这条"鸟道"上的行走，步步都显得稳稳当当，还时不时地面带微笑，没有丝毫的畏惧之色。这不禁令索囊仁清甚感诧异，看着这位叔叔露出的惊诧之色，伊莎白才告知了原委：自己在小时候十分调皮，经常爬到很高的树梢上玩耍，把围观的大人吓得一片惊叫；又说还曾经爬过华西坝楼房的房顶，像走平衡木一样，在屋脊上来来回回地行走。对于"飞过"岷江的细节描写，作者则突出伊莎白对坐溜筒和凭重力滑过河要领的理解和把握。所谓溜筒，就是用坚硬的木材制作的半圆形木桶，过河的人将两个半圆形木桶合拢绑好套在溜索上，再通过兜在膝盖、腰部、肩背下的绳子凭重力滑过河。颇具运动天赋的伊莎白一看便知，她捆好溜筒，深深地吸了一口气，脚用力一蹬，整个身体便向对岸滑去。在岷江上空飞翔了十余秒钟后，还没有等身体完全下坠，伊莎白便伸出双臂、抓紧溜索，凭借着强大的臂力，噌噌噌地攀上了对岸。从对这两个细节或场景的描写中，我们不难看出作者的良苦用心，意在凸显前往八什闹村的路途，是多么惊心动魄。

自步入八什闹村的伊始，伊莎白便深知这样一个道理：作为一名社会人类学学者，不仅要探索人类在不同环境中的生存现状和生存方式，还必须富有直通人的心灵的不凡能力，而要具备如此素养与思想、学问与能力，最好的办法是入乡随俗。正是基于这样的认知，伊莎白在八什闹村的每一天，坚持与索囊仁清妹妹一家人同吃同住，吃玉米粑粑、喝荞麦糊糊，住简陋朴实的藏式小楼；始终与当地的村民友好相处，或是同大家一起跳锅庄舞，或是畅饮大碗的青稞酒，或者是教孩子们学唱英文歌，或者是给村民们购买新式纺车。与此同时，伊莎白在当地向导或村寨保长引领下，盛情观览了耸立在杂谷脑河谷上的著名羌寨——桃坪羌寨和佳山羌寨，充分领略到这个"云朵上的民族"不同凡响的创造力。伊莎白的足迹，从八什闹到佳山，再由杂谷脑进入梭磨河畔，最后抵达马尔康，几乎踏遍了整个康巴地区，从而收集了大量而翔实的宝贵资料。由此可见，伊莎白在八什闹村及其整个康巴地区进行的田野调查，与其说是一场富于深层思想意蕴的人类学研究实践活动，不若说是一次充满身心愉悦和理想幸福的旅行，这为伊莎白在后来深入展开的社会人类学研究，奠定了坚实的基础。

伊莎白的第三个田野调查对象，位于四川东部璧山的兴隆场。因为在藏羌山寨八什闹村田野调查期间，伊莎白留下了良好而深刻的印象，本来打算继续前往那里做调查工作，这时却突然接到中华全国基督教协进会下达的一项新任务：在中国农村工作的任务面临重大调整，由原来的福音传道、公共教育、公众健康，变更为改善农民生活、推动经济发展这两大任务。之所以如此，是因为中国的抗战进入到最为艰难的发展阶段，而处于大后方的四川农村经济又濒临崩溃的边缘，如果不在这两个方面贡献力量，怎能体现协进会救苦救难的初心！在这样的历史背景下，协进会确立了以璧山兴隆场为调查中心，由齐鲁大学教授孙恩三担任项目负责人，经加拿大教会推荐，选中了伊莎白作为此项目的工作人员，她的首要任务是了解当地群众的实际需求，为即将实施的乡村建设计划打下良好的群众基础。其次是筹办一个食盐合作社，以减轻当地穷苦百姓因盐价暴涨而遭致的生活困境。这令伊莎白不得不舍弃已然十分熟稔的藏羌山寨。在去兴隆场之前，华西协和大学博物馆馆长葛维汉匆匆赶来告诉伊莎白：你不是想见大名鼎鼎的晏阳初博士吗，如果今天下午三点能及时赶到，就可以拜访这位享誉中外的名人。伊莎白早就听葛维汉对晏阳初博士进行过详细的介绍：此人1918年毕业于耶鲁大学，为学者里的学者、精英中的精英，他不求高官厚禄，经常骑着一头小毛驴，在华北大地的各个乡村之间奔走忙碌，在河北定县（今定州）苦心经营了多年的平民教育，吸引了数百名知识分子的积极参与，已然初具规模、大有成效，只因抗日战争全面爆发，河北沦陷而被迫中断。其后便把平民教育的主战场转移到大后方的四川，在重庆北碚创办中国乡村建设学院，为培养乡村人才做出了重要贡献。而协进会在兴隆场即将实施的项目，与晏阳初的乡村建设实验目标一致，都是为了振兴中国农村，可以说两者不谋而合，这让伊莎白既感到特别兴奋，又认为责任重大，于是暗自下定决心，尽力做好这件事。

伊莎白乘坐一辆烧柴火、冒黑烟的长途汽车，历经三天的颠簸才抵达璧山，与前来迎接她的俞锡玑会合，赓即全身心地投入到工作中。伊莎白在兴隆场的主要任务：一是从事当地的平民教育工作，二是继续开展田野调查，三是协助孙恩三成立食盐合作社。从作者的叙事和描写中可知，伊莎白是一个踏实肯干、认真负责，又善于思考问题和努力追求上进的人，这从她在平民教育和田野调查的工作中，皆可以得到有力的确证。在兴隆场举办的首个妇女识字班，共有十八名学生，年龄从十一岁到二十四岁，所使用的教材，是由陶行知与朱经农根据陈鹤琴《字汇》中统计出的频次最高的常见字，共同编写的《平民千字课》。这本教材用一千多个常用汉字组成了九十余篇课文，每篇课文的后面将生字单列出来，以突出教学的重点和难点。每每在教学时，伊莎白既耐心地教同学们认生字、弄懂意思，又深入地阐释课文的思想内容，无不体现出应有的敬业精神。从妇女识字班上传出的整齐而响亮的读书声，使两百年来如死水一潭的兴隆场，悄然发生变化，而担任主讲教师的伊莎白，可谓厥功至伟。再看伊莎白的田野调查工作。伊莎白和俞锡玑开展的逐户调查，始于1941年年初，两人共同设计、油印了一份包含户主的性别、年龄、家庭住址、经济状况、居住条件等内容的调查问卷，然后用了近五个月的时间，将兴隆场一千四百九十七户人家挨个走访了一遍，并按照调查问卷里提出的问题，一一进行详尽的填写。为了能够顺利地完成田野调查工作，这两位一洋一中、一高一矮的年轻姑娘，常常手持一根打狗棍，出现在兴隆场的乡土世界，成为一道令人称颂的风景。至于说伊莎白的第三项工作，则既是一件令她颇感伤心痛苦的事，也是她败退于兴隆场的根本原因。唯一让伊莎白感到安慰的是：她在这里完成了《兴隆场》的初稿，现在出版发行的《兴隆场：抗战时期四川农民生活调查（1940—1942）》一书，正是对初稿的大力修改、深化和完善而成就的。这部近乎于学术专著的书，以实录的细致笔法书写了抗战时期川东一个小场镇普通百姓的生存状态，保存了大量生动鲜活的事例，特别是其对惊异故事的讲述、典型情节的描写、原汁原味的民俗展示，令人有如面临历史现场。

从某种意义上讲，这是一部具有完形意味的报告文学作品，之所以这样认为，一是因为它是对伊莎白百年人生的艺术聚焦；二是因为在这种艺术聚焦中，作者赋予了重点题材内容的选择和思想表达。既然如此，伊莎白的爱情生活就理当是其表现的一个重要方面。从作者的审美表述里可知，伊莎白与柯鲁克之间的爱情，发生于伊莎白在兴隆场工作期间。在工作的间隙，伊莎白也抽暇回到成都，与父母及家人短暂团聚，正是因为这几次回家团聚，伊莎白与受聘于内迁至华西坝金陵大学讲授英语的英俊青年大卫·柯鲁克得以相识。两人之间的邂逅，缘于一场有趣的误会。某天，妹妹临时有事不能上班，便叫姐姐伊莎白代为去学校批改学生作业，柯鲁克的办公桌与妹妹的挨得很近，于是向伊莎白说道：你今天的发型怎么变了？待看清是伊莎白后，他急忙向对方致歉，于是两人有了第一次对话，当得知柯鲁克曾参加过西班牙国际纵队，也在战场上负过伤流过血，伊莎白的敬佩之情油然而生。从那以后，柯鲁克便向伊莎白发起了猛烈的爱情进攻，为此，他买了辆二手自行车，以便和爱好体育运动的伊莎白并驾齐驱，这既可以看作是柯鲁克在投伊莎白之好，也可以视之为增进相互情感的润滑剂。然而，这些都不过表象的东西，最为重要的是两人都有一颗怜悯之心，或者说共同的理想：对处于社会底层的劳苦大众的深深同情。柯鲁克始终关注社会底层，从战乱的西班牙到沦陷的上海，对不畏牺牲的反法西斯战士有深刻的理解，对牛马一样卖苦力的中国劳工有深深的同情；而伊莎白在中国的底层社会中也潜得很深，从白鹿镇周边的贫困山民到杂谷脑河畔的卖身农奴，皆怀有浓重的怜悯之心。再兼柯鲁克对伊莎白人生的深刻而有益的启示，特别是对她败退兴隆场的鞭辟入里的冷静分析，令伊莎白深深感到，这岂止是有情人的相知，更是暖彻心底的真爱。可以说，是彼此具有的同情之心，使两人最终坠入爱河，这才有了泸定桥上求婚一幕的出现。不久之后，随着欧洲战事全面爆发，接到共产国际指令的柯鲁克回到英国，加入了皇家空军，伊莎白也一同前往，两人很快缔结终身良缘。

作者何以要对伊莎白的爱情进行这番绘声绘色的艺术表达？在论者看来，既与这篇报告文学的长度有关，也与其传递出的审美效能紧密相连。从这部作品的长度看，它确乎是对主人公百年人生的聚焦，爱情无疑是镶嵌于其中的一段美丽人生，尽管较为短促，却令人回味无穷，更何况主人公在年轻时还是一位极富个性的美女。从审美效能的传递上看，选择对主人公的爱情进行描写，必定会吸引阅读大众热切渴求的眼球，进而生发出对美好、幸福爱情的丰富想象和联想。但作者并不这样认为，在他看来，对主人公的爱情予以津津乐道的艺术表达，旨在揭示这场爱情给主人公带来的灵魂触动，特别是在思想上产生的巨大变化，即伊莎白从一个信奉甘地的和平主义者，彻底转变成为一名坚定的共产主义者。唯有如此，伊莎白与柯鲁克的爱情才能够长长久久，直到地老天荒。这才是作者的真实意图。

历史的时针指向 1947 年的深秋，在英国待了五年之久的伊莎白夫妇重新回到中国。较之于五年前离开中国时，夫妻俩的身份已然有了显著的变化：柯鲁克是路透社和《泰晤士报》的特约记者，伊莎白业已成为一位文化人类学学者，他们计划在中国待十八个月，柯鲁克为英国报纸撰写新闻稿，伊莎白则继续从事文化人类学研究。此时的中国，正在发生伟大的历史性转变：解放战争由战略防御转为战略进攻，解放区的土地上正展开一场声势浩大的土改运动。自从进入晋冀鲁豫边区，夫妻俩便明显地感觉到一股股崭新的气息扑面而来：先是翻译高梁给他们完整地讲述了歌剧《白毛女》的故事，接着目睹了在冶陶村召开的庆祝《中国土地法大纲》颁布大会上锣鼓喧天、群情振奋的火热场景，继之亲耳聆听了负责外事工作的李棣华有关晋冀鲁豫根据地在整个中国抗战中的地位和作用的介绍，最后听闻了报刊创始人之一的张磐石对《人民日报》创刊及其发展历程的回顾。这一股股崭新的气息宣告了人民当家做主日子的临近，预示着新中国的太阳即将升起。这令伊莎白夫妇万分激动，于是他们决定参加这场伟大的土改运动，亲眼见证中国北方农村发生的巨大变化。

为了全面展示伊莎白夫妇对这场土改运动的亲历亲见，以及他们如何实现从见证者到参与者的思想转变，作者特意安排一个专章的内容，并设计了几个小标题，予以详尽的表述和呈现。"走进十里店"描写了伊莎白夫妇初到十里店的亲历亲见，和由此生发出的新鲜而独特的内心感受；"乡亲们与老房东"通过对与老房东同吃、同住、同劳动等场景与细节的描绘，真实表达了伊莎白夫妇发自内心深处的喜悦和热爱；"太阳从西边出来了"借贫苦村民的众口一词——八路军是从西边太行山下来的，传递出广大民众对共产党及其领导的人民军队的真心拥戴和无比崇敬；"特别关注妇女的命运"侧重于展现伊莎白对当地妇女群体所处的现实境遇、命运遭际的深层关注；"工作队亮相十里店"重点描绘了由《人民日报》组织的工作队在进驻十里店后，给这座村庄带来的新变化和新气象；"整党，整风，荡污涤垢"则突出表现在十里店开展的整党整风运动，对曾经犯过错误的党员干部进行的挽救或教育，从而进一步强化了党的基层组织建设。正是通过对这一个个鲜活场景和生动细节的描绘，揭示了作为见证者的伊莎白夫妇，对于发生在十里店这场土改运动的深切关注和感知。与此同时，作者又以散笔的艺术方式，描述了作为参与者的伊莎白夫妇，对这场土改运动不同程度的介入，诸如柯鲁克在十里店拍摄的上千张照片，伊莎白对土改运动全过程的文字实录等，不仅成为极其重要的文献史料，同时也是他们参与其中的有力见证。在土改工作队工作的近八个月时间里，伊莎白夫妇获取了大量而翔实的第一手资料，为此，两人共同撰写了两部书稿，一部为《十里店——中国一个村庄的革命》，另一部是《十里店——中国一个村庄的群众运动》。前者主要追述了十里店在土改前的革命探索和努力，后者重点记录了土改的全过程及土改带来的巨大变化，特别是后者一经出版，便在海外引起了强烈关注，人们从中得以清晰地觅见在那个发生巨变的年代，中国北方农村，或者说中国社会基层最为真实的面貌。

　　时光之手轻轻一掠，1948年的夏天便倏然而至。结束了中国北方农村田野调查的伊莎白夫妇，收拾好自己的行李正准备返回英国时，突然接到中共华北局领导谈话的邀请。与他们谈话的是后来成为外交部副部长的王炳南，谈话的地点选定在石家庄，王炳南热诚地邀请他们到新办的中央外事学校任教。这令伊莎白感到受宠若惊，因为在她看来，能够接受中国共产党的恳请，为即将诞生的新中国培养外交干部和对外交流的人才，无疑是一份特殊的历史使命和重大的光荣任务。此刻的柯鲁克也油然想起在离开英国时，英国共产党负责人对他们讲的话："要将个人利益放在次要地位，如果中国同志需要你们做其他的事，也要接受。"他们决定接受中国共产党的邀请，这一干就是三十余年。伴随着三十余年的光阴荏苒，他们供职的这所学校，由原来没有教室和校舍的中央外事学校，逐步变身为声名鹊起的北京外国语学院，再演进为今天的北京外国语大学，为国家培养了数以千计的外交大使和参赞，成为名副其实的"新中国外交官的摇篮"。从某种意义上讲，这也可谓是一场历史性的巨变。回忆这三十余年的人生经历，他们夫妇虽然曾萌生过回英国的念头，也曾在"文革"期间遭受过不公正的待遇——伊莎白被监管、柯鲁克被监禁，却没有丝毫怨言，兢兢业业地埋首于教学工作，专注地致力于中外交流，特别是中国与加拿大的民间友好往来，在内心深处始终如一地钟情于中国，用伊莎白的话来说：感谢父母把我生在中国，我在中国生活得很幸福！这不仅仅是伊莎白发自肺腑的心声，更是她把自己一生的爱献给中国最为有力的一种确证。

对于伊莎白晚年的人生，作者则主要采取以时间为中轴的顺叙方式，将人物在晚年人生中发生的系列故事，紧紧围绕着这个时间中轴而展开，在这个总的叙事原则下，又运用为数不少的穿插叙事，把人物对过往人生的点滴回忆与其当下人生的现实存在，赋予了卓有成效的艺术链接，展现出人物的情感与内心、思想与灵魂，及其特有的人性品格和精神风范。从这样的叙事里，既有对伊莎白夫妇在新疆、内蒙古讲学场景的描写，又有对伊莎白独自完成人类学研究著述情境的描述；既有对伊莎白夫妇回归故里进行学术演讲的真实场面的概写，又有对他们从事中外交流活动时生动细节的表现；既有对伊莎白一家人在八什闹村进行回访的现场实录，也有对伊莎白回归于生命来处——成都华西坝深情凝望的画面展示。作品不仅表现出叙事手段的多元化与丰富性，而且有力地塑造了人物的典型性，也令广大读者能够充分理解、深层把握这个人物，及其所显示出的思想意蕴和美学价值。

认真解读这部报告文学作品，它以伊莎白这个典型人物为描写中心，通过对这个人物百年人生故事的艺术浓缩和侧重展示，深刻揭示了其作为人类学家、新中国英语教学拓荒者、教育家、国际共产主义战士，与中华民族的亿万子民一道，积极投身于新中国的伟大建设事业中，为中国教育事业和对外友好交流做出杰出贡献的高贵品质和精神风采。伊莎白用她热爱中国的一生，形象诠释了一个真实存在的中国，传播了和平美好的中国声音，这无一不在确证一个事实：她既是一个具有普遍情怀的女性，又是一个拥有伟大灵魂的人物。她何以有着如此情怀和灵魂，根由在于对中国大地的深深根植。这当是作者力图表达的思想主旨。

从艺术角度进行审视，这部报告文学最为显著的特点，就是它展现出了应有的真实性及其真实程度。具体而言，它的真实主要表现在以下三个方面。其一，语言表现的真实。语言是一种具有独特描摹功能的社会符号，尽管它的这种功能没法像造型艺术那样，对事物的描摹显得那么直接、客观、精准，却能够令人产生丰富的审美意会和想象，使之无限地接近甚至超越真实。这篇报告文学的作者，正是凭借语言的这种意会与想象功能，无论是对故事的生动讲述，还是对历史场景的细致描绘，抑或是对抒情手法的具体运用，都尽力用贴近事实本身的语言方式，来进行有效的艺术呈表，从而体现出应有的真实性及其真实程度。其二，光影传递的真实。作者在这部作品里，前前后后共插入了数十张黑白和彩色照片，它们大多为主人公的个人照，从童年、少年到青年、中年再到老年，表现出不同历史时期的人像变化。这些照片犹如一幅幅时空凝固的光影，当读者连续而快速翻阅此书时，它们就会变得鲜活而生动，令人处于流淌、变动的光影中，深层感知人物在历史时空中的变化，充分领略主人公百年人生精华的真实性。其三，文献凸显的真实。借助对文献资料的引用，来表现故事讲述、形象塑造、情节推进、场景描绘的真实性，虽然不是作者的发明，却是一种行之有效的艺术手段。在这部作品里，作者通过对众多文献资料——社会学与历史学著述、纪实文学、刊物载录等的引用，不仅一一标明资料的来源，并且进行了恰当的艺术处置，这无疑从一个侧面提升了作品的真实性及其真实程度。由此可见，语言表现、光影传递、文献凸显是构成这部报告文学真实性的基础，是它具有真实品格的根本所在。从另一种意义讲，这部报告文学之所以能够荣获"五个一工程"奖，正是源于这种艺术真实及其抵达的真实程度。

文学华西坝：谭楷创作的地方路径研究

段　弘

摘要：作为一位从 1963 年就开始从事创作的四川作家，尤其是近期创作中，谭楷建构和重塑了"文学华西坝"，增加了华西坝作为成都文化地标的人文气象，充分体现出本土作家在"地方路径"方面的创作自觉。本文从"地方路径"视角切入，分析谭楷作品中"华西坝"在"文本中的地理"和"地理中的文本"的表征，以期为 2023 年度"四川领军作家"之一的谭楷的文学创作批评开辟一条地方作家、地方创作以及地方文学的研究思路。

关键词：文学华西坝；地方路径；谭楷创作论

243

流沙河先生曾说："成都的五大文化标志地，我认为是老少城、华西坝、草堂、武侯祠和春熙路。其他地方皆市井景象，唯华西坝为人文气象。"

从事文学创作六十余年，谭楷近期有意识地将创作重心移向华西坝，将个人经验与地方知识融会贯通，"搜尽奇峰打草稿"，在《枫落华西坝》《华西坝的钟声》《你们是最美的天使》《我用一生爱中国——伊莎白·柯鲁克的故事》等作品中，纵深、全景、立体式展现包括自然地理和人文景观在内的华西坝，构建起独具作家个性和地方特色的"文学华西坝"。

一、地方、地方路径与地方作家、地方文学

20世纪70年代以来，包括文学研究在内的西方学术开始研究的"空间转向"，重新认识人与地理景观和环境之间的关系，从人的社会性存在探究生活的意义。从这个角度看，"地方路径"的研究思路体现了文学研究的"空间意识"。

1. 地方与地方路径

从地方路径视角审视文学创作，首先要明确"地方"的概念。

有学者认为，如果说19世纪的现实主义和20世纪早期的现代主义曾被时间话语和历史话语所主导，文学批评重视时间轻视空间，那么在20世纪后期，即福柯所说的"空间的时代"，文学研究则发生了"空间转向"的范式转型。将文化地理纳入文学研究视角，引发了文学批评的爆发式创新，催生出文学地理、文学地图、文学景观、地理诗学、空间批评等一系列跨学科文学研究。[①]

什么是地方？

英国学者蒂姆·克雷斯韦尔提出，地方即场所或地点，文化地理学界定为与人类活动相关的地理空间，用于表述人与自然的关系，是人的存在场域，也是创作意义的生成空间，是由物、表征及实践共同构成的复杂而动态的综合体。[②]

美国学者约翰·A.阿格纽指出，地方概念涵盖三个侧面，即场所、位置和地方感，其中，地方感指生活在某地后产生的主观感受。[③]

将文化地理学中的文化转向和文学研究中的空间转向结合，作品中的地理景观不再只是无足轻重的背景信息，由此，创作者的体验被

---

① 刘英. 文化地理 [J]. 外国文学，2019（2）：112—123.

② Tim Cresswell, "Place—Part I", in The Wiley-Blackwell Companion to Human Geography, eds. John A. Agnew and James S. Duncan（Chichester：Wiley-Blackwell, 2011）, p. 238.

③ John A. Agnew, Place and Politics：The Geographical Mediation of State and Society（Boston：Allen & Unwin, 1987）, p. 5—6.

放置在重要位置，文学批评开始关注作家的主体性创造与反思、体验与感受、情感与感情，从历史、社会、政治、经济、文化甚至技术角度，对"文本中的地理"和"地理中的文本"进行全面分析，从而激活传统文学研究的生命力。

至于"地方路径"，在中国学者中由李怡首创。他认为，文学的存在首先是一种个人的路径，然后形成特定的地方路径，许许多多的"地方路径"，不断充实和调整着作为民族生存共同体的"中国经验"。当然，中国整体经验的成熟也会形成一种影响，作用于地方、区域乃至个体的大传统，但是也必须看到，地方经验始终存在并具有某种持续生成的力量，而更大的整体的"大传统"却不是一成不变的，"大传统"的更新和改变显然与地方经验的不断生成关系紧密。[①] 他进一步提出，中国学者对"地方路径"问题的发现在根本上还是一种自我发现或者说自我认知深化的结果，是创立中国学术主体性的积极体现。[②]

2. 地方作家与地方文学

地方作家与地方文学相辅相成，二者既有生成与依附的内在逻辑，又存在一定的个性张力。

关于"地方文学"，李怡提出首先是一个出版界的现象而非严格的概念，常与当地政府倡导的"文化工程"有关，其内在的"地方认同"或"地方逻辑"往往不甚清晰。"地域文学"是在语言、民俗、宗教等方面相互认同的基础上形成的文学共同体形态，一般说来历史较为久远、渊源较为深厚。[③]

至于地方作家，标志着作家的地方身份，与作家的地域归属感密切相关，与作家的认知和思考方式密切相关。正如提出"地方意识"的小罗伯特·塔利认为的那样：所有思考在不同程度上讲的都是对于

---

① 李怡."地方路径"如何通达"现代中国"——代主持人语 [J]. 当代文坛，2020（1）：66—69.

② 李怡. 从地方文学、区域文学到地方路径——对"地方路径"研究若干质疑的回应 [J]. 探索与争鸣，2022（1）：63—69+178+2.

③ 李怡. 从地方文学、区域文学到地方路径 [J]. 社会科学文摘，2020（4）：54—56.

地方所做的思考。①

　　当然，地方与作家之间具有辩证互动的同构性，绝非单向关系：自然环境决定生活方式，因此，地方对作家的创作有影响；反之，作家的感知、体验与思考具有能动性，因此，作家对地方的记录、创造和重塑，也会反向影响到地方景观人文气象的传播。

　　作为一名在四川出生，在四川工作生活的四川籍作家，谭楷是中国作家协会会员，享受国务院特殊津贴专家，获得中国科幻终身成就奖。他在 1963 年刚满二十岁时就在《解放军报》发表诗作《雪山下的篝火》，同年，大学毕业后即在国防科委、电子工业部 1424 所等单位工作，1980 年调任《科学文艺》杂志社编辑，参与创办《科幻世界》杂志并担任总编，成为中国野生动物保护协会四川分会理事，担任中英文版《看熊猫》执行主编。谭楷六十余年的创作涉及诗歌、小说、散文、报告文学、纪实文学等多种体裁，创作主题集中在三大领域：科幻、大熊猫、华西坝，既有浓郁的地方特色，更有高屋建瓴汇聚中国经验和国际视野的大手笔。

　　谭楷的作品与"华西坝"紧密结合，无论从标题（《枫落华西坝》《华西坝的钟声》等），还是内容（《你们是最美的天使》《我用一生爱中国：伊莎白·柯鲁克的故事》），华西坝均属"高光存在"。从"地方路径"视角入手，专注谭楷创作中有关华西坝的地理景观，尤其是在地方书写上的成就与特色，可以为"四川领军作家"的地方文学批评探索出一种新的研究进路。

二、文本中的地理：谭楷笔下作为地理景观的华西坝

　　与地方文学中作家想象虚拟的地域——莫言的高密东北乡、贾平凹的商州、刘震云的延津、阎连科的耙耧山脉、苏童的香椿树街等不

---

①　Robert T. Tally Jr. Topophrenia: Place, Narrative, and the Spatial Imagination（Bloomington: Indiana University Press, 2019）, p. 23.

同，谭楷笔下的华西坝至今仍是成都的地标性建筑群，指涉的是实体的存在，是他成长和经历的所在，也是他笔下主人公及其后辈仍然居住或工作的地方，作品中的华西坝作为一种地理景观，既承载着作家充沛的情感，也体现着作家扎实的采访功力，更蕴含着极为动人的隐喻主题。作为作品人物的背景、地方文化的平台、作品主旨的基础，华西坝被谭楷的作品塑造、描摹、表达、提升，成为地方文学中不可忽视、带有作家个人主观视点的地理景观符号。

1. 书写真实地域的华西坝

作为一名本土作家，谭楷对华西坝有着深厚的感情和体悟，首先体现在作品中的就是展现实际景观。在谭楷笔下，华西坝首先是实实在在存在于四川省成都市中心区域、有着一百多年历史的中西合璧的建筑群：

> 华西坝的老建筑，猛一看，全是大屋顶，中国人看它是典型的中国古建筑，细看屋顶中间竟有带装饰味儿的西式老虎窗；再细看，屋顶上雕塑的中国龙、凤、魑魅等神兽变成了西方建筑物中常见的蜗牛、鳄鱼、狗、马、象等动物，西方人看它们也很亲切。由于有砖墙牢固支撑屋顶，本不需要斗拱、撑弓，但华西几乎所有的大建筑又都有精美的斗拱、撑弓，加上雕花门窗，让建筑物透出浓浓的中国味儿。[①]

作家将旁观与解说相结合，从宏观过渡到微观，既平白晓畅又趣味十足，体现出四川常见的"摆龙门阵"的市井味道，甚至有种电影镜头般从全景到特写的画面感。

2015 年，国务院公布第七批全国重点文物保护单位名

---

① 谭楷 . 枫落华西坝 [M]. 成都：天地出版社，2018：136.

这种带有"旁白"功能的文字，其所指的是画面无法指涉的抽象
与概括，也是作家对真实空间的华西坝的文学表述。

2. 书写历史空间的华西坝

华西坝既是具有物质性的真实地域，也是具有精神性的历史空间，
作品中的相关书写折射出谭楷在形塑文学华西坝上的功力。

谭楷有关华西坝的创作大抵为纪实性报告文学，必然要求事实鲜
活动人、史料精准可信，为此，他发挥"华西坝上人"的优势，遍访
华西坝故人及其子孙、友朋、学生，全面深入收集各种史料，先感动
自己再展开叙事，还原历史空间中的华西坝。在这里，"华西坝"成为
钩沉历史的锚点，在他笔下，华西坝不再是一个简单的地理名词，而
是一个充满故事和情感的历史空间。

> 广益坝就是现在的华西坝光明路宿舍区，是华西坝的
> 重要组成部分。追根溯源，华西坝是成都的一块历史文化宝
> 地，相传为蜀汉都城的"中园"旧址，是刘备游幸之地。②

通过空间景观，这段文字延伸出时间维度的"历史重写本"，不同
时期华西坝的变迁被记录、留痕，成为读者获知华西坝历史信息的文
本，成为可用文字触摸和感知的"文学华西坝"。正如德裔美国学者、
文化地理伯克利学派创始人索尔所说：如果不从时间关系和空间关系
来考虑，我们就无法形成地理景观的概念。它处于不断发展或消亡、

① 谭楷. 枫落华西坝 [M]. 成都：天地出版社，2018：143—144.
② 谭楷. 我用一生爱中国：伊莎白·柯鲁克的故事 [M]. 成都：天地出版社，2022：15.

替换的过程中。①

　　谭楷作品中,《枫落华西坝》的"华西坝浓度"最高,存在感最强。为了讲述华西坝创建者筚路蓝缕的艰辛,作者大量运用史料,尤其是数据和事实,以铭记着特定历史时期加拿大医学传教士的伟大精神。

　　从 19 世纪末期开始,直到 20 世纪 40 年代,从加拿大来到中国的传教士共计四百七十三名,其中有医学学位与职称,在华西工作的就有九十二名。他们在传教方面收效甚微,却联合美、英教会创办了中国西部著名的综合性大学——华西协合大学。其医学、牙学、药学和公共卫生学成果特别突出。当时有"北协和""南湘雅""东齐鲁"和"西华西"之谓。②

　　值得大书特书的是,抗战爆发,华西坝先后接纳了中央大学医学院、齐鲁大学、金陵大学、金陵女子文理学院、燕京大学等内迁大学,被称"五大学时期",师资力量堪称"中国一流"。③

　　社会上称赞"华西协合中学是民主的摇篮"。中华人民共和国成立后,才告白天下,协中有以詹大风为书记的中共党支部,有数十名团员。④

　　1913 年,华西协合大学在停办一年多之后复课,毕启被任命为校长。1924 年 9 月 7 日,毕启在办公楼门口迎接报到的八名女生。她们步入女子学院,成为四川省跨越时代的人物。⑤

---

①　转引自 [英] 迈克·克朗.文化地理学 [M].杨淑华,宋慧敏译.南京:南京大学出版社,2003:28.
②　谭楷.枫落华西坝 [M].成都:天地出版社,2018:10.
③　同上书:12.
④　同上书:361.
⑤　同上书:122—123.

相较于文学创作，史料部分的运用增强了谭楷文学华西坝创作中的纪实性，建校历程与历史事件交织，展现的是时代洪流下华西坝打破重重阻碍传播现代医学的坚守，侧面反映其在医学领域中独树一帜的存在。

3. 书写感情空间的华西坝

有学者认为，"感情地理"概念的正式提出始于 2001 年，强调"地方"具有激发"喜爱、憎恨、快乐、骄傲、悲伤、悔恨等感情的功能"。①

在华西坝这个由真实地域和历史空间共同造就的文学符号中，作者同时创造了基于地理景观的感情空间，并通过作品感染更多的读者。

以《枫落华西坝》为例，在表现特定历史时期的残酷时，作者借贝丝（陆瑛惠）的口吻回顾了战火纷飞、动荡岁月中的华西坝，生于斯长于斯的贝丝体味到华西坝所召唤出来的愤怒与担心、留恋与热爱、哀叹与共情，这些高贵的感情超越种族、国界，凝铸于基于地方认同的华西坝，分外感人：

> 我们无忧无虑的生活，是被日寇的飞机毁掉的。听到了尖厉的警报声，妈妈带着我们四个孩子，逃到郊外，回望成都，浓烟滚滚，火光冲天。我们为爸爸提心吊胆，他还在市区内，不知道安不安全？我们不断地为他祈祷。②
>
> 每当我想起大轰炸，那些火光，那些倒在血泊中的无辜的生命，我就感到我跟华西坝、我跟中国土地、我跟中国人血脉相连。③

每当谈及创作，谭楷都会遵循"搜尽奇峰打草稿"的原则，究其原因，应该与他的非虚构写作、介入式采访和在场性叙事有关，同时

---

① 刘英. 文化地理 [J]. 外国文学，2019（2）：112—123.
②③ 谭楷. 枫落华西坝 [M]. 成都：天地出版社，2018：59.

也与他要创造的感情空间有关：

> 石涛和尚说"搜尽奇峰打草稿"，他还说，"深入物理"
> 才能"曲尽物志"，才能达到"物我交融"的境界……直到
> 汗水和雨水多次在背心上汇合，感情与思想多次在大脑中汇
> 合，生活与作品才在稿笺上汇合……①

三、地理中的文本：谭楷笔下作为文学表征的华西坝

文化可以用来识别区域。文化是物质和符号活动产生的原因；本
质会受外界力量的威胁、损害、削弱甚至毁灭。②文化是由于相互作用
和迁移所形成的混合物，道德从解构纯粹的、受区域限制的文化观点
切入。③

谭楷通过对华西坝历史文化的挖掘和呈现，建构起读者对这一地
域的记忆。

涵盖意义的地理空间不同于虚构的文学空间，它深植于个人的生
活和经验积累，同时发掘地域的隐喻。

1. 用人物群像建构"文学华西坝"

他在《枫落华西坝》中，详细记录了华西坝的发展历程和重要事
件，面临的困境与挑战，让读者更加深入地了解了这一地域的历史文
化。同时，作家通过对华西坝人物故事的描写，展现了他们的风采和
精神面貌，让读者感受到了他们的智慧和信仰，将华西坝精神以文学
创作的形式，隐喻性地传递给了读者，让读者在阅读过程中感受到了
作者对这片土地的热爱和敬仰。

---

① 谭楷．孤独的跟踪人 [M]．成都：四川文艺出版社，1987：412.

② [英] 迈克·克朗．文化地理学 [M]．杨淑华，宋慧敏译．南京：南京大学出版社，2003：206.

③ 同上书：204.

用四本书的体量，谭楷将华西坝百余年的历史分成三个阶段，塑造了不同时期的华西大医群像：

初创期，即开创华西协合大学的先驱，他们绝大多数都是来自不同国家和地区的医学传教士，如启尔德、启希贤、林则、唐茂森、安德生、吉士道、刘延龄、杨液晶灵、米玉士、胡祖遗等（《枫落华西坝》）；

承续期，即华西协合大学"大医"精神的继承者，他们绝大多数是华西培养的学生，后来当医生、教授，薪火相传，如罗盛昭、乐以琴、蓝天鹤、曹振家、张义声、陈志潜、曹钟樑、曹泽毅、吴和光、邓显昭、杨振华、刘进等（《华西坝的钟声》）；

精进期，即新时代的四川大学华西医院医务工作者，尤其在 2020 年抗击新冠肺炎期间的医疗队成员，如李卫民、冯萍、张耀之、罗凤鸣、刘丹、伊万红、白浪、徐珊玲、王宇皓、王梓得、苟慎菊、张宏伟、佟乐、冯燕、基鹏、康焰、田永明、陈雪融、吴晓东、张岚等（《你们是最美的天使：华西抗击新冠肺炎医疗队纪实》）。

唯一例外的是加拿大人类学家、社会学家伊莎白·柯鲁克，对于这个选题，谭楷起念于 2017 年，即在国家出版基金项目"华西坝文化"丛书策划过程中，关注到出生于成都华西坝的伊莎白的百岁人生经历，2019 年开启长达三年的创作出版历程，2022 年出版。作者用一本书的篇幅精细描摹传奇百岁老人的一生，以"华西坝"为"圆心"，描写这位 1915 年出生在华西坝、2019 年获得中华人民共和国"友谊勋章"的老人，表现一生与中国人民的命运联系在一起的伊莎白，她一个人贯穿了这三个时期，像一条金线穿起了那些璀璨如星斗的华西坝精英（《我用一生爱中国》）。

借由谭楷深情动人的笔触，读者仿佛可以透过作品看到这些从华西坝上行过或正在行进的英雄：战争时期，他们投笔从戎、治病纾难，和平年代，他们逆行亮剑、战之能胜，共同铸就了华西坝的精神内核，向读者传递了积极向上的价值观和人生观，激励读者践行爱国、敬业、诚信、友善的核心主流价值观，传承他们的优良作风和优秀品德。

1911 年秋，四川保路运动闹红了天，朝廷从湖北调兵弹压，造成武汉空虚，10 月 10 日，武昌起义爆发。在战乱中，大多数洋人离开成都，或回国，或到上海避难，唯有启尔德的医疗队，举一杆红十字旗，奔赴战地，不分你是革命军还是清军，一视同仁地救死扶伤，获得很高的声誉。①

在《你们是最美的天使》一书中，谭楷将"华西坝"建构为"人才高地"，才子佳人各显神通、济济一堂，穿过悠长的岁月，散发着迷人的光彩：

> 想当年，华西坝游走着多少文艺人才啊！姚恒瑞的小号，林义祥的手风琴，徐维光的男高音，王通若的油画，赖云章、王锡林的摄影，刘国武的诗词，坝上有名；还有高立达演的话剧，杨端文唱的京剧，李长华的广播美声，豁剑秋的独唱，家喻户晓；还有"最佳射手"、足球巨星龚锦源教授，简直是我们的偶像。风景如画的华西坝，走到哪儿都会遇上充满"文艺细胞"的师生。②

最能体现地方文学特色的当然是方言，前文所说的"龙门阵"就是典型的成都市民文化与言语的载体，充满了个人小叙事和日常生活立场，举重若轻，淡然处之。正如有学者所说：在作为"地方知识"的龙门阵场景中，个人小叙事巧妙地改编甚至消解了历史的大叙事。③

---

① 谭楷. 枫落华西坝 [M]. 成都：天地出版社，2018：122.
② 谭楷. 你们是最美的天使：华西抗击新冠肺炎医疗队纪实 [M]. 成都：天地出版社，2021：134.
③ 李怡. 成都与中国现代文学发生的地方路径问题 [J]. 文学评论，2020（4）：73—80.

"啥子事情啊？"许多群众很不理解，纠纷时有发生。[①]

"耍哥"说，在华西坝学的"豆芽瓣瓣"竟成了安身立命之本。[②]

2. 建构文学华西坝的符号过程——以华西坝钟楼为例

从社会传播角度看，华西坝钟楼无论以文字、照片还是影像方式呈现，都是曝光度高、社会认知程度高的成都地标性建筑。谭楷在创作中对"华西坝钟楼"符号的建构，赋予其独具个性特色和地方路径的"文学华西坝"的意义指涉。

厄文和戈尔提出的一套分析符号过程的概念包括区分轴（axis of differentiation）、抹除（erasure）、呈符化（rhematization）和分形递归（fractual recursivity）等，具体而言，"区分轴"用以整合符号过程的一组彼此对立的特性；"抹除"是对区分轴上彼此对立的语言进行选择，将一些与特定意识形态框架不一致的语言形式隐去；"呈符化"亦称"像似化"，指其中一个符号与某个物体建立起指向关系后，还可与该物体的特质建立潜在的像似关系，体现出语言变体提供的语言形象与它们所代表的社会形象具有相同特性，当然这种像似性是被赋予的，是语言意识形态作用的结果；"分形递归"强调区分轴所创造的对比可以向下投射到子层级的对比上，也可以向上投射到更具包容性的层级上，据此，社会群体间或语言变体间有意义的对比在区分轴两边重新产生，通过重复区分轴上不同特性的比较和对比，改变比较和对比的对象，进而将这种比较和对比投射到多个社会领域，创造新的社会意义。[③]

---

① 谭楷.你们是最美的天使:华西抗击新冠肺炎医疗队纪实[M].成都:天地出版社,2021:3.
② 谭楷.华西坝的钟声[M].成都:天地出版社，2022：269.
③ 田海龙，代薇.北京胡同的"老北京"特质及其感知的符号过程[J].符号与传媒，2024（春季号）：179—163.

谭楷对华西钟楼的符号化过程，既包含了在构思和写作过程中的对"区分轴"上的"抹除"，也包括将华西坝钟楼与钟声的"呈符化"与"像似化"，更是通过"分形递归"对钟楼所体现的"华西坝精神"进行重复与投射，创造了"文学华西坝"的社会意义。在他笔下，华西坝的钟楼成为华西坝历史、文化、精神的象征，不仅是时间的见证者，更是华西坝人民在民族危难时挺身而出、在和平时期砥砺奋进的象征。

> 钟楼是华西坝的地标建筑，也是当年成都最高的建筑。那金属敲击之声，清脆，响亮，悠扬。每当钟声响起，一大群小鸟便一哄而起，四处飞散。那么多快活的小鸟，它们飞到哪里去了？

> 伊莎白家的老房子已经挂上了"成都市历史建筑"的牌匾，还在等待维修。在华西医科大学老书记吕重九的协调下，伊莎白一行入住华西坝校南路8号"校长居"。这与伊莎白家的校南路7号独栋建筑大同小异。

> 红砂石阶梯，木楼梯，木门窗，宽大的回廊，老房子让老奶奶感到特别亲切。举目一望，钟楼就在眼前。夏夜的风饱含着荷花的清香，让老奶奶倍感亲切。①

> 大钟的指针已经分秒不停地跳动了90多年。在这个宁静的黄昏，淡金色的霞光正点染着楼顶和荷花池旁的林木。曾在华西坝悠扬的钟声里度过了儿童、少女时光的伊莎白，目光缓缓扫过熟悉的故乡景物，轻轻地点头，默默地问好。②

> 近百年来，华西坝的钟声化作一条奔腾的时光之河，浪

---

① 谭楷.我用一生爱中国：伊莎白·柯鲁克的故事[M].成都：天地出版社，2022：317.
② 同上书：330—331.

涛送走了多少令人敬仰的前辈。①

这些情真意切又厚重沉郁的表述背后，是谭楷历经岁月后依然保持的华西坝赤子之心和地方认同，他来自华西坝、情牵华西坝、表达华西坝，作家在与书中人物共情的同时，也将自己纳入到书写中，成为"文学华西坝"的创建者，自己也因在场叙事成为"文学华西坝"的本体之一：

才思枯竭之时，我常去钟楼下，在荷塘边徘徊。细听华西坝的钟声，振聋发聩，激荡人心！民族危难时，它每一个声响都是出征的号角；和平建设时，它每一次跳动都是奋进的鼓点。②

"当——当——"华西坝的钟声应和着峨眉弹琴蛙的琴声。我在华西坝的钟声里长大成人，不知不觉已年近八旬。回首往事，我想，我应当尽力为故乡华西坝留下些文字记录。③

华西坝钟楼体现出浓郁的成都地方特质，是因为谭楷将自己对华西坝的主观认知和情感体验融入到创作中，作家选择诗性语言将华西坝钟楼"呈符化"，通过主观创作赋予意义，据此将钟楼从单纯的指示符转变为像似符，并将曾经在此生活、工作、学习的人物与钟楼联系起来，形构地方认同，最重要的是，通过提炼出华西坝钟楼在不同历史时期被主流意识形态所认同的特质，向上向下影响社会认知，形成历史记忆。

皮尔斯符号学将符号按自身的品质分为质符 qualisign、单符 sinsign、型符 legisign，其中，质符表明一种特质，如联系紧密是抽象

---

① ② 谭楷. 华西坝的钟声 [M]. 成都：天地出版社，2022：3.

③ 同上书：2.

的可能性，只有在具体的、表明一种实际存在物的单符中才能被经历，抽象品质在现实中的具体体现则需要被作为型符的法则、习俗等文化范畴和意识形态制约。^①

从这个层面看，实际存在的钟楼是单符，谭楷创作的具有特质的质符"文学华西坝"则是一种抽象品质，是质符。华西坝特质具象于钟楼，并在此中被感知经历。形成感觉质，则需要阅读和接受所形成的习俗等作为型符发挥作用。

3. 建构"文学华西坝"的地方记忆场所

有学者提出，以"记忆场所"为焦点的景观研究在 21 世纪走向成熟，对景观与记忆的关系提出了辩证思考。一方面，景观可以创造和把控历史记忆，体现为三种方式：记忆景观通过创造历史真实感使人们铭记历史，珍视历史；记忆景观通过以历史人物或事件命名街道，使历史进入了城市日常话语，为历史创造出空间永恒存在感和日常熟悉感；城市规划者通过建造标志性建筑激发人们的国家认同感。但另一方面，记忆景观本身也蕴含着解构的种子，可将景观转化为质疑和协商记忆的场所。^②

谭楷在创作中不断提及自身的华西坝身份，自觉将个人记忆与地方景观勾连起来，体现出文学创作特有的"抗拒遗忘"的在地性：

> 我自幼生活在华西坝，这是 1910 年创办的华西协合大学所在地，被誉为"成都的文化地标"。翻开校史，历史名人纷至沓来。原来，我家住过的天竺园小楼，曾是"名教授楼"，住过吕叔湘、何文俊、杨佑之、闻宥四家人。抗战时，它曾是"中国文化研究所"办公地。陈寅恪、钱穆、董作宾、腾固等文史大家在此会晤交流。后来，瑞典小伙子马可汗来

---

① 田海龙，代薇. 北京胡同的"老北京"特质及其感知的符号过程 [J]. 符号与传媒，2024（春季号）：179—163.

② 刘岩."地方"的文学表征及其意义阐释 [J]. 国外文学，2022（1）：67—75.

成都，拜闻宥为师学中文。闻爷爷说，你这个"可汗"之名不好，按你的瑞典名的谐音，叫"马悦然"好吗？马悦然，后来成为诺贝尔文学奖终身评委。那一座小楼，藏着太多的故事，给我的写作以丰厚馈赠。采写《枫落华西坝》，不仅让我获得大量百年老校的精彩故事，还使我有机会向马识途、李致、流沙河请教，他们讲的有关华西坝的故事，让碎片化的历史成为一块完整的拼图。《华西坝的钟声》写了华西坝的十几位名人。那个喜欢养鸽子的邻居张叔叔，原来是抗战时驾驶B-29轰炸机屡建奇功、又隐姓埋名的英雄。一辈子迷恋飞翔的他走了，鸽子也没有了，给华西光明路宿舍留下了空荡荡、令人无限怅惘的蓝天。[1]

正如有学者指出的那样，文化特性是代代相传固定不变的事物，也是区域性的事物，文化空间逐渐受到种族或民族观点的影响，形成了一个强有力的血与土的联合体……文化景观是装载文化财产的容器，文化与一个区域相关联，该区域与一个民族相关联。[2]

从这个角度看，汇聚了各种文体、不同作家的三辑九本"华西坝文化丛书"中，谭楷的创作尤其重要，作家通过散点式人物小传与故事集的方式，拉家长、摆龙门阵，书写历史上那些闪耀着人性光辉和时代精神的人物与事迹，真正做到了讲好中国故事、传播先进价值观。更难能可贵的是，谭楷自觉将创作集中在"华西坝"的地方记忆建构上，使之成为传承中华优秀传统文化、中西文化互鉴的文化载体。因此，这些作品不仅是对华西坝文化记忆的传承，也是对中华文化的传承和弘扬。

需要特别指出的是，作家不仅注重保存历史上华西坝的文化记忆，

---

① 谭楷.生活给我非写不可的冲动[N].人民日报海外版，2024-02-22（07）.

② [英]迈克·克朗.文化地理学[M].杨淑华，宋慧敏译.南京：南京大学出版社，2003：205.

更是有意识地记录直面现实的当下记忆，在《你们是最美的天使》这样的主题出版物中，作家直面重大现实题材、讴歌医生奉献精神，其中被反复提及和表征的，是爱国主义、集体主义、自强不息、爱岗敬业甚至牺牲精神，源于谭楷对"华西坝"精神传承的主动担当：

> 真想跟随华西医疗队奔赴武汉，但已是 77 岁的年龄，又是非医疗专业的退休老头，我不可能当一名"随军记者"。①

> 2020 年春天以来，没日没夜地，一双僵硬的长有老年斑的手，敲击着键盘，我在给最美的天使当"秘书"。②

英国学者迈克·克朗认为不应该忽视民族文化的意义。民族特性常常依赖于一个共享的历史，把它作为人民共同特征和明确特点的基础……共享特性是在观众观看事件时产生的。③

谭楷通过系统性地搜寻、整理、保存和记录华西坝上的人物与事迹，通过作品感动读者，或引发反思，或提出建议，借助"华西坝"这一地方景观，使读者在阅读"文学华西坝"作品时形成共有的地方记忆，进而为扩展成全民族的共同价值观与人生观奠定基础。正如列斐伏尔所说的那样：意识形态只有通过侵入社会空间及其生产，并且接纳那里的身体，才能实现持久存在。④

谭楷笔下的"文学华西坝"，对作为地理景观的华西坝而言是一种媒介化的创作实践。从 2018 年至 2023 年（尤其是 2021 年至 2023 年几乎是一年一部）密集推出的四部与华西坝有关的作品可见，作家以

---

① 谭楷.你们是最美的天使：华西抗击新冠肺炎医疗队纪实 [M].成都：天地出版社，2021：2.
② 同上书：4.
③ [英]迈克·克朗.文化地理学 [M].杨淑华，宋慧敏译.南京：南京大学出版社，2003：210.
④ [法]亨利·列斐伏尔.空间的生产 [M].刘怀玉译.北京：商务印书馆，2022：67.

百万字的体量，细腻深情的笔触表现华西坝医者群像和以华西坝钟楼为代表的景观符号，处处埋下沧桑历史中深刻思考与精妙隐喻，终极目标是让读者愿意走进"文学华西坝"所构建的历史与现实中，体味与认同、学习与践行华西坝精神，进而反哺成都地方文化。

谭楷的创作，无论是文本中的地理，还是地理中的文本，都共同构建起恢宏且连绵的"文学华西坝"地方文本形象，当然，华西坝是一个"文化富矿"，取之不尽，用之不竭，其间仍有许多的空白等待未来的创作去填补、去彰显、去弘扬。而谭楷，作为"文学华西坝"的规划者、先行者和奠基者，作为四川首批公布的领军作家之一，在创作上取得的巨大成就与他的地方作家身份不无相关，正如他自己所言：

> 我有一点底气，因为我是伊莎白的"华西坝老乡"，我对她成长的环境以及她做人类学田野调查的那条藏彝走廊比较熟悉……暮年回首，我发现华西坝就是我的"大堰河"，是滋养我精神的故土。①

这点与学者指出的异曲同工：回到中国自身，有各种不同的路径，但是努力突破宏大的统一性的历史大叙述，转而在类似区域、阶层、族群、性别等领域钩沉历史的小故事，就是行之有效的选择。②

以谭楷创作论为主题，关注具有地方标志性意象的"华西坝"中所蕴含的创作意图，从地方路径探究地方作家有关地方景观的创作与文学建构，以及与特定社会语境之间的关联，从而探索出一条从地方路径角度开展文学批评空间转向的研究可能性。

① 谭楷.我用一生爱中国：伊莎白·柯鲁克的故事[M].成都：天地出版社，2022：351，352.
② 李怡.成都与中国现代文学发生的地方路径问题[J].文学评论，2020（4）：73—80.

杨红樱《熊猫日记》综论与未来创作可能探析

黄晨旭

摘要：《熊猫日记》系列，以其独特的视角和丰富的内容，成为孩子们心中的一片绿洲。这套由著名儿童文学作家杨红樱精心创作的图画书，不仅承载着知识与智慧，更蕴含着情感与文化的传承。本文将通过创作动因、创作技法、思想感情等角度切入，探索杨红樱笔下的世界，审视这部作品在杨红樱儿童文学创作领域中的地位和价值意义，并对未来杨红樱儿童文学创作具有的可能空间进行探析。

关键词：杨红樱；儿童文学；《熊猫日记》；创作论

261

《熊猫日记》是一套融认知、科普启蒙、传统文化、情商培养于一体的启蒙图画书，共四十册，分《春天的故事》《夏天的故事》《秋天的故事》《冬天的故事》四辑，每辑十册。全书以一只名叫咪咪的大熊猫为主角，以日记体的形式，融入了新奇有趣、丰富多彩的知识。

《熊猫日记》是杨红樱首次为学龄前儿童创作的作品，在其创作生涯中具有开拓意义：该系列选取了颇具地域属性和中国标识的熊猫作为主人公，是一个崭新的形象，其特征与生命力值得观照与辨析；《熊猫日记》中的四十个小故事虽仍以亲子教育、知识普及为重心，但基本脱离了既往小说的校园环境，其创作构思、创作手法还有待梳理、总结。此外，《熊猫日记》除在国内有较高销量外，在国际范围也有一定影响，其 AR 版权输出是中国作家作品首次以 AR 动画立体形态走向国际。

综论《熊猫日记》，不仅是对杨红樱新作的剖析，在此基础上，又可对未来杨红樱儿童文学创作具有的可能空间进行探析。

一、《熊猫日记》的创作动因

2019 年 11 月，安徽少年儿童出版社正式出版了《熊猫日记》的第一辑《春天的故事》，至 2023 年第四辑《冬天的故事》正式出版，前后四年间，杨红樱这一套以国宝大熊猫为载体的新作，陆陆续续走进了千家万户。

要谈《熊猫日记》，就要先谈杨红樱创作《熊猫日记》的动因。笔者以为，其动因要从个人因素、社会因素两个方面来探析。

一是题材，即杨红樱为什么要选大熊猫作为主题形象。

杨红樱是"老成都"，她创作的所有作品，或多或少都有"老成都"的文化底色。杨红樱出生在成都市区骡马市的羊市街，也曾在桂王桥、抚琴一带居住过。成都典型的文化符号，在她的笔下都是那样栩栩如生、充满诗意：银杏、盖碗茶、串串香、西郊的油菜花、龙泉驿的桃花……当然，也会有"大熊猫"。

"大熊猫"是杨红樱不可或缺的写作素材。在初入写作行列时，杨红樱的童话里就有大熊猫的身影。后来，无论是淘气包马小跳系列里的《寻找大熊猫》，还是《笑猫日记》里的"熊猫表哥""大熊猫的恋爱季节"，大熊猫的可爱形象，都因为杨红樱的描写更加活泼可人。其中，不得不提的是《寻找大熊猫》。

早在 2005 年，杨红樱出版的《寻找大熊猫》，讲述了马小跳在暑假和唐飞跟随唐飞的舅舅（研究熊猫的博士）、美国摄影家一起来到藏龙山大熊猫自然保护区，寻找野生大熊猫的故事。《寻找大熊猫》包含对大熊猫的生活习性、居住环境、繁殖、保护现状的详细描写，可见那时杨红樱对大熊猫已经非常熟悉，而且有自己的见解和研究。

概言之，杨红樱作为成都人，向来喜欢大熊猫，且在创作《熊猫日记》之前已经就大熊猫题材创作过较多作品，熟稔大熊猫的综合知识。无论是出于感情倾向还是既往积淀侧重，杨红樱选择大熊猫作为主题形象，都是必然。

二是体裁，即杨红樱为什么放着轻车熟路的长篇小说不写，转向为孩子们写启蒙书。杨红樱自己曾说过，在为小学生创作《淘气包马小跳》和《笑猫日记》系列之后，她一直想用中国独有的珍稀动物、人见人爱的熊猫，为学龄前儿童写一套巧妙融认知、教养和启蒙功能为一体的图画书——《熊猫日记》。能促使杨红樱说出这句话，绝非仅仅是喜欢大熊猫那么简单。

在杨红樱的创作理念中，有两个概念非常重要，一个叫"儿童本位"，一个叫"一切为了孩子"。所谓的"儿童本位"，就是杨红樱认为她的创作自始至终都是全心全意为儿童服务的，这也是她的作品广受儿童欢迎的根本原因。还有一个概念就是"一切为了孩子"，即不仅要把握好儿童的需求，还要设身处地为孩子着想，已有的体裁，杨红樱会拓宽题材；尚缺的体裁，杨红樱就会尽最大努力去填补。回顾杨红樱的创作生涯，她的作品涵盖面非常广泛：小学生可以读，中学生可以读。可以说，很多孩子是读着《笑猫日记》《淘气包马小跳》上小学，中学时期读着《男生日记》或《女生日记》等作品解开了青春的密码。

不难发现，在过去的几十载光阴之中，杨红樱的文学成果里还缺乏专门为学龄前儿童创作的作品。对于杨红樱来说，这自然是一种遗憾。一方面，她的"儿童本位"理念促使她弥补这一类作品的缺失，为孩子创作，就要完整、全面地为他们服务；另一方面，"一切为了孩子"，就不能单单针对中小学生，在学龄前就播种文学的种子、美好的希冀也是应有之义。

当然，这部作品的问世还离不开出版界人士的推动。

关于《熊猫日记》的出版和海外推广，不得不提蒋博言公司的创始人 James Bryant（中文名蒋博言，以下称吉姆）。与杨红樱合作之前，他通过数据分析，看到了中国童书市场强劲增长的活力，并关注到杨红樱。2019年夏，吉姆如愿以偿见到了杨红樱，杨红樱告诉吉姆，她一直想写《熊猫日记》。吉姆当即被这一选题立意所吸引，希望把这套书介绍给全世界小读者，随即签下了代理权。[①]杨红樱受到鼓舞，加快了创作速度。同年秋，吉姆邀请国外出版界友人一起出席《熊猫日记》第一辑《春天的故事》新书发布会，当吉姆得知英国Inception公司正在寻找具有中国特色、适合做成数字AR效果的儿童读物时，他迅速与之洽谈，仅用了三个月就正式签约。就这样，《熊猫日记》一问世就名扬海外。

二、《熊猫日记》的分章概述

《熊猫日记》全书共四十个小故事。其四个分辑，各有十个选题，现概述如下：

《春天的故事》的十个选题，紧扣"新生"主题。其中，《我是中国大熊猫》总起全文，奠定全文的第一人称视角，介绍了中国大熊猫的基本概况，确立大熊猫"国际友谊的使者"的布局高度；《醒来了》通过春雷唤醒冬眠动物的情节，激发儿童对自然界变化的好奇心；《花儿朵朵开》描绘了春天花卉盛开的美景，引导儿童对自然美进行感知、欣赏；《从小长大》通过咪咪和呱呱的对话，由浅入深，诠释了成长主题；《吃得饱，长得好》介绍了生态多样性和有趣的食物链，有助于儿童形成健康的饮食观；《我爱我家》描述了不同动物的家，引导儿童建立家庭概念；《漂亮衣服》描写了许多动物的特色"衣服"，启发孩子对动物保护问题展开思考；《清明节》结合中国传统文化，介绍了清明前后的民风与习俗；《比赛冠军》描写了动物之间的体育比赛，传达了友谊、公平竞争和团队合作的价值观；《我想上幼儿园》反映了儿童对学习和社交的渴望，展现了幼儿园教育的积极影响。

----

① 杨红樱《熊猫日记》：国内首个AR图书版权输出落地海外，澎湃新闻2020-08-25。

《夏天的故事》的十个选题，紧扣"成长"主题。其中，《妈妈我爱您》以母亲节为背景，引导孩子们学会感恩，学会表达对母亲的爱；《我们从哪里来》介绍了生命的起源，激发儿童对生物奥秘的好奇心；《雷阵雨》通过描述夏天典型的天气现象，引导儿童认识自然、了解科学；《光荣的大红花》通过表彰不同动物在生态系统中的作用，传递了尊重自然和生物多样性的环保理念；《唱歌晚会》展现了夏天夜晚的活力和欢乐，引导儿童欣赏音乐、感受艺术；《好好吃的水果》介绍了夏季成熟的各种水果，普及了植物知识，并传递健康饮食的理念；《端午节》结合中国传统文化，介绍了端午节的历史和习俗；《儿童节》描写了庆祝儿童节的细节，引导孩子们珍惜美好时光；《我喜欢你》从小蚂蚁的视角传递出自信力量，鼓励儿童勇敢表达自己的情感；《好好吃的蔬菜》介绍了夏天的蔬菜和它们的营养价值，引导儿童感恩自然、感受幸福。

　　《秋天的故事》的十个选题，紧扣"收获"主题。其中，《猜！猜！猜！》通过猜动物的互动游戏，有助于培养孩子的观察力和推理能力；《孔雀开屏啦》通过孔雀开屏的小故事，表达对劳动的赞颂，展现了秋天的自然之美；《我们都很勇敢》通过描写动物们面对危险时的举措，鼓励儿童学会勇敢和互助；《爸爸，你真棒！》描写了咪咪听小朋友们讲自己爸爸的故事，传递出对家庭角色的尊重和对父爱的肯定；《生日树》教育儿童学会感恩和分享，理解给予和接受的快乐；《一定要记住》描写咪咪和妈妈的进城经历，带给儿童安全知识；《月亮走，我也走》通过描写中秋节的庆祝活动，再次介绍了中国的传统习俗和文化；《当老师》通过描写咪咪和呱呱在幼儿园教小朋友的经历，传递出学习的快乐、收获的自豪；《过河摘苹果》描写了咪咪和朋友们摘苹果的故事，引导儿童建立团队合作的意识；《告别的抱抱》通过动物们准备过冬的情景，引导孩子们感受友情的真挚。

　　《冬天的故事》的十个选题，紧扣"温馨"主题。其中，《爱撒谎的小猴子》通过小猴子的撒谎行为，探讨了诚实与信任的重要性；《藏猫猫》描写了腊八节的传统民俗，加深了儿童对传统节日的认识；《过年》通过描述春节的习俗和活动，让儿童了解中国新年的传统；《好长好长的夜》描写了冬至的特别之处，引导儿童了解天文知识；《坏脾气的风娃娃》通过风娃娃的"暴躁"，强调了控制情绪和与人和谐相处的重要性；《咪咪学骑车》描写了咪咪学习骑车的经历，引导孩子们勇于尝试，感恩父母的呵护；《淘气猫搭房子》描写了咪咪和淘气猫搭积木比赛的故事，引导孩子们培养专注力；《下雪啦》描写雪景和冬季的趣味活动，传递着亲情与友情的温暖；《新年好》通过描写新年的庆祝活动，鼓励孩子们在新年来临之际为设立成长目标，许下美好愿望；《照镜子》描写咪咪照镜子的情节，引导儿童进行自我反思，认识到自己的长处和需要改进的地方。

三、《熊猫日记》的创作手法

　　《熊猫日记》是杨红樱第一次为学龄前儿童创作作品，其创作手法有不少既往技法的影子，又有许多新的技巧与思路。

（一）故事构建

　　首先探讨杨红樱在《熊猫日记》中表现出的对"日记体"形式的继承与创新。

　　继承方面，为保证作品的"鲜活性""灵动性"，此系列与《笑猫日记》一样，都是使用第一人称的叙述视角，为读者创造身临其境的阅读体验，读者能够比较直接地感受到主角咪咪的日常生活和内心世界。日记体的非线性叙事结构，允许作者在时间和空间上有更多自由度，这种长处也在《熊猫日记》里得到体现。杨红樱也根据实际需要，灵活地组织了故事内容。

　　当然，这种继承也伴随着创新。一方面，杨红樱在日记体的基础上融入了丰富的科普知识，使得《熊猫日记》从故事集升华为一套逻辑严密、知识丰富的科普启蒙读物。另一方面，这套新的日记体作品，还附带了为学龄前儿童量身定制的互动。每个故事后面，杨红樱都设置了难度适宜的小问题，鼓励孩子们在阅读后进行思考和创作，甚至可以模仿咪咪写自己的日记。这种互动，增强了作品的亲子参与性和教育价值。

再来谈谈"四季"与布局的关系。

《熊猫日记》的布局以春、夏、秋、冬四个季节为主线。一方面，季节是全书的框架，另一方面，框架就是季节的延展。每个季节十册、共四十册，这种布局不仅可以很好地展现时间的呈递和自然界的变化，同时，杨红樱还利用这种时间呈递，赋予每个季节独特的主题和教育意义，与内容形成了有机交织。换言之，四季的转换为《熊猫日记》提供了各不相同的故事背景，使得四个分集都有独特的情境和教育点。例如，春天的新生关联着孩子们的新生，夏天的活力鼓励着孩子勇敢成长，秋天的收获教育孩子们学会感恩，冬天的温馨教会孩子们感悟情感……

概言之，通过四季的布局，杨红樱杂而不乱、粗中有细地将自然教育、情感教育和传统文化教育全部整合到《熊猫日记》中，使得这套图画书在事实上已经形成比较完整的教育体系。

最后谈谈个体性与连续性的把控。

个体性的表现或可以细分出三个维度：一是独立的故事线，《熊猫日记》的每一则都围绕主角咪咪的日常生活和特定事件展开，具有独立的故事线和主题。二是个性化的角色，咪咪作为主角，其性格特点、喜好和情感在每篇日记中都得到了一定程度的展现。三是特定的情感体验，每篇日记都带给读者特定的情感体验，或欢乐、惊奇，或温馨、从容。

连续性的构建也有至少三个角度：一是时间的连续，整个系列按照春、夏、秋、冬四季划分，每个季节的故事在主题上形成连续性，构成完整的年度循环。二是角色的连续，虽然每篇日记有独立的故事，但咪咪和其他角色的成长和变化贯穿整个系列，形成了角色发展的连续性。三是教育的连续，各季节都融入了对应的自然知识和教育元素，形成了教育主题的连续性。

结合以上分析，我们也可以得出这样的结论：杨红樱在《熊猫日记》里，还体现出个体性与连续性的结合。一是重复与变化，《熊猫日记》在保持故事连续性的同时，每篇日记都有新颖的情节和知识点，这种重复与变化的结合既保持了故事的新鲜感，又维持了整体的连贯性。二是情感与认知的连贯，咪咪在不同季节的故事中体现出不同的情感和认知发展，这种情感和认知上的连贯性让读者能够跟随角色一起成长。三是文化和价值观的传递，无论是个体故事还是整个系列，都传递了中国传统文化的优秀价值观，如和谐、尊重、拼搏等，这些价值观既相互独立，又相互联系。

（二）形象塑造

一是自然塑造。杨红樱在塑造《熊猫日记》的各个角色时，充分考虑了它们在自然环境中的行为和习性，注重角色与自然环境的和谐共生。例如，主角咪咪作为一只大熊猫，其形象与自然环境紧密相连，生活习性和行为模式也贴近大熊猫的自然属性，孩子们能够直观地了解大熊猫的生态特征。

二是细节塑造。通过精细的观察和描述，杨红樱在故事中对主要角色的外貌特征、动作习惯和心理活动进行了细致描绘。例如，咪咪吃竹子的细致动作、对不同事物的反应等，这些细节，辅以图画的呈现，让角色形象更加生动。

三是对比塑造。故事中通过角色之间的对比，强化了每个角色的特点。例如，咪咪与其他动物相比，不仅在外形上有着明显区别，它们的行为和性格也形成了鲜明对比，这有助于孩子们更好地理解和记忆每个角色。比如《吃得饱，长得好》一则，杨红樱写道："熊猫咪咪喜欢吃竹子，尤其是小竹子——竹笋！其他的动物喜欢吃什么呢？青蛙呱呱喜欢在田里吃害虫；鸟儿也喜欢吃虫子；松林里的松鼠喜欢吃松果；山里的老虎喜欢吃肉；宝宝贝贝呢？他们爱喝牛奶爱吃饭，还爱吃水果和蔬菜……"

四是想象塑造。杨红樱在书中创造了一些富有幻想色彩的场景和情节，让角色形象更加立体和有趣，这种创造主要通过拟人化的描写来实现。例如，咪咪想象自己上幼儿园、看人类过端午节、学骑车等。

通过以上四种形象塑造技巧的综合运用，可以得出结论：杨红樱比较成功地为《熊猫日记》中的每个角色赋予了独特的个性和生命力，构建了一个既真实又富有想象力且具有极强联动性的故事世界。

（三）语言特点

一是尊重儿童兴趣。杨红樱在创作中充分考虑到儿童的兴趣点，坚持使用生动活泼的语言和有趣的故事情节，紧抓儿童的注意力。如，杨红樱通过描绘大熊猫咪咪的日常生活和冒险经历，激发儿童对自然、动物的好奇心，勾起他们的探知欲望。《生日树》中写道："熊猫咪咪和青蛙呱呱到山脚下的村子里玩，看见了老马伯伯的生日树……"又如，书中使用重复的音节、排比的句式，以及富有节奏感的语言，都是为了迎合儿童的天然喜好。《花儿朵朵开》中写道："先开花后长叶的玉兰花开了！樱花开了！桃花开了！梨花开了！"《下雪啦》中写道："原来美丽的湖现在结了冰，湖面成了他和妈妈的溜冰场；原来美丽的山现在成了雪山，他和妈妈滑雪下山；原来的庄稼地现在都盖上了雪被子，白雪覆盖下的庄稼生气勃勃。"

二是满足多维启蒙。《熊猫日记》中的语言不仅传递了知识信息，还承载着认知、情感、社交等多方面的启蒙功能。杨红樱通过简单易懂的语言解释家庭与社会的关系，表达对友情和亲情的理解，促进儿童全面发展。如《爸爸你真棒》："熊猫咪咪和青蛙呱呱下山来到幼儿园，听到小朋友们在夸自己的爸爸……他们在不同的岗位从事着不同的工作，他们都很棒！"

三是留足想象空间。杨红樱在叙述中有意留下部分空白，鼓励儿童发挥想象力填补故事细节。这种开放式的叙述方式允许儿童在心中构建自己的画面，从而更深入地参与到故事中，培养想象力和创造力。如《淘气猫搭房子》："聪明的淘气猫搭得又快又好，可他还没搭完就跑去和小鹿、小猴玩起来，而咪咪一心只想着在 12 点前搭好房子……"

四是提供衔接可能。杨红樱的语言设计考虑到儿童不同发展阶段的阅读需求，提供了从简单到复杂的自然过渡。她通过逐步增加语言的复杂性和故事情节的深度，帮助儿童顺利过渡到更高级别的阅读材料，为他们的阅读成长提供支持。

四、《熊猫日记》的思想情感

《熊猫日记》是为学龄前儿童创作的，语言较少，整体字数也不多，但其中内蕴的思想、情感非常丰富。

（一）教育思想

一是自然教育。《熊猫日记》通过主角咪咪的日常生活和冒险，向儿童展示了自然世界的奇妙和多样性。书中包含了对季节变化、动植物生态、自然现象的描述，以及人与自然和谐共存的理念。另外，通过咪咪的视角，儿童可以感悟到尊重生命、保护环境的重要性，以及探索自然、发现自然之美的乐趣。

二是家庭教育。《熊猫日记》中的许多故事强调了家庭的温暖和重要性，通过咪咪和家庭成员之间的互动，展示了家庭成员间的爱与支持。换个角度来看，家庭教育还体现在咪咪如何从家庭成员那里学习到生活技能、社会规则和道德价值，以及如何培养良好的性格和习惯等方面。

三是社会教育。《熊猫日记》包含了对社会责任感的培养，通过咪咪与其他动物和人类角色的互动，探讨了公平、正义、合作和友谊等社会价值。同时，社会教育还通过咪咪参与社会活动、节日庆典等情节来展现，有助于儿童逐渐理解社会的多样性，学习如何在社会中定位自己，以及如何与他人和谐相处。

（二）情感表达

一是友情。杨红樱通过主角咪咪与其他动物角色之间的互动，展现了友情的力量和价值。儿童可以学习到如何建立和维护友谊，以及友情在个人成长中的重要作用。书中的友情主要体现为互相帮助、共同成长和分享快乐与困难。如《我们都很勇敢》中写道："熊猫咪咪和青蛙呱呱、小鹿、小松鼠、乌龟、刺猬下山参加秋季运动会，突然，一条毒蛇挡在山路上，向他们发起进攻。面对危险，动物们毫不畏惧，利用自身的优势保护自己、互帮互助，最终勇敢地战胜了毒蛇。"

二是亲情。亲情在书中通过咪咪与家人之间的纽带来体现。杨红樱在书中描写了不少咪咪与家人之间的温馨场景和感人故事，强调了家庭作为儿童成长安全港湾的重要性，以及亲情给予儿童的情感支持和教育价值。如《月亮走，我也走》中写道："农历八月十五日是中秋节，是思念亲人、盼望团圆的日子。这一天，熊猫咪咪和妈妈在他们居住的树洞前，一边赏月一边吃月饼。"

除了友情和亲情，《熊猫日记》还包含了对其他类型情感的探索，一如对自然的敬畏之情，《醒来了》中写道："天空响起了滚滚雷声，这让大熊猫咪咪感到害怕。这时，青蛙呱呱被雷声唤醒，从小溪边的洞里跳出来，他告诉熊猫咪咪：不要害怕，这是春雷，春天到了……"；二如对动物的同情与真切的爱，如《我喜欢你》中写道："蚂蚁小小虽然很小很小，却偏偏喜欢又高又大的动物。他喜欢长颈鹿和大象，他想把心里话告诉他们，可是没有成功。蚂蚁小小遇见了熊猫咪咪，他爬呀爬，蚂蚁小小爬进了咪咪的耳朵，对着他说了好听的一句话"；三是社会的责任感，如《生日树》中写道："老马伯伯不仅喜欢帮助小动物，还非常勤劳，大家都很喜欢他。咪咪看到老马伯伯的生日树上挂满了礼物，每一份礼物都寄托着一颗感恩的心。"

总之，本书通过咪咪的视角，引导儿童理解和体验多样化的情感，帮助儿童建立积极的人际关系。儿童可以学习到如何在生活中识别和表达自己的情感，培养健全的情感世界。

（三）延伸内涵

《熊猫日记》不仅内蕴非常丰富的思想、情感，延展开来讲，其中还有许多深邃的内涵，散发着不同的魅力。

一是中国文化的魅力。《熊猫日记》作为一套启蒙图画书，深入地融入了中国文化元素，向儿童展示了中国丰富的传统和习俗。书中通过节日庆典、民间传说等，让儿童感受到中国文化的独特魅力。如《月亮走，我也走》中写道："妈妈教给咪咪一首中秋节的儿歌，给咪咪讲了《嫦娥奔月》的故事，还告诉他月饼的来历……"又如，《过年》中写道："大年初一，咪咪看到宝宝和贝贝给长辈拜年、外出串门，每个人的脸上都洋溢着笑容。咪咪和妈妈跟着宝宝和贝贝一家观看了舞龙灯和舞狮表演，大家还去逛了花展和灯会……"通过咪咪的冒险和学习，儿童可以了解到中国的审美观念、哲学和伦理道德，从而培养对本土文化的认同感和自豪感。如，《清明节》中写道："这一天春光无限好，是个适合春游的好天气。熊猫咪咪陪青蛙呱呱去给他的妈妈扫墓……"又如，《孔雀开屏啦》中写道："五颜六色的菊花、金黄的银杏树、硕果累累的果园、丰收的玉米和稻田、辛勤劳作的农民伯伯……秋天的景色真美，劳动的人最美！"

二是和谐自然的魅力。书中强调了人与自然和谐共处的重要性，传达了对生态系统的尊重和保护自然环境的必要性。如《我爱我家》中写道："竹林里有一棵大树，大树下面有一个树洞，这就是大熊猫咪咪和妈妈的家。其他小伙伴的家在哪呢？鸟儿的家在树上，蚂蚁的家在地底下，大鲨鱼住在海里……"通过描绘生物与自然环境的互动，书中尽可能地展现了生物多样性和生态平衡的概念，鼓励儿童去探索和珍惜自然环境。如《唱歌晚会》中写道："夏天的夜晚，星光灿烂，动物们要在荷塘举办唱歌晚会了。青蛙的大合唱、百灵鸟嘹亮的独唱、夜莺婉转的歌声、蛇的舞蹈、鹦鹉的仿唱让这个夏夜热闹非凡。"

三是健康成长的魅力。《熊猫日记》特别关注儿童的全面发展，鼓励儿童培养独立性、创造性和批判性思维。如《照镜子》中写道："妈妈买回家一面镜子，咪咪总是照呀照不够。熊猫咪咪问了镜子很多的问题，镜子一一回答了他。咪咪照完镜子后发现，自己生活在充满爱的幸福生活里……"

总之，《熊猫日记》通过其丰富的内容和深刻的主题，不仅为儿童提供了认知和情感上的启蒙，还通过延伸思想，帮助儿童建立起对文化、自然和社会的深刻理解和尊重。

五、杨红樱创作的未来可能

《熊猫日记》的出现，对于读者而言，无疑是一份惊喜，也展现出杨红樱依旧蓬勃的创作热情。未来，杨红樱的儿童文学创作还有哪些可能，也是读者极其关心的话题。杨红樱本人笔耕不辍，我们有理由相信，她将继续以其独特的视角和深刻的洞察力，为儿童文学领域带来更多的创新和惊喜。

先说说题材及体裁的可能。

题材方面，《熊猫日记》里的"大熊猫""中国传统节气"等主题，与《淘气包马小跳》《笑猫日记》两个系列一脉相承。近年来，杨红樱也在多次访谈中表达过对于弘扬传统文化的坚定态度，以及对成都本土历史文化的挚爱。笔者整理过杨红樱作品中比较明确的成都地理坐标：翠湖公园（即成都人民公园）、樱桃小镇与樱桃沟（原型为成都龙泉驿）、人民北路小学（马小跳原型就读的学校）、胜西小学（《女生日记》的灵感来源地）等。在既往作品中，杨红樱已经形成了比较系统的成都地理坐标文学加工手法，杨红樱在未来创作成都本土历史文化系列启蒙图画书的可能性很大。另外，除了小切入口的作品，杨红樱也十分擅长对宏大主题、重要历史文化坐标的书写，2023 年，她还出版了书写故宫历史文化的小说《笑猫在故宫》，如何向国外输出具有大历史背景、宏大地理坐标的启蒙图画书，或许杨红樱也正在探索和实践，为我们悄悄准备着更大的惊喜。

形态方面。随着科技的发展，儿童文学不再局限于纸质书籍。《熊猫日记》是杨红樱的作品首次以 AR 动画立体形态走向国际，放眼中国儿童文学，杨红樱的这一尝试也是走在时代前沿的。在创作上，她一直以自己卓越的眼界、眼光坚持走个性化的道路，笔者以为，未来她很有可能会紧跟时代，尝试创作互动式故事书、有声书、AR 图书等多媒体形态的作品，为追逐她、挚爱她的孩子们提供更丰富的阅读体验。

再来说说写作的受众对象问题。

虽然杨红樱目前的作品主要面向儿童和青少年，但她也很有可能会考虑创作一些适合全年龄段阅读、亲子阅读的文学作品，比如成人童话、家庭文学等。做出这种判断，是因为杨红樱在青年群体中具有广泛、深远的影响。当年读过《淘气包马小跳》《笑猫日记》，看过相关动画片的孩子都已长大，杨红樱每每到高校、街道或社区参加活动时，总会受到青年群体的热烈欢迎。

笔者曾听杨红樱女士讲过这样一段经历。杨红樱在某高校为青年学子开讲座，大学生们深情地对她说："杨阿姨，看着您渐渐变老，我们才意识到我们的童年也永远离开了……"笔者幼年也曾大量阅读杨红樱的作品，在听杨红樱讲述这段故事时，也在一瞬间感同身受地潸然泪下。对于"90 后""00 后"而言，"杨红樱"是岁月的印记、童年的符号、美好的线索。如今我们长大了，但依然喜欢杨红樱和她的作品，无数杨红樱的粉丝在当了父母后，又把那些经典的作品给自己的孩子阅读……因此，许多读者都希望杨红樱创作成人童话、家庭文学。

所谓成人童话，也就是寄托了美好向往、结合了既往经典形象的童话；家庭文学，就是适宜亲子阅读的作品。诸如"马小跳长大后怎么样了？""笑猫后来回成都了吗？"这类问题，无数粉丝都在等待杨红樱的答案，或许杨红樱不会解读，但我们相信，她一定会通过某种我们意想不到的书写带给我们最浪漫的回应。

另外，《熊猫日记》走向海外，随着影响的逐步扩大，杨红樱很有可能为跨文化读者创作作品。换言之，随着全球化的发展，杨红樱可能会创作更多具有国际视野的作品，吸引不同文化背景的读者。比如通过讲述不同国家和文化的故事，促进跨文化交流和理解，这也是杨红樱的视野高度、写作功底完全可以完成的开拓。

还有就是领域的可能。

长久以来，我们对杨红樱的关注往往局限于儿童文学领域。殊不知，这样一位在儿童文学领域久负盛名的作家，写起散文、回忆录来，笔触也是那样个性、深邃。笔者曾有幸拜读过杨红樱的散文《我的童年乐园》，她通过文学化的语言表达她对成都生活、对成都文化的深刻洞察，俯瞰自我的文学历程。我们也常常忽略，杨红樱作为一位长期关注教育一线的作家，她对儿童教育早已形成了独到的见解。随着文学成就的积累，杨红樱很有可能会创作回忆录来回顾自己的文学生涯，总结自己的创作经验，系统梳理自己的儿童教育理念。她独特的文学成就与文学视角，注定了她的散文、回忆录必然与众不同。

六、结语

基于对大熊猫的热爱和对儿童文学的责任感等多种因素，杨红樱选择了大熊猫作为主题形象，创作了《熊猫日记》。概言之，《熊猫日记》是一套集教育性、艺术性、文化性于一体的优秀儿童文学作品，对儿童的全面发展具有重要的促进作用。书中的四十个小故事围绕不同季节的主题展开，每个季节的故事都有其独特的教育意义和情境。

　　展望未来，杨红樱可能会探索更多题材和体裁，包括本土历史文化、国际视野题材，或成人童话、家庭文学体裁，以及跨文化创作和回忆录、散文等领域的开拓。我们期待着她继续为儿童文学领域乃至国际文坛带来新的色彩与惊喜。

谍战剧《大开眼界》的创新性分析

郑荫玲

摘要：张勇，国家一级编剧，成都市川剧研究院编剧，著名剧作家。创作的长篇小说有《一触即发》《谍战上海滩》《贵婉日记》《沉睡的蝴蝶》等。前三部小说分别被改编为电视剧《一触即发》《伪装者》和《天衣无缝》，被称为张勇个人的"谍战三部曲"。三部电视剧作品的问世和成功，使张勇跻身国内一线编剧的行列。她的作品极有辨识度，具有其独特的审美旨趣和艺术风格。本文将从她经典的"谍战三部曲"入手，尝试分析张勇剧作中的思想脉络、情感追求和剧作特点，以此揭示出张勇作品所体现的文化价值和审美价值。此外，张勇的新作《大开眼界》即将问世，本文将通过对《大开眼界》剧本的文本分析，揭示出新作的创新之处。

关键词：张勇；谍战；创新和突破

一、绪论

学界对何为谍战剧并未达成统一认识，根据百度百科对于谍战剧的定义，谍战剧是指以间谍及地下秘密活动为主题的一类影视剧，包含卧底、特务、情报交换、悬疑、爱情、暴力刑讯等元素。这类剧集继承了新中国成立后一系列的反特片的传统，并在其基础上增加了更多看点。

谍战剧是我国特有的且较为成熟的电视剧类型。中国电视剧的开篇之作，1981年问世的《敌营十八年》就是一部谍战剧。历经多年的演进，谍战剧已经成为国产电视剧最受观众欢迎的类型之一。曾经打造出谍战三部曲《一触即发》《伪装者》《天衣无缝》的剧作家张勇，毫无疑问是国内最优秀的谍战剧编剧之一。"谍战三部曲"问世以来赢得了收视与口碑的双丰收。张勇的作品极有辨识度，在剧情设置、角色塑造、叙事策略以及表现手法上都独具匠心。她的谍战电视剧拓展和丰富了中国谍战剧的固有类型，具有独特的美学品位，理应受到影视评论界的学理观照。本文将以张勇的"谍战三部曲"为研究对象，着眼于文化基因、母题书写、叙事艺术等角度，试图找到她作品中具有个人印记的审美风格和情感内涵。同时，她的新作《大开眼界》即将问世，本文也将通过新作和前作的对比，指出新作《大开眼界》的美学突破和创新之处。

二、传统戏曲是张勇谍战剧创作的精神土壤和文化基因

作家作品的存在从来不是孤立的，其中涉及个人的成长背景、审美旨趣和社会风尚等，是作家精神气质的外显。张勇从小喜欢戏曲，对传统文化很是痴迷，靠着热爱，自学成才，成为一名职业戏曲编剧。传统戏曲是张勇创作的精神土壤，她的创作深受传统戏曲的影响和滋养。戏曲是中华文化的瑰宝，在中国的戏曲里包含了中华民族的伦理观念和道德操守。张勇一以贯之地以精忠报国为书写主题，谱写隐秘战线的英雄故事。她的作品传递了"君子喻于义，小人喻于利"的义利观，"己所不欲勿施于人"的忠恕之道，"先天下之忧而忧，后天下之乐而乐"的家国情怀。可以说，传统戏曲是张勇作品的文化基因。此外，张勇还很善于将传统戏曲的元素融入电视剧之中，这也成为张勇写作的特点之一。

电视剧是写实的，戏曲是写意的，张勇毫无痕迹地将戏曲嵌入电视剧之中，达到二者相得益彰、浑然一体的效果。而戏曲元素的加入，在氛围渲染、伏笔千里和情感升华等方面，补充和丰富了电视剧的表达层次。以她的"谍战三部曲"举例说明。在电视剧《天衣无缝》中，资历平假扮贵婉上演"杀四门"的桥段，就是极好的佐证。在该剧中，

资历平为给同父异母的妹妹贵婉报仇，一夜之间将四名军统特务杀之而后快。张勇对这一段剧本的处理，堪称电视剧剧情和戏曲结合的典范。资历平出手前，轻描淡写地用了一句台词点睛："小资少爷，今晚是唱哪一出啊……杀四门。"一场设计周密的谋杀即将展开。当晚，资历平"变身"贵婉，秀逸的长发，红色的高跟鞋，长长的指甲裹挟着杀气，"贵婉"复活了，她苍白的面容下是伸张正义的决心。整个斩首行动配上京剧二胡苍劲有力的独奏，气氛紧张惊惧，很有代入感。戏曲元素的巧妙应用不仅丰富了故事内容，烘托了"家国情怀"的叙事主题，还具有美学价值，它成功地烘托渲染出电视剧创作的美学意境。

又比如《伪装者》中梁仲春这个人物，他原是中统的特工，为了能够活下来，他背叛信仰，换来短暂的苟安。他不相信日本人的鬼话，内心深处也以做汉奸为耻，但又做不到为了民族大义舍生取义，因此只能偷生于乱世，委身于日本人麾下。他虽然是个让人生恨的汉奸，却又是个家庭主义者，对老婆孩子很是爱护。梁仲春被捕之前，唱的戏文是评剧《玉堂春》："你本是，宦门后啊，上等的人品，吃珍馐，穿绫罗，百般地称心……"唱到这里戛然而止。他被藤田抓走了，而他没唱完的最后半句戏文是："想不到，你落得这般光景。"这里的一唱一停，充分地表现了这个人物的悲哀。

还是以《伪装者》举例，在原著的大结局中，明镜为救明台和阿成，牺牲自己，葬身火海，阿成将这一噩耗告知明楼。明楼悲恸欲绝，粤剧《光荣何价》作为背景音乐响起："娥眉且作英雌去，莫谓红颜责任轻，拯救危亡，当令同胞钦敬。"这里，戏曲是抒情的有效方式，其精神内核和剧中人物的思想品格形成了某种呼应，创作者把戏曲作为挽歌，在电视剧的情感表达上进行了诗意化的圆融和借力。

张勇凭借对传统戏曲文化的深刻理解，用"拼贴"的艺术手法，将丰富、多样的戏曲文化碎片镶嵌进紧张激烈的谍战剧之中。在表现手法上，戏曲的文武场或被用作叙事背景，或作为制造悬念的有效叙事工具，作品巧妙地借助"戏中戏"的叙事技巧，赋予剧中人物角色更多内涵的同时，让观众可以从更多视角解读电视剧的主题。张勇在传统戏曲中寻找助力电视剧创作的优秀元素，戏曲文化与电视剧创作的融合优势得到凸显。

三、张勇创作的母题

在张勇的作品中，对亲情的书写占据了重要地位。她一直着力于在描写间谍活动和敌我斗争之外，塑造和探讨复杂纠结的家庭关系。

在《一触即发》中，阿初和阿次虽然是同胞兄弟，但在襁褓之中时就因家庭巨变，被迫分开。同父异母的姐姐杨慕莲因误会继母是杀父仇人，设局收养阿初，计划将阿初培养成她复仇的棋子。在这一对姐弟关系中，亲情是多面性的。因为血脉相连，杨慕莲对阿初的爱和关心是从心底里油然而生的。但这份亲情又因为仇恨不再单纯。她在步步为营地用爱为筹码，希望有朝一日，阿初成为她的傀儡，完成她的复仇大计。这份亲情又充满了虚伪和算计。正如路遥在《平凡的世界》中所写，亲戚关系有时候会显得庸俗，互相攀比、嫉妒，甚至制造生活的困难。这种复杂性来自家庭的期望与个体的追求之间的碰撞。亲情不仅仅是爱与关怀，它也是家庭价值观、社会压力和个体选择等的综合反映。阿次的处境将这种复杂性体现得更加充分。杀父仇人将阿次视若己出，抚养成人。真相大白之际，阿次面临亲恩重还是养恩大的二难选择。《一触即发》是张勇的第一部电视剧作品，在这部作品中，张勇就尝试展示亲情的不同维度，以及亲情与个体选择之间的冲突。《一触即发》的结尾，阿初和阿次联手查明杨家灭门真相，联手反击日本特务。张勇通过剧中人的抉择表达了自己的价值观，正义大于恩义，家国大于一切。这也成为她后续多部作品表达的主题。

从第一部作品大获成功以后，张勇就更加大胆地尝试在谍战剧中加入亲情元素，同时尝试塑造更加极致的家庭关系。《伪装者》中，明家三兄弟来自不同的家庭，是因缘际会让三个毫无血缘的人成为一家人。但是人性的真善美冲破了血缘的隔阂使他们成为真正的亲人。明家的家庭生活十分温馨，是三兄弟心灵的港湾。但是，为了信仰，家庭成员之间又互相伪装试探，暗流涌动。

到了《天衣无缝》，张勇搭建了更为复杂的家庭关系。她精心地设计了两个家庭的命运纠葛，而扭结于资历平一人之上。资历平作为贵家的弃子，生养在资家。因为生活条件优渥，资历平当过一段时间浪荡子，是大哥资历群的管教，让他改头换面，重新做人。资历平的妹妹贵婉嫁给了资历群，资历平一直以为二人都是地下党。其实，资历群早就叛变革命。在贵婉的影响下，资历平逐渐成长为一名共产党员。他发现大哥资历群就是杀害贵婉的真凶。

《天衣无缝》将人物关系的框架搭建得更加复杂精密。它突破了《伪装者》一个家庭的人物关系结构，通过资历平这个人物的设置巧妙地将贵家和资家两个家庭勾连起来，并形成镜像式的对照。贵家兄妹是共产党，资家兄弟是国民党，资历平选择资家还是选择贵家，不仅是亲情的选择，更是信仰的选择。最终他在贵婉精神的感召下，和贵翼和解，坚定地信仰了共产主义，继续贵婉未竟的事业。在这里，作者的价值观再次得到彰显，正义大于恩义，家国大于一切，从而完成作者母题的塑造。

将亲情元素放大糅合进谍战的类型之中，是张勇的创新之举。在她之前，一些作品尝试过在谍战之中加入职场、爱情、密室推理等因素。张勇的"谍战三部曲"成功地开创了"谍战＋亲情"的新类型，为谍战剧的发展做出了贡献。她的"谍战三部曲"打破了谍战剧的固有边界，为观众带来了陌生化体验，更带来了更多的表意空间。

四、张勇谍战剧作品的叙事特点

人物是叙事的核心。从根本上来说，观众追剧的动力正是源于对剧中人物命运的关注和期待。正如黑格尔所说："文艺作品的魅力就在于表现人物多方面的人性和民族性。"①

张勇善于通过赋予人物多重身份来塑造复杂而饱满的人物。同时利用人物身份和人物关系的复杂性制造和揭晓悬念，从而形成有效的叙事动力。

《伪装者》中明家三兄弟都有隐藏身份，但最具代表性的是明楼。他作为中国共产党的卧底，潜入军统内部并且出任汪伪高官，在日本人、汪伪政权之间周旋，集三重身份于一身。姐弟三人隐藏真实身份，互相伪装、试探、对峙，从而产生了不少戏剧冲突。尤其在刺杀南田一段，表现得尤为充分。明台接到上级"毒蛇""刺杀汉奸明楼"的任务，在兄弟情与爱国情之间挣扎。他惊恐愤怒、痛苦万分，戏剧冲突在此时达到顶峰。同时对观众来说产生了双重悬念：第一，明台能否大义灭亲？第二，明楼为何要自掘坟墓？直到南田出现在现场，明台和观众才同时恍然大悟。明台这才终于得以确认明楼的真实身份。

在张勇的"谍战三部曲"中，在人物塑造方面做到极致的是《天衣无缝》中资历群这个人物。《天衣无缝》是张勇被低估的一部作品。在这部作品中，张勇在叙事上做出了很多极为大胆的尝试和突破。《天衣无缝》讲述了资历平历经千辛万苦查明妹妹贵婉牺牲的真相，在贵婉的精神感召下完成了自我的蜕变，由一名玩世不恭的公子哥逐渐成长为一名坚定的革命战士的故事。《天衣无缝》继承了伪装者的优点，并将伪装者的叙事特点发展到极致。这也是张勇对自己的挑战。首先，从人物关系来说，张勇将《伪装者》中一个家庭拓展为两个家庭，并通过贵家弃子、资家贵子资历平这个人物而巧妙地将两个家庭连接起来。在人物塑造上，《天衣无缝》中贵翼和资历群可以看成是将《伪装者》中的明楼这个角色一分为二，切割成一正一邪互为镜像的双雄人物。贵翼是中共的地下党员，代号"冰蚕"，伪装身份是国民党的兵工署副署长；资历群是国民党中央统计调查局的特工，代号"影子"，但

---

① 黑格尔：《黑格尔美学（第一卷）》，朱光潜译，北京：商务印书馆，1979年，第107页。

表面上是中共的地下交通员。这里人物设计跟《无间道》有异曲同工之妙。但跟《无间道》比，《天衣无缝》的人物关系则复杂得多。资历群在潜伏期间，和贵翼的妹妹贵婉相爱并结婚，成了贵翼的妹夫。而资家的养子资历平则是贵翼同父异母的弟弟，同时也是贵婉的亲哥哥。两个家族有着错综复杂的关系，却又分属不同的政治阵营，贵家姓"共"，资家姓"国"。张勇将该剧的人物关系设计得极为精巧。除此之外，张勇还在本剧中挑战了双时空叙事。主线故事发生在当下，讲述资历平和贵翼携手查明贵婉牺牲的真相，并重建地下党交通站的故事。复线发生在过去，讲述资历群和贵婉的前尘往事。复线是对主线悬念的揭示。

多线叙事一直是张勇作品的叙事特点。从《一触即发》到《伪装者》都采用了多线叙事。但双时空叙事《天衣无缝》是第一次。该剧大胆地在电视剧中频繁采用倒叙、插叙等手法，在叙事策略上锐意创新，将故事讲述得扑朔迷离。

除开人物关系搭得巧妙外，《天衣无缝》中对资历群这个角色的塑造尤其值得称道。该剧最大的悬念是贵婉牺牲的真相。编剧正是利用了资历群的多重身份，制造了重重的烟幕弹，成功地设计了悬念。资历群真实身份曝光的过程，同时也是悬念揭晓的过程。编剧通过资历平的视角向观众先后展示资历群的不同面貌和身份。随着资历平的讲述，在观众看来，资历群是挽救资历平的人生导师，是和贵婉并肩作战的我党战士以及深爱贵婉的深情丈夫。在众多的身份中，编剧刻意延迟了对他真实身份的揭示。观众自然认为资历群是一个慈爱、温暖、正直的大哥和英雄。编剧通过高超的叙事技巧误导观众，让观众先入为主地将资历群视作好人，归为正义的一方，以至于当他的真实身份曝光之际，观众极为惊愕，感到被欺骗的同时，又有一种快感，这也是本剧最大的反转之处。在这里，"身份逐步成为悬念设置的关键点，通过身份设置悬念，最后又通过身份来揭晓悬念"①。

---

① 史星晨：《谍战剧〈伪装者〉和警匪剧〈使徒行者〉的对比研究》，《新闻研究导刊》第九卷第九期，2018 年 5 月，131 页—132 页。

此外，张勇的作品还有一个特点，就是她的作品一直以刻画群像见长。这和她采用多线叙事结构是一脉相承的。这也许是因为英雄主义电影的核心就是对集体主义的描摹，集体主义就必然要对特定的英雄群体进行塑造。

五、新作《大开眼界》的创新与突破

张勇的创作理念深受戏曲名家李渔的影响。李渔在其名作《闲情偶寄》"脱窠臼"一篇中写道："欲为此剧，先问古今院本中，曾有此等情节与否，如其未有，则急急传之，否则枉费辛勤，徒作效颦之妇。东施之貌未必丑于西施，止为效颦于人，遂蒙千古之诮。使当日逆料至此，即劝之捧心，知不屑矣。"①脱窠臼要求编剧避开各种耳熟能详的套路，赋予作品独特性和新鲜感，而这正是张勇的艺术追求。她曾经在受访时称："有了才气、运气，还需要十足的勇气推翻自己的作品，才能得到提升。"②张勇的新作《大开眼界》，较之于她过去的作品，在角色塑造和叙事方式上，就以打败自己的前作为目标，做出了创新和突破。

《大开眼界》将故事背景设置在1947年9月，因叛徒出卖，中共在上海的联络站惨遭国民党保密局破坏，多名地下党员被捕，党组织危如累卵。我党同志受组织派遣以贵翼未婚妻方一凡的身份前往上海，首要任务便是帮助揭露贵翼副官林景轩在党通局的特务身份，以保障贵翼潜伏的绝对安全。身份暴露后的林景轩面对往日的兄弟和救命恩人深陷于矛盾之中，而此时，潜伏在党通局的简洁让他有了情感依靠。最终，在方一凡、贵翼的策反和简洁的信仰引导下，林景轩弃暗投明，

---

① 黄睿哲：《浅谈李渔戏曲结构理论对当代国产电视剧创作的启示》，《戏剧之家》2021年第30期，总第402期，14页—15页。

② 蒋蓝：《张勇：传统戏剧"养"出热播剧》，《成都日报》2022年1月17日，第007版。

再次与贵翼并肩作战，并和方一凡联手制敌。上海解放在即，方一凡、贵翼等中共地下党员携手林景轩激化敌人内部矛盾，为迎接解放做好充分的战斗准备。

该剧是一部继往开来的作品，它仍然具有张勇强烈的个人印记，但同时也是张勇试图跳出舒适圈的自我挑战之作。

（一）传统戏曲元素仍然是张勇作品的一个审美符号

在新作《大开眼界》中，张勇仍然灵活地使用了传统戏曲元素为电视剧增光添彩。比如，她活用戏曲名段《搜孤救孤》将两个时空巧妙地糅合，不动声色地推动双线叙事。

这一段，一条故事线是方一凡和贵翼在医院遭到斧头帮突袭，二人遇险，命悬一线。一条故事线是林景轩约简洁看戏，想趁机表白心迹。一边是明的动作戏，方一凡和贵翼跟敌人大打出手，在京剧乐队管弦齐奏八音齐鸣的背景音乐中，二人联手杀敌，险象环生。另一条故事线，看似风月无边，其实暗潮汹涌。林景轩是国民党党通局的特务，简洁是共产党的情报工作者。二人拥有不同的政治信仰，楚河汉界，泾渭分明。此刻，台上正上演着《搜孤救孤》。一句戏词"赵、屠二家有仇恨，三百余口命赴幽冥"点出二人分属不同政治阵营，两党还有血海深仇。这就是典型的戏中戏。台上的戏曲补充说明了人物背景，并且对二人现实处境进行了隐喻。接下来，一句戏词"娘子你不必太烈性"丝滑转场，那边厢方一凡和贵翼经历了九死一生，方一凡勇猛善战所向披靡，在二人共同经历了一片血雨腥风后，终于绝处逢生。这边的战斗落幕，危机暂时解除，那边的危机正悄然展开。戏台上唱："我与那公孙杵臼把计定，他舍命来你我舍亲生。"一句戏词暗示林景轩已经知道妞妞并非简洁所生。果然接下来林景轩就吞吞吐吐暗示简洁，他已经知道她的已婚已育身份只是伪装和掩护。戏中戏的台词"无奈何我只得双膝跪，哀求娘子舍亲生"补充了林景轩未说出口的请求和意图。简洁的反应十分强烈，她几乎声色俱厉地威胁林景轩，若敢暴露妞妞和她的真实身份就是找死。林景轩的告白注定失败，这一段戏至此戛然而止。这一段戏张勇的处理可谓神乎其技。两根故事线几乎成为镜像式的对照。危机一明一暗，情绪上一个由悲到喜、一个是由喜到悲。最后结局也形成对应。一个转危为安，一个得而复失。在这一段中，张勇不仅巧将戏曲作为戏中戏和背景处理，还汲取了戏曲文化的精神内核与人文美学，在电视剧的情感表达上予以诗意化的圆融和借力。简洁最终的命运是为了保护方一凡和贵翼，而选择了自我牺牲，她为了大义从容赴死，林景轩在多年后方知简洁对自己的一片真心。早在林景轩表白的一刻，戏台上的《搜孤救孤》就已经暗示了简洁未来的命运。而《赵氏孤儿》所体现的"杀身成仁，舍生取义"的美德恰好是简洁所代表的无数革命先烈所共有的高尚情操。他们冲破最深的暗夜，为了前方的微光舍身前行，以不变的信仰奏响爱国的主旋律。在这里，戏台上的《搜孤救孤》成为这一段的戏中戏，而这段戏中戏又成为后续剧情的伏笔，给观众带来强烈的惊喜。

（二）《大开眼界》的创新与突破

一直以写"男人戏"见长的张勇，在《大开眼界》一剧中塑造了丰富的女性群像，增强了叙事中的情感深度，并对经典的假夫妻关系进行了有益的探索，突破了她过去的创作风格，给人耳目一新的感受。

1. 该剧塑造了丰富的女性群像

张勇过去的作品塑造了很多经典的男性角色：《一触即发》中的阿初和阿次，《伪装者》中的明家三兄弟，《天衣无缝》中的资家和贵家兄弟，都成为荧幕的经典形象。相较于给观众留下深刻印象的众多精彩纷呈的男性角色，张勇作品中的女性角色就没有那么突出了。比如学者范语晨就认为在张勇的代表作《伪装者》中"明家三兄弟在隐秘战线上的抗日斗争构成了这部电视剧的叙事主线，剧中的主要女性角色虽然也有一定比重的戏份，但其重要性和夺目程度完全无法与三兄弟匹敌……可以说，《伪装者》几乎是一部男人戏"①。

在新作中，张勇践行了自己一直以来的写作追求，却突破了以往的创作风格，《大开眼界》对于女性群像的刻画，使本剧中的女性形象呈现出多元的面貌。

魏南江在《中国类型电视剧研究》谍战剧一章节中将女性人物形象分为了三种："一种是正面形象，像是我方的女干部，常常是作为配角出现，性格特征不明显，另一种是负面形象，也就是比较年轻貌美、富有魅力的女特务形象，还有一类是年长的女特务形象，她们或是大权在握的土匪首领，或是隐藏很深的特务形象，往往老奸巨猾、凶恶残忍。"②本文就根据这种二分法，从正面人物和反面人物两个维度，来分析《大开眼界》中女性形象的塑造。

首先，正面人物彰显女性主体性意识。张勇过去塑造的角色中，也不乏可圈可点的女性正面人物，比如明镜和于曼丽。她们虽然外表强大，但总归被动，常常置于被剧中男性角色拯救、引领的地位。作为女性，其内心总给人以纤弱之感，让人觉得女性需要在男性的辅助下成长。在《大开眼界》中，张勇跳脱出过去驾轻就熟的男人戏的写作路径，第一次尝试挑战大女主的叙事视角，塑造了一热一冷的两位正面女性角色——方一凡和简洁。

方一凡并不是真的方一凡，她的真实身份是我党的烈士遗孤，真方一凡已经在张勇的前作《天衣无缝》中为了掩护贵翼的潜伏身份而选择了自我牺牲。在这里，有一点极有意思，假的方一凡到底是谁，全剧并未交代。编剧为什么这么做呢？我猜测有两点原因。一是过往有太多谍战剧设计了假夫妻身份暴露的危局，一向求新求变的张勇不想再落窠臼。另外一方面，也许这正是女主角的神性所在，一种彻底的革命牺牲精神——即为了完成任务，主动放弃自我，变成他者。

---

① 范语晨：《"男性"依然"凝视"——抗日谍战剧〈伪装者〉热播现象的女性主义反思》，《新世纪剧坛》2016年6月1日，64页—69页。

② 郭亚茹：《谍战剧〈伪装者〉中的女性形象分析》，《传播力研究》2019年12月，83页。

在《大开眼界》中，假方一凡心理素质极强、时刻以大局为重，在出色地完成组织任务的同时，还处处保护着贵翼的潜伏身份，体现出巾帼不让须眉的气概。她是本剧的核心人物。在本剧结尾，她为了崇高的使命远走他乡，置一己私情于家国大义之下，最终在台湾英勇就义。

简洁在本剧中的表面身份是党通局林景轩的秘书，实际身份是我党的一位情报人员。简洁在剧中着墨不多，却精而准。她冷静、睿智、内秀、卓尔不群，和方一凡的热情洋溢相比，她很多时候像是波澜不惊的深潭，静水流深。简洁这一角色的突破主要在于，她反过来成了男主角林景轩的精神支柱，引领着林景轩最终加入了中国共产党。

这两位女性角色，较之作者的前作，都具有了更大的主动性，她们能够克制、理性地处理革命事业与个人情感的关系，并且在很大程度上成为剧中男性主角的信仰灯塔，引领着男性主角的觉醒与成长，也成为推动叙事的核心力量。从这个角度说，《大开眼界》是一部"大女主"叙事的谍战剧。

其次，该剧塑造了多元的反面女性人物。张勇的剧作向来以人物见长。比如在《伪装者》中，她就塑造了一个经典的女性反派角色汪曼春。作为76号情报处的处长，汪曼春心狠手辣、满手血腥。但同时，她又对明楼痴心一片，像一个情窦初开的天真少女，这种极致的反差感给观众留下了深刻的印象。在新作《大开眼界》中，作者对反面女性人物段太太的塑造，在创作手法上又精进了一步。

段太太没有名字，只有身份，是本剧最大的反派段振明的太太。故事里只交代了她是军统出身。实际上，她也不是段振明明媒正娶的太太，而只是段振明的工作太太。段太太长得美艳不可方物，生活奢靡，挥金如土。但她既不是"花瓶"，也不是"蛇蝎美人"，而是幕后军师。观众很快发现，段太太的业务能力在线，甚至可能在段振明之上。每当段振明遭遇难题，都会虚心向她求教。段太太有女人的直觉，处事圆滑，精通为官之道，自认为悟透人生。从她对高天华的态度就可看出其处事的心机和手段。她明知高天华可能是共产党，却数次在段振明面前，不着痕迹地帮忙掩饰。其中的心理动机，颇可玩味。这一方面可以理解为她对乡亲乡情的顾念，也许也是对高天华所表现出的顾家的、温存的男性形象的欢喜，但精明如段太太，也很难说不是为她自己的将来留一条后路。

在张勇的前作中，反面女性角色无论是《一触即发》中的李沁红，还是《伪装者》中的汪曼春，抑或是《天衣无缝》中的苏梅，这些女性的悲剧性都在于，多少都有些"恋爱脑"，虽然她们追求爱情，但往往得不到结果。她们总是处于内心孤独、彼此利用和相互背叛之中。在本剧中，段太太对段振明的感情，则不是爱与不爱的二分法，而要复杂得多。

在内心深处，段太太对段振明是看不上的。从剧中她对和段振明长出夫妻相的嫌弃中可见一斑。那段太太对段振明有没有一点真心呢？也是有的。否则，精明如她怎会在段振明遭遇重大危机之际，亲自下场，逼死简洁，沾上血债，彻底断了日后她将段振明当投名状，通过高天华向我党示好的退路。但可悲的是，段太太的付出并没有回报。相反，为了一己之私，段振明彻底抛弃了段太太。段太太最终只能以一种失意者的形象，孤身远遁香港。

段太太不是一个善人，但她表达了一种"真"，在乱世之中，一个美貌与智慧并存的女人，殚精竭虑的谋划后，最终仍没有走出女性固有的困局。她是悲剧性的，为了所谓更好的生存，她的信仰与理想已经被毁灭。在剧中，从段太太数次赞美高天华的家庭责任感中我们可以清晰地感知，段太太内心对家庭的向往。剧中有一场戏，在除夕之夜，百无聊赖的段太太在街头闲逛，偶遇了段振明真正的夫人，一位相貌平平、身材臃肿的平凡妇人。在那一刻，段太太希望二人能身份互换。但这终究是不可能的。物欲的膨胀让段太太难以甘心成为一个普通妇人，她不是输给了男人，而是输给了自己，败在了自己的物欲和贪欲里。选错了男人，选错了阵营，注定了悲剧性的结局。

张勇对段太太这一人物的塑造，超越了前作中的所有类似的女性角色，展现了更为复杂的人性，塑造了更为立体的、丰富的悲剧性形象，深刻地探讨了女性在战争年代的生存状态。

2. 对假夫妻模式的求新探索

国产谍战剧中，假夫妻的人物关系由来已久。1958年的电影《永不消逝的电波》开创了谍战片"假夫妻"叙事模式的先河。之后，《潜伏》和《悬崖》缔造了两对经典的"假夫妻"，对这种叙事模式进行了不同程度的挖掘和创新。

尽管有诸多珠玉在前，但在《大开眼界》中，在假夫妻的人物关系上，作者张勇仍然做出了值得称道的创新内容。在本剧中，有两对假夫妻颇为新颖（全剧有三对假夫妻）。

第一对假夫妻，是方一凡和贵翼。这一组假夫妻关系内，方一凡散发出独特的人物魅力，以一个闯入者之姿，成功地征服了贵翼。贵翼从最开始的反感，到无奈地接受，进而渐渐心动，最终和对方结成情投意合的革命伴侣。这一条故事线充满了趣味性，将阴郁的谍战气质与闹腾的烟火日常相融合，谍战工作与家庭生活一冷一暖，形成了强大的反差和戏剧张力。编剧将人物置于日常柴米油盐的生活场景中，通过"夫妻"之间的插科打诨、对家庭权力的争夺，润物细无声地让假夫妻二人的感情得到发展。最终，假作真时真亦假，革命爱情水到渠成。还有一点值得称道，过去有学者认为："假夫妻男女双方多为'男强女弱'，女性的成长往往为男性所引导；再如，人物情感关系过于复杂，导致'假夫妻'关系发展线偏离主题等现象。"① 但在方一凡和贵翼的这组假夫妻关系中，女性占绝对的主导地位。张勇是一个四川编剧，她将四川典型的女强男弱的家庭结构嵌入其中。泼辣的媳妇和惧内的丈夫，再加上贵翼说一不二的军人形象，形成了强烈的反差，让人忍俊不禁。但是，二人的感情线并未喧宾夺主，未让主题发生偏离。

第二组颇有新意的假夫妻是段振明和段太太。前文已经讲到，段

---

① 涂彦、谭佳名：《建构模式·叙事功能·美学特质：谍战剧中"假夫妻"关系的戏剧性营造》，《视听》2023年1月，50页—53页。

太太并非段振明真正的老婆，他的夫人另有其人。这组人物关系是本剧中极具独特性的一组，过往的谍战作品鲜有表现。段振明和段太太表面上蜜里调油，实际上二人从骨子里看不上对方，甚至提防着对方。段太太看似是这段关系的主导者，段振明表面上对段太太言听计从，为段太太提供巨额金钱以供挥霍。但实际上，段太太完全依附于段振明，她只是段振明的一颗棋子。段振明的自私和凉薄，在这一段假夫妻关系中得到深刻的揭示。

过往众多的谍战作品，往往通过反面人物和正面人物在职场线上的对抗来展现反面人物的阴毒狠辣。而在《大开眼界》中，编剧别出心裁地从家庭关系的角度，勾勒出一个极端自私的男人形象，成功将这一反面人物从一个扁形人物拓展成一个圆形人物，使其人物形象更加立体和饱满，在众多谍战剧所塑造的经典的反派角色的群像中，有了清晰的辨识度。

六、结语

张勇的创作善于从传统戏曲中汲取养分，以家庭为谍战故事的叙事空间，讲述在亲情的纽带和羁绊下，英雄人物所面临的人生困惑、社会困境与信仰冲突，塑造出复杂身份下丰富的人物形象，讲述隐秘战线的传奇故事。她的作品以打败前作为目的，一直在求新求变。在新作《大开眼界》中，她勇敢地打破过往的写作路径依赖，突破了她擅长的男性叙事，而以女性叙事为主，重点突出了女性情报工作者为革命作出的贡献与牺牲。在本剧中，女性作为拯救者和引领者统领全局，即使是反派角色，男性的智商也轻松被女性碾压，对女性观众而言，该剧有着不错的"爽感"体验。此外，多元的身份和鲜活的人物形象增加了作品的层次和质感，加之烧脑的剧情、紧张的叙事节奏以及丰沛的情感内容，相信该剧播出后，一定能受到观众的欢迎和追捧。

后　记

　　四川文脉深厚，名家才俊辈出。在新时代背景下，广大四川作家始终坚持以人民为中心的创作导向，心系民族复兴伟业，把人生追求、艺术生命同国家前途、民族命运、人民愿望紧密结合起来，书写时代的洪波奔涌、人民生活的丰富多彩，不断创作与伟大时代相匹配的高质量文学作品。

　　根据《四川省作家协会关于实施"十百千"文学人才工程的意见（试行）》，2023年11月22日，经省作协各文学专门委员会分别酝酿、集中讨论，报请主席办公会审议，党组会审批，首批四川领军作家名单正式公布。这是四川省作家协会党组着眼于四川文学事业高质量发展，进一步发现、培养更多文学人才，激励广大作家不断登高原、攀高峰的一项具体举措。

　　为做好宣传、推介工作，我们面向全国发出邀请，征集关于首批四川领军作家作品的文学研究和批评文章。经专家严格评审，最终遴选出十八篇优秀文学评论作品并编纂成集，命名为《蜀山：2023年度四川重点作家评论文集》。

　　《蜀山：2023年度四川重点作家评论文集》的出版发行，是对四川具有全国性影响力作家及其作品的深入研究与有效宣传，必将对四川文学创作、优秀作家作品培育，激励、鼓舞广大四川作家不断创作精品力作，形成更大的文学影响和社会效益，起到积极的推动作用。

本项工作为第一次组织实施，由于经验、学识等方面原因，难免有不足之处，恳请各位方家给予我们指导帮助。

编者

2024 年 6 月 24 日

后
记

图书在版编目（CIP）数据

蜀山：2023年度四川重点作家评论文集 / 四川省作家协会编 . -- 北京：作家出版社，2024.12.
-- ISBN 978-7-5212-3195-3

Ⅰ. I206.7-53

中国国家版本馆 CIP 数据核字第 20241SW063 号

蜀山：2023 年度四川重点作家评论文集

编　　者：四川省作家协会
责任编辑：向　萍
特约编辑：李　娟
装帧设计：周思陶
出版发行：作家出版社有限公司
社　　址：北京农展馆南里 10 号　　　　邮　　编：100125
电话传真：86–10–65067186（发行中心）
　　　　　86–10–65004079（总编室）
E-mail:zuojia @ zuojia.net.cn
http://www.zuojiachubanshe.com
印　　刷：唐山嘉德印刷有限公司
成品尺寸：152×230
字　　数：283 千
印　　张：18.75
版　　次：2024 年 12 月第 1 版
印　　次：2024 年 12 月第 1 次印刷
ISBN 978-7-5212-3195-3
定　　价：48.00 元
